Julia London
EL INDÓMITO ESCOCÉS

Editado por Harlequin Ibérica.
Una división de HarperCollins Ibérica, S.A.
Núñez de Balboa, 56
28001 Madrid

© 2016 Dinah Dinwiddie
© 2018 Harlequin Ibérica, una división de HarperCollins Ibérica, S.A.
El indómito escocés, n.º 156 - 18.5.18
Título original: Wild Wicked Scot
Publicada originalmente por HQN™ Books

Todos los derechos están reservados incluidos los de reproducción, total o parcial. Esta edición ha sido publicada con autorización de Harlequin Books S.A.
Esta es una obra de ficción. Nombres, caracteres, lugares, y situaciones son producto de la imaginación del autor o son utilizados ficticiamente, y cualquier parecido con personas, vivas o muertas, establecimientos de negocios (comerciales), hechos o situaciones son pura coincidencia.
® Harlequin, HQN y logotipo Harlequin son marcas registradas por Harlequin Enterprises Limited.
® y ™ son marcas registradas por Harlequin Enterprises Limited y sus filiales, utilizadas con licencia. Las marcas que lleven ® están registradas en la Oficina Española de Patentes y Marcas y en otros países.
Imagen de cubierta utilizada con permiso de Harlequin Enterprises Limited. Todos los derechos están reservados.

I.S.B.N.: 978-84-9170-883-4
Depósito legal: M-5531-2018

A Karen, Rachelle y Teri, quienes me acompañaron en aquel increíble refugio de escritora en Escocia. ¿Lo veis? Ya os decía yo que estaba trabajando.

Prólogo

*Norwood Park, Inglaterra
1706*

Cuando la señorita Lynetta Beauly retó a la señorita Margot Armstrong a que le revelara qué era lo que más le gustaba de los jóvenes caballeros que revoloteaban a su alrededor como moscas en torno a un panal, aparte, por supuesto, de una fortuna notable y de convenientes contactos... la señorita Armstrong fue incapaz de recitar un solo nombre con un mínimo de confianza.

Porque le gustaban todos. Le gustaban los altos, los bajos, los anchos, los delgados. Le gustaban con empolvadas pelucas y con el pelo recogido en coletas naturales. Le gustaban a caballo y en carruaje, o recorriendo a pie los inmensos jardines de Norwood Park, donde ella residía con su padre y sus dos hermanos. Le gustaba la forma en que la miraban y le sonreían, la manera que tenían de reírse, echando la cabeza hacia atrás, de todas las cosas divertidas que ella les decía. Algo que, al parecer, hacía con bastante frecuencia, porque siempre había alguno que terminaba exclamando:

—¡Qué ingeniosa sois, señorita Armstrong!

A Margot le gustaban tanto los jóvenes caballeros que, con ocasión del decimosexto aniversario de Lynetta, convenció a su padre de que la permitiera dar un baile en Norwood Park, en honor de su querida amiga.

—¿Lynetta Beauly? —había preguntado su padre con un suspiro de aburrimiento, clavada la mirada en la última carta que traía noticias de Londres—. Todavía no la han presentado en sociedad.

—Pero lo harán esta Temporada —le había recordado Margot, esperanzada.

—¿Cómo es que sus padres no le organizan un baile? —había vuelto a inquirir su padre mientras se rascaba debajo de la peluca con la punta de una pluma de ganso.

—Papá, ya sabes que no tienen recursos...

—Tú personalmente tampoco los tienes, Margot. Yo soy la única persona en Norwood Park que posee los recursos necesarios para proporcionar un baile a esa joven, a la que por cierto no guardo especial aprecio —había sacudido la cabeza ante la absurdidad de la ocurrencia—. ¿Se puede saber por qué estás tan ilusionada con ese evento?

Margot, aparentemente, se había ruborizado. Lynetta solía decir que ese era uno de sus mayores defectos: que le resultaba imposible disimular lo que pensaba porque su delicada tez cambiaba de crema a rosa subido a la menor ocasión.

—Entiendo —había replicado su padre, perspicaz, y se había reclinado en su sillón, con las manos apoyadas sobre el vientre—. Algún joven caballero ha llamado tu atención. ¿Es eso?

Bueno... no iba a esforzarse por desmentir aquello, pero, en realidad, todos ellos habían llamado su atención. Se había puesto a juguetear con uno de sus rizos.

—Yo no diría tanto como eso —había mascullado mientras estudiaba los dibujos de la tapicería de brocado de las sillas del despacho de su padre–. En realidad no hay nadie en particular.

Su padre había sonreído.

–Muy bien. Diviértete. Da ese baile –había dicho, para despacharla luego con un gesto.

Pocas semanas después, todo el mundo en un radio de ochenta kilómetros a la redonda de Norwood Park arribaba a la zona, ya que era bien conocido que un baile allí no tenía rival en cuestión de suntuosidad y calidad de invitados, con la excepción de Mayfair, el distrito londinense.

Bajo cinco lámparas de cristal y pan de oro, resplandecientes cada una con decenas de velas de cera, jóvenes damas ataviadas con un asombroso despliegue de colores giraban por la pista de baile al animado son de los seis músicos traídos directamente de Londres. Sus peinados en forma de torres, verdaderas obras maestras de alambres y redecillas, se alzaban elegantes desafiando la ley de la gravedad. Sus parejas de baile, todos atractivos jóvenes de buenas familias, lucían sedas y brocados, con bordados de intrincado dibujo en sus casacas y chalecos. Llevaban pelucas recién empolvadas, y sus zapatos brillaban hasta reflejar el resplandor de las velas de las lámparas.

Bebían champán francés embargado, cenaban caviar... y se escabullían de cuando en cuando detrás de un macetero de helechos para robar un beso a su dama.

Margot lucía un vestido hecho especialmente para la ocasión, de seda color verde claro que, según Lynetta, complementaba perfectamente con sus ojos del mismo color y su cabello castaño rojizo. A la torre de su peinado había añadido diminutos mirlos de papel. Y lucía el centelleante collar de perlas y diamantes de su difunta madre.

En honor del aniversario de Lynetta, Margot había encargado una tarta, una auténtica estructura comestible de casi un metro de alto que era una reproducción de Norwood Park, y que en aquel momento se hallaba en el centro del comedor para admiración de todos. Sobre las almenas de hielo se alzaban figurillas danzantes hechas de mazapán. En una esquina se distinguían las diminutas figuras de dos muchachas, una de pelo rubio y la otra de color caoba, representando a las dos amigas.

Había asistido tantísima gente que apenas había lugar para que todos bailaran al mismo tiempo. Margot, particularmente, había bailado muy poco aquella noche. Lo que no había obstado para que no dejara de vigilar al señor William Fitzgerald con la esperanza de que pudiera cambiar su suerte.

Oh, el señor Fitzgerald estaba absolutamente impresionante con sus brocados de plata y su peluca de rizos. Margot llevaba ya quince días admirándolo y había pensado que, dadas las atenciones que él le dedicaba, su interés era mutuo. Aquella noche, sin embargo, había alternado con todas las damas solteras que se habían cruzado en su camino excepto con ella.

—No debes tomártelo tan a pecho —la había aconsejado Lynetta, todavía acalorada por el esfuerzo de haber bailado tres danzas seguidas—. Claramente se debe a una de dos razones: o se está reservando el mejor baile de la noche para ti, o no puede soportar la idea de sacarte porque eres una bailarina horrible.

Margot fulminó a su amiga con la mirada.

—Gracias, Lynetta, por recordarme esa falta mía de habilidad para la danza —según Lynetta, ese era precisamente su segundo mayor defecto, el de su incapacidad natural para seguir un ritmo.

—Bueno... —su amiga se encogió de hombros—. Yo solo quería ofrecerte una explicación de por qué no se ha dignado a lanzarte una mirada de interés en toda la noche.

—Por favor, querida, no te esfuerces tanto en hacerme comprender la absoluta falta de interés que ese caballero tiene por mí.

—Mejor será entonces que la culpa la tenga tu manera de bailar, en vez de algo peor —replicó alegremente Lynetta.

—¿Y qué podría ser peor que eso? —exigió saber Margot, levemente ofendida.

—Solo quería decir que yo preferiría sentirme minusvalorada por mi falta de talento para el baile que por mi incapacidad para entablar conversación, por ejemplo —explicó dulcemente Lynetta—. A ti siempre se te ha dado muy bien entablar conversación.

Margot se disponía a discutir ese punto cuando, en aquel preciso instante, una ola de conmoción recorrió la multitud. Las dos amigas se apresuraron a mirar a su alrededor. Margot no veía nada raro.

—No veo nada —dijo Lynetta mientras Margot y ella estiraban sus cuellos en dirección a la puerta.

—Ha venido alguien —comentó un caballero, cerca de ellas—. Una presencia inesperada, al parecer.

Margot y Lynetta perdieron repentinamente el aliento, mirándose la una a la otra con ojos desorbitados. Solo había una persona de importancia cuya presencia no fuera esperada aquella noche: la del inmensamente atractivo Montclare, que les había transmitido su hondo pesar por no haber podido asistir al evento. Lord Montclare reunía todos los requisitos adecuados que lo convertían en un codiciado partido: poseía una fortuna de diez mil libras anuales; heredaría algún día el título de vizconde Waverly; tenía unos preciosos ojos de ciervo, de largas pestañas, además de una encantadora sonrisa; y, por último, desconocía lo que era la soberbia o la arrogancia. Corría el rumor de que había puesto el ojo en cierta heredera de Londres... algo que no había logrado desesperanzar del todo a Margot y a Lynetta.

Las muchachas, como si se hubieran comunicado con el pensamiento, volaron hacia la balconada que se alzaba sobre el vestíbulo para ver al inesperado huésped. Llegaron allí con tanto apresuramiento que sus guantes resbalaron sobre la pulida piedra de la barandilla cuando se inclinaron sobre ella.

No era Montclare.

–Oh, vaya –masculló Lynetta.

Ni siquiera era uno de los numerosos caballeros que llegaban a Norwood Park procedentes de Londres para tratar de temas de negocios con el padre y los hermanos de Margot. Francamente, los hombres que acababan de atravesar la puerta principal para entrar en el suelo de mármol del vestíbulo no se parecían en nada a ninguno que Margot hubiera visto antes.

–Dios mío –murmuró Lynetta a su lado.

Dios mío, efectivamente. Eran cinco, todos ellos altos y de hombros anchos, musculosos. Todos llevaban el cabello natural recogido en largas coletas, a excepción del hombre que los encabezaba, de pelo oscuro en forma de una maraña de rizos que le caían sobre los hombros, como si no se hubiera molestado en arreglárselo. Sus abrigos, salpicados de barro, eran largos y tenían una abertura por detrás, para poder montar a caballo con comodidad. Sus calzones y chalecos no eran de seda ni brocado, sino de basta lana. Llevaban botas viejas y de tacones gastados.

—¿Quiénes son? —susurró Lynetta—. ¿Gitanos?

—Salteadores de caminos —murmuró Margot, y su amiga soltó una risita.

Al sonido de la risa de Lynetta, el hombre que guiaba el grupo alzó la cabeza, como si fuera un animal olfateando el viento. Sus ojos se clavaron en Margot, que perdió el aliento: incluso a aquella distancia pudo ver que sus ojos eran de un azul hielo, punzante. Él le sostuvo la mirada mientras, parsimoniosamente, se quitaba los guantes de montar. Margot pensó que debía desviar la vista, pero no pudo. Un escalofrío le recorrió la espalda; tenía la horrible sospecha de que aquellos ojos podían asomarse directamente a su alma.

Alguien habló entonces, y los cinco hombres empezaron a avanzar. Pero justo antes de que su líder desapareciera debajo de la balconada, alzó una vez más la mirada hacia Margot. Una mirada tan intensa como penetrante.

Un nuevo escalofrío le recorrió la espalda.

Una vez que desaparecieron los hombres, Margot y Lynetta regresaron al salón de baile, decepcionadas de que la llegada de los forasteros no hubiera aparejado la de Montclare, y rápidamente concentraron su atención en otra cosa.

Lynetta bailó mientras Margot permanecía a un lado, esforzándose por disimular su nerviosismo. ¿Tan evidente era su torpeza en el baile? Al parecer sí, porque nadie se había animado a sacarla.

Después de lo que le parecieron horas de espera, sonó una campanilla anunciando que la tarta estaba servida. Un criado le ofreció una copa de champán. Le gustaba la sensación de cosquilleo que le subía a la nariz y bebió varios sorbos mientras esperaba en compañía de Lynetta a que Quint, el mayordomo de Norwood Park, les sirviera un trozo de tarta.

—¡Oh, Dios! —susurró frenéticamente Lynetta, dando un codazo a Margot.
—¿Qué?
—Es Fitzgerald.
—¿Dónde? —musitó Margot con el mismo tono de inquietud, al tiempo que se pasaba la punta de la lengua por el labio superior para secar cualquier resto de champán.
—¡Viene hacia aquí!
—¿Me está mirando? ¿Es hacia mí a quien se está acercando? —inquirió Margot, pero antes de que su amiga pudiera contestar, el señor Fitzgerald ya se había plantado ante ella.
—Señorita Armstrong —la saludó, y le hizo una reverencia al tiempo que adelantaba una pierna y barría el aire con un brazo.

Margot había notado últimamente que los jóvenes caballeros llegados de Londres habían adoptado esa clase de reverencia.

—Señorita Beauly —se dirigió esa vez a Lynetta—. ¿Me permitís que os felicite por vuestro aniversario?
—Gracias —respondió Lynetta—. Umm... Os suplico me perdonéis, pero quiero, eh... Creo que tomaré un poco de tarta —y se apartó incómoda, dejando a Margot a solas con Fitzgerald.
—Ah... —Margot podía sentir el corazón aleteándole en el pecho—. ¿Qué os parece el baile?
—Magnífico —respondió el caballero—. Os merecéis toda clase de elogios.
—Oh, no es para tanto —pudo sentir también la absurda sonrisa que empezaba a dibujarse en sus labios—. Y Lynetta me ha ayudado, por supuesto.
—Por supuesto —el señor Fitzgerald se desplazó para colocarse a su lado y, a través de la ceñida manga de su vestido, Margot pudo sentir una reverberación eléc-

trica allí donde su brazo rozó el suyo–. Señorita Armstrong, ¿me haríais el honor de concederme el próximo baile?

Margot ignoró la punzada de pánico que la recorrió por dentro. Pánico a que pudiera romperle un dedo de los pies de un pisotón...

–Estaría encantada...

–Señorita Armstrong.

–¿Perdón? ¿Qué? –preguntó con voz soñadora cuando alguien le tocó un codo.

–Vuestro mayordomo –sonrió el señor Fitzgerald, señalando con la cabeza al criado que se había acercado a ella por detrás.

Margot se obligó a desviar la vista del caballero para fijarla en Quint.

–¿Sí? –inquirió con un dejo de impaciencia.

–Vuestro padre os pide que os reunáis con él en el salón familiar.

Margot parpadeó extrañada. ¡Qué momento tan inoportuno!

–¿Ahora? –exclamó, forzando un tono angelical, pero siseando un poco.

–¿Queréis que os guarde la copa hasta que volváis? –se ofreció el señor Fitzgerald.

Margot esperaba no parecer tan ridículamente complacida como se sentía por dentro. Aun así, no confiaba en ninguna de las jóvenes damas que circulaban a su alrededor como tiburones.

–Umm... –miró suplicante a Quint–. ¿No podría esperar mi padre?

Pero, como siempre, el mayordomo le devolvió la mirada con gesto impasible.

–Sus instrucciones son que os reunáis con él inmediatamente.

—Vamos —la animó el señor Fitzgerald con una cálida sonrisa—. Me concederéis ese baile a la vuelta —le quitó la copa de los dedos e inclinó cortésmente la cabeza.

—Sois muy amable, señor Fitzgerald. No me ausentaré más que un momento —Margot se giró en redondo y, tras fulminar con la mirada al viejo Quint, se recogió las faldas y empezó a retirarse.

Nada más entrar en el salón familiar, la asaltó un olor a hombres y caballos, y tuvo que reprimir una sensación de repulsión. La sorprendió ver a su padre sentado con los hombres de rudo aspecto que habían llegado poco antes a Norwood Park. Su hermano Bryce estaba allí, también, observando a los cinco visitantes como si fueran animales salvajes del bosque. Cuatro de aquellos hombres estaban devorando sus pitanzas, semejantes a una manada de lobos que no hubieran comido en mucho tiempo.

—Ah, aquí está mi hija, Margot —dijo su padre, levantándose y tendiéndole una mano.

Margot, reacia, avanzó para tomársela y hacerle una reverencia. Advirtió entonces, dado que se hallaba cerca de él, que el hombre de los ojos azul hielo estaba cubierto de polvo y suciedad, consecuencia, sin duda, de haber pasado varios días en el camino. Viendo su barba oscura y descuidada, se preguntó distraída si no habría perdido su navaja barbera. Su mirada arrogante la recorrió de la cabeza a los pies, desde la punta de su sofisticado peinado, cuyos pajarillos de papel parecieron interesarle, hasta su rostro y su corpiño.

«Qué grosero», pensó Margot para sus adentros. Lo miró con los ojos entrecerrados, pero su indignada reacción pareció agradarle. Sus ojos azules relumbraron mientras se levantaba. Alto como una torre, le sacaba más de una cabeza.

—Margot, te presento al jefe de clan Arran Mackenzie.

Mackenzie, esta es mi única hija, la señorita Margot Armstrong.

Vio que una de las comisuras de su boca se alzaba levemente. ¿Sería consciente de la descortesía de aquella mirada tan fija? Margot ejecutó otra perfecta reverencia y le ofreció la mano.

—¿Cómo estáis, señor?

—Muy bien, señorita Armstrong —respondió.

Su voz tenía un marcado y vivaz acento escocés que le produjo un escalofrío.

—¿Y vos? ¿Cómo estáis vos? —preguntó a su vez, tomando su mano en la suya.

Era una mano enorme, y Margot sintió la callosidad de su pulgar cuando le rozó los nudillos. Pensó entonces, por contraste, en los dedos largos y finos, de uñas perfectamente manicuradas, del señor Fitzgerald. El señor Fitzgerald tenía manos de artista. Aquel hombre, en cambio, tenía garras de oso.

—Muy bien, gracias —respondió, y retiró suavemente la mano. Miró expectante a su padre, que no parecía tener prisa alguna en despacharla ahora que ya la había presentado a aquellos hombres. ¿Cuánto tiempo tendría que permanecer allí? Pensó de nuevo en el señor Fitzgerald, que estaría en aquel momento esperándola en el baile, con una copa de champán francés en cada mano. Podía imaginarse a las jóvenes damas que se estarían arremolinando a su alrededor, dispuestas a lanzarse sobre él como gavilanes.

—Mackenzie va a recibir una baronía —le informó su padre—. Será lord Mackenzie de Balhaire.

¿Qué diantre podía importarle eso a ella? Pero Margot, siempre la hija perfecta, sonrió levemente mientras mantenía baja la mirada.

—Debéis de sentiros muy complacido.

El hombre ladeó la cabeza como buscando sus ojos antes de contestar.

—Sí que lo estoy —repuso, y bajó atrevidamente la mirada a su boca—. Dudo mucho, sin embargo, que podáis entender lo sumamente complacido que me siento, señorita Armstrong.

Un intenso escalofrío recorrió la espalda de Margot. ¿Por qué la estaba mirando así? ¡Era tan osado, tan insolente! ¡Y con su padre allí delante, mirándolo todo como si nada!

—Gracias, Margot —intervino su padre desde algún lugar cercano. No estaba segura de dónde estaba, ya que parecía incapaz de desviar la vista de aquel hombre bestial—. Puedes volver con tus amistades.

¿Y ya estaba? Se sentía como si fuera la oveja premiada del condado, a la qué hubieran hecho desfilar para poder verla bien. «Mirad que lana tan buena». Se sintió vejada. A veces su padre parecía olvidarse de que no era una baratija que pudiera exhibir para suscitar admiración.

Mirando firmemente aquellos ojos azul hielo, dijo:

—Ha sido un placer haberos conocido —no había sido ningún placer, sino una molestia, y esperaba que él pudiera verlo en sus ojos. Bueno, si no podía verlo seguro que sus compañeros sí. Todos habían dejado de comer y la estaban mirando como si nunca hubieran visto a una dama antes. Lo cual, a juzgar por sus ropas y por sus horrorosos modales en la mesa, resultaba bastante creíble.

—Gracias, señorita Armstrong —dijo él con un acento tan rítmico y vivaz que fue como si una pluma le acariciara todo lo largo de la espalda—. Pero el placer ha sido completamente mío, os lo aseguro —sonrió.

Aquellas palabras y aquella sonrisa hicieron que Margot experimentara un extraño calor. Se retiró apresurada, deseosa de alejarse todo lo posible de aquellos hombres.

Para cuando llegó al salón de baile, sin embargo, se olvidó de aquel episodio, porque el señor Fitzgerald estaba bailando con la señorita Remstock. Su copa de champán no estaba por ninguna parte, con lo que cualquier otro pensamiento voló de pronto de su cabeza.

Al día siguiente, por la tarde, su padre le informó de que había aceptado entregar su mano en matrimonio a aquella bestia de Mackenzie... para hacer luego oídos sordos a sus súplicas.

Capítulo 1

Las Tierras Altas de Escocia
1710

Bajo la luna llena, el aire de la cálida noche de verano estaba tan quieto que uno podía escuchar el distante rumor del mar casi como si se hallara en la caleta sobre la que se alzaba el castillo Balhaire. Los ventanales del antiguo castillo estaban abiertos de par en par a la tibia noche, y una brisa entraba por ellos ventilando el humo de las antorchas de estopa que iluminaban el gran salón.

El interior del castillo medieval había sido transformado en un suntuoso espacio digno de un rey... o al menos de un jefe de clan escocés enriquecido con el comercio marítimo. El jefe en cuestión, el barón de Balhaire, Arran Mackenzie, estaba repantigado en los muebles del gran salón con sus hombres, delante de un buen lote de cerveza y rodeado de sus perros, todos pastores escoceses.

En lo alto de la torre de vigía, tres centinelas pasaban el tiempo arrojando monedas sobre una capa extendida en el suelo, a cada tirada de dados. En la última, Seamus

Bivens ya había aligerado del peso de dos *sgillin* a su viejo amigo Donald Thane. Dos *sgillin* no era precisamente una fortuna para un guardia de Balhaire, gracias a la generosidad que Mackenzie prodigaba a los que le eran leales, pero, en cualquier caso, cuando Seamus se llevó otros dos más, Donald se mostró especialmente sensible a aquella merma de su bolsa y de su orgullo. Siguió un cruce de palabras exaltadas y los dos hombres se levantaron atropelladamente, requiriendo sus respectivos mosquetes, apoyados contra la pared.

Sweeney Mackenzie, el comandante, no tenía ningún problema con que sus hombres se pelearan, pero un ruido extraño llegó hasta sus oídos, con lo que se levantó también y se interpuso entre ambos, separándolos con una mano en el pecho de cada uno.

—*Uist*! —chistó para acallarlos—. ¿Habéis oído?

Los dos centinelas se quedaron inmóviles y estiraron los cuellos, escuchando. El ruido de un carruaje acercándose resonaba en las fantasmales sombras de las colinas.

—¿Qué diablos? —masculló Seamus y, olvidada la furia que había sentido contra Donald, agarró el catalejo y se apoyó en el muro.

—¿Y bien? —preguntó Donald, pegándose a su espalda—. ¿Quién es? Un Gordon, ¿verdad?

Seamus sacudió la cabeza,

—No es un Gordon.

—Un Munro, entonces —dijo Sweeney—. He oído que han estado vigilando las tierras Mackenzie —corrían tiempos relativamente tranquilos en Balhaire, pero un cambio repentino en las alianzas entre clanes no habría sorprendido a nadie.

—No es un Munro —declaró Seamus.

Podían ver ya aproximarse el carruaje tirado por cuatro caballos, con dos jinetes a la cola y otros dos a los laterales. El postillón portaba una pértiga con linterna para iluminar el camino, aparte de los fanales propios del coche.

—¿Quién diablos será para presentarse aquí tan entrada la noche? —gruñó Donald.

De repente, Seamus se quedó sin aliento. Bajando el catalejo, entrecerró los ojos y volvió a mirar por él mientras se inclinaba hacia delante.

—¡No! —murmuró, incrédulo.

Sus dos compañeros intercambiaron una mirada.

—¿Quién? —exigió saber Donald—. No puede ser un Buchanan —dijo, con la voz convertida casi en un murmullo, refiriéndose al más tenaz de los enemigos de los Mackenzie.

—Es... es lady Mackenzie —dijo Seamus, casi susurrando.

Sus dos compañeros perdieron también el aliento. Sweeney se giró en redondo, recogió su arma y corrió a advertir a Mackenzie de que su esposa había regresado a Balhaire.

Desafortunadamente, bajar desde la parte más alta de Balhaire no era tarea fácil y, para cuando Sweeney llegó al patio del castillo, el coche ya había atravesado las puertas de la muralla. La portezuela del carruaje se abrió, desplegando la escalerilla. El comandante vio un pie pequeño posándose sobre el escalón y echó a correr a toda velocidad.

Arran Mackenzie adoraba la sensación de tener un dulce bulto de mujer en su regazo, así como el aroma de su pelo en la nariz, sobre todo con el dorado calor de la buena cerveza arropándolo en sus líquidos brazos.

Había dado buena cuenta del lote que su primo y primer teniente de la fortaleza había destilado. Jock Mackenzie se tenía por un buen maestro cervecero.

Arran estaba repantigado en su silla, acariciando lentamente la espalda de la mujer mientras se esforzaba morosamente por recordar su nombre. ¿Cómo se llamaba? ¿Aileen? ¿Irene?

—¡Milord! ¡Mackenzie! —gritó alguien.

Arran ladeó la cabeza para distinguir algo detrás de los rubios rizos de la mujer que tenía sentada en el regazo. Sweeney Mackenzie, uno de sus mejores soldados, le estaba gritando desde el fondo del salón. El pobre hombre se apretaba el pecho como si el corazón le fallara. Tenía un aspecto verdaderamente frenético mientras paseaba la mirada por la habitación atestada de gente.

—¿Do–dónde está? —le preguntó a un borracho que tenía al lado—. ¿Do–dónde está Mackenzie?

Sweeney era un guerrero feroz y un comandante plenamente consagrado a su cargo. Pero, cuando estaba nervioso, tenía tendencia a tartamudear como cuando los dos eran niños. Por lo general, había pocas cosas que pudieran agitar tanto a un veterano como él.

—¡Aquí, Sweeney! —gritó, haciendo a un lado a la mujer. Sentándose derecho en su sillón, indicó al hombre que se acercara—. ¿Qué es lo que te ha puesto en este estado?

Sweeney se dirigió apresurado hacia él.

—Ella ha vu... vuelto —logró pronunciar, casi sin aliento.

Arran frunció el ceño, confuso.

—¿Quién?

—La... la... la... —los labios y la lengua de Sweeney parecían haberse enredado. Tragó saliva e intentó soltar la palabra.

—Toma aliento, hombre —dijo Arran, levantándose—. Tranquilízate. ¿Quién ha venido?

—La... lady Ma... Ma... Mackenzie.

Aquel nombre pareció flotar entre Arran y Sweeney, elevándose en el aire. ¿Se lo había imaginado Arran, o de repente todo el salón se había quedado quieto, paralizado? Tenía que tratarse de algún error... Cruzó una mirada con Jock, que parecía tan perplejo como él.

Volviéndose nuevamente hacia Sweeney, dijo con tono tranquilo:

—Respira otra vez, hombre. Tienes que estar equivocado.

—No está equivocado.

Arran giró bruscamente la cabeza al oír aquella voz femenina tan familiar, de acento inglés. Escrutó el fondo del salón, pero las antorchas producían más humo que luz y el espacio se hallaba en sombras. No consiguió distinguir a nadie en particular, pero el rumor de alarma que se alzó entre las dos decenas de almas que allí se reunían se lo confirmó: su esposa había vuelto a Balhaire. Después de una ausencia de más de tres años, había regresado de manera inexplicable.

Aquello indudablemente sería contemplado como una gran ocasión por una mitad de su clan, mientras que la otra lo vería como una desgracia. Solamente se le ocurrían tres posibles razones para que su esposa pudiera estar allí en aquel momento: una, que su padre hubiera muerto y ella no tuviera ningún lugar adonde ir, salvo con su marido legal. Dos, que se hubiera acabado el dinero que le había dado. O tres... que quisiera divorciarse de él.

Desechó la posibilidad de la muerte de su padre. Si el hombre hubiera muerto, él se habría enterado. Tenía a un agente destacado en Inglaterra para vigilar de cerca a su desleal esposa.

La multitud se partió en dos mientras la belleza de cabello castaño rojizo se deslizaba por el salón como un esbelto galeón, seguida de dos hombres vestidos con finas ropas y empolvadas pelucas.

Era imposible que se le hubiera acabado el dinero. Arran era más que generoso con ella. Demasiado, en opinión de Jock. Y quizá tuviera razón, pero nadie podría decir de Arran que no se ocupaba de mantener adecuadamente a su mujer.

La gran entrada de su esposa fue súbitamente alterada por uno de los viejos perros de caza de Arran. Roy escogió aquel momento para deambular por el pasillo despejado y dejarse caer justo allí, con la cabeza entre las patas sobre el frío suelo de piedra, ajeno a las actividades de los humanos que lo rodeaban. Suspiró sonoramente, dispuesto a dormir una siesta.

Su esposa, elegantemente, se levantó los faldones de la capa y pasó por encima del animal. Sus dos escoltas prefirieron rodearlo.

Mientras ella continuaba caminando hacia él, Arran tuvo que plantearse que quizá la tercera posibilidad fuera la más plausible. Se había presentado allí para pedirle el divorcio, una anulación... lo que fuera con tal de liberarse de él. Y sin embargo se le antojaba bastante improbable que hubiera hecho un viaje tan largo solo para pedírselo. ¿No habría sido mejor enviar a un agente? O quizá lo que pretendía era humillarlo una vez más.

Margot Armstrong Mackenzie se detuvo con las manos juntas y una sonrisa en beneficio de la multitud que la contemplaba boquiabierta. Sus dos escoltas se colocaron directamente detrás de ella, escrutando desconfiados el salón, con las manos apoyadas en la empuñadura de sus espadines. ¿Temerían verse obligados a combatir para salir de allí? Era una posibilidad, porque algunos miembros del clan tenían una expresión demasiado expectante, como si estuvieran entusiasmados ante la posibilidad de una pelea.

No había habido una muerte, entonces. Ni tampoco una falta de fondos. Lo que no podía descartar era el divorcio, pero, por la razón que fuera, Arran experimentó un repentino ataque de furia. ¿Cómo se atrevía a volver?

Se levantó del sillón, situado en el estrado, y se dirigió hacia ella.

—¿Acaso ha nevado en el infierno? —le preguntó con toda tranquilidad.

Ella miró a su alrededor.

—No veo aquí rastro alguno de nieve —repuso al tiempo que se quitaba los guantes.

—¿Habéis venido por mar? ¿O montada en una escoba?

Alguien en el estrado soltó una risita.

—Por mar y en carruaje —explicó con tono agradable, ignorando la pulla. Ladeando la cabeza, recorrió su cuerpo con la mirada—. Lucís buen aspecto, mi señor esposo.

Arran no dijo nada. No sabía qué decirle después de tres años y temía que cualquier cosa que hiciera desatara un torrente de emociones que no estaba dispuesto a compartir con el mundo.

Ante su silencio, Margot paseó la mirada por todo aquello que la rodeaba: las toscas antorchas de estopa, los candelabros de hierro, los perros que vagabundeaban por el gran salón. Era algo completamente distinto de Norwood Park. Nunca se había interesado por aquel inmenso salón, el corazón de Balhaire desde hacía siglos. Siempre había aspirado a algo más delicado: una habitación elegante, el salón de baile de un Londres o un París. Pero, para Arran, aquella habitación era de lo más funcional. Había largas mesas donde se sentaban los miembros de su clan, con enormes chimeneas a cada extremo para calentarlo. Unas pocas alfombras ahogaban el sonido de las botas en la piedra, y él siempre había preferido la parpadeante luz de las antorchas.

—Esto sigue siendo encantadoramente pintoresco —comentó ella, leyendo sus pensamientos—. Todo sigue exactamente igual.

—No todo —le respondió él—. Yo no esperaba volver a veros aquí.

—Lo sé —repuso Margot, esbozando una leve mueca—. Y, por ello, os presento mis disculpas.

Arran esperaba más. Una explicación. Una súplica de perdón. Pero eso era todo lo que estaba dispuesta a decir, aparentemente, mientras continuaba mirando a su alrededor, contemplando el estrado.

—Oh, qué maravilla —dijo de pronto—. Veo que habéis añadido algo nuevo.

Arran miró por encima de su hombro. El estrado era lo único que quedaba del salón original, más allá de los suelos y las paredes. Era una especie de plataforma elevada donde el jefe de clan y sus consejeros habían hecho sus comidas durante años. Su uso actual ya no era tan formal, pero, aun así, a Arran le gustaba, ya que desde allí podía dominar todo el espacio.

Tardó un momento en darse cuenta de que estaba admirando la mesa de madera tallada y los sillones tapizados que había adquirido en un reciente viaje comercial, así como los dos candelabros de plata que decoraban la cabecera. Los había recibido como pago de un hombre que había tenido mala suerte y que había necesitado dos caballos para huir a la desesperada de las autoridades.

—Mobiliario francés, ¿verdad? —preguntó ella—. Parece muy francés.

¿Era francés? ¿Y qué importaba eso en aquel momento, dada la gran ocasión que se estaba desarrollando entre ellos? ¡El señor y la señora Mackenzie de Balhaire se hallaban en la misma habitación, y todavía no se habían lanzado ningún cuchillo! ¡Que llamasen a los heraldos! ¡Que hiciesen sonar los clarines! ¿Qué diablos estaba haciendo su mujer allí después de años de silencio, haciendo comentarios sobre la mesa del estrado? ¿Por qué se había presentado allí sin previo aviso, sin decir una palabra, sobre todo después de haberse marchado de la manera en que lo había hecho?

Su osadía le provocó una furia irrefrenable, acelerándole el corazón.

—No os esperaba, y me gustaría saber qué es lo que os ha traído a Balhaire, milady.

—¡Eso! —gritó alguien al fondo del salón.

—Dios mío, os suplico me perdonéis —se inclinó al instante, ejecutando una exagerada reverencia—. Tan entusiasmada estaba con la familiaridad del entorno que me olvidé de anunciaros que he vuelto a casa.

—¿A casa? —él resopló ante lo absurdo de la idea.

—Sí. A casa. Vos sois mi marido. Por tanto, esta es mi casa. Mi hogar —agitó los dedos de la mano que le tendía, como para recordarle que seguía sin bajarla. Y que él tenía que aceptarla.

Sí, Arran de repente fue consciente de aquella mano y, lo que era más importante, de aquella sonrisa que le quemaba en el pecho. Una sonrisa que acababa en un par de deliciosos hoyuelos, con aquellos luminosos ojos verdes que relumbraban a la tenue luz del salón. Podía ver los mechones de su cobriza melena asomando bajo la capucha de su capa, oscuros rizos que contrastaban con su piel cremosa.

Ella seguía sonriendo, con la mano todavía tendida hacia él.

–¿No pensáis acercaros a saludarme?

Arran vaciló. Todavía llevaba su ropa de montar manchada de barro, abierto el cuello de la camisa que cubría apenas su pecho desnudo. Se había peinado su larga melena solo con los dedos, para recogérsela en una tosca coleta que le caía sobre la espalda. No se había afeitado en varios días, y no tenía la menor duda de que apestaba un poco. Pero estiró un brazo y aceptó su mano.

Qué huesos tan finos y delicados... Cerró sus dedos de yemas callosas sobre los de ella y tiró con demasiada fuerza para levantarla, tanta que la hizo dar un pequeño y brusco salto hacia delante. En aquel momento la tenía tan cerca que ella tuvo que combar su cuello de cisne y echar mucho la cabeza hacia atrás para mirarlo a los ojos.

Arran la fulminó con la mirada, intentando comprender.

Ella enarcó una oscura ceja.

–Dadme la bienvenida a casa, milord –dijo, y de pronto, con una sonrisa que resultó tan perversa como la del *diabhal* mismo, lo sorprendió, o más bien lo dejó perplejo con lo que hizo a continuación. Poniéndose de puntillas, le pasó un brazo por el cuello y le obligó a bajar la cabeza... para besarlo.

Diablos, Margot lo estaba besando. Aquello era tan sorprendente como su repentina aparición. Y no fue un beso casto, que era la única clase de besos que había conocido de la joven novia, tímida y pudorosa, que lo había abandonado tres años atrás. Fue un beso perfectamente carnal, que lucía todas las señales de la madurez, con una boca suculenta, una lengua juguetona y unos pequeños dientes que mordisquearon suavemente su labio inferior. Y, cuando terminó de besarlo, volvió a apartarse y le sonrió, con unos ojos verdes tan brillantes como la luz de las antorchas.

Aquello hizo su efecto. La furia de Arran empezó a convertirse progresivamente en deseo. Parecía la misma de siempre, quizá algo más rellenita, pero no era en absoluto la novia que había abandonado Balhaire deshecha en llanto. Le bajó bruscamente la capucha. Su cabello era de un tono cobre bruñido, y acarició por un instante los rizos que enmarcaban su rostro. Ignoró luego su ceño levemente fruncido mientras le soltaba el broche de la capa. La tela se abrió, relevando el ajustado talle de su traje de viaje, con el cremoso bulto de sus senos asomando por encima del brocado dorado de su corpiño. Y advirtió algo más, también: el collar de esmeraldas que él le había regalado por su boda, relampagueando en el nacimiento de su cuello. Estaba arrebatadora. Seductora. Un suculento plato para que un hombre lo saboreara morosamente.

Pero ella se equivocaba de medio a medio si esperaba tenerlo sentado a su mesa.

—Parece que habéis recurrido con bastante frecuencia a mi bolsa —comentó, admirando la calidad de su vestido de seda—. Y lucís también una excelente salud.

—Gracias —repuso ella, cortés, y alzó ligeramente la barbilla—. Y vos parecéis... —se interrumpió, lanzando otra mirada a su desaliñado aspecto—. El mismo de siempre —alzó una comisura de los labios en una sonrisa irónica.

Su perfume lo mareaba, y una cascada de recuerdos anegó su cerebro. El recuerdo de ella desnuda en su cama. De sus largas piernas enredadas en las suyas, de su cabello perfumado, de sus senos jóvenes en sus manos.

Ella también pareció ser consciente de sus pensamientos; Arran pudo verlo en el brillo de sus ojos. Apartándose ligeramente de él, le dijo:

—¿Me permitís presentaros al señor Pepper y al señor Worthing? Han sido tan amables como para escoltarme hasta aquí, asegurándose de que llegara sana y salva.

Arran apenas se dignó a echar un vistazo a aquellos pisaverdes ingleses.

—De haber sabido que pensabais regresar a Balhaire, os habría enviado a mis mejores hombres. Qué curioso que no me mandarais palabra alguna.

—Eso habría sido muy generoso por vuestra parte —repuso ella con tono vago—. ¿Sería mucha molestia que nos dierais de cenar? Yo estoy desfallecida de hambre, y estoy segura de que estos buenos hombres también. Me había olvidado de las pocas posadas que hay en las Tierras Altas.

Arran estaba ligeramente ebrio y demasiado perplejo, pero no tanto como para que estuviera dispuesto a acogerla en su castillo después de tres malditos años, y fingir que todo estaba perfectamente sin que ella se dignara a darle la menor explicación al respecto. Estaba decidido a exigirle una respuesta, aunque en aquel momento era incómodamente consciente de que los oídos de todo el clan Mackenzie estaban pendientes de ellos.

—¡Música! —gritó.

Alguien sacó una flauta y empezó a tocar. Arran agarró entonces de la muñeca a Margot y la atrajo hacia sí. Le habló muy bajo para que los demás no pudieran escuchar lo que decía.

—Volvéis a Balhaire, sin anunciaros, después de haberos marchado como lo hicisteis... ¿y todavía os atrevéis a pedirme que os dé de cenar?

Ella entornó ligeramente los ojos, tal como había hecho la noche en que Arran la vio por vez primera.

—¿Os negaréis a alimentar a los hombres que se han asegurado de traerme de vuelta, sana y salva, con vos?

—¿Habéis vuelto conmigo? —se burló él.

—Si la memoria no me falla, siempre me estabais recordando la fama de hospitalarios que tenían los escoceses.

—No os creáis con derecho a decirme lo que debo hacer, milady. Respondedme. ¿Por qué estáis aquí?

—Oh, Arran —exclamó, y sonrió de pronto—. ¿No es obvio? Porque os he echado de menos. Porque he entrado en razón. Porque deseo que retomemos nuestro matrimonio. Que lo intentemos de nuevo. ¿Por qué si no me habría tomado la molestia de hacer un viaje tan duro e incómodo?

Arran vio moverse aquellos sensuales labios, escuchando las palabras que decía... y negó con la cabeza.

—Eso, ¿por qué? Tengo mis sospechas, ¿sabéis? —dijo, con la mirada clavada en su boca—. Asesinato. La provocación de un alboroto. Que me rebanéis el cuello por la noche.

—¡Oh, no! —exclamó ella con expresión grave—. Eso sería horroroso, tanta sangre... No podéis considerar tan imposible que yo haya cambiado de actitud —dijo—. Al fin y al cabo, vos no sois tan desagradable como parecéis.

¿Ahora se estaba burlando de él? Experimentó otro arrebato de furia.

—Francamente, habría venido antes si hubiera recibido de vuestra parte algún indicio de que deseabais que lo hiciera —añadió ella como si se tratara de algo perfectamente obvio.

Arran no pudo evitar soltar una carcajada de incredulidad.

—¿Es que os habéis vuelto loca, mujer? No he recibido una maldita palabra vuestra en todo el tiempo que habéis estado fuera.

—Yo tampoco he recibido palabra alguna de vos.

Aquello resultaba hasta ofensivo. Arran no tenía la menor idea del juego que ella estaba jugando, pero no iba a ganar. Deslizó un brazo por su espalda y la atrajo hacia su cuerpo, sosteniéndola firmemente. Alzó una mano hasta su mejilla, acariciándosela con el pulgar.

—¿No admitiréis entonces la verdad?

—¿No me creeréis vos? —preguntó ella con tono dulce.

Pudo ver que sus ojos verdes se oscurecían con un brillo malicioso, el fulgor del engaño.

—Ni una maldita palabra.

Margot sonrió y alzó la barbilla. De repente, Arran se dio cuenta de que ya no le tenía miedo. Siempre se había mostrado algo temerosa hacia él, pero, en aquel momento, no veía rastro alguno de aquel miedo.

—Sois terriblemente desconfiado —dijo ella—. ¿Acaso no he sido perfectamente franca con vos? ¿Por qué habría ahora de comportarme de una manera distinta? Sigo siendo vuestra esposa, Mackenzie. Pero, si no me creéis, supongo entonces que tendré que convenceros, ¿no?

Arran sintió que la sangre empezaba a agolparse en sus venas. Escrutó su rostro, aquella esbelta nariz, las oscuras cejas.

—Me habéis sorprendido —admitió mientras recorría con la mirada el tentador escote de su vestido—. ¿Era eso lo que deseaba vuestro mezquino corazoncito? Pero sabed una cosa, esposa mía. No soy ningún estúpido. La última vez que os vi, estabais huyendo. No voy a creerme que de repente habéis encontrado un lugar para mí en este lugar de vuestro cuerpo —y le dio deliberadamente unos golpecitos con el dedo en el pecho, justo en el lugar del corazón.

Ella continuaba sonriendo impasible, aunque Arran pudo distinguir el leve rubor que empezaba a colorear sus mejillas.

—Estaré ciertamente encantada de demostraros que estáis en un error. Pero, por favor, ¿nos daréis antes de cenar? Es obvio que necesitaré de todas mis fuerzas para ello.

El pulso de Arran se aceleró todavía más con una mezcla inflamable de furia y deseo.

—No puedo por menos que preguntarme dónde está aquel frágil capullo de flor que me abandonó.

—Se ha convertido en un rosal —le dio una palmadita en el pecho—. Un poco de comida, si sois tan amable, para el señor Pepper y para el señor Worthing.

—¡Fergus! —gritó él, con la mirada todavía clavada en el rostro de Margot—. Trae a lady Mackenzie y a sus hombres algo de pan y de comida. Y date prisa.

Cerró luego los dedos sobre su codo, hundiéndolos en la tela de su vestido, y se la llevó consigo. Ella no dijo una palabra sobre su mano sucia manchándole la ropa, al contrario de lo que antaño habría hecho, sino que consintió, obediente. Casi como si hubiera esperado que la tratara de aquella forma. Como si se hubiera preparado para ello.

Arran era consciente del revuelo y de las voces que lo envolvieron mientras los presentes estiraban sus cuellos para ver a la misteriosa lady Mackenzie y a los dos perros de presa que la seguían de cerca.

—No era necesario que os presentarais con una guardia armada —le espetó mientras la conducía hacia el estrado, lanzando una mirada sobre su hombro a los dos ingleses—. Le habéis dado un susto de muerte a Sweeney.

—Mi padre insistió en ello. Una nunca sabe cuándo se topará con un salteador de caminos —lo miró de reojo.

Arran siempre había pensado que Margot tenía una belleza extraordinaria y, de alguna manera, en aquel momento era aún más hermosa. Pero no le habitaba ya el antiguo anhelo que antaño había sentido por ella, ya que ahora lo único que sentía era desdén. Hubo un tiempo en que su sonrisa lo habría obligado a aceptar su mal comportamiento, pero ya no. Debería negarle la comida, arrojarla a una habitación y mantenerla allí encerrada en castigo por haberlo abandonado.

Margot se quitó la capa y ocupó de buen grado el asiento que él había dispuesto para ella en el estrado, pero sentándose en el mismo borde. Su escrupulosa naturaleza todavía parecía acechar detrás de aquel frío exterior.

—Vuestros hombres pueden sentarse allí —dijo él, señalando una de las mesas de abajo.

Los guardias vacilaron, pero ella les indicó que obedecieran con un discreto gesto.

Arran resistió el impulso de recordarle que ella no era la reina allí, sobre todo ahora, pero se sentó a su lado y mantuvo la boca cerrada. Por el momento.

—Veo que has estado disfrutando de compañía —comentó Margot al tiempo que posaba la mirada en la muchacha que había estado sentada en su regazo y que en aquel momento se hallaba fuera del estrado, haciendo pucheros.

—Sí, de la compañía de los de mi clan.

—¿De hombres y mujeres por igual?

Arran la agarró de la muñeca una vez más, apretándosela ligeramente.

—¿Qué os pensabais, Margot, que me había dedicado a vivir como un monje? ¿Que después de vuestro abandono, mantendría incólumes mis votos y me prosternaría cada noche ante el altar de vuestro recuerdo?

Ella sonrió mientras liberaba su brazo.

—No tengo ninguna duda de que os habréis prosternado ante el altar de otras damas —desvió la mirada mientras enredaba un dedo en uno de sus rizos.

—Ya, y supongo que vos os habréis mantenido como una casta princesita —resopló él.

—Bueno —replicó Margot con tono frívolo—. No puedo decir que me haya mantenido completamente casta. Pero ¿quién de nosotros lo es? —giró la cabeza y lo miró directamente a los ojos, con una tranquila sonrisa en los labios, algo subido el color de sus mejillas.

¿Qué clase de juego era aquel? ¿Estaba flirteando con él, echándole en cara su mal comportamiento? Aquello no tenía sentido y además apestaba a engaño. ¿Quién era aquella mujer? La mujer que lo había abandonado se habría escandalizado ante la mera sugerencia de que su castidad no había sido perfecta, prácticamente virginal. Pero aquella mujer estaba jugando con él, haciéndole sugerencias y sonriéndole de una manera que habría hecho que a cualquier hombre le flaquearan las rodillas.

Se volvió para ordenar al joven criado que les sirviera vino y, al hacerlo, advirtió que la mitad de sus hombres continuaban mirándola boquiabiertos.

—Está bien, está bien —rezongó con gesto irritado, indicándoles por señas que se ocuparan de sus propios asuntos—. ¿No puedes tocar algo más animado, Geordie? —se dirigió a su músico.

Geordie dejó su flauta, recogió la fídula y empezó a tocar de nuevo.

Cuando Margot se estaba llevando su copa a los labios, Arran le dijo:

—Ahora que ya habéis hecho vuestra gran entrada, supongo que me enteraré de lo que os ha traído a Balhaire. ¿Ha muerto alguien? Vuestro padre, ¿ha perdido su fortuna? ¿Os estáis escondiendo de la reina?

Ella se echó a reír.

—Mi familia goza de muy buena salud, gracias. Nuestra fortuna sigue intacta y la reina, por lo general, no se ocupa de mí.

Arran se repantigó en su sillón, estudiándola.

Ella sonrió con coquetería.

—Parecéis escéptico. Me había olvidado de lo muy desconfiada que era vuestra naturaleza, pero debo reconocer que eso es algo que siempre me gustó de vos.

—¿No debería desconfiar de vuestra persona? ¿Cuando os habéis presentado aquí después de no haber dicho una palabra en todo este tiempo?

—¿Podéis sugerirme una mejor manera de volver con vos? —le preguntó ella—. Si os hubiera mandado algún recado, me habríais rechazado. ¿No es verdad? Pensé entonces que quizá si me veíais antes de oír mi nombre... —se encogió de hombros.

—¿Qué?

—Que tal vez entonces os daríais cuenta de que vos también me habíais echado de menos —esbozó una sonrisa dulce. Esperanzada.

Ahí estaba otra vez, aquel torrente de sangre corriendo por sus venas, acompañado de otra cascada de imágenes con las largas piernas de su esposa enredadas en torno a su cintura, con su sedosa melena extendida sobre su pecho. Ahuyentó aquella imagen en especial. La verdad era que no podía soportar evocarla.

—Yo no os he echado de menos. Os aborrezco.

Lass mejillas de ella se arrebolaron, y bajó la mirada a su regazo.

—Respecto a vos, ¿desde cuándo empezasteis a echarme de menos, *leannan*? ¿Desde que no considerasteis suficiente el dinero que os mandaba?

—Habéis sido sobradamente generoso conmigo, milord.

—Sí que lo he sido —aseveró él con gesto inflexible.

—Respecto al momento en que empecé a echaros de

menos tan ardientemente –fingió meditarlo mientras jugueteaba con su collar de esmeraldas–. No puedo precisarlo. Pero es una noción que ha echado raíces en mí y que continúa creciendo.

–Como un maldito cáncer –se burló él.

–Algo así. Siempre esperé que iríais algún día a buscarme para aseguraros de mi bienestar, en lugar de enviarme a Dermid, que fue lo que al final hicisteis.

–¿Pensasteis que viajaría hasta Inglaterra para daros caza como un zorro detrás de una gallina?

–«Caza» es una palabra fuerte. Yo preferiría «visita».

–Pero no recibí de vuestra parte invitación alguna de visita, ¿verdad?

–¡No la necesitabais! ¡Sois mi marido! Pudisteis haber ido a verme en cualquier momento que os hubiera apetecido. ¿No lo habíais hecho antes? –le preguntó con una mirada lasciva–. ¿No me echáis de menos, Arran? ¿Un poco, quizá?

–Os he echado de menos en la cama –respondió, sosteniéndole la mirada–. Y ha pasado demasiado tiempo desde entonces.

El rubor volvió a colorear las mejillas de Margot, pero se las arregló para no bajar la vista.

–¿Tanto ha sido?

La mirada de Arran se deslizó hasta su boca. Una eternidad. Se sentó muy derecho, inclinándose hacia ella.

–Un tiempo larguísimo, muchacha. Tres años, tres meses y un puñado de días.

La sonrisa de Margot se borró de golpe. Entreabrió ligeramente los labios y parpadeó varias veces como mirándolo con sorpresa.

–Sí, *leannan*, sé muy bien durante cuánto tiempo me he visto libre de vuestra carga. ¿Eso os sorprende?

Algo en los ojos de ella pareció apagarse.

—Un poco –admitió en voz baja.

Arran esbozó una sonrisa lobuna. El pulso le estaba atronando en las venas, acusando el familiar ritmo del deseo. Se apartó el pelo de la sien y dijo:

—Lástima que ahora todo esto me sea tan indiferente.

Allí estaba otra vez, un fugaz brillo de emoción en sus ojos. ¿Había acertado el golpe? Tampoco le importaba demasiado... porque nunca lograría compensar el golpe que él había recibido de ella.

Capítulo 2

Balhaire, las Tierras Altas de Escocia
1706

Baqueteada y dolorida, balanceándose en el interior del carruaje desde hacía ya varios días, en incómodo viaje hacia el norte, Margot estaba absolutamente exhausta. Pero al fin había llegado al lugar que debería ser su hogar.

No habría podido sentirse más deprimida.

Balhaire era un oscuro y sombrío castillo cubierto de niebla, al igual que las colinas que lo rodeaban. Era una formidable estructura levantada mucho tiempo atrás, anclada por dos torres y cercada por una muralla, al pie de la cual se alzaba una pequeña aldea de humildes cabañas de tejados de paja, con espirales de humo que escapaban de las chimeneas hacia un cielo plomizo.

Cuando el carruaje amenguaba su paso, Margot pudo oír ladridos de perro y gritos infantiles. Oyó al cochero maldecir a una vaca que se había cruzado en el camino. El coche se detuvo de golpe, lo que significó un nuevo baqueteo.

Se desplazó para asomarse a la otra ventanilla y vio a gente saliendo de sus cabañas, alineándose en las cunetas del camino y aclamando a Mackenzie, que cabalgaba delante del coche. Oyó también su respuesta: una palabra o dos, en una lengua que desconocía.

Encogiéndose, se apartó de la ventanilla. Aquel lugar la aterraba.

Seguía todavía consternada por encontrarse allí y en aquella situación. Nunca se le había pasado por la cabeza que se vería obligada algún día a casarse contra su voluntad, que era precisamente lo que le había sucedido. Había suplicado a su padre, se lo había rogado de todas las maneras, pero él se había mostrado rígidamente determinado. Firmemente le había recordado que aquel matrimonio era un deber para con su familia y para con Inglaterra, y que la unión entre ella y Mackenzie salvaguardaría la fortuna de los Armstrong para las generaciones venideras.

—Eres la única hija que tengo, Margot —le había dicho—. Tienes el deber de hacer lo que yo estime mejor, así que me obedecerás en esto.

Margot se había resistido, pero su padre la había amenazado. Juró que nunca le proporcionaría una dote para otro pretendiente. Que no le permitiría ver a Lynetta, sabiendo como sabía que las dos muchachas acabarían conspirando. Que no tendría contacto con nadie; que la encerraría en Norwood Park de por vida, de manera que acabaría convirtiéndose en una solterona sin esperanza alguna de conocer la felicidad.

A sus diecisiete años, Margot no había sabido qué hacer ni cómo escapar de la tiranía de su padre. Al final, su padre se había aprovechado de su confusión, de su miedo y de su incertidumbre, para terminar ganando la batalla.

Quince días antes de su decimoctavo aniversario, Mackenzie había recibido una baronía. Aquella misma noche, se había presentado en Norwood Park para cenar con Margot y con su familia. Ella apenas lo miró. Al menos en aquella ocasión había llevado ropa adecuada y se había afeitado la barba. Pero, cuando él intentó entablar conversación, ella respondió de la manera más insípida que pudo con la desesperada esperanza de que la encontrara tediosa, insulsa, y que eso lo impulsara a despacharla.

Pero, al parecer, quedó bastante complacido con la imagen que se llevó de ella. Dos días después de su cumpleaños, Margot tomó los votos matrimoniales en la capilla de Norwood Park ante su padre y sus dos hermanos. Mackenzie se había presentado con un gigantón como padrino.

En su noche de bodas, su reciente esposo se había encamado rápidamente con ella, como si la tarea le desagradara, para desaparecer en seguida. Dos días después habían partido rumbo a Escocia. Durante el primer día de viaje, Margot había llorado hasta caer enferma. Cuando no le quedaron ya lágrimas, se sintió como adormecida, insensible. Su marido le preguntó más de una vez si podía hacer algo para aliviarla, pero ella se limitaba a sacudir la cabeza, desviando la vista.

Para cuando llegaron a las Tierras Altas de Escocia, después de haber viajado durante días sin ver señal alguna de civilización, Margot sintió miedo.

En aquel momento el carruaje atravesaba la aldea con gentes alineadas a ambos lados del camino, intentando distinguir su rostro antes de que el vehículo desapareciera detrás de los gruesos muros que rodeaban el enorme castillo.

De cerca, el castillo resultaba todavía más imponente. Margot tuvo que echar mucho la cabeza hacia atrás para contemplar las torres mientras el coche aminoraba el paso hasta detenerse. Se sentó muy derecha, cerrando los dedos sobre los bordes de los cojines del banco.

La portezuela se abrió de golpe. Alguien desplegó una escalerilla. Margot intentó apresuradamente arreglarse el peinado: debía de estar hecha un adefesio, sobre todo después de haber hecho todo el viaje sin la asistencia de su dama de honor. Nell Grady había viajado detrás, con los numerosos baúles de su señora.

La oscura cabeza de su marido asomó por la puerta.

—Venga —dijo sin más, y le tendió una mano enguantada.

Si finalmente bajó fue únicamente por su desesperado deseo de abandonar aquel mezquino carruaje. Se tambaleó ligeramente, ya que tenía entumecidas las piernas después de un trayecto tan largo. Pero se las arregló para mantenerse en pie y se detuvo para mirar a su alrededor.

—Bienvenida a Balhaire —le dijo él.

¿Bienvenida a aquello? Margot se sentía tan abrumada por la vista del patio de aquel castillo que apenas podía hablar: bullía de animales y de gente. Las gallinas se cruzaban en el camino de los caballos y los perros olisqueaban las botas de los jinetes que acababan de desmontar. Apenas tuvo tiempo de asimilarlo todo antes de que la puerta principal se abriera de repente, dando paso a una mujer que salió dando un grito. Era alta y esbelta, con el cabello de color rojo oscuro recogido en una larga trenza. La mujer, sin mirar a Margot, se puso a hablar con Mackenzie en la lengua de las Tierras Altas.

Ignoraba lo que él le respondió, pero el resultado fue que la mujer se volvió para lanzar una desdeñosa mirada a Margot.

—La señorita Griselda Mackenzie. Mi prima —dijo Arran con un suspiro.

Margot la saludó con una reverencia. Griselda alzó mucho las cejas, casi hasta el nacimiento de su pelo, y cruzó los brazos sobre el pecho, con sus largos dedos tamborileando sobre la manga mientras estudiaba a la recién llegada.

–Un placer conoceros –dijo Margot.

La mujer apretó los labios.

–Espero que podamos ser amigas –añadió Margot tras una vacilación.

Resultó obvio que era una frase equivocada, porque la mujer se dirigió a Mackenzie con un tono tan atropellado como vehemente y, acto seguido, se giró en redondo para volver a entrar en el castillo.

Margot parpadeó extrañada ante su repentina marcha.

–Yo no... ¿Me ha entendido? ¿Habla inglés?

–Sí que lo habla –respondió Mackenzie con sombría expresión–. Muy bien.

Fue precisamente en aquel momento cuando Margot estuvo segura de que su situación no podía ser peor.

Pero luego Mackenzie la hizo entrar en aquel castillo de aspecto amenazador.

La primera impresión fue de oscuridad y estrechez, con corredores iluminados por antorchas fijadas en los viejos muros. Olía a humedad, como si nunca hubiera sido aireado. Para empeorar las cosas, Margot oyó un sonido lastimero que le heló la sangre en las venas. Sonaba como si alguien se estuviera muriendo... hasta que se dio cuenta de que era el viento silbando por las antiguas chimeneas, creando corrientes de aire en el umbral de cada puerta.

Siguió cansinamente a Arran por aquellos serpenteantes y lóbregos corredores hasta que salieron a lo que él denominó, orgullosamente, el antiguo gran salón. Había varias personas allí, festejando, todas ellas vestidas con toscos ropajes de lana, sin rastro alguno de sedas o satenes. Ninguno llevaba peluca ni se había atusado mínimamente el cabello. Peor aún: había perros. No los perrillos falderos que Margot estaba habituada a ver en una casa señorial, de la clase que una dama podía sentar en su regazo, sino perros grandes. Perros grandes de caza que deambulaban por el gran salón como si estuvieran como en casa. Dos de ellos se atrevieron a olisquear sus ropas mientras Arran la guiaba hacia una plataforma elevada con una larga mesa de madera.

Él se dirigió hacia un par de sillas tapizadas justo en el centro de la mesa, de cara el salón, y se sentó.

Margot permaneció de pie, indecisa, preguntándose si algún mayordomo o criado aparecería de pronto para ayudarla a sentarse. Arran alzó la mirada hacia ella y miró luego de forma elocuente la silla que tenía al lado.

Tomó asiento.

—¿Tenéis hambre? —le preguntó una vez que ella se hubo sentado en el mismo borde de la silla, tapizada con un tejido gastado y deslucido.

—Un poco.

Arran alzó una mano e hizo una seña a alguien que ella no llegó a distinguir, de tanta como era la gente que había en el salón. En seguida apareció un muchacho para dejar sendas jarras de cerveza delante de ellos, y poner unos ojos como platos cuando la miró. Margot no pudo por menos que sentir pena por él: probablemente era la primera vez que veía a una dama apropiadamente vestida y empolvada. Mientras que ella, a su vez, estaba mirando con ojos desorbitados la jarra que tenía delante.

—¿No vamos a tomar vino? —preguntó a nadie en particular.

—Cerveza —dijo Arran. Alzando su jarra, bebió ávidamente, como si estuviera en una taberna con un grupo de hombres en lugar de sentado a una mesa con su esposa.

Margot se lo quedó mirando fijamente, escandalizada por sus maneras y por el hecho de que se esperara de ella que bebiera como un marinero, pero fue interrumpida por una mujer que se aproximó a la mesa. Tenía el cabello gris y llevaba un tartán cruzado sobre el pecho. Parecía que en un extremo del mismo llevaba algo dentro, a juzgar por el pequeño bulto que formaba y que sujetaba con las dos manos.

—Vos sois la nueva lady Mackenzie, ¿verdad? —preguntó—. *Fàilte*! —y abrió el tartán. Acunado en su fondo, había un pequeño polluelo.

Margot no sabía si aquella mujer pretendía regalarle el polluelo o si, simplemente, estaba loca, pero en cualquier caso se encogió en un gesto de horrorizada sorpresa. Arran le dijo algo a la mujer, que, ceñuda, envolvió de nuevo el pollito en su tartán y se marchó.

—¿Quién es toda esa gente? —preguntó Margot cuando una pareja se acercó al estrado y Arran la despachó con un gesto.

—Mi clan —respondió él.

El muchacho de antes apareció de nuevo. Portaba un cuenco en cada mano y, sujetas debajo de un brazo, dos cucharas. Lo dejó todo frente a ellos.

—Y ahora también el tuyo —dijo Arran. Recogiendo la cuchara, empezó a comer.

—¿Perdón?

Se detuvo para mirarla.

—Que esa gente es también vuestro clan ahora, lady Mackenzie.

No había pensado en nada parecido hasta aquel momento. Contempló a la gente que llenaba el salón, hablando y riendo, lanzándole de cuando en cuando miradas cargadas de curiosidad. Bajó luego la vista a la espesa sopa que tenía delante, así como a la cuchara que el adolescente le había llevado bajo el brazo.

–¿No te gusta la sopa? –quiso saber Arran.

¿La sopa? ¡No le gustaba aquel lugar! ¡Ni aquella gente!

–En realidad, no tengo hambre –juntó con fuerza las manos sobre el regazo–. Creo que debería tomar un baño.

–Un baño –repitió él lentamente.

«¡Dios mío, espero que aquí se bañen!», exclamó Margot para sus adentros.

–Sí. Un baño –lo miró deliberadamente.

Arran se llevó otra cucharada de sopa a la boca y se encogió de hombros. Alzó luego la mano una vez más para llamar a alguien y, esa vez, un anciano de pelo rubio que ya empezaba a clarear apareció a su lado. Al parecer, consultó con el hombre el asunto del baño... Transcurrieron largos minutos antes de que el viejo se marchara y Arran continuara comiendo.

Poco después, Arran se limpiaba la boca con la servilleta y se levantaba de golpe, empujando la silla hacia atrás con ruido. Suspirando, le tendió la mano con la palma hacia arriba.

–Adelante, entonces. Un baño para milady. Os llevaré a nuestras habitaciones.

–¿Qué queréis decir con «nuestras» habitaciones?

–Las habitaciones del señor –precisó él.

Estaba empezando a sentirse enferma.

–No entiendo. ¿Es que no tenéis habitaciones privadas para mí? –preguntó, incrédula.

Arran se la quedó mirando con una expresión tan perpleja que a Margot se le empezó a revolver el estómago. No podía compartir una habitación con aquel hombre. No estaba dispuesta. ¡Era algo absolutamente insólito! ¡Una completa falta de decoro! No podía siquiera imaginárselo.

Tragó saliva y cerró los puños.

–Una gran casa, por lo general, tiene aposentos diferenciados para el señor y la señora –dijo lo más calmadamente que pudo, esperando que él pudiera someter la desgraciada prueba que le estaba imponiendo a ciertas reglas. Las reglas que dictaban cómo habían de hacerse las cosas, y que por fuerza debería entender.

Pero, muy al contrario, no mostró indicio alguno de entender nada.

–Os enseñaré las habitaciones del señor para que toméis allí vuestro baño, señora. Ya trataremos mañana de lo que sea que una dama como vos debería tener aquí, ¿de acuerdo? Pero esta noche estoy demasiado cansado para estas cosas.

Margot no tuvo más remedio que seguirlo fuera del gran salón. Desvió la mirada cada vez que él se detuvo para hablar con alguien del clan, ya que en realidad no sabía qué decir, además de que en ningún momento se molestó él en presentarla adecuadamente.

La expresión de Arran se oscureció aún más cuando la hizo entrar en los sinuosos corredores, para regresar a lo que suponía era el vestíbulo y subir luego una escalera dos veces más ancha que cualquiera que hubiera visto en las mejores casas. Caminaron luego por otro lúgubre pasillo, todavía más pobremente iluminado que los anteriores, con solamente alguna antorcha ocasional en las paredes.

Al fondo vio una doble puerta de madera. Arran descorrió el cerrojo y la abrió, antes de volverse hacia ella.

Margot traspuso el umbral con gesto vacilante, entrando en una sala de masculino aspecto. Los muebles estaban tapizados en cuero. Gruesos cortinajes de lana colgaban en cada uno de los tres ventanales. De manera extraña, un carcaj con flechas estaba apoyado contra una inmensa cómoda de cajones.

Pero había una bañera delante de un gran fuego de chimenea, con dos muchachos afanándose en llenarla de agua caliente. Margot esperó pacientemente a un lado mientras ellos continuaban saliendo y entrando de la habitación, cargado cada uno con dos cubos, hasta que Arran decidió que la pequeña bañera ya estaba suficientemente llena. Uno de ellos dejó una toalla y un taco de jabón sobre un taburete, y en seguida se marcharon los dos.

Arran cerró la puerta a su espalda. La recorrió con la mirada.

–Ya está. El baño. Os dejo que lo disfrutéis.

Abandonó la habitación cruzando un cuarto contiguo que parecía un vestidor. Luego Margot oyó abrirse y cerrarse otra puerta. Permaneció donde estaba durante un buen rato, después de que se hubiera marchado. Bueno, no importaba: tenía un baño caliente esperándola, y pretendía aprovecharlo bien. Se despojó de la ropa y se metió en la bañera, cerró los ojos y, por unos instantes, se permitió imaginarse que se hallaba de vuelta en Norwood Park, en su salón de baño, bien provista de toallas, jabones perfumados y velas aromáticas.

Cuando terminó de bañarse, se vistió con el camisón del pequeño baúl que alguien había descargado del carruaje para subirlo hasta allí. Estaba exhausta, así que trepó a la inmensa cama de dosel y se subió las mantas hasta la barbilla. El viento estaba aullando de nuevo, llevando consigo el aroma del mar. Una tormenta se acercaba a la costa.

Margot no tenía idea de la hora que era cuando Arran entró finalmente en la habitación, pero en la chimenea solo quedaban algunas brasas y el viento había arreciado.

Podía oírlo moviéndose por la estancia, el sonido metálico de su cinturón mientras se lo desabrochaba, el rumor de la ropa deslizándose por su piel desnuda. La cama se hundió bajo su peso cuando se sentó en ella. Margot dio un respingo cuando sintió su mano recorriendo su vientre.

–Relájate, *leannan*.

Ignoraba lo que quería decir esa palabra, pero procuró relajarse todo lo posible. Arran bajó la mano hasta su pierna y la introdujo debajo del camisón, deslizando los dedos muslo arriba. Su contacto era tan suave, semejante a la caricia de una pluma, que casi le hacía cosquillas. Margot se estremeció de nuevo. Pero esa vez no fue de frío, sino de expectación.

Arran se apoyó entonces sobre un codo, le tomó una mano y se la puso sobre su hombro.

–Tranquilízate, *leannan* –insistió–. No pienso hacerte daño. Lo que pretendo es darte placer –le besó el cuello, y Margot se estremeció de nuevo.

Mientras él continuaba moviendo delicadamente su boca contra sus labios y su piel, ella encontró el coraje necesario para deslizar las manos por su cuerpo, explorando los duros planos de sus músculos, la anchura de su espalda.

Cuando bajó las manos hasta sus caderas, lo oyó soltar un leve gruñido. Bruscamente, las retiró. Pero Arran se las agarró para volver a ponerlas en su lugar.

–Sí –dijo–. Tócame –le besó los labios con tanta dulzura que Margot tuvo la sensación de estar comenzando a flotar.

Fue tierno con ella, le preguntó si las caricias eran de su gusto, si le dolía cuando la penetró. Margot apenas fue capaz de murmurar las respuestas: demasiado profundamente estaba sumergida en aquellas sensaciones como para poder pensar con claridad. Con las manos y la boca, la fue excitando e impulsando a caer como una pluma sobre la catarata de su propio placer.

Hasta que él cayó también.

Se derrumbó parcialmente sobre ella, con su ardiente aliento acariciando su hombro desnudo. Al cabo de unos momentos, se apartó para quedar tendido boca abajo, girada la cabeza hacia el otro lado, respirando pesadamente. ¿Estaría dormido? ¿Se dormiría ella también? Se arrebujó bajo las mantas, subiéndoselas de nuevo hasta el cuello.

La respiración de Arran se fue haciendo más regular.

Margot se quedó mirando fijamente el dosel de la cama. «¿Te ha complacido esto»?, le había preguntado él. Sí, sí que la había complacido. Estaba pensando en ello, en lo tierno que había sido con ella, cuando se llevó un tremendo susto al sentir que la cama se hundía de pronto a su lado. Se incorporó con un chillido para encontrarse mirando de frente los ojos de un perro. Era un animal enorme, con una oreja plegada hacia atrás y un pelaje espeso e hirsuto. Agitó el rabo entusiasmado cuando olisqueó primero a Arran, que perezosamente intentó bajarlo de la cama, y después a Margot.

—Fuera —ordenó ella, empujando al perro. El animal meneó el rabo con más fuerza.

—No te morderá —masculló Arran en medio de un bostezo.

—No me importa. ¿Qué está haciendo en la cama? —preguntó.

Arran se encogió de hombros.

—Creo que le gustas —bostezó de nuevo y apelmazó la almohada bajo su cabeza. Mientras tanto, aquella bestia enorme dio un par de vueltas a los pies de la cama y se dejó caer al suelo con un sonoro suspiro.

¿Iba a tener que dormir con un perro? Olvidada la ternura que le había demostrado Arran, afloraron las lágrimas. Margot volvió a tumbarse, volviéndose hacia el otro lado, lejos de él y del perro, maldiciendo en silencio a su padre por haberla arrojado a aquel infierno.

Capítulo 3

Las Tierras Altas de Escocia
1710

Parecía vigilar cada bocado que comía. Margot se preguntó si estaría contando los minutos que faltaban para que pudiera llevarla a la cama, o los que faltarían hasta que ella sucumbiera al veneno que bien podía haber mandado verter en su plato.

Ella, por su parte, estaba contando los minutos que faltaban para que él le exigiera cumplir con sus deberes matrimoniales. La perspectiva de volver a encontrarse de nuevo en aquella enorme cama la excitaba y aterraba a la vez. Durante los pocos meses que habían vivido en estado conyugal, Arran le había descubierto los íntimos placeres que todo marido y toda mujer compartían. Ella los había disfrutado... Pero no se había dado cuenta de lo mucho que lo había hecho hasta que se marchó y los echó en falta.

Sinceramente tenía que reconocer que, en la intimidad de su lecho matrimonial, no había existido desavenencia alguna. Eran las otras veintitrés horas del día las que la habían desquiciado.

Margot había descubierto rápidamente que Arran era un hombre de múltiples pasiones. No había grados para él: o era todo, o nada. Todo fuerza, todo valor, todo deseo. No había habido espacio alguno en su vida para una esposa.

Y aunque a ella le había gustado su fuerza, sus pasiones y apetitos podían llegar a ser demasiado intensos. Conforme se había ido aproximando más a Balhaire, los recuerdos la habían anegado. Su pasión por la caza. Por navegar en el mar. Por beber, por jugar, por entrenar a sus hombres para convertirlos en los mejores soldados del reino. Margot nunca había sentido sobre ella una mirada tan intensa y penetrante como la de Arran. Como tampoco había visto una mirada tan horriblemente airada como la que le lanzó el día en que se marchó.

La cuestión de su abandono y fuga a Inglaterra no había sido resuelta y, sinceramente, Margot no sabía si se resolvería alguna vez. No había tenido la más ligera idea de lo que Arran pensaba o deseaba, sobre todo después de todo ese tiempo. Ni siquiera ella misma sabía lo que quería... pero lo que no quería era aquello, ejercer de peón en un juego tan peligroso como aquel.

Por el momento, su esposo seguía repantigado en su silla, estiradas sus musculosas piernas, agarrando firmemente con una mano la jarra de cerveza, colgada blandamente la otra. La intensidad de su mirada le provocaba un escalofrío a todo lo largo de la espalda, dado lo mucho que le recordaba a los halcones que tanto le gustaba entrenar. Podía sentir su desprecio emanando a oleadas de su cuerpo, inundándola.

Margot se esforzaba todo lo posible por comer algo. Estaba realmente hambrienta, pero los nervios hacían que le costara pasar cada bocado, asentarlo en el estómago. No podía prever lo que estaba a punto de ocurrir. Iba a tener que mostrarse terriblemente convincente. Mediante súplicas y toda clase de argumentos le había asegurado a su padre que su plan nunca funcionaría, que Arran nunca se creería que ella lo había echado de menos y que se había mostrado deseosa de volver con él. ¿Cómo habría podido querer algo así después de tres años de ausencia y sin remitirle un solo recado? ¿Y cómo podría quererlo él? Además, aquel hombre tenía una asombrosa capacidad de leerle el pensamiento.

Pero su padre había tomado sus manos entre las suyas, diciéndole:

—Mi querida niña, a un hombre se le puede convencer de lo que sea si su esposa se muestra tan complaciente con él como exigen sus deberes conyugales. ¿Entiendes lo que quiero decir?

Claro que lo había entendido. Lord Norwood pensaba que podía ordenarle que volviera con su esposo, y que su esposo se olvidaría de su orgullo herido para darle la bienvenida con los brazos abiertos. Confiaba en que su hija podría preguntar tranquilamente a su marido si era verdad que se había coaligado con los franceses y los jacobitas, con la intención de facilitarles la entrada en Escocia a través de Balhaire. Y confiaba también en que Arran le revelaría de buen grado, si acaso eso era verdad, que él mismo, a la cabeza de sus altamente reputadas tropas de las Tierras Altas, se sumaría a las huestes francesas para invadir Inglaterra, apartar del trono a la reina Ana y sustituirla por Jacobo Estuardo.

Su padre, al parecer, estaba seguro de todo ello, y por esa razón se había sentido plenamente justificado a la hora de amenazarla para que hiciera algo que por nada del mundo había querido volver a hacer. Ella se había esforzado por hacerle entender lo irreparable de su ruptura con Mackenzie, lo mucho que él debía de despreciarla a esas alturas, y lo mucho también que ella lo despreciaba a él. No era que creyera ni por un momento que él estuviera envuelto en un complot de traición, por supuesto, pero, en cualquier caso, ella no estaba en posición de esclarecer la verdad.

Pero su padre había hecho oídos sordos a sus protestas.

Aquello era ridículo. Si, por alguna remota posibilidad, Arran hubiera estado implicado en algo tan deplorable e injustificable, habría disimulado y escondido toda evidencia. No habría amasado riquezas y poder de manera tan despreocupada. Y ciertamente jamás hablaría de algo así con ella, no cuando, al mismo tiempo, la estaba humillando tanto. Era seguro que mantendría las distancias, al margen de lo que pensara de ella. Las mujeres existían para encamarse con los hombres y ser fecundadas. No se las incluía en las conversaciones importantes. Se les decía lo que tenían que hacer. No se les permitía elegir.

—Es hora de que terminéis de comer —le dijo Arran—. Estáis perdiendo el tiempo aposta, ¿verdad? Vos y yo tenemos mucho de qué hablar —se levantó.

Margot alzó la mirada cuando se estaba llevando una cucharada a la boca y se encontró con que su marido la estaba fulminando con la mirada, alto como una torre. Masticó lentamente y lo miró. Grande y fuerte como un buey, siempre había tenido un magnífico físico esculpido por su entrenamiento militar. Los últimos años no lo habían ablandado lo más mínimo. Más bien al contrario: parecía todavía más enjuto y duro, con su melena necesitada de un buen corte y sus ojos azul hielo tan penetrantes como siempre.

—Daos prisa —añadió, y bajó del estrado para dirigirse a donde estaban sentados los escoltas de Margot.

Habló con ellos, señalando a dos de sus hombres que instantáneamente se acercaron. Momentos después, Pepper y Worthing se levantaban para, mirando incómodos a Margot, seguir a los escoceses fuera del salón. Arran, por su parte, se marchó por otro lado.

Margot experimentó una ligera punzada de pánico, aunque el propio Worthing ya la había advertido de que les permitirían quedarse. Worthing era el confidente de su padre. De hecho, había sido él, junto con otros dos caballeros, quien había escuchado en Londres los rumores y acusaciones contra Arran que transmitió luego a su padre.

—No querrá tener a inglés alguno en su salón —le había advertido a Margot—. Debéis estar preparada para que nos separen de vos en cualquier momento.

—No —había protestado ella—. Yo le pediré...

—Él sospechará de inmediato si habláis en nuestro favor, milady. Debéis jugar el papel de la desobediente esposa dispuesta a redimirse.

«La desobediente esposa». ¿Era así como ellos la veían? ¿Como si fuera una chiquilla que hubiera desobedecido a todos los hombres de su vida? ¿Como si se hubiera esperado de su persona que se mantuviera en una posición insostenible solo porque habían sido precisamente los hombres los que la habían puesto allí? Francamente, la habría ayudado mucho saber cómo debía comportarse una «desobediente esposa» deseosa de redimirse. Porque no lo sabía.

Vio a Arran atravesar el salón, deteniéndose de cuando en cuando para hablar con alguien y volviéndose para mirarla significativamente una o dos veces. Llevaba el largo y oscuro cabello recogido en una coleta enredada, con su chaleco, su camisa tejida y sus calzas de piel de ciervo manchadas de barro, las botas viejas y gastadas... A saber lo que habría estado haciendo durante todo el día. Bajando la cabeza, Margot recordó la sensación de su cuerpo dentro del suyo, transportándola a un paraíso de sensualidad.

Sí, echaba de menos aquello. No había sido consciente de cuánto lo había echado de menos, de lo muy vacía en que se había convertido su vida después. Echaba de menos saber que alguien podía ser tan tierno y delicado con ella.

Experimentó una extrañamente cálida punzada de miedo cuando pensó en ello. Ella lo había herido de la peor manera en que una mujer podía herir a un hombre, y no tenía muchas esperanzas de que Arran pudiera guardarle un mínimo afecto: demasiado bien había visto la dureza de su mirada. Le tenía miedo, y asco también. Pero también se sentía irremisiblemente atraída por él.

Presa de una repentina angustia, se levantó bruscamente, desesperada por escapar a la intimidad de sus antiguas habitaciones.

Pero nada más terminar de levantarse, Jock apareció a su lado.

—Milady.

—¡Jock! —dijo con un tono alegre que desmentía el susto que acababa de darle.

Le parecía imposible que alguien pudiera ser todavía más grande que su marido, pero Jock lo era. Su cabello rubio oscuro estaba salpicado de gris y siempre había dado la impresión de portar consigo las lúgubres nieblas de las Tierras Altas.

—Qué alegría me da veros. ¿Estáis bien? —inquirió con el tono más agradable que consiguió forzar.

El hombre frunció el ceño. No se dejaba engañar por ella.

—Cualquier cosa que deseéis, yo estaré a vuestro servicio.

Su deseo era demasiado complicado para el pobre Jock. Pero, justo en el breve instante en que Jock se rascó una mejilla, un movimiento a su izquierda llamó la atención de Margot. Una rata, en forma de hombre, se estaba escabullendo en la dirección en que había desaparecido Arran para informarle seguramente de su intento de fuga del salón. Discretamente, el gigantón debía de haberle dado la orden.

Suspirando, miró ceñuda a Jock.

—Eso no ha sido necesario, creo yo.

Vio que entrecerraba los ojos como expresando silenciosamente su desacuerdo. Jock siempre había sido un temible adversario. Nunca había confiado en su matrimonio con Arran.

—Solo pretendía estirar un poco las piernas —dijo Margot, juntando las manos detrás de la espalda.

Pero Jock se quedó donde estaba, sin moverse. Impidiéndole el paso. Típico de él.

—Y necesito ir al retrete —arqueó una ceja, esperando esa vez que se retirara como solían hacer los hombres ante la mención de las necesidades fisiológicas femeninas.

Pero Jock permaneció delante de ella como la montaña de hombre que era, mirándola con expresión imperturbable.

—Espero que mis antiguas habitaciones estén disponibles.

—Ya no hay habitaciones aquí para vos, milady. No os esperábamos.

«Evidentemente», pensó Margot para sus adentros.

—No deberíais molestaros, Jock. Estoy segura de que mi doncella las tendrá listas para mí —dijo, y pasó de largo delante de él.

—Milady…

–¡Conozco el camino muy bien, gracias! –avanzó rápidamente por un lateral del salón antes de que él pudiera detenerla, sonriendo sin ver a los lejanos y serios rostros. Lo único que tenía que hacer era alcanzar la puerta principal que daba al vestíbulo. Sabía exactamente a dónde iba. Durante los cuatro meses que había vivido allí, cada vez que su esposo había estado cazando, o entrenando soldados, o navegando en alguno de sus barcos, Margot no había tenido nada en qué ocuparse. Había pasado largas y solitarias horas vagando por el inmenso castillo. Conocía cada recodo, cada caja de escalera, cada estancia.

Pero justo cuando estaba llegando a la puerta, una de sus hojas se abrió y Arran entró al salón, con la rata que había visto antes pisándole los talones. Instantáneamente, Margot se giró en redondo y tomó la dirección opuesta. Arran la alcanzó en un par de pasos y la agarró de un codo, obligándola a detenerse.

El corazón se le subió a la garganta. Con una mano en el pecho, exclamó risueña:

–¡Me habéis asustado!

Se había plantado ante ella, bien separadas las piernas, con sus cejas formando una oscura muralla sobre sus ojos.

–No pretenderéis huir tan pronto de vuestro esposo, ¿verdad, *mo gradh*? –le espetó, furioso–. Sobre todo cuando, según vos misma, deseáis… retomar de nuevo nuestro matrimonio, debido a lo mucho que me habéis echado de menos –sus labios se curvaron de pronto en una fría sonrisa.

Consciente de que varios pares de ojos estaban clavados en ella, Margot forzó una ligera carcajada, como si se tratara de una inofensiva broma entre marido y mujer.

–Solo pretendía refrescarme un poco. Quitarme de la piel el polvo del camino, por así decirlo.

La sonrisa de Arran adquirió un carácter lobuno.

—Si queréis lavaros, haré que lleven una bañera a mi cámara. Será como en los viejos tiempos.

—Oh, eso es... —«previsible, irritantemente manipulador», dijo para sus adentros—. Muy servicial por vuestra parte. Pero, eh... —se le acercó todo lo que pudo. Apoyando una mano ligeramente sobre su brazo, vio que bajaba la mirada a su escote y susurró—: Tengo necesidad de un retrete.

—Entonces tendréis uno —le aseguró él al instante.

Margot sonrió de la manera en que había aprendido a hacerlo en las fiestas y veladas elegantes, donde había perfeccionado el arte de hacer que los hombres cometieran toda clase de estupideces a cambio de una simple sonrisa suya.

—Gracias por vuestra comprensión —le palmeó el brazo y retiró la mano. Improvisó una leve cortesía—. No me demoraré mucho —«a no ser que consideréis que toda la noche es mucho tiempo», añadió para sí.

Se dispuso a rodearlo para seguir su camino, pero él volvió a agarrarla. No de la mano, sino del antebrazo. Y con fuerza.

—Oh, pero no será un retrete como vos esperaríais viniendo de Norwood Park, sino bastante más modesto. Hay uno en mis habitaciones, si recordáis bien.

Claro que lo recordaba. Intentó liberarse, pero él se lo impidió.

—No deseo molestaros.

—Ya lo habéis hecho —respondió él, cortante.

A Margot no le gustó su mirada. Parecía como deseoso de vaciarla por dentro, encajarle una manzana en la boca y servirla en una bandeja.

—Y yo que pensaba que me habíais echado de menos —dijo él con expresión sombría al tiempo que le apretaba el brazo.

Antaño habría podido intimidarla y acallarla perfectamente con aquella clase de mirada, pero Margot había cambiado. No era ya una inexperta debutante y sabía cómo defenderse. Ladeando la cabeza, esbozó una sonrisa aún más seductora.

–Oh, pues claro que sí, Arran. Lo que pasa es que el viaje me ha dejado muy fatigada –miró con gesto sigiloso a su alrededor: podía ver cómo la gente que se encontraba cerca de ellos se esforzaba por escuchar algo. Así que se puso de puntillas y le susurró–: Anhelo complaceros, milord, pero de verdad que necesito descansar para estar luego en condiciones de satisfaceros a plenitud.

La mirada de Arran se tornó feroz. Estaba cargada de deseo y de furia, y Margot sintió que se le aceleraba el pulso de aprensión. Aquel hombre podía matarla en aquel mismo momento y nadie diría una sola palabra. Nadie en Inglaterra lo sabría hasta después de semanas, mucho después de que ella se hubiera convertido en polvo.

Arran deslizó entonces un brazo por su cintura, atrayéndola con fuerza hacia sí.

–Creo que subestimáis vuestra propia resistencia, milady. Gracias a Dios, sois una joven fuerte. Os las arreglaréis, no tengo la menor duda de ello –y empezó a tirar de ella hacia el vestíbulo, implacable.

–Oh, de verdad que esto no es necesario –dijo, esforzándose por seguir su paso–. Naturalmente que suponía que estaríais preocupado por mi bienestar. Pero no importa: si deseáis que os acompañe, entonces por supuesto que lo haré. Solo necesitáis pedírmelo.

Arran se detuvo en seco. Apartándose de ella, le hizo una reverencia.

–Os presento mis disculpas, entonces –dijo–. Deseo de todo corazón que me acompañéis a mis habitaciones. Ahora mismo.

Señaló la dirección que debía tomar, tensa la mandíbula, taladrándola con la mirada. Volvía a tener aquel aspecto de halcón, listo para abatirse sobre ella.

Margot miró por encima de su hombro. Los presentes estiraban el cuello para verlos, aguzando las orejas como si fueran perros. Todas las miradas estaban clavadas en el *laird* y su esposa. Así era como habían sido siempre las cosas en Balhaire: una audiencia perpetua para su matrimonio.

Nerviosa, se recogió un rizo suelto detrás de la oreja. No tenía elección, en realidad. A oídos de su padre no llegaría otra noticia que no fuera que se había comportado como una leal y obediente esposa durante su primera noche en Balhaire. Solo Dios sabía lo que Arran haría con ella entonces.

Así que alzó la barbilla, sonrió dulcemente y empezó a caminar en la dirección que él le señalaba. Arran caminaba a su lado, con una mano apoyada posesivamente en su cintura. Margot se acordó entonces de todas las otras ocasiones en que sus manos se habían posado en otras regiones mucho más íntimas de su cuerpo, y su estómago empezó a sufrir una serie de pequeños vuelcos.

—Buena chica —le comentó él al oído, con su vibrante voz filtrándose en su sangre—. Obediente y dispuesta, tal y como debería mostrarse siempre la esposa de un hombre.

Margot tuvo que reprimir el impulso de propinarle un codazo en las costillas y echar a correr.

Subieron por la ancha y curva escalera decorada con retratos de los Mackenzie, pasando por delante de las antiguas armaduras que a los hombres les gustaba exhibir por razones que se le escapaban por completo, así como por la panoplia de espadas que colgaban sobre la entrada en arco del pasillo. Arran no le quitó la mano de encima mientras la guiaba hacia la doble puerta de madera de roble que llevaba a los aposentos del amo.

Su llegada sobresaltó a los dos muchachos que, en aquel largo pasillo, se hallaban ocupados en reponer las velas de las paredes.

—¡Luz en los aposentos del *laird*! —tronó Jock detrás de ellos, dando un buen susto a Margot. Ni siquiera se había dado cuenta de que estaba allí. Los dos muchachos se apresuraron a adelantarse, internándose en las habitaciones de Arran.

Cuando llegaron ante la doble puerta, Arran lanzó una mirada por encima del hombro y le dijo a Jock:

—No queremos que nos moleste nadie, ¿de acuerdo? Tenemos un asunto bastante feo que tratar —empujó la puerta e hizo pasar a Margot. Con la misma rapidez, urgió a los jóvenes a salir y la cerró, echando el cerrojo.

Lentamente se volvió hacia ella y se apoyó contra la doble hoja cerrada, baja la cabeza, mirándola con una dureza aterradora. «Un asunto bastante feo», se preguntó Margot. ¿Qué habría querido decir exactamente? Nunca lo había tenido por un hombre violento, inclinado al maltrato. El corazón le latía salvajemente en el pecho.

—Allí dentro tenéis orinal y jofaina —dijo él, señalando el extremo más alejado de la estancia—. Servíos vos misma.

Margot miró la puerta en cuestión con gesto desconfiado y se alejó para entrar en el cuarto.

Cuando volvió a salir, él seguía al pie de la puerta. De repente se apartó de ella para acercarse al aparador. Sirvió dos copas y le tendió una.

—Por mi esposa, que, afortunadamente, ha vuelto a mí. Por mi queridísima esposa, que se negó siempre a mandarme una simple palabra de disculpa, de esperanza o de explicación, y que ahora, sin embargo, afirma haberme echado de menos. Loado sea este día.

Su expresión era tan tormentosa que Margot empezó a temblar por dentro. Tenía que esforzarse por mostrarse lo más convincente posible. Más de lo que lo había sido nunca.

—La gente cambia de parecer todo el tiempo —dijo. Tomando la copa que le ofreció, bebió más de lo que habría sido prudente con la esperanza de tranquilizar sus nervios.

Arran no bebió. Hizo bailar la copa entre sus dedos mientras la observaba. Margot, desconfiada, bajó la suya.

La recorrió tranquilamente con la mirada, deteniéndose en su pecho y en el escote de su corpiño. Pero de repente apretó la mandíbula y se volvió, como si no pudiera soportar su vista.

—Sois tan bella como siempre. *Boidheach* —añadió en voz baja, y apuró el vino de su copa de un solo trago.

Margot no se había esperado aquello. Furia, indignación, indiferencia... todo eso junto con toda una batería de preguntas sobre los motivos de su fuga y de su vuelta. Pero no aquel comentario sobre su belleza. Pero ella no era bella... era más bien un «feo asunto», como él mismo había expresado antes. ¿Cómo podía pensar otra cosa?

—Ay, mi queridísima esposa —dijo Arran de nuevo, dejando a un lado su copa—. Cuántas veces habré pensado en vos...

Margot sintió que las mejillas se le encendían de vergüenza. ¿Sería eso cierto, o acaso estaba jugando con ella? Casi deseó que la acosara, que le exigiera respuestas... Eso habría sido preferible a la burla.

—Seguro que no habéis malgastado vuestras energías pensando en mí —repuso.

—¿Y por qué no? —replicó él—. ¿Quizá porque vos no habéis malgastado las vuestras pensando en mi persona?

Aquello no era cierto. Estaba muy lejos de serlo. Había pensado en él muy a menudo, esforzándose por recordar en qué momento exacto todo había empezado a torcerse. Pero Margot no podía fingir con él. Lo conocía lo suficiente para saber que estaba a punto de explotar de furia y, después de eso, ¿qué seguiría? Mirándolo directamente a los ojos, le dijo:

—De hecho, Arran, he pensado en vos muy a menudo.

Vio que enarcaba una oscura ceja, como si eso lo divirtiera. Acercándose a ella, empezó a rodearla, lentamente.

—Pues tenéis una manera muy peculiar de demostrarlo. ¿Habéis pensado, entonces, en lo que yo pude haceros para que fuerais tan desgraciada? Yo sí. Pero... ¿sabéis qué es lo que más me inquieta?

Margot intentó disimular toda emoción, manteniéndose perfectamente inmóvil. Negó con la cabeza.

—Me pregunto... —dijo él en voz baja al tiempo que deslizaba una mano por su hombro y seguía por su nuca, para terminar en su otro hombro— por lo que os ha vuelto tan milagrosamente dispuesta a volver conmigo, sin enviarme antes recado —cerrando de pronto las manos sobre sus hombros, se inclinó para besarle el cuello.

Un repentino ardor la recorrió por dentro.

—Ni una palabra de aviso. Y el único visitante que habría podido presentarse aquí, en Balhaire, sin previo aviso, es el ejército inglés. Decidme, Margot... ¿hay acaso un ejército inglés esperando en las colinas? —le preguntó antes de lamerle suavemente la sensible zona de detrás de la oreja.

La sensación de su lengua en su piel hizo saltar hasta la última de sus terminaciones nerviosas. Cerró un puño sobre su vestido en un esfuerzo por serenarse.

—Eso es ridículo —repuso con voz temblorosa—. Quizá os haya malinterpretado —cerró los ojos mientras los labios de Arran continuaban moviéndose por su piel—. Pensaba que queríais reconciliaros.

—¿Con vos? —él se rió fríamente—. ¿Con una mujer que me ha traicionado? Vos no sois una muchacha estúpida, Margot. No habéis malinterpretado nada —murmuró contra su cuello antes de quitarle hábilmente la copa de la mano para posarla sobre una mesa, y poder continuar así con la exploración de su nuca—. Por mucho que me agrade escucharlo, creo que no habéis pensado en mí en absoluto, excepto quizá para preguntaros por la llegada de mi siguiente pago, los envíos de dinero que nunca habéis dejado de recibir de Escocia —deslizando la mano por uno de sus senos, se lo apretó de golpe—. ¿Verdad?

Margot entreabrió los labios, inspirando profundamente. Sus caricias la estaban incendiando por dentro.

—No, no es verdad —replicó, esforzándose en vano por no parecer tan indefensa y vulnerable como se sentía en sus brazos.

Arran la agarró entonces de la cintura, obligándola a darse la vuelta y quedar frente a él.

—No me mintáis —le dijo y, aferrando su cabeza entre sus manos enormes, la besó. Fue un beso duro, cargado de frustración. La besó de una manera en que no la había besado nunca antes, enredando su lengua ardiente con la de ella, lacerándole los labios con los dientes.

Margot se sintió como si se estuviera desmoronando por dentro. No estaba preparada para aquello, lo habría considerado imposible... pero aquel impetuoso asalto estaba suscitando una feroz reacción en su interior. Tenía que controlar lo que estaba ocurriendo entre ellos, mantener la mente fría.

—Quitadme las manos de encima —ordenó con voz ronca.

Aquello no hizo nada para disuadirlo; de hecho, sus ojos parecieron arder con el desafío.

—Seguís siendo mi esposa. Eso es algo que no podéis cambiar. Agradeced al cielo que no os he encerrado todavía de por vida.

El corazón le dio un doloroso vuelco en el pecho. Aquel podría ser su final definitivo: regresar a Balhaire para terminar sus días encerrada. Intentó apartarse, pero él la empujó contra la pared. Cuando se liberó, Arran le agarró ambas manos y se las levantó por encima de la cabeza. La mantuvo así inmóvil mientras la recorría con su ávida mirada, estudiándola como si quisiera memorizar, para evocar luego, cada detalle de su cuerpo.

Margot detestó la rapidez con que aquella cruda mirada consiguió excitarla. Era tan viril, tan llena de deseo... Aquel hombre no tenía nada que ver con el que la había iniciado con tanta ternura en las artes amatorias.

—Sois un animal —jadeó.

—Sí, y no sabéis ni la mitad —masculló él, e intentó besarla de nuevo.

Margot volvió tercamente la cabeza, pero eso no lo disuadió: suavemente empezó a morderle la fina piel de un seno, por encima del borde del escote del corpiño, y al hacerlo le arrancó un gemido de placer.

—¿No era esto lo que queríais? —le espetó, abrasándola con su aliento—. ¿Demostrarme lo mucho que habéis echado de menos a este pobre y querido marido vuestro? ¿El pobre imbécil al que abandonasteis?

El pulso de Margot rugía a esas alturas tanto de miedo como de deseo.

—Yo habría preferido un encuentro más delicado —mintió.

—Entonces deberíais haberme abandonado de una manera más delicada —le espetó él, apretándose aún más contra ella.

Podía sentir todo su cuerpo: los duros planos de su abdomen y sus musculosas piernas, su enorme erección. Margot se estaba perdiendo en las sensaciones que le estaban provocando sus manos y su boca. Cerró los ojos e intentó llenarse de aire los pulmones, alarmada por la desesperación con que lo deseaba.

—¿Sois acaso un animal para forzarme de esta manera? —le preguntó, deseosa de detenerse para no terminar cediendo por completo.

—¿Y vos? ¿Sois acaso una bruja para desear que me detenga? —jadeó contra su cuello antes de morderle una oreja, mientras presionaba su erección contra su vientre.

Su sensual asalto resultaba tan estimulante como embriagador, una explosión de luces, colores y aromas que resultaban peligrosamente excitantes.

—Sí. Quiero que os detengáis —siseó.

Bruscamente él le alzó las faldas y deslizó una mano entre sus piernas. Margot estaba húmeda. Apretando la boca contra su mejilla, Arran susurró:

—Mentirosa.

—Sois insufrible —rezongó, volviendo esa vez la cabeza hacia él, con su boca a unos centímetros solamente de la suya—. Una bestia salvaje desahogando su celo en su esposa por culpa de su orgullo herido.

—Sí, estoy loco de furia, eso no lo negaré. Pero sé que al margen de cualquier cosa que haya ocurrido entre nosotros, vos siempre me habéis deseado. A veces con auténtica desesperación, ¿verdad? Como en este mismo momento —e introdujo los dedos en el interior de su sexo.

Margot no pudo reprimir un gemido de puro deleite.

—Habéis confundido el aburrimiento con el deseo —protestó sin aliento, e intentó besarlo, pero Arran, sujetándole todavía las manos por encima de la cabeza, se apartó al tiempo que retiraba la mano de entre sus piernas.

Sonrió al ver su expresión de furia.

—Decidme cosas dulces si queréis volver a sentir la caricia de mi mano, *leannan*.

Oh, aquella palabra... ¡aquella palabra! Oírla siempre le había producido la sensación de una caricia exquisita, como si vertieran miel caliente sobre su espalda, y él lo sabía también, el muy canalla. Ni siquiera conocía su verdadero significado, pero era la palabra mágica que siempre había usado en sus encuentros con ella en aquella misma habitación.

—Quitadme las manos de encima —insistió—. Apestáis y estáis medio borracho.

Arran volvió a apretarse contra su cuerpo, apoderándose de su rostro con su mano libre.

—Sí, mis ropas están sucias, pero muy pronto me las quitaré. Y solo estoy achispado, no tan bebido como para no poder cumplir con mis deberes como esposo —acalló su protesta con un beso. Pero esa vez fue un beso dulce, tierno.

Y Margot se desintegró.

Todo en ella pareció rendirse. Arran sabía a cerveza y especias, olía poderosamente a almizcle. La sangre se agolpó violentamente en sus venas cuando él le retiró las horquillas del pelo, soltando sus largos mechones rizados uno tras otro. Reclamó su seno una vez más, amasándolo a través de la tela del vestido, frotando el endurecido pezón con el pulgar.

Le soltó luego las manos y le rodeó la cintura con un brazo. Perdida, Margot apoyó las suyas sobre sus hombros mientras él la besaba y, alzándola en vilo, la apartaba de la pared para dirigirse hacia el lecho con ella. La tumbó, la puso boca abajo y procedió a soltar los lazos de la espalda de su vestido.

Margot anhelaba sentirlo dentro de sí una vez más. Tuvo la sensación de que su distanciamiento se evaporaba por momentos para ser sustituido por una pujante, improbable pasión. Él la despojó bruscamente del vestido, para en seguida deslizar un brazo por su cintura y tumbarla boca arriba. Manteniéndola inmovilizada con su cuerpo, empezó a deslizar las manos bajo la seda de su camisola: manos ásperas, toscas, exploradoras.

El peso de su cuerpo le resultaba familiar, pero sus maneras no se parecían en nada a las que había conocido. Estaba como enloquecido de deseo, salvaje de furia, y, aunque la estaba tocando, gruñía como si estuviera sufriendo. Su comportamiento con ella resultaba tan excitante que Margot podía sentir cómo se iba disolviendo en una única sensación: la de sus manos y su boca recorriendo su cuerpo. Sus manos buscaban su carne, sus labios reclamaban su boca. Se olvidó incluso de la razón por la que había regresado. Se olvidó de todo lo que no fuera la necesidad de volver a sentirlo dentro de sí.

Cuando él le subió la camisola por encima de la cabeza y posó sus labios sobre sus senos, para en seguida descender por su abdomen hasta su entrepierna, Margot soltó un grito de deseo. Deslizó los dedos por sus nalgas y por su espalda, al tiempo que él se liberaba de las botas y de sus calzas de piel de ciervo. Arran desató un fuego en su interior tan pronto como entró en ella, fuerte y rápido, para alzarla en una nube de placer tan intenso que le arrancó un suave gemido de gozo.

Se movían ya juntos, al mismo ritmo, con Margot sintiendo la ardiente caricia de su aliento en su pelo. Desesperados cada uno por alcanzar aquel primario desahogo del éxtasis...

Pero de repente Arran hizo algo que ella no había esperado en absoluto en aquel frenético acoplamiento: le acarició el rostro. Fue una caricia torpe, como la de alguien intentando acariciar a un chiquillo en movimiento. Pero ella supo instantáneamente que era una caricia de verdadero afecto. Aquello la sorprendió tanto que abrió los ojos y lo miró de hito en hito.

Arran dejó de moverse. Apretó los dientes como si se estuviera conteniendo.

—Vuelve la cabeza.

—¿Perdón?

—Vuelve la cabeza —ordenó, y le giró el rostro, de modo que Margot quedó mirando hacia los ventanales.

Sintió su abrasadora mirada fija en ella cuando él empezó a moverse otra vez.

El corazón de Margot se estaba acelerando peligrosamente. Se sentía confusa e inflamada, suspendida entre el deseo más salvaje y el descubrimiento de que él no quería verle la cara. Algo dentro de su vientre empezó a aletear. Un suspiro escapó de su garganta. Su cuerpo reverberaba con el contacto de sus manos y los embates de su cuerpo, con su corazón corriendo a un ritmo mucho más rápido que sus pensamientos. Ya estaba perdiendo el juego: no era rival para él. Él sabía cómo hacerla ronronear, llorar, reír. Podía pedirle lo que fuera y, con una sola caricia de su lengua, forzarle y arrancarle una respuesta.

Lo único que Arran quería de ella era que volviera la cabeza. «No le mires», se ordenó. «No le muestres tu rostro».

Su erección presionaba larga y dura en su interior, y las lujuriosas sensaciones que se desenroscaban en su cuerpo la aturdían cada vez más. Hundió los dedos en su pelo, los deslizó por sus hombros arañándolo, y lo mismo con los músculos de su espalda, al tiempo que continuaba moviéndose con él. Su cuerpo ardía en todas aquellas zonas donde él la tocaba, sumergiéndola en una niebla de placer.

Cuando Arran deslizó una mano entre sus cuerpos y empezó a acariciarla al tiempo que seguía hundiéndose en su interior, Margot se arqueó contra él. Buscó algo a lo que sujetarse y su mano golpeó la mesilla de la cama. Oyó el ruido que hizo algo al caer al suelo justo cuando alcanzaba la cumbre de aquel intolerable placer.

Arran gruñó entonces, empujando con fuerza al tiempo que gozaba de su propio orgasmo.

Durante un buen rato después de aquello, ninguno de los dos se movió. Ambos se llenaron de aire los pulmones hasta que Arran se separó lentamente hasta quedar tumbado a su lado.

Margot estaba estupefacta. Tragó saliva y se incorporó para arropar con las mantas su cuerpo desnudo.

Él no se mostró tan recatado. Seguía yaciendo boca abajo, con un brazo colgando fuera de la cama y el rostro vuelto hacia el otro lado. Margot aprovechó aquel momento para admirar su cuerpo, duro y esbelto, todavía juvenil a sus treinta años. Desde el primer momento había admirado su físico y su fuerza. Había sentido aquella llama de atracción desde su primer encuentro, cuando se presentó en Norwood Park con el cabello demasiado largo y aquellas botas cubiertas de barro.

Sí, aquella llama siempre había estado allí. Pero el matrimonio había sido un error. Seguro que, en el fondo de su corazón, él sabía que eso era verdad.

Se inclinó sobre él. Su melena había escapado de la coleta. Pudo ver también una o dos muescas en su piel: cicatrices frescas, ganadas indudablemente mientras entrenaba a sus hombres para la guerra. Aquello había formado parte de su acuerdo matrimonial, cuando él se comprometió a suministrar los reputados guerreros de las Tierras Altas de Escocia al ejército inglés. A cambio recibió tierras en Inglaterra, y ella en Escocia, pertenecientes a cada uno en exclusiva. Arran se convirtió también por ese acuerdo en barón, y ella... ella se convirtió en símbolo y rehén del acuerdo entre su padre y su esposo. Sí, ella había sido la reluciente baratija que había atraído a Mackenzie a la mesa de negociación.

¿Cómo podía ser un traidor un hombre semejante, un espécimen tan glorioso? Acarició una de sus cicatrices.

Arran se incorporó de golpe, levantándose rápidamente de la cama. La ignoró para aproximarse a la chimenea, y se acuclilló para volver a encender el fuego. Una vez que hubo terminado, rellenó su copa y bebió ávidamente. Le lanzó una mirada por encima del hombro, perfectamente cómodo con su desnudez. Pero su mano, advirtió ella, aferraba la copa con demasiada fuerza.

—¿Por qué? —preguntó, gruñón.

Resultaba curioso cómo dos personas que habían pasado más tiempo separadas que juntas, podían todavía comprenderse tan bien la una a la otra. Margot sabía que Arran le estaba preguntando por qué se había marchado.

—Tú sabes por qué.

—¿Fui desagradable contigo? —inquirió él, impaciente—. ¿Acaso te maltraté?

Margot suspiró, cansada. En su momento, las razones de su fuga le habían parecido tan sensatas como urgentes, pero aquella certidumbre se había ido atenuando con los años.

—No, desagradable no. Indiferente. Éramos tan distintos, tú y yo...

Arran se la quedó mirando fijamente por un momento, para desviar finalmente la vista.

—Sí. Lo seguimos siendo.

—Para ti yo no contaba nada, Arran.

—¿Que no contabas nada? ¿No te bastaba con ser la dueña y señora de todo esto? —le preguntó, señalando a su alrededor.

—Solo de nombre —repuso ella—. No tenía trato con nadie, no tenía amistades.

—Solo porque no te lo permitías a ti misma —replicó Arran—. En mi clan hay mujeres que habrían hecho amistad contigo al menor estímulo por tu parte.

—Eso no es cierto —protestó ella—. Intenté convertir Balhaire en lo que creí que debía ser, pero ellas se me resistieron a cada momento.

—Querías hacer las cosas a la manera inglesa.

—¿De qué otra forma habría podido hacerlo? Soy inglesa.

Arran desvió la mirada hacia los ventanales.

—Mi prima Griselda era tu amiga.

—¡Griselda! —Griselda Mackenzie era probablemente la persona más desagradable que Margot había conocido en su vida—. ¡Pero si apenas me toleraba! Me odiaba por ser inglesa... tú sabes que no miento. ¿Es que no te das cuenta? Tú sacaste lo que querías de nuestro matrimonio, mientras que yo no tuve nada. Fui desgraciada, Arran.

—Lo que yo quería —repitió él—. Te ruego me lo digas: ¿qué diablos era lo que yo quería?

Margot resopló y se apartó el pelo de la cara.

—La baronía. Entrar en Inglaterra. El poder, como cualquier hombre antes de ti y después de ti.

Arran se limitó a encogerse de hombros.

—Sí, eso es lo que todo hombre quiere. Pero ¿no deseabas tú lo mismo? ¿No querías tener tus propias tierras y un título, con todos sus adornos correspondientes?

—No —respondió ella, consternada—. Quería una buena pareja. Un compañero de vida. Un marido que no se pasara todo el día fuera. Quería alguien con sensibilidad, que tomara el té conmigo, que me llevara quizá a Edimburgo...

—Estamos en las Tierras Altas de Escocia. Aquí no hay un maldito salón del tipo de los de Londres o París.

Margot sabía que estaba empezando a enfurecerse, pero se controló.

—Tienes razón. Pero ese fue precisamente el punto esencial. Yo necesitaba una existencia más civilizada.

—Vigila tu lengua, mujer —replicó él, con aspecto genuinamente ofendido.

—¡Venías a mi cámara directamente de las cacerías, con sangre en la camisa!

—¡Sí, pero me la quitaba! —gritó Arran a su vez—. ¿Crees acaso que era fácil estar casado contigo?

—¿Conmigo?

—Sí, mi pequeña corderita, contigo —le dijo, apuntándola con un dedo—. Eras tan tímida y tan escrupulosa con todo... ¡Y altiva! ¡Sí, altiva! —hizo un gesto de burla—. Nada era lo suficientemente bueno para la gran señora, ¿verdad?

Margot desvió la mirada. Había algo de verdad en lo que él decía, eso no podía negarlo. Se había enfadado tanto cuando se vio forzada al matrimonio que a partir de entonces no había cejado en encontrar defectos tanto en él como en Balhaire.

—Era demasiado joven, Arran. Demasiado inexperta.

—Desde luego que sí —asintió él, cortante.

Lo miró de reojo. Estaba paseando por la habitación, pasándose una mano por la despeinada melena.

—¿Por qué no saliste en mi busca? —le preguntó ella en voz baja.

Arran se volvió lentamente para quedársela mirando durante un buen rato.

—Porque yo no voy detrás de las mujeres. Son ellas las que vienen a mí.

Margot sintió que se le cerraba el estómago. Desvió la vista.

—Qué sentimiento tan enternecedor.

—Tengo mi orgullo, mujer —apartando la colcha, volvió a meterse en la cama.

—Y yo lo herí. Así que ya lo tienes —dijo ella, abrazándose las rodillas—. La única cosa que tú y yo compartimos realmente fue esta cama. El único lugar donde podíamos estar de acuerdo.

—¡Y un cuerno! —le espetó él—. Tu deber era proporcionarme un heredero —le recordó, flexionando un brazo y utilizándolo como almohada—. Y, por lo que yo sé, hasta ahora no hemos tenido ninguno.

—Yo tenía que ser la yegua que fecundaras, ¿no? Por supuesto, ese era mi papel en el acuerdo matrimonial.

—¡Viniste aquí por voluntad propia!

—¿Voluntad propia? No tuve la menor elección, y tú bien lo sabes.

—¿Acaso te secuestré y te traje a la fuerza a Balhaire? Nos encontramos dos veces antes de nuestras nupcias, Margot. Por Dios, si hubieras albergado alguna duda, debiste habérmela expresado en aquel entonces.

—¡Nos encontramos dos veces! —ella se rio ante la absurdidad de todo aquello—. Sí, por supuesto, un total de dos encuentros es tiempo suficiente para determinar la compatibilidad de dos personas durante el resto de su vida. ¿Qué otra cosa me hizo pensar lo contrario? Tenía todas las razones para echarme atrás, pero apenas te conocía…

—¿Qué era lo que querías, entonces? ¿Que te cortejara?

—¡Sí!

Arran se echó de repente sobre ella, aprisionándola con su cuerpo, taladrándola con su fría mirada.

—Si tan reprensible me encontraste, ¿por qué diantres has vuelto ahora?

Margot le sostuvo la mirada con la misma ferocidad.

—Ya te lo dije —repuso con tono tranquilo—. Quizá no haya sido justa con nuestro matrimonio. Debería intentarlo de nuevo.

—No vuelvas a mentirme, Margot Mackenzie, ¿me oyes? —le espetó, acalorado— Porque no va a gustarte nada lo que te pasará como vuelvas a hacerlo —recorrió su cuerpo con una mirada ávida. Inclinando la cabeza, se apoderó de un seno, que acarició con los labios por un momento antes de alzar de nuevo la mirada—. No vuelvas a mentirme nunca, ¿entendido? ¿Está claro?

Sus ojos azules eran como dos cristales de hielo, y Margot tuvo miedo de ruborizarse y traicionar así su engaño. ¿Podría verlo él?

—Sí —dijo. ¡Le estaba mintiendo! El destino la había convertido en una mentirosa despreciable.

Arran gruñó. Le besó el vientre, apartó la sábana de lino y se instaló entre sus muslos, para empezar a acariciarle el sexo con la boca y con la lengua, y Margot se sintió hundirse una vez más en aquel mar de sensaciones.

—¿Me estás mintiendo ahora, *leannan*?

Que Dios la ayudara, Arran había detectado el engaño en ella. Estaba segura. Pero su lengua continuaba acariciándola, a largas y lentas lametadas, y él alzó la mirada una vez más hasta su rostro, a la espera de su respuesta. El delicado amante de antaño había desaparecido, para ser sustituido por aquel osado, tentador, peligroso lobo.

—No —mintió, y cerró los ojos para entregarse una vez más a las atenciones del lobo.

Capítulo 4

Balhaire
1706

Arran no podía comprenderla. Margot tenía todo lo que podía desear, y sin embargo lloraba.

Jock, el hermano de Griselda, comentó que Arran no debería hacer otra cosa que ordenarle que dejara de llorar. El padre de Jock se mostró de acuerdo.

—Pero ¿cómo voy a hacer eso? —inquirió Arran, impaciente—. No puedes ordenar sin más a una mujer que cese de verter lágrimas.

—Tienes que azotarla. Eso es lo que has de hacer —dijo el tío Ivor.

Arran palideció.

—Nunca —tronó—. ¡Y que Dios te ayude si alguna vez has azotado a la tía Lilleas!

—¡Por supuesto que no! —rugió a su vez el tío Ivor, escandalizado—. Me habría despellejado como a una liebre con solo que se me hubiera ocurrido.

Entonces Arran no entendía a su tío, tampoco.

Los tres hombres se quedaron callados, reflexionando sobre las mujeres.

El tío Ivor se incorporó de repente y dio un golpe en la mesa.

—¡*Diah*! ¿Cómo es que no se me había ocurrido antes? ¡Tiene la regla! —exclamó, abriendo los brazos como si el mayor misterio del mundo acabara de resolverse—. Las mujeres son como bestias cuando tienen sus reglas, ¿verdad? Dale un hijo, Arran. Así se enderezará.

Jock soltó un resoplido escéptico.

—Molly Mackenzie vertió cubos de lágrimas mientras estuvo encinta. Fecundar a lady Mackenzie no ayudará en nada.

—¿Qué sabes tú de esas cosas? —se encaró el tío Ivor con su hijo—. No has mirado a una sola muchacha durante todo el verano.

—¡Claro que sí! —protestó Jock, con sus coloradas mejillas enrojeciendo aún más—. He estado bastante ocupado con nuestras operaciones comerciales, pero aun así...

Mientras padre e hijo entablaban una discusión sobre si el segundo había perseguido lo suficiente o no a las muchachas solteras de Balhaire, Arran permaneció meditabundo. La verdad, que nunca admitiría en voz alta, y aún menos delante de aquellos hombres, era que se sentía un fracasado por no saber cómo hacer feliz a su esposa. Algo a lo que, por cierto, no había prestado demasiada atención antes de que Norwood le hubiera propuesto aquella alianza matrimonial.

Había recibido con sorpresa el mensaje que le había entregado el emisario de Norwood, pero, una vez más, con la unión de Escocia e Inglaterra facilitada gracias a su matrimonio, hombres de ambos lados ya se estaban peleando por aprovechar las oportunidades. No cabía duda alguna de que una alianza con la heredera Margot Armstrong de Norwood Park reportaría toda clase de beneficios a Arran y a su clan.

Pese a todo ello, Arran no había estado convencido del todo hasta que puso los ojos en ella. Jamás olvidaría aquel momento: la visión de su cabello cobrizo, de aquellos ojos de color verde musgo, con aquellos pajarillos de papel flotando en su peinado... Arran había viajado mucho, había visto mujeres, con todos sus aderezos... pero jamás había visto una belleza como Margot, y fue eso todo lo que necesitó. Lamentablemente, su miembro viril había estado tan convencido de la conveniencia de su alianza matrimonial que su cabeza jamás había imaginado que le costaría tanto trabajo hacer que ella aceptara Balhaire como su hogar.

Cuando resultó obvio que ni Jock ni el tío Ivor iban a ayudarle, Arran apeló a la ayuda de Griselda.

La joven se mostró todavía menos útil.

—¿Por qué me preguntas, entonces? —le había espetado ella—. No fui yo quien trajo a una muñequita inglesa a Balhaire.

—Podrías hacerte amiga suya —sugirió él—. No has sido muy acogedora con ella, ¿verdad?

Griselda se encogió de hombros y se quitó un hilo suelto de la manga de su vestido.

—Quizá no. ¡Pero intenté arreglar las cosas! —se apresuró a añadir—. La invité a participar en mi excursión de cetrería... ¡y ella reaccionó como si la hubiera invitado a echar a correr desnuda por el bosque!

—Por favor, Zelda —le suplicó Arran.

Griselda soltó un gemido y miró al techo.

—Está bien. Por ti, Arran, lo intentaré de nuevo.

Fiel a su palabra, Griselda volvió un día después, tomó asiento ante él en el gran salón y le dijo:

—Tu esposa necesita compañía, trato con la sociedad. ¡Malditos ingleses, que solo piensan en eso!

Arran ignoraba lo que pensarían los ingleses al respecto, pero, en cualquier caso, se sintió perplejo. Desconcertado.

—Esta es nuestra sociedad —señaló a su alrededor, abarcando con un gesto de su brazo la numerosa familia del clan.

—Me refiero a una sociedad fina, Arran. Delicada. Una velada social, un baile. Eventos en los que ella pueda relucir sus joyas y demás.

Griselda nunca había sido una muchacha elegante. Le gustaba montar, cazar, apostar a las cartas. Por lo que Arran sabía, nunca había pensado en bailes ni en veladas.

Además, tenía la seguridad de que nunca se había celebrado baile alguno en Balhaire. Pero, si era eso lo que se requería para que Margot fuera feliz, él estaría más que contento de complacerla. Decidió convocar entonces un baile de bienvenida en honor de lady Mackenzie, y en aquel momento la idea se le antojó tan brillante que no podía entender cómo no se le había ocurrido antes.

Margot se mostró entusiasmada con la perspectiva.

—¿Un baile? ¿En mi honor? —había preguntado toda animada, con un brillo de gozo en los ojos.

—Sí, en tu honor —confirmó Arran, orgulloso. Estaban sentados en el salón matutino, ella con algún tipo de labor de aguja en el regazo, él calzándose las espuelas.

—Arran… gracias —dijo, dejando a un lado su labor—. ¡Es precisamente lo que necesitaba! Un baile —comentó, soñadora—. Podríamos invitar a nuestros vecinos, ¿no? Y haremos tartas de mazapán.

—Mazapán… —repitió él, vacilante. Se preguntó si la tía Lilleas sabría cómo hacerlas.

—No importa. Prescindiremos de las tartas. Pero ofreceremos hielo y champán, por supuesto.

Arran no tenía la menor idea de cómo iba a conseguir esas dos cosas, y a punto estuvo de decírselo. Pero

Margot se levantó de pronto, le echó los brazos al cuello y lo besó en una mejilla, sorprendiéndolo a más no poder.

—¡Gracias!

Y, en aquel mismo momento, decidió que encontraría hielos y champán. Donde fuera.

Se hicieron grandes preparativos para el baile. Las toscas antorchas de estopa fueron retiradas. Se sacudieron y airearon las alfombras. Las mesas donde los miembros de su clan hacían las comidas fueron apartadas y colocadas contra la pared, mientras músicos profesionales eran contratados de Inverness. Se ordenó al clan que luciera sus mejores galas.

Una tarde, Margot sorprendió de nuevo a Arran invitándolo a las habitaciones que había tomado en lo alto de la antigua torre, lo más lejos posible de los reformados aposentos del amo. Atravesó al trote el castillo de punta a punta para sentarse en su vestidor y ayudarla a elegir el vestido que se pondría para el baile.

—¿Qué te parece este? —le preguntó ella, sosteniendo uno de color rojo escarlata frente a su cuerpo.

—Sí, es bonito —respondió él. Aunque estaba mucho más interesado en su piel. Era luminosa. Brillaba.

—¿Te gusta más o menos que este? —inquirió, alzando un vestido de seda azul claro con diminutas perlas adornando el dobladillo de la falda y las mangas.

—Bonitos los dos, sí.

Margot frunció el ceño. Permaneció de pie estudiando el guardarropa. Sacó luego otro que, sinceramente, se parecía mucho a los primeros. La única diferencia estribaba en que era de color verde bosque. Miró a Arran, y bajó luego la mirada al vestido.

—¿Qué te parece?

Arran pensó que ella debería escoger un color de una

vez y terminar con aquello. Para su ojo inexperto, todos eran iguales.

—Bonito —dijo nuevamente.

Margot soltó un suspiro de irritación.

—¿Es que no me vas a ayudar? No tengo la menor idea de cuál ponerme. ¿Cuál de ellos me favorece más? Y, por el amor de Dios, no vuelvas a decir la palabra «bonito».

—¿Qué quieres que diga, entonces? —inquirió él, perplejo—. Todos son... *boidheach*.

Se encontró con sus grandes ojos verdes, parpadeando extrañados.

—¡No sé lo que significa eso!

—Significa... bonito —reconoció él.

Margot gruñó por lo bajo y miró al techo.

—¿Quieres por favor escoger uno?

—De acuerdo. Escojo el rojo —dijo, señalando el primero que había descartado y dejado sobre la cama.

Margot miró el vestido rojo escarlata. Frunció el ceño. Miró entonces el verde bosque que tenía en las manos.

—¿Este no?

—*Ach*. No puedo ayudarte —dijo Arran, y se levantó para atravesar el vestidor—. Ponte el que gustes, Margot. ¡Son todos igual de bonitos! —y se marchó, frustrado por haber tenido que atravesar todo el castillo para que lo atormentaran de aquella forma. Él era un *laird*, por el amor de Dios. No sabía nada de vestidos.

Pero el entusiasmo que envolvía Balhaire era contagioso. De repente los Mackenzie empezaron a darse aires, a preocuparse por sus borceguíes, sus faltriqueras de gala y demás adornos. La noche del baile, Arran se vistió formalmente a la tradición escocesa. Fue al vestidor de Margot y entró sin llamar. Ella protestó por ello, cosa que a él le indignó: ¿acaso tenía que hacerse anunciar para entrar en una maldita estancia de su propia casa? Replicó que, si era capaz de marchar a pie por media Escocia con tal de verla, ¿cómo iba a reprimirse de buscarla en su castillo cuando se le antojara?

Esa vez, sin embargo, se detuvo en seco. Su esposa, su bella esposa, lucía un vestido de seda color verde oscuro, con perlas y cristales rojos cosidos en un dibujo de espirales y rizos en la pechera. Su peinado era una alta torre de rizos rojos, con más perlas entretejidas en el cabello. Tenía un aspecto realmente majestuoso, y Arran se vio abrumado por una sensación de orgullo y admiración.

–Margot, sí que estás bonita... Me recuerdas a una reina.

Ella lo miró deleitada, con una sonrisa que le provocó un delicioso calor en el pecho.

–Una reina. Sois muy amable al decirme eso –dijo con tono formal, ruborizándose, y le hizo una exagerada reverencia–. ¿Qué me dices de esto? –le preguntó, deslizando los dedos por el collar de perlas que rodeaba dos veces su cuello, y del que colgaba un rubí que rozaba sus senos por encima del corsé–. No estoy muy segura. Nell dijo que era perfecto, pero a mí me pareció demasiado adorno.

–Muchacha... eres como una visión. Estás perfecta –inclinándose formalmente, le tendió la mano.

Ella, sonriente, la aceptó. Sí, estaba feliz. Mucho. Arran pensó que quizá las cosas cambiarían a partir de aquel momento, y que aquello era justo lo que necesitaba para hacer que se sintiera cómoda en Balhaire.

Al fin le estaba dando lo que quería.

Bajaron juntos al gran salón. Nada más entrar, un rumor de asombro se extendió por la estancia. Arran estaba orgulloso: los hombres de su clan parecían tan sorprendidos con Margot y su atuendo como ella con los cambios que había experimentado el salón. Podía ver a los hombres estudiándola, a las mujeres bajando la mirada a los vestidos que llevaban, en comparación... ¿Y no era así como debería ser? ¿No debería la señora de la casa ostentar las mejores galas?

En cualquier caso, Arran también se sentía orgulloso de su gente: se habían acicalado para la ocasión. Los hombres lucían tartanes limpios y planchados, mientras que los vestidos de las damas componían un mar de colores.

Pero ninguna de ellas llevaba un peinado ni remotamente parecido al de Margot. Ninguna lucía joyas que relampagueaban en sus cuellos. Ni perlas cosidas en las pecheras de sus vestidos.

Sintió que Margot le apretaba el brazo.

—Llevan el tartán —susurró.

—Claro.

—Pero... —alzó la mirada a las lámparas de hierro que colgaban del techo.

—Las velas son de cera de abeja —alardeó él.

La mirada de Margot viajó a los cortinajes también de tartán que Arran había ordenado colgar en los ventanales. Incluso había encerrado a los perros en la cocina para que no entorpecieran a los bailarines.

—Vamos —la animó.

Tuvo que tirar un poco de ella, pero Margot se avino por fin a desfilar a lo largo del gran salón. Sonrió a los Mackenzie y les agradeció su cortesía al asistir. Cuando llegaron ante el estrado, Arran la hizo tomar asiento en una silla tapizada e hizo una seña a Fergus.

—Champán para milady —dijo—. Whisky para mí —y se sentó a su lado. Tomándole la mano, le preguntó con tono cálido—: ¿Qué te parece, esposa mía? Aquí tienes a tu sociedad —declaró orgulloso, abarcando con un gesto de su brazo a las numerosas almas que se arremolinaban en el salón.

—¿Mi sociedad?

—Sí. Era eso lo que querías, ¿no? Sociedad. Trato social.

Ella se volvió para mirarlo como si se hubiera puesto a hablar en gaélico.

—Sí, pero... ¿dónde están tus vecinos?

—¿Mis vecinos? —Arran se rio—. Estos son mis vecinos.

Pareció extrañamente decepcionada con su respuesta. Pero volvió a sonreír cuando Fergus le sirvió champán en una copa de cristal, y preguntó entusiasmada:

—¿Cuándo dará comienzo el baile?

—Ahora —hizo un gesto a los músicos, que empezaron a tocar una conocida jiga.

Advirtió que Griselda era la primera en levantarse con su actual acompañante.

—¿Te gustaría...?

—No. Que empiecen ellos. Bailaremos la siguiente danza —Margot sonrió y bebió un sorbo de champán.

El salón se llenó de bailarines que comenzaron a girar y a taconear a la moda escocesa, alzando las voces por la alegría de la ocasión. Arran se volvió para mirar a Margot y ver si se estaba divirtiendo.

Pero Margot no parecía divertirse en absoluto. De hecho, tenía una expresión consternada.

—¿Qué pasa? —le preguntó.

Cuando volvió la mirada hacia él, Arran se quedó sorprendido por el terror que veía brillar en sus ojos.

—Nell y yo estuvimos practicando toda la semana.

Arran se echó a reír.

—Bueno, no se necesita mucha práctica para esto —dijo, y se levantó—. Entonces, lady Mackenzie, ¿me concederéis este baile?

—No —respondió de inmediato—. No, no puedo.

—Margot...

—Por favor, no me lo vuelvas a pedir, Arran. No pienso bailar.

Levantándose de la mesa, abandonó apresuradamente el estrado y desapareció entre la multitud.

Arran volvió a sentarse lentamente, desconcertado. ¿Qué diantres había pasado?

Transcurrió un cuarto de hora antes de que Margot regresara, subiendo los escalones del estrado como si se dirigiera al patíbulo. Tomó asiento y permaneció con la vista al frente, apretándose con fuerza las manos sobre el regazo.

A su alrededor, los Mackenzie danzaban y gritaban en su propia lengua, bebiendo cerveza a desquite del champán que tan caro le había costado llevar de Inglaterra a Arran, y felicitando a voz en grito al *laird* y a su esposa por su matrimonio. Margot no decía nada. No sonreía, ni asentía, ni daba muestra alguna de aceptar sus felicitaciones.

Arran empezó a enfurecerse. No entendía su mustio comportamiento, su negativa a bailar cuando antes había estado tan entusiasmada con la perspectiva. Cuando no pudo soportarlo ya más, se levantó para abandonar el estrado y pedir a una muchacha que danzara con él.

No supo cuántas jigas bailó, pero bebió, se rio y se divirtió a placer. No estaba dispuesto a volver al estrado con su malhumorada esposa.

Estimulado por el whisky y la sensación de humillación, fue después en su busca. La encontró en la cama. El maravilloso vestido estaba hecho un guiñapo en el suelo, con los mechones de cabello postizo que había utilizado para su peinado arrojados de manera descuidada sobre la mesa de tocador. Despachó a su doncella.

—¿Qué es lo que te pasa? —exigió saber.

Ella se sentó en la cama y se lo quedó mirando fijamente.

–¿No es obvio?

–¿Obvio? –repitió él, acalorado–. No hay una maldita cosa que sea obvia en ti, Margot. Di un baile por ti y ahora aquí estás... ¡bañando de lágrimas la almohada como una niña!

–No estoy llorando. ¡Estoy planificando mi fuga de este lugar!

–¿Quieres escaparte? – Arran abrió la puerta de par en par–. Vamos, vete –al ver que no se movía, volvió a cerrarla de un portazo y el estruendo reverberó en el edificio–. No te puedes imaginar las molestias que me he tomado para dar este baile...

–¡No ha sido un baile! –gritó ella, y de repente se levantó de un salto de la cama para encaminarse hacia la mesa de tocador–. ¡Solo ha sido una noche más en tu gran salón!

–*Diah*, mira que eres remilgada... Toda esa gente ha venido para celebrar tu matrimonio y... ¿qué es lo que haces tú? ¡Te enfurruñas, te deprimes y luego huyes como un conejo en lugar de darles la bienvenida como debería hacer la señora de esta casa y de este clan!

Margot dejó caer con un golpe el cepillo que acababa de tomar.

–¡Intenté saludarlos, pero todos hablan esa horrible lengua! Ni uno solo llevaba un vestido de baile o un traje de velada formal. ¡Todo eran tartanes! No bebieron champán y... ¡por el amor de Dios, esa danza! –exclamó, alzando las manos.

–¡Tú querías bailar!

–¡No ese tipo de bailes! ¡Nunca había visto nada parecido!

–Detestas todo esto, ¿verdad?

Aquello la sorprendió y se volvió para mirarlo.

–No, no es eso... Yo nunca he dicho eso.

—No lo has dicho, Margot... ¡pero está en cada uno de tus movimientos, de tus gestos, de tu mirada! Eres una mujer...

Arran se detuvo. Pasándose las manos por la cabeza, suspiró.

—¿Qué? ¿Qué es lo que soy? —exigió saber ella, cruzando los brazos con fuerza. A la defensiva.

—Una mujer condenadamente imposible.

—Como tú. Como este lugar.

—*Diah,* ¿qué es lo que tiene de malo? —rugió, mirando al techo—. Cambiaré lo que sea con tal de que me lo digas.

Margot se lo quedó mirando fijamente. Parecía estar debatiendo con lo que iba a decir. Frotándose la nuca, murmuró:

—Francamente, soy una pésima bailarina y no sé...

Arran soltó un resoplido escéptico.

La expresión de Margot se ensombreció.

—Me lo has preguntado tú, ¿no?

—Por el amor de Dios, no sé cómo complacerte.

—Y yo no sé cómo complacerte a ti —le espetó ella.

Su tono acabó por desquiciarlo. Acercándose, la agarró de un brazo y la obligó a darse la vuelta.

—Basta ya de representar el papel de la damisela ofendida, Margot. Estamos casados, y mejor será que te vayas haciendo a la idea. Ahora eres una escocesa.

—Nunca —replicó, desafiante.

Le brillaban los ojos a la leve luz de la estancia. La melena le caía desordenada sobre los hombros. A su manera, la situación resultaba divertida. Arran siempre se había considerado un hombre poderoso, capaz de hacer lo que fuera. Pero, por lo que se refería a Margot, se sentía muy débil. Ella era una mujer altiva y complicada y, sin embargo, en aquel instante él podía leer perfectamente en sus ojos su extremada juventud y su desdichada vulnerabilidad.

Acunándole el rostro con una mano, le acarició una mejilla.

–Te estoy pidiendo… no, te lo estoy suplicando. No me lo pongas más difícil, ¿quieres?

Allí estaba: una solitaria lágrima escapando de la comisura de un ojo.

–No puedes ponérmelo más difícil de lo que ya es –musitó ella, y bajó los párpados al tiempo que alzaba la cara hacia él.

Arran, confuso como cada vez que se encontraba en su compañía, la besó. La llevó luego a la cama, la desnudó, le cubrió el cuerpo de besos. Y cuando se instaló entre sus muslos mientras ella alzaba las rodillas y cerraba los puños sobre su pelo, jadeando de placer por lo que su lengua le estaba haciendo… Arran se dijo que, al menos, tenían aquello. Aunque les faltara todo lo demás, al menos tenían aquello.

Capítulo 5

Balhaire
1710

Si había algo que Arran tenía por un hecho irrefutable, era que los hombres y las mujeres ingleses no eran de confiar. Así que cuando escuchó un rumor en algún momento de la noche, mucho después de que el fuego de la chimenea se hubiera reducido a unas pocas brasas, no le sorprendió ver a Margot de pie delante de su cómoda de cajones, envuelta en una de las sábanas.

La admiró por un momento, viendo cómo se alzaba de puntillas para examinar el contenido del primer cajón. Una de sus largas y bien torneadas piernas resultaba visible. Las ondas cobrizas de su cabello le llegaban casi hasta la cintura, terminando a unos pocos centímetros del comienzo de la cadera. Estaba explorando su contenido, y sus finos dedos de uñas perfectas parecían acariciar la carta que Jock había llevado poco antes a Arran, un mensaje urgente del jefe del clan de los MacLeary, de Mallaig.

Se incorporó sigilosamente sobre un codo, observando cómo recogía la carta entre el pulgar y el índice como si estuviera debatiendo si abrirla o no.

Dios, sí que era hermosa, pensó mientras se levantaba de la cama cuidando de no hacer el menor ruido. Habían sido sus ojos lo que más le había cautivado de ella la primera vez que la vio. Unos ojos de cuencas hundidas, bien separados, de un color que le recordaba el musgo que crecía en los árboles de Balhaire, y de penetrante mirada. Había sabido entonces, incluso antes de oírla hablar, que era una muchacha sagaz y perceptiva.

Y había sabido, por la manera en que aquellos ojos lo habían mirado, que ella también se había sentido atraída por él.

Fue a situarse a su espalda, cruzando los brazos sobre el pecho.

—¿Qué estás haciendo aquí?

Jadeando sobresaltada, dejó caer la carta y tomó algo del cajón al tiempo que se giraba para mirarlo.

—No podía dormir.

—¿Ah, no?

Alzó de pronto una cadena de oro, ante sus ojos.

—¿Para quién es esto?

—Para ti, *leannan* —respondió él con tono suave y, rodeándola, escondió la carta debajo de un par de guantes.

—Eso es absurdo.

—¿Para quién si no habría de ser? —replicó Arran, y le quitó la cadena de la mano. La había conseguido a cambio de una pistola.

—Quizá para la chica que estaba sentada en tu regazo cuando llegué —dijo ella con tono cortante, frunciendo el ceño.

—¿Te habría amado como te amé esta noche si este oro hubiera estado dirigido a esa jovenzuela? —haciéndola volverse, le apartó la melena a un lado y le colgó la cadena. Luego se inclinó para besarle el cuello. Nuevamente excitado, apretó su erección contra sus caderas–. Ahora es tuyo.

—No lo quiero –replicó ella, pero no hizo amago alguno de quitarse la cadena.

Arran deslizó una mano por su vientre, agarró la sábana y la retiró de su cuerpo desnudo. Margot no se resistió, sino que se apoyó contra él, bajando las manos hasta sus muslos. Era diferente que antes. Ahora parecía comprender el poder que ejercía sobre él.

La tomó de la muñeca y la llevó de vuelta a la cama. Nada más tumbarla, tiró de ella para sentarla a horcajadas sobre su cuerpo.

Margot suspiró y clavó los dedos en su pecho.

—Eres insaciable –dijo ella, y empezó a moverse contra él, frotándose contra su erección.

—Ummm… –no discutió. Le acarició una mejilla con los nudillos.

Margot esbozó una sensual sonrisa y ladeó la cabeza para besarle la mano. Era la clase de sonrisa capaz de inflamar la sangre de un hombre. «Placentero», había dicho Jock. Qué palabra tan ridícula. Ah, le dolía mirarla en aquel momento, pensó Arran en el instante en que la levantó en vilo para guiarla hacia su sexo.

Ella suspiró, cerró los ojos y echó la cabeza hacia atrás mientras se dejaba caer sobre él.

Aquella belleza era una mentirosa y estaba allí por alguna razón que él tendría que esclarecer. Pero en su corazón, estúpido como era, anhelaba que hubiera vuelto por él. Anhelaba que fuera cierto que ella deseaba retomar, reavivar su matrimonio. A despecho de sus diferencias, él era un hombre leal, un hombre de palabra, y había llegado a querer a su tímida e ingenua esposa, pese a lo difícil de sus comienzos.

Pero ella no había vuelto por él. No quería reavivar su matrimonio y, probablemente, nunca lo querría. Tenía que descubrir lo que estaba tramando.

En ese momento Margot había empezado a moverse sobre su falo, y el verde de sus ojos había adquirido el tono de un cálido mar de verano. Inclinándose sobre él, le susurró:

—¿Me encuentras altiva ahora?

—*Uist* —dijo él, acallándola, y empezó a moverse a su vez con mayor fuerza dentro de ella. Esa vez observó su rostro. Margot había visto la desnuda verdad en el suyo cuando se reunieron aquella noche, después de tanto tiempo, y esa vez estaba buscando algo, lo que fuera, en el de ella.

Se vio muy pronto barrido por el éxtasis de aquel cuerpo, por el placer que le producían sus caricias, por el deseo que había permanecido enterrado en su interior durante tres años. En medio de todo ello, cuando su larga melena los envolvió a los dos como una cortina, distinguió un inesperado brillo de emoción en sus ojos.

Vio tristeza en ellos. «Tristeza».

¿Por él? ¿Por su matrimonio? ¿Por sí misma?

Su acoplamiento por fin los dejó exhaustos, y él se quedó dormido, todavía con aquella duda en la mente.

Temprano por la mañana, Arran tuvo que separarse cuidadosamente de ella. Margot se había refugiado en su pecho, enredando sus piernas con las suyas.

Aún no había amanecido, así que se lavó con el agua fría de la jofaina del cuarto contiguo y se vistió. Cuando volvió a la cámara, Margot no se había movido. Seguía profundamente dormida, con una expresión engañosamente angelical. Miró a su alrededor y contempló la desordenada estancia. Aquella noche, Margot no había llevado consigo nada más que la ropa que tenía puesta. Tendría que llamar a su doncella para que la vistiera.

Caminó hasta la cómoda de cajones, sacó la carta de debajo de sus guantes, se la guardó en la cintura y abandonó la cámara.

Un muchacho dormía espatarrado y con la boca abierta justo al otro lado de la puerta, envuelto en una capa. Jock lo había destacado allí, temiendo probablemente que Margot intentara degollar al *laird*. Arran no pudo evitar sonreírse al pensarlo: Jock confiaba en las mujeres y los hombres ingleses aún menos que él. Empujó suavemente con su bota al joven, que se despertó como impulsado por un resorte, desorbitando los ojos de miedo.

—¡Milord!

—Vete a la cama. La señora está durmiendo.

El muchacho recogió su capa y se alejó tambaleándose pasillo abajo.

Arran se dirigió a su despacho. Era una estancia pequeña, que había perdido su propósito original. Le gustaba que comunicara directamente con su dormitorio. Tomó asiento ante un escritorio atiborrado de papeles, cuadernos de embarque y tomos de contabilidad. Últimamente había estado trabajando mucho en la preparación de un viaje que lo llevaría a Francia para intercambiar lana por ropas y vinos, para navegar después a Irlanda y comerciar con cueros.

Fergus apareció de pronto en la puerta del despacho, soñoliento, alborotados sus escasos cabellos.

—¿Tomaréis el desayuno, *laird*?

—Sí —dijo Arran—. Aquí mismo. Mándame a Jock en cuanto llegue.

Jock se reunió con él un cuarto de hora después. Al contrario que Fergus, Jock parecía tan fresco como una flor primaveral. Arqueó una oscura y poblada ceja al tiempo que esbozaba una sonrisa irónica.

—¿Qué tal has amanecido hoy, *laird*? —le preguntó, jocoso—. Esperaba que pasaras encamado la mañana.

Arran sonrió.

—¿Y arriesgarme a que me pusieran un cuchillo en el cuello?

Jock se echó a reír.

—¿Qué planes tenemos para hoy? —le preguntó.

—Esta mañana tenemos a hombres entrenándose para luchar con las manos desnudas —respondió Jock, tomando asiento ante él.

Arran se despabiló de inmediato. Había aprendido a luchar desde que era un niño y, en aquel momento, entrenaba a los jóvenes de su clan. Sus soldados estaban reputados como los guerreros más fieros de toda Britania.

—No me vendría mal una buena pelea ahora mismo —comentó, frotándose los ojos. No había nada mejor que soltar unos cuantos puñetazos cuando uno se encontraba confuso y perdido, como era su caso esa mañana. Decepción, furia, esperanza y un bendito alivio carnal formaban una peligrosa mezcla en su interior.

¿Por qué las mujeres tenían que ser tan condenadamente traicioneras?

—¿Interrogaste a los ingleses?

Jock asintió.

—Sí. Pero no se mostraron nada abiertos.

—¿Y la doncella?

—Una cabeza de chorlito —contestó Jock con un gesto de indiferencia—. ¿Qué piensas de todo esto?

—No lo sé —admitió Arran. Con un suspiro, sacó la carta y la dejó sobre el escritorio—. Anoche la sorprendí ante mi cómoda con esto en la mano.

—Ah. Conque curioseando, ¿eh?

—Solo se me ocurren dos razones para su regreso. O su padre la ha echado de casa... o la ha enviado aquí por un motivo muy concreto. Una dama tan fina y mimada no se torturaría a sí misma voluntariamente con un viaje tan largo.

—Pero ¿qué motivo puede ser ese? –inquirió Jock. Miró la carta que Arran había arrojado sobre el escritorio, pero no hizo intento alguno de recogerla. Sabía lo que decía.

MacLeary les había escrito para advertirles sobre rumores llegados de Inglaterra. Era bien conocido que algunos de los más influyentes clanes jacobitas, escoceses alineados con el hijo del depuesto rey Jacobo Estuardo, estaban cada vez más descontentos con la unión con Inglaterra y sus opresivos impuestos. Circulaban rumores sobre un segundo complot en marcha para reponer al Estuardo en el trono, aunque habladurías de esa clase eran algo común desde la firma del Acta de Unión, tres años atrás. Esa vez, sin embargo, la situación era diferente, dado que MacLeary les había comunicado que el nombre de Arran figuraba como uno de los jefes de clan descontentos. Era la primera vez que lo habían calificado de jacobita.

Arran se había quedado sorprendido por el contenido de la carta cuando la recibió. Siempre se había mostrado muy cuidadoso a la hora de caminar por la fina línea que separaba a los jefes de clan que aspiraban a la independencia de aquellos que veían una oportunidad en la unión con Inglaterra. Ciertamente él se había aprovechado de esa unión al intensificar sus relaciones comerciales con Francia e Irlanda. Había labrado una fortuna precisamente en la misma coyuntura que estaba haciendo padecer a la mayoría de los clanes. Había ampliado su cabaña ganadera de vacas y ovejas que enviaba a los mercados de Glasgow y de Edimburgo. Cambiaba sus lanas por sedas de Francia. Entrenaba a soldados que cobraban buenos salarios en el ejército inglés. Y el valle que rodeaba Balhaire tenía buenas tierras que proporcionaban comida suficiente para su clan. Arran era uno de los pocos jefes que habían logrado contener la oleada de emigración y abastecer a su gente.

Él no era un jacobita, y que de repente apareciera definido como tal era algo que lo había dejado desconcertado. Estaba seguro de que algo se le escapaba.

Una moza de la cocina apareció con una bandeja. La dejó delante de Arran, le hizo una reverencia y se apresuró a retirarse.

—No sé qué es lo que pretende Norwood —comentó Arran entre bocado y bocado de su desayuno—. Pero no puede ser una simple casualidad que mi esposa haya reaparecido como por milagro, alegando que ha cambiado de opinión sobre nuestro matrimonio. Y justo después de que yo recibiera esa carta, ¿no te parece?

—Sí —se mostró de acuerdo Jock—. Sospecho que su padre la ha enviado aquí, pero... ¿por qué razón?

Arran sacudió la cabeza.

—Yo cumplí mis deberes para con ella, ¿no? Le he estado enviando dinero. Jamás he tenido una mala palabra ni con él ni con ella.

Jock se encogió de hombros.

—Quizás se trate de una coincidencia. A lo mejor piensa simplemente que el lugar de una esposa está con su marido, y la ha despachado a Balhaire.

—No —dijo Arran—. Si esa hubiera sido la razón, la habría mandado aquí mucho antes. Se trata de algo más. Y que mi nombre haya sido mencionado entre los jacobitas justo antes de que ella se haya presentado aquí... Este asunto apesta.

Jock asintió.

—¿Qué piensas hacer entonces?

Arran bajó el tenedor y se recostó en su sillón, desviando la mirada hacia la ventana. El sol asomaba en el horizonte, alzándose por encima de las colinas y proyectando largas sombras de color morado. Por mucho que hubiera disfrutado con Margot la noche anterior, no confiaba en ella. Su regreso había sido un grave error.

Había algo más que lo inquietaba: la tristeza que había visto en sus ojos. ¿Se arrepentiría de lo que había hecho tres años atrás? ¿O se arrepentiría de haber desaprovechado la oportunidad de apuñalarlo por la espalda?

—Por cierto, ¿cuándo fue la última vez que tuviste noticias de Dermid? —preguntó Arran, refiriéndose al agente que había enviado a Inglaterra para vigilar a su esposa.

Jock reflexionó sobre ello.

—Un mes. Quizá más.

Arran frunció el ceño.

—Es raro que no nos dijera nada sobre el viaje de mi esposa. No es propio de él.

—No, desde luego que no —convino Jock— ¿Qué piensas hacer?

Arran soltó el último pedazo de pan y se llevó la mano al abdomen. De repente tuvo un presentimiento.

—Enviarla de vuelta a Inglaterra —respondió—. Elige a cuatro de nuestros mejores hombres para que la acompañen a ella y a sus pisaverdes. Yo mismo le comunicaré la noticia.

Jock se levantó para marcharse.

—¿Has echado un vistazo a sus cosas? —inquirió Arran en el último momento.

—Sí —contestó Jock con un suspiro, volviéndose para mirarlo—. Tuvimos que vencer la resistencia de su doncella. Esa maldita muchacha me mordió —alzó una mano para mostrársela a Arran y sacudió lentamente la cabeza.

Arran no pudo por menos que compadecerlo. Las mujeres siempre acababan por dejar perplejo al pobre Jock.

—Nunca he entendido para qué necesita una mujer tantos zapatos –continuó su primo–. Representan un gran engorro, en mi opinión –y abandonó por fin el despacho, dejando solo a su jefe.

«¿Por qué, Margot?», se preguntó una vez más Arran, mirando por el pequeño ventanal. «¿Acaso no me has hecho ya suficiente daño?».

El recuerdo de su fuga se había ido borrando con el tiempo, ciertamente. Pero todavía había momentos en los que el dolor resurgía en toda su crudeza, como una herida abierta expuesta al viento.

En realidad, su marcha no lo había sorprendido. Habían discutido varios días antes de aquella fecha, una vez más acerca de la deriva de su matrimonio. Al parecer, no había podido acostumbrarse a Balhaire. Había tenido expectativas que no habían casado bien con su clan. Y Arran tenía asimismo que admitir que su clan también había tenido expectativas sobre Margot que la joven, debido a su inexperiencia, tampoco había sabido satisfacer.

Había reflexionado mucho sobre aquello a lo largo de los años, y solo en aquel momento se daba cuenta de lo que hasta entonces le había pasado desapercibido: que Margot Armstrong había disfrutado de una vida de lujos, caprichos y privilegios desde el mismo día en que nació. Pero, en Balhaire, el clan era como una familia, y todo el mundo contribuía a un bien mayor. Arran había esperado, había dado por supuesto, que ella terminaría por adoptar aquel modo de vida. Por desgracia, los pocos esfuerzos que Margot había hecho en esa dirección habían sido baldíos y torpes, y siempre desde una posición de superioridad. En cuanto a su clan… *Diah*, ellos no le habían dado cuartel.

Habían sido cuatro meses muy difíciles, y sin embargo Arran había descubierto un aspecto de Margot que, con el tiempo, había llegado a adorar.

De repente oyó abrirse la puerta de su despacho y volvió la cabeza: el viejo Roy, que había seguido su rastro, se acercó para que su amo le rascara la cabeza.

Arran sonrió al perro, recordando en aquel preciso instante la fría mañana de invierno en que convenció a Margot de que abandonara sus aposentos para bajar a las perreras, donde una camada de cachorros recién nacidos retozaban en un cajón relleno de paja. Con el tiempo se convirtieron en grandes perros pastores, pero aquella mañana no habían sido más que bolitas blancas y negras de suave algodón revolcándose las unas sobre las otras.

Nunca olvidaría la mirada de gozo que vio en la cara de Margot. Había caído de rodillas, riendo, cuando un par de cachorros saltaron del cajón a su regazo. Arran también se arrodilló a su lado, y los dos habían pasado un buen rato en aquel estrecho espacio con los perrillos, riendo juntos. Habían bautizado en broma a los cinco. Margot le había hablado de una perrita que había tenido cuando niña, a la que solía vestir con ropas que su ama de llaves confeccionaba para ella y pasear en cochecito por el jardín.

Había habido otros momentos semejantes: momentos sencillos, fáciles y cómodos en los que Arran había llegado a vislumbrar el futuro de su unión. Momentos en los que había sentido cosas por su bella esposa que, apenas unas semanas antes, jamás habría juzgado posibles. Sí, había visto otra faceta de Margot, y la había amado.

Pero evidentemente ella no había compartido tan optimista visión. Arran ya no se acordaba del motivo por el cual habían discutido de manera tan vehemente aquel día, poco antes de su marcha. Él había estado ausente durante varias jornadas, cazando ciervos. Había vuelto cansado y hambriento, y lo que más vívidamente recordaba era las lágrimas que había visto correr por su rostro. Otra ronda de lágrimas que había despreciado sobre todo porque no las entendía.

—Quiero irme a mi casa —había declarado, rotunda—. No quiero vivir aquí así.

—Ah, pues bueno, vete. Será lo mejor para todos —le había espetado él antes de abandonar bruscamente la estancia, furioso con ella y consigo mismo.

Pero no había sido sincero. No había querido decirle aquello.

Habían sido palabras furiosas, pronunciadas en un momento de furia. Había dejado que flotaran y desaparecieran en el aire, como tantas otras pronunciadas antes. No les había dado importancia, creyendo como había creído en aquel entonces que, dado que se habían prometido fidelidad ante Dios, de alguna manera acabarían labrando un camino en común a pesar de sus numerosas diferencias.

Jock le había advertido de que ella se marcharía en un día o dos, y, para entonces, Arran había seguido sin poder creérselo. Aquella mañana había ido a ocuparse de sus tareas de costumbre, incrédulo. Incluso había dado instrucciones a Jock de que la dejara partir si ese era su deseo, porque en el fondo no la había considerado capaz.

«¡*Diah*, qué estúpido fui!», exclamó para sus adentros.

No le gustaba pensar en aquel día. Todavía le dolía... Sí, dolor, la clase de dolor que jamás antes había experimentado. Había partido al galope desde la caleta con unos pocos hombres y había visto el coche alejándose de Balhaire. Se había detenido en seco, fulminándola con la mirada cuando pasó por su lado y no pudo por menos que aceptar la terrible realidad. La quemadura había sido profunda. Aquello le había hecho sentirse humillado ante su clan, a la vez que le había hecho comprender lo ignorante que era. Y a la quemadura se había añadido el dolor de sufrir el abandono de alguien a quien, contra todo pronóstico, había llegado a querer mucho.

Un estúpido. No se merecía otro calificativo.

Arran nunca olvidaría aquel dolor, que todavía le quemaba. Y justo en aquel momento, mientras rascaba a Old Roy detrás de las orejas, se dio cuenta de que el tiempo de la reconciliación había pasado para siempre. Nunca más volvería a quedar como un estúpido.

Capítulo 6

Margot fue despertada por una mujer de gesto severo que anunció que le estaban preparando el baño, para luego descorrer las cortinas con tanta brusquedad que la hizo soltar un grito al quedar deslumbrada por el sol.

–Gracias –dijo, volviendo la cara hacia la almohada–. ¿Sería tan amable de mandar buscar a mi doncella?

La mujer masculló algo mientras salía. Margot esperó a oír cerrarse la puerta antes de sentarse en la cama y apartarse el pelo de los ojos. Estaba agotada. Y deliciosamente dolorida. Y confusa.

La noche anterior no había significado el retorno que había esperado. La actitud de Arran la había confundido. La pasión que le había demostrado, en forma de una furia y un deseo tan crudos como intensos, la había inflamado y excitado por la aspereza de su trato.

Pero luego se había producido aquel momento de ternura, aquella delicada caricia. Había sido algo fugaz, pero ella lo había sentido. Lo había visto. Pero después él le había hecho volver la cabeza.

¿Qué quería decir eso? ¿La despreciaba? ¿O había una parte de su persona que no?

En aquel momento, Arran le parecía un hombre diferente. Mayor. Más sabio. Mucho más seguro de sí mismo que antes. Y al margen de lo que hubiera pretendido decirle con aquella caricia, al margen de lo verdadera o fingida que fuera, había conseguido despertar en ella sentimientos que no estaba preparada para afrontar, tales como la tristeza. Una inmensa tristeza por haberlo abandonado. Por no haberse marchado antes. Por no haber sabido desafiar a su padre negándose a aceptar aquel matrimonio, tristeza por haberse dejado gobernar por las emociones durante los pocos meses que había pasado allí.

Durante el tiempo que había pasado fuera de Balhaire, Margot nunca se había olvidado de lo que su marido había despertado en ella. Pero las sensaciones físicas que le había regalado, tan poderosas en su momento, se habían ido atenuando con el tiempo. En cambio, la atracción puramente animal y el irrefrenable placer que la noche anterior Arran había demostrado compartir con ella en la cama la habían dejado atónita.

Antes, pese a lo poco que habían hablado, Margot siempre se había sentido hermosa, deseada. Pero el hombre que por las noches le había demostrado aquella pasión tan profunda nunca había sido el mismo que, a la mañana siguiente, salía a cabalgar con la gente de su clan. El hombre que le había declarado su devoción en aquella cama no había sido el mismo que incluso parecía molesto cuando la veía fuera del dormitorio.

Y, sin embargo, la noche anterior, había experimentado un anhelo tan intenso... Un anhelo purísimo que se le filtraba en las venas y el corazón. Anhelo de algo que ella misma desconocía. Pero se había dado cuenta, después de hacer el amor con él por segunda vez en aquella noche, de que le faltaba algo, algo vital, que ansiaba desesperadamente

Margot no detestaba a Arran, nunca lo había detestado. Lo que sí había detestado había sido su propia situación, y con una intensidad que, con el tiempo, la había devorado, nublando quizá su juicio en ocasiones. La transición a Escocia había sido difícil, obviamente. Su rabia había hervido a fuego lento para terminar explotando por culpa de las circunstancias de su matrimonio, forzada como se había visto por un padre que le había exigido una lealtad extrema a la tierna edad de diecisiete años. Forzada por un padre que la había obligado a dejar el único hogar que había conocido sin que tuviera un mínimo conocimiento del mundo, y aún menos de la aspereza de la vida en las Tierras Altas... donde la había dejado que se desenvolviera sola, mientras su marido había seguido haciendo la vida de siempre con su clan.

Todo aquello había sido demasiado para ella. La última discusión había sido explosiva y desgarradora, con ambos gritándose reproches. Ella había intentado transmitirle su infelicidad y la manera en que se había sentido entonces, como si fuera una simple barca en medio del vasto océano, flotando sin remos ni esperanza alguna de rescate.

–Que Dios nos ayude –había dicho él–. Porque tú no eres la única barca que va a la deriva en este matrimonio, Margot.

Ella nunca le había preguntado por aquellas palabras.

Oh, pero se habían dicho tantas palabras hirientes y ofensivas... Y ella no había tenido a nadie a quien acudir, ningún amigo en Escocia. Había tenido la sensación de que cuanto más lo había intentado, menos se habían prestado los demás a ayudarla.

Por todo ello, al final había terminado por perder la paciencia. Completamente.

Abandonó Escocia poco después de aquella última discusión. No había sido propiamente una fuga, porque justo cuando el coche estaba cruzando las imponentes puertas de Balhaire, Arran y sus hombres habían aparecido a caballo, procedentes de la costa. Él se había detenido a un lado del carruaje para dejarlo pasar. Margot nunca olvidaría la pétrea mirada que le dirigió mientras el coche rodaba lentamente frente a él. Había permanecido a lomos de su caballo, apretando los puños con tanta fuerza como la mandíbula, observando cómo se marchaba.

No había intentado detenerla. Y ella se lo había imaginado feliz de librarse por fin de ella.

Cuando el coche hubo terminado de cruzar la puerta, Arran había picado espuelas para desaparecer detrás de los muros del castillo, seguido por sus hombres, y esa había sido la última visión que Margot había tenido de él. Se había derrumbado en el asiento del carruaje, con el corazón destrozado. En aquel entonces había sido una muchacha tan ingenua, anhelando como había anhelado ambos mundos... Había ansiado con desesperación volver a casa, huir lejos de aquel castillo y de aquella sociedad tan áspera y grosera. Pero también había anhelado que Arran hubiera luchado por ella.

Qué nociones tan románticas habitaban las mentes de las muchachas que todavía no se habían convertido en mujeres...

En Inglaterra, con el tiempo, Margot se las había arreglado para distanciarse de aquellos sentimientos que había albergado por Arran Mackenzie, para seguir adelante con su vida. Su padre se había mostrado descontento con ella, pero le había asegurado que la comprendía. «Por supuesto que es bien conocido que las Tierras Altas están llenas de bárbaros», había comentado sin vacilar. A ella, entonces, la había extrañado que no hubiera visto la ironía de la situación, dado que había dado en casamiento a su hija con uno de ellos. «Has cumplido con tu deber, hija mía». Ahora que ya contaba con el acuerdo firmado y las tierras de Escocia, declarado todo ello inviolable por su boda con un Mackenzie, se había mostrado satisfecho.

Había dejado a Margot sola, y ella había pasado a concentrar su atención en... ¿qué? En nada. No había habido vida ninguna para una mujer separada de un lejano jefe de clan escocés. Para una mujer casada sin su marido a la vista, con derecho a disfrutar de las libertades de las que las demás mujeres carecían. Margot había tenido una robusta vida social, autorizada como había estado para moverse a su antojo. Había organizado veladas y flirteado con caballeros. Había asistido a bailes y cenas, y flirteado con más caballeros. Se había visto deseada por aquellos hombres, reclamada, cortejada. Sin embargo, aquellas atenciones no la habían llenado. En absoluto.

Su deseo por ella, y el de ella por ellos, por muy superficial que hubiera sido, no había hecho más que aumentar su inquietud. Había podido vislumbrar entonces la perspectiva que la había esperado, en los años venideros: mucho flirteo y poco más, porque seguía siendo una mujer casada. Había tenido la oportunidad de que la tocaran, de mantener relaciones; de hecho, si aquellos caballeros la habían cortejado había sido por esa misma razón. Pero Margot había jurado ante Dios que sería fiel a su esposo. Nunca habría podido faltar a su palabra de una manera tan completa e irrevocable. Se había aferrado a sus últimos restos de dignidad. Y había empezado a sentirse como aturdida, como insensibilizada por su propia situación, como si simplemente hubiera tenido que dejar pasar los días, a la espera de algo.

Suspirando, se apartó el cabello de la cara con ambas manos. El corazón le atronaba con los recuerdos de la noche anterior. ¿Sería posible que ella y su marido, ambos ya mayores y más sabios, pudieran retomar y recomponer su roto matrimonio? ¿Sería posible que los rumores que corrían sobre Arran fueran ciertos? ¿Sería posible que aquel hombre ferozmente esforzado e independiente estuviera conspirando contra la reina... contra su reina? No, eso Margot no podía creerlo, al margen de lo que pudiera decir su padre.

Y sin embargo... ¿qué sabía ella de Arran Mackenzie? Sobre todo ahora, sobre todo después de tanto tiempo. No lo conocía. En realidad, no sabía gran cosa sobre nada.

En cualquier caso, no podía soportar pensar en lo que podría ser de Arran si realmente estaba cometiendo traición. Parte de ella deseaba advertirle. Otra parte deseaba que lo atraparan con las manos en la masa. Y otra más anhelaba poder volver atrás el reloj, regresar a la noche del baile de aniversario de Lynetta para así poder negarse a verlo desde el principio, pero era ya demasiado tarde para eso. Estaba ya demasiado enfangada en su matrimonio.

Todo en aquella fatídica entrevista con su padre había sucedido tan rápidamente que Margot todavía no sabía muy bien cómo había sucedido. Todo había empezado cuando su hermano mayor, Bryce, se le había acercado una tarde en que volvió a casa después de haber cenado con unas amistades en la casa de sir Ian Andrews. Había sido una velada animada: Lynetta acababa de comprometerse con el señor Fitzgerald, y Margot había pasado el tiempo flirteando desvergonzadamente con el pobre señor Partridge, que estaba encandilado con ella.

Había regresado a casa de buen humor y algo achispada. Bryce la estaba esperando. Vestía ropa de montar y no lucía peluca. Parecía como si él también acabara de llegar a casa. Apretaba la mandíbula y su expresión era sombría.

—¿Dónde has estado?

—Cenando en casa de sir Andrews. ¿Por qué?

—Padre necesita hablar contigo —dijo y, tomándola del codo, la llevó a la biblioteca.

Su padre estaba sentado ante la chimenea con un libro en la mano y una manta sobre las rodillas. A su lado, una copa de oporto. Sonrió amable cuando Bryce la hizo entrar en la habitación. El querido hermanastro de Margot, Knox, se hallaba de pie ante la ventana, vestido de manera impecable con una casaca dorada y calzas color marrón oscuro. Intentó sonreír también a Margot, pero no parecía capaz y al final desvió la mirada.

En aquel preciso momento, Margot comprendió que algo desagradable estaba a punto de ocurrir.

—Ah, Margot, hija mía —dijo su padre—. Ven —le hizo señas de que se acercara.

Margot se liberó del brazo de Bryce y fue con su padre. Se inclinó para darle un beso en la mejilla.

—Deberías estar acostado, papá.

—Como tú, querida. No es propio de una mujer casada alternar hasta tan tarde con otros caballeros que no son tu marido.

Rara vez mencionaba a Arran, y Margot encontró extraño que lo mencionara en aquel momento.

—Lo cual es precisamente el motivo por el cual esta me parece una buena ocasión para que vuelvas con él.

El corazón le dio un repentino vuelco de angustia. Miró a sus hermanos.

—¿Perdón?

—Marcharás a Escocia —anunció su padre.

Margot se lo quedó mirando boquiabierta.

—¿Por qué? ¿Porque he cenado en casa de sir Andrews? ¡No puedo volver a Escocia, papá!

—Tranquilízate —le ordenó su padre, severo—. Eres necesaria allí.

—¿Necesaria? ¿Cómo puedo yo...?

—Tu marido es un traidor —le soltó de pronto con tono acre.

—¿Qué? No es posible. Evidentemente tiene que haber algún error...

—El error es que huiste del lecho matrimonial como una chiquilla y regresaste llorando a casa —intervino Bryce, furioso.

—Bryce —le llamó la atención su padre, en voz baja. Levantándose, se acercó al aparador. Sirvió una copa de oporto y se la ofreció a Margot.

Ella negó con la cabeza, pero él insistió.

—Bébetelo. Te calmará.

Pero Margot rehusó aceptarlo. No estaba dispuesta a calmarse.

—¿Quién te ha contado eso? —quiso saber—. ¿Quién te ha hecho creer algo tan absurdo?

—Lo he sabido de una fuente de confianza. No pongas esa cara de sorpresa... Te advertí que huir de la casa de tu marido tendría consecuencias.

Lo miró parpadeando de asombro. ¡Él nunca la había advertido de nada!

—Tú me dijiste que era un bárbaro —le recordó.

—Yo no negocié ese acuerdo matrimonial a la ligera —continuó él, como si ella no hubiera hablado—. Me jugué mi reputación en esa alianza, respondiendo del honor de toda Escocia por el bien de tus hijos y mis herederos.

¡Por sus hijos! Si su padre había respondido de algo, había sido de llenarse sus bolsillos. Margot se volvió para mirar a sus hermanos. Bryce estaba observando la escena, pero Knox mantenía la mirada baja.

—¿Qué es lo que ha pasado? —exigió saber.

—Yo le juré a la reina que una unión con Escocia nos proporcionaría riqueza y poder. Que cada maldito habitante de aquellas tierras dejadas de la mano de Dios sería un súbdito leal —dijo su padre con tono enérgico, señalando al norte. Estaba hablando talmente como un pastor, predicando en el púlpito—. Creí hasta tal punto en ello que di mi consentimiento al matrimonio de mi única hija con un jefe de clan escocés. ¿Sabías que fue mi palabra lo que terminó inclinando la balanza a favor de la unión de Escocia e Inglaterra? Yo concerté esa alianza para hacer de Inglaterra una nación fuerte e invencible. Mi intervención fue decisiva en esas negociaciones. ¡Pero ahora tu marido aspira a convertirme en una pieza perfectamente prescindible!

Pero no era así como habían ocurrido las cosas. Su padre estaba hablando como si ella fuese completamente ignorante de lo que había ocurrido antes.

—Tú me dijiste que con la boda pretendías aumentar nuestro patrimonio para legárselo a nuestros herederos. Dijiste que resultaba imperativo que yo consintiera por el bien de nuestra familia, papá. Nunca mencionaste nada sobre la unión de Escocia e Inglaterra.

—Tu matrimonio representaba muchas ventajas, razón por la cual consentí en ello. Y por la cual también consentiste tú, en caso de que lo hayas olvidado. Era tu deber para con esta familia.

—¡Pero yo nunca consentí en ello! Tú me obligaste. ¡Recuerdo bien tus palabras: «El papel de una mujer es traer hijos al mundo con el hombre que su familia ordene»!

—¡Y es que ese es el papel de toda mujer! Pero luego tú me desobedeciste y volviste a casa —dijo él—. Fui demasiado permisivo contigo. Difícilmente podía culparte, supongo, sabiendo cómo son los escoceses. Pero eso nos ha causado numerosos problemas a todos, y ahora nos debes una compensación.

Margot estaba empezando a sentirse enferma.

—¿Qué problemas?

—¡Qué problemas, qué problemas! —se burló Bryce, remedando su tono—. Hombres que han quedado como unos estúpidos buscarán su venganza, Margot. El marido al que abandonaste está conchabado con los franceses. Están conspirando para invadir Inglaterra y poner a Jacobo Estuardo en el trono. ¿Entiendes, Margot? Quieren arrebatar el trono a la reina Ana para instalar en él a un católico con la ayuda del enemigo mortal de Inglaterra.

Aquello no tenía ningún sentido. ¿Por qué habría Arran de involucrarse personalmente en aquello?

—Pero... él entrena soldados para la reina —dijo, dudosa—. ¿Qué prueba hay de lo que decís?

—Eres una estúpida —le espetó Bryce.

—Bryce —intervino Knox—. Sé amable —dijo, y dio la espalda a Margot.

Su padre le tomó la mano al igual que había hecho la noche en que la presentó a Arran, una vez diseñado ya su plan.

—Hay muchas cosas que no puedes entender, querida —le dijo con tono suave, una vez más—. Cuando abandonaste a tu marido, le liberaste de cualquier compromiso de lealtad para con nuestro acuerdo. Un inglés jamás se desdiría de su palabra, pero ¿un escocés...? —se encogió de hombros—. Y ahora... ¿quién crees que tendrá que pagar por los pecados de tu marido?

La cabeza de Margot no cesaba de dar vueltas.

—¿Yo?

—¿Tú? —explotó Bryce, y se echó a reír—. ¿Quién diablos te crees que eres tú?

—No, Margot —le explicó su padre con tono tranquilo—. Seré yo quien tenga que responder de ello. Fui yo quien metió a ese canalla en Inglaterra y en nuestra familia, y, si él es un traidor, la reina y su gente me pedirán responsabilidades a mí. Lo perderemos todo. Seremos acusados de conspiración con los rebeldes y con el francés y...–le apretó la mano con tanta fuerza que le hizo daño–, yo podría muy bien acabar en la horca.

Margot perdió el aliento al escuchar aquello.

De repente su padre estaba ante ella, muy cerca. La tomó de la mejilla, obligándola a que lo mirara. Tenía los ojos enrojecidos, como si hubiera estado bebiendo.

–Solo hay una manera de saber si ese hombre está conspirando contra nosotros. Y te corresponde a ti, su preciada esposa, ir allí y descubrir antes que nadie lo que está tramando. Debes partir cuanto antes, Margot. Debes conseguir que te cuente sus planes y volver luego conmigo.

Margot se apartó de su padre. Necesitaba respirar, pensar.

–Si eso es cierto, él no me contará nada, papá. Me desprecia. No he recibido una palabra suya en tres años.

–¿Y de quién es la culpa? –inquirió Bryce, taimado.

–Pues será mejor que te lo cuente –dijo su padre–. Porque no puedes ni imaginar la tragedia que se abatirá sobre esta familia si fracasas –agarrándola del brazo, la obligó a darse la vuelta hacia él una vez más–. Tú eres nuestra única esperanza. ¿Entiendes?

–¡No entiendo nada de todo esto! –exclamó ella–. No puedo creer que Arran sea capaz de tal cosa. Y aunque lo fuera, jamás me lo diría. Yo te aseguro que...

De repente, Bryce la aferró de un hombro y la obligó a volverse con violencia.

–Entonces será mejor que encuentres una manera de sonsacárselo. Espíalo, miéntele si es necesario... nos lo jugamos todo en esto. ¡Todo! Así que parte de una vez y complace a tu marido, Margot. Mantén la boca cerrada y haz aquello a lo que te comprometiste: ábrete de piernas y dale a ese hombre lo que es suyo.

–¡Bryce! ¡Basta ya! –gritó Knox, y obligó a Bryce a soltar a Margot, que tuvo que esforzarse por recuperar el resuello.

En aquel momento, Margot se estremeció al recordar la escena. Ni a su padre ni a Bryce les importaban sus sentimientos en todo aquello: no más, al menos, que cuando concertaron su matrimonio con Mackenzie. Una vez más protestó y suplicó, pero su padre ni siquiera se dignó a mirarla.

Knox fue el único que se molestó en consolarla. Fue a verla después de aquella malhadada reunión familiar que tanto la desanimó y llenó de desesperación.

–Que sepas que te echaré terriblemente de menos –le confesó, enternecido.

Knox Armstrong era su hermano bastardo, el hijo de una mujer cuya identidad siempre había afirmado desconocer. Tenía la misma edad que ella, veintiún años, siete menos que Bryce. Se habían criado juntos, tan unidos como lo habrían estado dos hermanos gemelos. Cuando cumplió los trece años, Knox fue enviado de pupilo con un duque. Había vuelto hecho un hombre adulto, de pelo rubio y alegres ojos azules.

Margot quería a Knox más que a nadie.

–No tendrás que echarme de menos. No pienso ir. ¿Quién ha dicho eso sobre Mackenzie, Knox? –le preguntó con voz suplicante–. ¿Cómo puede ser cierto?

Su hermanastro se encogió de hombros.

–Sé tanto como tú, querida. Lo único que sé es que padre se entrevistó con sir Richard Worthing, que vino de Londres en compañía de Thomas Dunn. Se mostró bastante agitado después de hablar con ellos. Es todo lo que sé, aparte de que será sir Worthing quien te acompañará a Balhaire.

–No. No iré.

Knox le pasó un brazo por los hombros.

—Escúchame, cariño. Si en esa información hay al menos un gramo de verdad, tenemos que saberlo: si no, todo se perderá. No hay nadie más que pueda hacer esto. Piensa que si a Bryce o a mí se nos ocurriera presentarnos en Balhaire... él nunca nos franquearía la entrada.

Dios, sí que tenía razón.

—Mira, tengo un regalo para ti —le tendió una caja.

Margot la abrió; el contenido estaba envuelto en papel plateado, y entre los pliegues había un par de guantes de cabritilla.

—Knox... son preciosos —dijo, llevándoselos a una mejilla.

—Que Mackenzie sepa que aquí has estado bien cuidada —la atrajo hacia sí para abrazarla, y las lágrimas asomaron a los ojos de Margot—. No es tan duro como crees —le aseguró.

—Tú no lo conoces. Es muy inteligente. No se mostrará nada contento de verme, Knox.

—Subestimas tu propia belleza, querida. Los hombres somos criaturas muy simples. Puede que se enfade al principio, pero, como todos los hombres, querrá sentirse el amo del mundo, cosa que logrará si se convence de que hay una mujer como tú que lo adora. Haz eso, y él te dará todo lo que quieras.

—No me contará lo de los franceses —repuso, quejumbrosa—. No lo hará. Conozco a ese hombre. Sospechará de los motivos de mi regreso, sobre todo si empiezo a hacerle preguntas.

—Entonces no se las hagas —replicó Knox sin más.

—¡No hay nadie más con quien pueda hablar! —exclamó ella—. Papá me dijo que no debo contarle a nadie las razones de mi regreso, ni siquiera a Nell. ¿Cómo voy a descubrir lo que pretende si no puedo preguntarle nada?

—Observa, corazón. Registra sus cosas. Escucha —sonrió y le acarició una mejilla—. Debes confiar en tu astucia... y en tu atractivo. Créeme cuando te digo que al final te lo confesará todo. Te dará todo lo que desee tu corazón, y estarás de regreso en casa para las nupcias de Lynetta.

En aquel momento, recordando aquella conversación con Knox, Margot gruñó por lo bajo. No podía imaginarse a Arran confesándole nada después de todo lo que había sucedido. Miró la cómoda de cajones, donde la noche anterior había encontrado la carta. En realidad, no tenía la menor idea de lo que estaba buscando. Un hombre tan astuto como Arran, ¿se expondría acaso a trazar sus planes por escrito para luego dejarlos en una cómoda de su habitación? Eso resultaba ridículo. Pero, entonces, ¿qué se suponía que debería encontrar?

Quizá al menos debería echar un vistazo a aquella carta. Tal vez la había recibido de Francia, alguien enviándole recado de cuándo llegarían sus tropas. ¿Podría ser todo tan sencillo?

Envolviéndose en la sábana, se levantó y contempló la habitación. A la luz de la mañana, reparó por primera vez en el desorden de los aposentos de Arran, algo en lo que no se había fijado la pasada noche, de tan nerviosa como había estado cuando él la guio hasta allí. Sus ropas, sus botas y un par de espadas estaban diseminadas por las sillas y el propio suelo, como si un ciclón hubiera arrasado la estancia. La mesa que se hallaba cerca de la chimenea ya apagada estaba hasta arriba de papeles, con un par de guantes y una pistola.

Bajó la mirada y se dio cuenta de que la noche anterior había pisado sus calzas de piel de ciervo, pensando que era una alfombra. Debajo de las calzas había una botella de whisky vacía.

—Dios mío... —murmuró—. ¿Qué habrá sido de la señora Abernathy? —se preguntó, pensando en la mujer que se encargaba del orden y la limpieza en los aposentos de Arran.

La habitación olía a humo y a sexo. Fue hacia la ventana y la abrió, respirando el fresco aire de la mañana. Desde allí podía ver más allá de las murallas, hasta las colinas que se alzaban al fondo nubladas por las nieblas matutinas. La primera vez que llegó allí, el país se le antojó deprimente, pero con el tiempo había llegado a apreciar su belleza. Balhaire se hallaba cerca del mar y a lo que a ella le parecían millones de kilómetros lejos de la civilización.

Se apartó de la ventana y caminó descalza hasta la cómoda de cajones, en busca de la mugrienta carta que había visto la noche anterior. Apartó las demás cosas del primer cajón, buscándola... pero no la encontró.

Con gesto distraído, acarició la cadena de oro que Arran le había puesto al cuello la noche anterior. Obviamente, él debía de haberse llevado la carta esa mañana. ¿Lo habría hecho para evitar que ella la leyera? ¿O la habría tomado simplemente para responder a la persona que se la había enviado?

Volviéndose, apoyó la espalda en la cómoda. ¿Qué iba a hacer ahora?

La puerta se abrió de repente y la mujer de aspecto severo reapareció.

—No encuentro a vuestra doncella —anunció con tono ofendido—. Yo os ayudaré a vestiros.

«Dios, por favor, no...», exclamó Margot para sus adentros, pero finalmente sonrió.

—Gracias —dijo, y se preparó mentalmente para soportar su primera jornada entera de vuelta en Balhaire como la paria que era.

Capítulo 7

La doncella de Margot, Nell, estaba más acalorada que el agua del baño que habían preparado para ella.

–¡Qué grosería, milady! –dijo furiosa mientras caminaba de un lado a otro por las antiguas habitaciones que había ocupado Margot años atrás, recogiendo los vestidos entre los que su ama debería elegir uno–. ¡Ese hombre gigantesco se presentó aquí como si fuera el dueño de este montón de piedras que llaman castillo y me ordenó que le enseñara vuestras cosas!

Se refería a Jock. Margot se metió en la bañera y se hundió en el agua caliente.

–Yo le dije que no podía curiosear en las cosas de mi señora, y él me soltó lo siguiente: «Aparta, mujer, que no tengo tiempo para estas malditas tonterías». Perdonadme –se apresuró a añadir a modo de disculpa por el lenguaje reproducido, e improvisó una reverencia.

–No pasa nada –dijo Margot. La sensación del agua caliente acariciando su cuerpo era deliciosa, sobre todo en aquellas zonas que no habían sido usadas en mucho tiempo... Apoyó la cabeza en el borde y cerró los ojos mientras Nell seguía trajinando en la habitación, escuchando el rumor de las faldas de su vestido en la alfombra.

La doncella continuaba quejándose de su encuentro con Jock.

–No me gusta estar aquí –dijo Nell, agitando su rubia melena–. Nunca me gustó este lugar. No es correcto que un hombre entre en la cámara de una dama, ponga sus sucias zarpas en sus cosas y se dedique a revolverlas como si fuera un estofado de cordero. ¡Sin ningún miramiento para con encajes y sedas tan caras! Mi padre siempre decía que los escoceses eran gente de corazón duro cuya única aportación fue el camino que construyeron hasta Inglaterra.

Margot se rio al escuchar aquello.

–No son tan malos –se sentó en la bañera, con el agua resbalando por sus hombros y sus senos–. Ven a ayudarme a lavarme el pelo.

Una vez que estuvo vestida y peinada, Margot se aventuró a abandonar la estancia. Bajó por la ancha y curva escalera que llevaba al vestíbulo. Oyó voces en el gran salón, destacando entre todas la de Jock, y caminó en dirección opuesta para salir por la puerta principal.

La niebla se había levantado dejando un día radiante, así que se detuvo un momento para que los ojos se le acostumbraran a la luz, momento en que descubrió a Sweeney Mackenzie en compañía de tres hombres. Al menos Sweeney había sido amable con ella antes. Nunca había sido capaz de determinar qué puesto ocupaba en la cadena de mando de Balhaire, pero parecía estar en todas partes. Se dirigió hacia él.

–Buenos días, Sweeney.

Se mostró sorprendido de verla.

–Bu–buenos días, mi–milady –balbuceó.

Margot siempre había encontrado curioso su tartamudeo, dado que solo parecía asaltarlo cuando estaba muy nervioso. Y en aquel momento sí que lo parecía: miró al joven que lo acompañaba al tiempo que se recomponía la peluca tan mal que al final le quedó torcida.

Margot contempló a los hombres. Ninguno de ellos se atrevía a mirarla de frente, y todos parecían exageradamente aprensivos ¿Sería por ella? Se protegió los ojos con una mano para poder observarlos mejor.

–¿Está todo bien?

–Eh... mi... milady –empezó Sweeney.

–¿Está el *laird* aquí? –preguntó, señalando la puerta.

Sweeney negó con la cabeza.

¿Qué diantres les pasaba a aquellos hombres?

–¿Se ha ido muy lejos?

–No..., no, mi...milady. Está entrenando a los hom... hombres.

Sweeney pareció complacido de poder proporcionarle aquella información, al menos.

–De acuerdo, entonces. Llévame hasta él.

La nuez de Sweeney subió y bajó como si le costara tragar.

–Jo... Jock os llevará. Nosotros tenemos que re... recoger vuestras cosas.

¿Sus cosas?

–¿Qué cosas, Sweeney?

Sweeney enrojeció. Uno de los hombres que estaban a su lado le dio un codazo y murmuró algo por lo bajo.

–Creo que te equivocas, Sweeney. Nell todavía está deshaciendo mi equipaje. Supongo que te referías a la retirada de mis baúles, ¿no?

Sweeney miró impotente al hombre que estaba junto a él, y que en aquel momento la estaba mirando fijamente con una expresión de absoluto terror.

Margot se les acercó.

–Tengo la impresión de que aquí hay algo que debería saber –dijo con toda tranquilidad.

Sweeney negó con la cabeza y se miró las botas.

Ella desvió la mirada al joven que estaba a su lado. Solo debía de tener dieciséis o diecisiete años.

—Tú.

Sweeney empujó al muchacho hacia delante, todavía con la cabeza baja.

—Quizá tú puedas decirme por que estáis todos tan incómodos en mi presencia.

El joven apretó los labios y sacudió la cabeza, rehuyendo también su mirada.

Margot dio un paso hacia él, bajando a su vez la cabeza para buscar en vano sus ojos.

—¿Por qué Sweeney ha dicho que vosotros os encargaréis de mis cosas? —preguntó con el tono de voz más suave y agradable que pudo adoptar

El joven retrocedió entonces hacia la pared más cercana.

—No lo sé, milady.

—Oh, yo creo que sí lo sabes —replicó ella, acercándose todavía más.

El muchacho pareció debatir consigo mismo y finalmente la miró. Cuando lo hizo, sus compañeros parecieron desentenderse de él: alejándose unos pasos, se juntaron mientras unos y otros miraban al cielo, a sus pies... a cualquier parte menos a ella.

—Dime lo que sabes.

—Yo no sé nada, lo juro —protestó el muchacho, indefenso—. Solo que se ha dicho por ahí que volveréis a vuestra casa, milady.

—Pero si estoy en mi casa.

—¡A Inglaterra! —le espetó, e inmediatamente esbozó una mueca, como si esperara que los cielos fueran a abrirse de golpe para aniquilarlo.

Margot sintió que el corazón le daba un vuelco. ¿Arran

pretendía alejarla de su lado, repudiarla? Miró a Sweeney, que seguía negándose a mirarla a los ojos.

—¿Quién lo ha dicho?

—Yo no... no lo sé..., milady —respondió, retorciendo su sombrero entre los dedos.

«Oh, no. No, no», exclamó Margot para sus adentros. El tartamudeo de Sweeney era toda la confirmación que necesitaba. Se esforzó por no dejarse llevar por el pánico. No quería ni imaginar lo que podría hacer su padre si la enviaban a casa a las veinticuatro horas de su llegada a Balhaire. Por no hablar de que, para Arran, el hecho de que la hubiera despachado con tanta rapidez sería prácticamente una confesión de su culpa. Además, si su verdadera intención era repudiarla, ¿cómo no había tenido el coraje o la decencia de comunicárselo personalmente? El pulso se le aceleró de furia, oscilando entre la humillación y la más absoluta incredulidad.

Con las manos en las caderas, se plantó directamente ante Sweeney, tan cerca que podía ver las pequeñas arrugas que se arremolinaban alrededor de sus ojos.

—De verdad que espero que nadie le diga una palabra de todo esto a Nell —le advirtió—. Porque, si lo haces, y a ella le da un ataque de apoplejía, ya puedes rezar para que lo mínimo que haga sea arrancarte el pelo de la cabeza. Ni una palabra, ¿me habéis oído? —se volvió hacia los demás.

Los cuatro asintieron al unísono.

—Y ahora, Sweeney, tráeme un caballo.

—Un... ca... caballo? —pronunció Sweeney con dificultad.

—Sí, un caballo. Un animal grande con cuatro patas y cola —explicó, dibujando su silueta en el aire.

Ninguno de ellos se movió. Ni siquiera parecían respirar. De repente, Margot agarró a Sweeney de las solapas de la casaca y lo sacudió. Era mucho más grande que ella, así que apenas se tambaleó, pero la expresión de sus ojos fue de puro terror.

–¡Por Dios, Sweeney Mackenzie, tráeme ese caballo! –gritó, furiosa–. Puede que me marche mañana, pero, en este momento, sigo siendo lady Mackenzie, ¡y tú me estás desobedeciendo!

Sweeney tragó saliva.

–Sí, mi–milady –aceptó al fin. Tras fulminar con la mirada a sus compañeros, partió hacia las cuadras, dejando a los demás acobardados como un rebaño de ovejas.

Margot echó a andar detrás de Sweeney. Le habría gustado aprovechar aquel momento para… pero sospechaba que aquellos tipos probablemente se echarían unas buenas risas a su costa en el futuro. Contarían a sus hijos el episodio en el que la esposa del *laird* regresó de Inglaterra y el amo la despachó directamente de vuelta. Se compondrían baladas sobre aquella monumental ocasión y la historia crecería y crecería… pero no antes de que ella tuviera unas palabras con el hombre que no había tenido el coraje de repudiarla en persona.

Capítulo 8

Entrenar a hombres para el combate con las manos desnudas era todo un arte. Requería un equilibrio entre la distracción del oponente y el implacable asalto a sus defensas. Arran cabalgaba lentamente por el campo, gritando sugerencias y avisos, correcciones y palabras de ánimo a sus hombres.

De repente advirtió que algunos habían dejado de luchar para volver la mirada hacia Balhaire.

Miró por encima del hombro para ver qué era lo que había llamado su atención, medio esperando ver una invasión del ejército inglés. O una procesión fúnebre. O un cometa. Lo que no esperaba ver era a su esposa a lomos de un caballo alazán, galopando como si huyera de un incendio. Se había recogido el vestido sobre las rodillas. La melena había escapado en parte de su cofia y no llevaba sombrero. Arran recordó que no era una amazona particularmente experimentada y se preguntó quién le habría dado aquel caballo.

Hizo volver grupas a su propia montura, mucho mayor que la de su esposa. Diablos, ¿qué estaría haciendo allí? ¿Y por qué diantres no la había interceptado nadie?

Margot tiró de las riendas y frenó lo mejor que pudo, balanceándose peligrosamente a un lado, pero arreglándoselas para no caer.

—¡Aquí estáis! —dijo sin aliento.

—¿Qué estáis haciendo aquí? Este no es lugar para una mujer.

Para una florecilla británica al menos, porque cualquier mujer de las Tierras Altas se encontraría perfectamente cómoda en medio de una pelea.

—¿Y por qué no? —inquirió Margot, inclinándose para acariciar el cuello del caballo—. Son hombres adultos, pegándose entre sí. No hay nada inadecuado en ello, ¿verdad?

Lo dijo como si estuviera acostumbrada a disfrutar de un buen combate, lo que Arran estaba seguro de que se hallaba muy lejos de la verdad. Miró por encima del hombro de Margot, hacia Balhaire, esperando ver a Jock cabalgando detrás de ella como un poseso. Pero nadie había salido en su busca. ¿Dónde estaban sus hombres?

—Y hace también un espléndido día para ello —continuó ella con tono alegre—. Tan espléndido que cualquier mujer esperaría que su marido la invitara a comer fuera, de picnic —arqueó una ceja.

—De picnic —repitió lentamente Arran. Estaba seguro de que era la primera vez en su vida que pronunciaba aquella palabra en voz alta.

—O, si no un picnic, entonces quizá un paseo por los jardines. O por la costa. Tenemos mucho que hablar, ¿no os parece?

Arran no había malgastado un solo día de su vida en picnics o paseos por jardines.

—Tengo trabajo que hacer —declaró, rotundo.

—¡Por supuesto que sí! —repuso ella con una sonrisa

lenta y sensual, lo que en opinión de Arran debía de ser una buena muestra de brujería femenina–. No me olvido de que siempre habéis puesto por delante vuestro trabajo.

Arran ladeó la cabeza, escamado.

–Debo de estar perdiendo el oído, me temo. Porque, cuando habéis pronunciado la palabra «trabajo», me ha parecido que lo hacíais con cierto retintín.

–Ah, ¿lo he hecho? Mis disculpas entonces –dijo ella, asintiendo elegantemente con la cabeza–. Pero es que yo pensaba que quizás, dado que regresé a Balhaire ayer mismo, podríamos dedicar el día de hoy a disfrutar de nuestra mutua compañía. ¿No tenéis ganas de hablar? ¿Ninguna cosa que os gustaría decirme?

Una tos a espaldas de Arran le recordó que tenían audiencia. Intentó no removerse incómodo en su silla: no se le ocurriría nada tan indigno como reñir con su mujer delante de sus hombres, pero a juzgar por el color subido de las mejillas de Margot, esa era una posibilidad más que probable.

–Milady, yo…

–Esa era mi idea, pero luego escuché ciertas noticias que me dejaron consternada.

Arran suspiró, esperando.

–¿Queréis saber lo que he oído? Pues que os gustaría que yo me volviera a Inglaterra.

Arran abrió la boca para decir algo, pero ella lo interrumpió alzando un dedo.

–De hecho, lo que he escuchado es que pensáis mandarme de vuelta a Inglaterra. Y eso hace que parezca más bien una especie de repudio. Pero yo le aseguré al pobre hombre que finalmente me confesó ese lamentable rumor, que eso no podía ser cierto, porque, si lo fuera, me lo habríais contado vos mismo. ¿O no tengo razón? –sonrió entonces de oreja a oreja.

Una sonrisa bellísima, por cierto. Pero desmentida por los cuchillos que le estaba lanzando con los ojos.

Arran gruñó por lo bajo. Miró por encima de su hombro. Estaba monopolizando la atención de una decena de hombres.

—Está bien, seguid sin mí —les espetó—. ¿Es que ninguno de vosotros tiene esposa? —se inclinó para recoger las riendas del caballo de Margot. Hizo volver grupas al animal, enfilándolo en la dirección de Balhaire—. ¿Qué crees que estás haciendo? —le preguntó mientras se apartaban del grupo.

—Hacerte una pregunta legítima.

—¿Es que has perdido el juicio? ¿Galopar hasta aquí en un caballo que no puedes controlar para interrumpir un entrenamiento?

—¡Puedo controlarlo! Quizá todo esto haya sido algo apresurado, pero puedes imaginar lo perpleja que me quedé. Tengo que admitir, en beneficio de una completa sinceridad entre nosotros, que me sentí muy dolida de que pretendieras repudiarme después de lo de anoche. Sé que estás muy descontento conmigo, Arran.

—¿Descontento? —repitió, incrédulo.

—Pero seguro que ni siquiera tu corazón es tan duro como para echarme de aquí después de que yo me haya humillado ante ti... y después de que los dos hayamos retomado nuestra relación de marido y mujer —arqueó una ceja, como esperando a que la contradijera.

—¿Crees que tengo un corazón tan duro?

—Solo quería decir que no eres precisamente un hombre muy sentimental.

—Por el amor de Dios, mujer. Ignoro de qué se trata todo esto, ni lo que pretendes hacer aquí, pero no tengo ni el tiempo ni la paciencia para ello, ¿entiendes? Ignoro qué es lo que te ha impulsado a volver conmigo con tanto apresuramiento después de una ausencia de tres años, pero seguro que no ha sido por las razones que tú alegas.

—¡Claro que sí! —insistió ella, llevándose una mano al pecho—. Yo solo pretendo ser una buena esposa.

—Ya tomaste una decisión al respecto hace tres años, ¿no te parece?

—¡Eso no es cierto! —gritó ella, lo suficientemente alto como para que los hombres la escucharan.

Rápidamente, Arran picó espuelas, tirando de su pequeña montura para alejarse del campo.

—De acuerdo. Entiendo por supuesto que puedas haber llegado a esa conclusión —reconoció Margot, mostrándose súbitamente de acuerdo con él mientras se aferraba a su caballo—. Es verdad que hice una desafortunada elección cuando me marché sin informarte.

Él resopló, escéptico.

—¡Pero eso fue un error! —continuó ella—. Un terrible y lamentable error, del que me arrepiento con todas mis fuerzas. ¡Y ansío desesperadamente corregirlo! ¿Es que no me vas a dejar intentarlo? ¿Acaso lo de anoche no significó nada para ti? —le preguntó, estirando un brazo para agarrarle la mano.

Pero Arran podía sentir cómo se debilitaba cada vez que ella lo tocaba, de manera que se apartó bruscamente.

—Que me acostara con una mujer hermosa no significa que vaya a creerme cualquier palabra que brote de sus labios. No hay razón por la que hayas vuelto conmigo precisamente ahora, salvo por algún abominable propósito que ni siquiera deseo conocer.

Margot pareció consternada.

—¡Abominable! —repitió, haciendo que la palabra sonara aún más vil de lo que había pretendido—. ¡Yo os diré lo que es abominable, señor! Expulsarme de aquí sin que os molestéis en despediros... ¡eso sí que es abominable! Cambiar de opinión para bien acerca de algo no es abominable.

—Tú hablas de cambio de opinión. Yo hablo de duplicidad —replicó él, haciendo un gesto desdeñoso—. Pero, en cualquier caso, nunca sabremos lo que es, porque no pienso seguir adelante con tu farsa, Margot. Adiós, esposa mía. Saluda de mi parte a Norwood —soltando su caballo, fue a darle una palmada en la grupa al objeto de alejarlo de allí.

Pero Margot se abalanzó entonces hacia él. Aquello asustó a Arran, que se apresuró a sujetarla justo antes de que ella cayera entre los dos caballos y quedara aplastada. La aferró con fuerza y la levantó, pero su caballo ya se estaba alejando, con lo que no tuvo más remedio que sentarla en el suyo.

—*Diah*, ¿en qué estabas pensando? —le preguntó con tono áspero—. ¡Has podido morir aplastada!

Margot soltó un gemido de desesperación y le echó los brazos al cuello.

—¿Lo de anoche fue solamente un sueño? ¿De verdad que me expulsarás de aquí cuando te he desnudado mi corazón?

Arran intentó desasirle los brazos.

—Me desnudaste tu cuerpo, no tu corazón.

—Déjame demostrártelo —se apresuró a pedirle ella, y giró la cabeza para besarle la mejilla—. Por favor, Arran, te lo demostraré.

—¿Que me demostrarás qué? —le preguntó él, exasperado, cuando ella le besó la piel del cuello. La sensación fue tan ardiente como una descarga eléctrica.

—Que he vuelto para reparar nuestro matrimonio roto. ¡Para empezar de nuevo! Podemos empezar de nuevo, podemos hacerlo, porque yo he cambiado. Te juro que he cambiado –volvió a besarle la mejilla. Y la mandíbula. Y la oreja.

–No vuelvas a besarme –le ordenó, cortante, perdiendo ya la capacidad de concentrarse en lo que ella le estaba diciendo, y se las arregló para empujarla para que no lo besara otra vez–. ¿Por qué habría de creer que has cambiado? ¿Por qué razón? –le acunó bruscamente el rostro entre las manos–. ¿Por qué, en nombre de Dios, habría de creer en una palabra tuya? Me hiciste quedar como un maldito estúpido, Margot. Rechazaste a mi clan. Despreciaste mi vida y mis ocupaciones. Te quejaste de que aquí no podías encontrar la sociedad que querías. Pero es aquí donde vivo. Yo soy el *laird*. Hago lo que hace un *laird*, y siempre lo haré. Eso no cambiará nunca, y tú tampoco. No confío en ti, ¿te enteras? Nunca confiaré en ti.

Margot se quedó pálida. Bajó los brazos de su cuello.

–Ya sé que no confías en mí –admitió, dolida–. ¿Cómo podrías? Pero no soy la muchacha que era entonces. Quiero demostrarte que he cambiado.

Resopló, escéptico.

–Y quiero un hijo.

En el instante en que pronunció aquellas palabras, pareció como si hubiera querido tragárselas. Arran entrecerró los ojos.

–¿Usarías eso para convencerme? –le preguntó, burlón.

Margot sabía de su deseo de tener un hijo. Sabía de la decepción que él había sufrido cada mes, cada vez que le había llegado el periodo. Igual que él sabía de la alegría que ella misma se había llevado en cada una de aquellas ocasiones.

–Por favor, no me mires así –le dijo apretando los ojos con fuerza por un momento–. Quiero un hijo. Quiero ser madre. Antes era demasiado joven. Demasiado ingenua.

Pero tú eres mi marido y necesitas un heredero, y yo quiero tener un hijo.

Acababa de soltarle la única cosa que podía obligarlo a retenerla a su lado: Margot afirmaba querer tener un hijo con él. Más que cualquier otra cosa, Arran quería hijos, muchos, colgándose de las vigas, llenando el patio de armas, saltando sobre su cama. A sus hijos, se lo daría todo. ¿Podía ella entender lo mucho que le había costado, después de su marcha, reprimir sus necesidades para no traer un hijo ilegítimo a su clan? ¿Podría ella entender en aquel momento, si realmente fuera a darle un hijo, que él viviría cada segundo de su vida temiendo que volviera a marcharse con ese hijo?

Pero, justo en aquel instante, Arran vio algo en sus ojos. Era lo mismo que había vislumbrado la noche anterior: la tristeza.

La fulminó con la mirada, furioso.

—Por favor, no me repudies —susurró ella.

Arran cerró un puño con fuerza y lo apretó contra su muslo.

—Está bien, entonces —dijo al fin, asintiendo lentamente—. Demuéstrame que quieres ser mi esposa, Margot. No la esposa de algún dandi inglés, sino mi esposa. Una mujer que no tenga miedo del hambre, del trabajo duro, de los problemas. La esposa de un escocés de las Tierras Altas. Y tú eres escocesa. ¿Podrás ser esa esposa para mí?

—¡Sí! —respondió ella. Pero la confianza de su tono de voz quedaba desmentida por la expresión de alarma de sus ojos y, por ello, Arran no pudo por menos que reprimir una leve y amarga sonrisa.

Capítulo 9

Margot no llevaba de vuelta en Balhaire ni veinticuatro horas y ya lo había complicado todo. Especialmente, mintiendo a Arran después de que él la hubiera advertido expresamente sobre no hacerlo.

¡Le había dicho que quería tener un hijo!

No había sido una completa mentira, porque ella realmente quería tener hijos. Pero no era por eso por lo que había vuelto y, francamente, no se le ocurría nada peor que concebir un hijo con un traidor a la Corona. Desafortunadamente, su orgullo se había impuesto a última hora y había dicho una cosa desesperada en un momento desesperado.

Dios, aquello sí que era desconcertante... ¿ahora tenía que demostrarle a Arran que quería ser una buena esposa? ¿Como si fuera una simple debutante desviviéndose por su mano?

Oh, pero la farsa empezaría justo al día siguiente por la noche, al parecer. Él se había deleitado en comunicarle que, en honor de su cambio de opinión respecto a su matrimonio, así como de su retorno a los brazos del clan, celebraría una fiesta con música y baile. Y, cuando se lo dijo, ordenó a un muchacho que fuera corriendo al castillo para informar a Fergus de ello.

—¡Espléndida idea! —había exclamado Margot con falsa alegría, y Arran, el muy maldito, había esbozado una sonrisa de puro placer por haberla sacado de quicio.

Después del desastre del baile que él había intentado darle, Margot ya sabía qué esperar al respecto. Cantos en una lengua que solo los habitantes de las Tierras Altas conocían y las caóticas danzas con profusión de saltos y patadas que tanto gustaban a los escoceses. Arran pretendía intimidarla con aquella supuesta celebración.

Pero Margot no estaba dispuesta a permitir que eso sucediera. Si su marido quería que ella bailara y cantara para demostrarle la sinceridad de sus intenciones, entonces ella lo complacería, y por todo lo alto, además. Podía ser una pésima bailarina, pero se consolaría a sí misma siendo la pésima bailarina más elegante de todas.

Margot entró en el patio de armas a lomos del animal que Sweeney había ensillado para ella, y se las arregló para bajar del mismo sin enseñar demasiado las piernas al mozo que había corrido a asistirla. Se alisó las faldas y el corpiño del vestido... y advirtió en aquel momento que se le había soltado el cabello. Estaba intentando recogérselo cuando Jock se acercó a paso rápido, procedente del castillo. El muchacho que Arran había enviado a avisar a Fergus de la celebración le pisaba los talones.

Jock aminoró el paso cuando vio a Margot. Apretó la mandíbula cuando pasó de largo a su lado.

Margot masculló por lo bajo algunas palabras sobre la ridícula lealtad del primo de Arran, renunció a recogerse la melena y entró en el castillo. Para colmo de males, Pepper y Worthing estaban saliendo del vestíbulo cuando ella entró, con sus pelucas recién empolvadas y sus golillas y mangas de encaje de un blanco inmaculado. Francamente, tenían un aspecto ridículo en aquel tosco castillo escocés.

—Dios mío —exclamó el señor Pepper, mirándola de arriba abajo—. ¿Habéis sufrido un asalto?

—¿Un asalto? ¡No!

—¿Qué os ha sucedido entonces? —le preguntó el caballero, alzando una mano como para mantenerla a distancia.

—¡Nada! He estado montando a caballo y... No importa —dijo.

—Milady, si me permitís... —empezó Worthing, mirando a su alrededor y añadiendo en voz baja—: Él no puede repudiaros y enviaros de vuelta a Inglaterra, no sin que esa decisión tenga sus consecuencias, al menos. Hay leyes que rigen el matrimonio.

—¡Leyes! —resopló Margot—. ¿Qué ley es la que impide a un hombre repudiar a la mujer que lo abandonó una vez, señor? No me habléis de leyes. Los hombres hacen lo que les place. Pero podéis estar seguro de que no me expulsará. Hemos tenido un ligero desencuentro, nada más, y ya todo está arreglado.

Sus dos guardaespaldas intercambiaron una mirada dubitativa.

De repente deseó que aquellos dos hombres no estuvieran allí para complicar su regreso.

—¿Cuándo dijisteis que volveríais a Inglaterra?

Worthing frunció el ceño.

—No dije nada al respecto —repuso—. Pero estaré más que contento de marcharme cuando tengáis algún mensaje para vuestro padre. ¿Tenéis ya alguno, lady Mackenzie?

—Bueno, de hecho, creo que podríais daros prisa en volver para comunicar a milord que he llegado sana y salva a mi destino. Estoy segura de que estará con el alma en vilo esperando ese mensaje en particular —sonriendo, se despidió con una reverencia de los dos caballeros y continuó su camino.

Cuando llegó a sus aposentos al final de la larga y sinuosa escalera, los mismos que había escogido cuando se casó con Arran, insistiendo en que era propio de una dama contar con sus propias habitaciones, y que estaban lo más lejos posible de los de su esposo, se encontró con que Nell ya había terminado de deshacer el equipaje.

Su doncella estaba sentada en una silla, con los pies apoyados sobre una otomana. Se sobresaltó tanto cuando su señora abrió la puerta que se cayó de su asiento.

—¡Os suplico me perdonéis! —se disculpó nerviosa mientras se recomponía, colocándose bien la cofia—. Solamente quería descansar un poco la espalda...

—Tranquilízate, Nell. No me importa —dijo Margot—. Mackenzie pretende dar un baile al estilo escocés mañana por la noche. Necesitaré mi mejor vestido. Uno que resulte absolutamente inolvidable —no tenía duda alguna de que todos los ojos de Balhaire estarían fijos en ella, preguntándose por la razón de su vuelta.

—Ah —dijo Nell, y asintió con la cabeza—. El vestido mantua azul, con los pájaros bordados en la pechera.

—Sí, ese es perfecto —se mostró de acuerdo Margot. El vestido se lo habían hecho en Londres. Diminutos pajarillos de vivos colores aleteaban en el corpiño. El estampado de damasco de la seda estaba bordado con hilos de oro y plata, de manera que cada vez que se movía, ondas de reflejos parecían recorrer la falda.

—¿Algo más, señora?

Margot miró a su alrededor.

—Sí —respondió, pensativa. ¡Qué estúpida había sido al elegir aquellas habitaciones! Allí siempre se había sentido como un pájaro en una jaula, en lo alto de aquella torre. Era cierto que tenía una vista impresionante del castillo y de las tierras que lo rodeaban, lo que supuestamente había llamado su atención desde el principio.

Hasta podía ver el mar desde sus ventanas. Pero no podía escuchar un solo sonido: ni una voz, ni el balido de una oveja, ni siquiera el ladrido de un perro. Estaba prácticamente suspendida por encima del mundo, aislada de los Mackenzie.

Arran había querido que compartiera sus aposentos. De hecho, había dispuesto una serie de habitaciones contiguas a las estancias del señor, para que las usara como salón y dormitorio, pero Margot se había mostrado en aquel entonces demasiado remilgada, demasiado estirada y, Dios, ¡tan ingenua!

Pero ya no era aquella estúpida muchacha.

Miró a Nell esbozando una mueca de disculpa.

—Debemos cambiar de aposentos.

—¿Perdón? —inquirió Nell, incrédula.

—Al decidir tomar estas habitaciones, nos hemos aislado de todo el mundo. Estoy demasiado lejos de mi marido. ¿Cómo podrán esperar los demás que enmiende mis errores cuando, a efectos prácticos, es como si estuviera viviendo en otro edificio?

Pareció como si Nell fuera a desmayarse de un momento a otro.

—Querida, Nell —le dijo Margot, tomándole una mano y acariciándosela—. Sé que has trabajado muchísimo deshaciendo mi equipaje. Pero te diré en confianza que mi esposo está disgustado conmigo por mi marcha de Balhaire, y que pretende mandarme de vuelta a Inglaterra inmediatamente. Y yo no puedo consentir que eso suceda —«todavía no, al menos», añadió para sus adentros.

—Sí, milady —repuso Nell con expresión taciturna.

Mientras Nell empezaba a guardar de nuevo sus cosas para el traslado, Margot fue en busca de Fergus para informarle de que cambiaría de aposentos. Lo encontró en el gran salón, supervisando las preparaciones de la cena de la noche.

El hombre intentó evitar su mirada cuando Margot entró, pero ella se dio cuenta y lo detuvo saludándolo alegremente.

—Buenas tardes, Fergus.

—Milady.

—Te doy las gracias por haber mandado airear mis antiguas habitaciones con tan poca antelación. Pero he decidido que debería estar más cerca de mi marido. ¿Te importaría por favor preparar el salón y el dormitorio contiguos a los aposentos del amo? Nell me está alistando las cosas.

Fergus parpadeó asombrado por un momento, para mirarla después con desconfianza.

—Junto al *laird* —dijo, como si ella se hubiese expresado mal.

—Sí, eso es —confirmó Margot tranquilamente—. Junto a mi marido. Dios mío, pareces alarmado, Fergus. ¿Ayudará que te dé mi palabra de que no lo asesinaré durante la noche?

Fergus entrecerró los ojos todavía más.

—No puedo hacer nada sin hablar antes con el *laird*.

—¡Por supuesto que puedes! —exclamó con tono alegre—. Porque yo soy la señora aquí. Y además yo ya he hablado con él, y quedó muy complacido con mi decisión.

Los ojos de Fergus se habían convertido en dos finas rendijas.

—No creo que…

—Haz lo que te ordena la señora —dijo una voz profunda a espaldas de Margot.

Debería haber adivinado que Jock estaría acechando cerca. Era su costumbre. Miró por encima de su hombro.

—Ah, aquí estás —dijo—. Había empezado a temer que te habías perdido.

—Muévete —ordenó Jock a Fergus.

—Esta ha sido una ayuda inesperada por tu parte —comentó Margot mientras Fergus se alejaba.

—En absoluto. Resulta más fácil vigilaros allí que en vuestra torre.

—Supongo que sí, amigo mío —dijo Margot, y se marchó para huir de su penetrante mirada.

Desafortunadamente, sin ninguna ocupación, tarea o papel que jugar, Margot se encontró en el patio de armas una vez más. No tenía idea alguna de adónde dirigirse, pero alzó la barbilla y continuó caminando.

Nadie la detuvo. La mayoría de la gente que había allí apenas se fijó en ella. O eso, o se estaban tomando grandes esfuerzos por evitar mirarla.

Pero no podía ser tan desdichada como para eso, ¿verdad? ¿Tan condenable era su persona por haber abandonado a un marido insufrible? Estaba decidida a demostrarles a todos que no era la bruja que evidentemente pensaban que era. Solo necesitaba encontrar una manera de conseguirlo.

Echó a andar por el camino flanqueado de tiendas y casas que habían ido brotando con los años, formando una pequeña aldea en torno a las murallas de Balhaire. Rara vez había visitado aquella zona antes: no eran la clase de tiendas que ella estaba acostumbrada a frecuentar. Allí no había sedas ni vajillas de porcelana. Ni guantes de la más fina piel de cabritilla, como los que llevaba en aquel momento.

Pero una tienda concreta llamó su atención. Tenía macetas de madera con peonías bajo las ventanas, y un letrero de madera con esta inscripción: *Señorita Agnes Gowan, propietaria.*

Tintineó una campanilla cuando atravesó la pequeña puerta y entró en el local. Detectó inmediatamente un olor delicioso, y allí, sobre el mostrador, vio una bandeja de bollos recién horneados a cuya vista se le hizo la boca agua. Había una gran variedad de artículos: jarras de mermeladas, platos y tazas de porcelana, bolsitas de sales de baño y jabones perfumados... Margot recogió uno de los saquitos y se lo llevó a la nariz: olía a laurel y lavanda.

Un rumor de susurros la hizo volver la cabeza. Dos mujeres acababan de aparecer detrás del mostrador: una de ellas era baja y rolliza, con una cofia de encaje sobre sus rizos grises. Margot la conocía de antes. Era una de las damas de la iglesia presbiteriana dedicada a obras benéficas.

La otra mujer, que estaba susurrando a la primera algo al oído, era más joven, pero tenía la misma nariz protuberante. Ella también llevaba una cofia de encaje y un mandil. Su hija, sin duda.

—Hola, ¿cómo están ustedes? —las saludó Margot con tono agradable.

Ninguna la respondió.

—Los aromas de sus jabones y de sus sales de baño son deliciosos. Creo recordar que la última vez que estuve aquí, las mujeres seguían usando ortigas para lavarse el cabello.

Nada. Ninguna respuesta.

Margot se aclaró la garganta.

—¿Se acuerda usted de mí, verdad, señora Gowan? Nos conocimos la última vez que estuve en Balhaire. Estuvimos hablando de recoger limosnas para los pobres.

Solo que no habían recogido limosna alguna. Ninguna de las damas de la iglesia presbiteriana parecía entender que recoger dinero para asistir a los pobres era una causa de lo más noble. «Aquí nos ocupamos de nuestros huérfanos», esa había sido la respuesta. Pero Margot había insistido, convencida de que se trataba de algo necesario. Ella siempre había estado involucrada en actividades benéficas en nombre de Norwood Park y había supuesto que era eso lo que se esperaba de ella en Balhaire.

Fue Griselda quien finalmente la informó, con cierta impaciencia, de que allí no había necesidad de recoger limosnas, porque el propio clan se encargaba de sus pobres.

—Eso es precisamente lo que es un clan —le había dicho con tono irritado—. Nos ocupamos de nuestra gente.

—Sí que la recuerdo —dijo en aquel momento la señora Gowan con tono frío, entrecerrando ligeramente los ojos. No se molestó en saludarla.

Margot acarició con un dedo el borde dorado del plato de porcelana que tenía a su lado.

—La última vez que estuve aquí, tampoco vi esta clase de vajillas. ¿De dónde traen esta porcelana tan fina?

—De Francia —respondió la hija—. El *laird* nos la dio para que la vendiéramos.

Aquello sorprendió a Margot.

—Es preciosa —miró a su alrededor—. Tienen ustedes artículos muy finos y delicados. Los barcos de Francia deben de arribar muy a menudo.

—Un barco atracó precisamente anoche —informó la hija, solícita, ganándose una ceñuda mirada de su madre. En seguida apretó los labios y bajó la cabeza.

Margot no pudo por menos que preguntarse a qué se debía tanto secretismo.

—Bueno, estoy muy impresionada con sus artículos. Me gustaría que enviaran algunos jabones y sales de baño al castillo, por favor. Pueden decir allí que lady Mackenzie las ha requerido, que yo ordenaré que se les pague.

Margot sonrió de placer por su buena obra. Eso debería satisfacer a la señora Gowan. Seguro que la mujer estaría encantada de recibir un encargo de la propia esposa del *laird*. En la población más cercana a Norwood Park, los tenderos prácticamente la acosaban, deseosos de que la familia se llevara un candelabro o una silla.

Pero la señora Gowan no movió un solo dedo.

Margot se pellizcó el lóbulo de una oreja, extrañada.

—Una selección de su surtido...

—Milady —intervino la hija, e improvisó una cortesía. Saliendo de detrás del mostrador, empezó a reunir un pequeño surtido de diferentes jabones y sales de baño.

Pero Margot seguía mirando a la señora Gowan. ¿Por qué le estaba lanzando una mirada tan fría? Quizá no le importara el dinero de la esposa del *laird*, pero ¿por qué tenía que ser desagradable con ella? ¿Era consciente de que Arran podía llegar a enterarse? Era imposible que todavía le durara el enfado por lo de las limosnas.

Mientras la hija envolvía el encargo, Margot comentó:

—Le suplico me perdone, señora Gowan, pero creo que, evidentemente, he hecho algo de su desagrado.

—Efectivamente.

—*Ma* —susurró su hija. Pero la madre no le hizo ningún caso.

—¿Es por lo de las limosnas? Le doy mi palabra de que yo lo que pretendía era ayudar. Desconocía las costumbres de los clanes de las Tierras Altas —se disculpó Margot, llevándose una mano al corazón.

La señora Gowan y su hija intercambiaron una mirada.

—¿Las qué? —inquirió la mujer mayor, entrecerrando de nuevo los ojos.

Margot pudo sentir cómo se iba poniendo colorada.

—Si su desagrado hacia mí no procede del asunto de

las limosnas, ¿cómo es que está tan irritada conmigo? –preguntó–. Acabo de regresar a Balhaire.

–Bueno, ¿es que no es obvio? –replicó la señora Gowan.

–¿Perdón? –inquirió Margot, sorprendida.

–No sé cómo son las cosas en vuestro país, milady, pero aquí, cuando alguien ofende a un Mackenzie, ofende a todo el clan. Y yo soy una Mackenzie de los pies a la cabeza. Mi hijo, por ejemplo, se crio con el *laird*.

–*Ma*, por favor, no –suplicó la joven.

–Diré lo que haga falta –afirmó la señora Gowan–. No le tengo ningún miedo.

–Ni yo tampoco a usted –dijo Margot–. Puede que la sorprenda enterarse de que, en mi opinión, la ofendida fui yo. Pero todo eso no tendría por qué importarle a usted, porque cualquier ofensa que haya ocurrido entre mi marido y yo es un asunto privado de los dos.

–Yo me imaginaba que no os atreveríais a volver.

Tanto Margot como la hija de la señora Gowan se quedaron sin aliento. Jamás nadie se había dirigido a ella con tanta grosería. Abrió la boca para advertirla de que sería mejor que no volviera a dirigirse a ella con ese tono, pero la señora la interrumpió:

–Yo no sé lo que hicisteis. Pero espero no volver a ver al *laird* tan dolido.

Margot se quedó sin habla. Se olvidó de lo que había querido decirle mientras la miraba fijamente.

–¿Dolido? –repitió, incrédula.

–Sí, dolido –insistió la señora Gowan, furiosa–. Abatido como una vaca que hubiera perdido a su ternero.

–*Ma*! –gritó su hija.

Margot se tragó su sorpresa. Miró a su alrededor, sin saber qué decir. No sabía si había comprendido siquiera lo que había querido decirle aquella mujer, o si debería creer algo tan disparatado. Arran se había puesto furioso, muy furioso. Pero no se había sentido dolido.

Miró de reojo nuevamente a la señora Gowan, cuyas rechonchas mejillas habían enrojecido ligeramente.

—¿Está insinuando que el *laird* se quedó dolido por su matrimonio conmigo? —preguntó, vacilante.

—No —respondió la mujer, mirándola de arriba abajo—. ¡Lo que le dolió fue vuestro abandono! Todo el clan pudo verlo. Él no habló de ello, ¡pero resultó evidente para todo el mundo que vos le rompisteis el corazón!

Un escalofrío recorrió la espalda de Margot.

—No, no es verdad —replicó a la defensiva.

—Completamente desanimado, así se quedó —declaró enfáticamente la señora Gowan—. Y yo no quiero tener nada que ver con alguien que le ha hecho eso a nuestro Mackenzie. Nada que ver.

Su hija le lanzó entonces unas cuantas palabras en gaélico, con tono severo. La madre la miró reacia antes de dirigirse a Margot una vez más:

—Pero haré lo que me habéis pedido. Os mandaré los jabones —y, girándose en redondo, se retiró al fondo de la tienda.

Margot se había quedado sin habla, desconcertada por la noción de que Arran podía haberse quedado triste y abatido por su marcha. Retrocedió de espaldas, palpando la puerta con una mano, y abandonó la tienda.

Una vez fuera, se detuvo con la mirada fija en las colinas que se alzaban al fondo de Balhaire. Había supuesto, dada la tensión existente entre ellos, que Arran se había alegrado de su marcha. Cuando su padre le ordenó regresar a Balhaire, Margot solo había podido pensar en lo muy descontento que se mostraría Arran de verla. Pero ¿dolido? ¿Sería cierto? ¿Le había hecho realmente daño, o acaso aquella mujer había interpretado equivocadamente su mal humor como dolor? Si Arran hubiera querido que se quedase, ¿no se habría dado ella cuenta? Y, si había sido así, ¿por qué no le había pedido él que se quedase?

Seguía allí de pie intentando responder a aquellas preguntas cuando un grupo de hombres salió en tromba al camino rumbo al castillo. Algunas personas salieron de las casas y tiendas para curiosear. Margot se apartó, apretándose contra el muro de la tienda de la señora Gowan para dejarlos pasar.

Cerró los ojos para protegerse contra la nube de polvo y volvió a abrirlos cuando un solitario jinete detenía bruscamente su montura ante ella.

Era Arran. Se la quedó mirando con fijeza mientras su caballo piafaba impaciente.

—¿Margot? ¿Qué estás haciendo aquí?

—Ah... —desvió la mirada hacia la puerta de la tienda—. La señora Gowan ha aceptado amablemente mandarnos unas cuantas cosas al castillo.

Arran miró la tienda y luego a ella.

—Tendrás que prescindir de mi presencia esta noche —le espetó—. Tengo un asunto en Lochalsh.

¿Un asunto en Lochalsh? ¿Qué clase de asunto podía requerirlo allí? Era una diminuta aldea de la costa occidental, habitada por unos pocos pescadores.

—¿Te vas? —le preguntó, quejumbrosa—. Pero yo pensé que podríamos...

—Espero que no vayas a quejarte —le dijo él con un tono de advertencia.

Margot apretó los dientes para evitar hacer precisamente eso.

—En absoluto. Te deseo un buen viaje.

—Bien. Es justo lo que esperaba oír —y espoleó a su montura.

Margot lo observó mientras se alejaba, detestando la sospecha que se iba abriendo paso en su corazón. Con un suspiro, acometió la subida al castillo, manoteando para despejar el polvo que habían levantado los caballos.

Capítulo 10

Al final de un larguísimo día, después de cenar con Nell en el salón contiguo a los aposentos del amo, Margot se retiró a la cama de Arran.

Fergus estaba nervioso.

—La chimenea no está encendida, milady.

—Pues quizá podrías encenderla —dijo Margot con la mayor suavidad posible.

Fergus encendió el hogar... pero luego hizo entrar a los perros. Literalmente. Esa era otra cosa sobre la que había discutido con Arran en el pasado: él acogía a los viejos perros de trabajo en Balhaire, cuando ya habían dejado de ser útiles a sus amos. ¡En algunos momentos podía haber hasta diez al mismo tiempo, deambulando detrás de la gente con la esperanza de ganar alguna migaja de la mesa o una caricia!

Aquella noche entraron tres, procedentes del dormitorio del amo, deteniéndose para estirarse y bostezar. Margot ya se había metido en la cama, sintiéndose terriblemente sola y algo inquieta. Aunque nunca le había gustado que los perros vagaran libremente por la casa, esa vez no se molestó demasiado cuando vio sus cabezas asomando a los pies del lecho, agitando el rabo con expresión esperanzada.

—Está bien... —suspiró Margot, fingiendo impaciencia, y palmeó la cama. Los tres saltaron a la vez sobre ella, la rodearon y, finalmente, se tumbaron con sus lomos apretados contra su cuerpo.

Recordó en ese instante la tarde invernal en la que Arran la bajó a la perrera para ver la camada de cachorros, esperando poder animarla con ello. Lo consiguió. Evocó su imagen acunándolos uno a uno contra su pecho, acariciando sus cabecitas.

—Este será un magnífico pastor, ¿verdad? Pero este otro... sospecho que se pasará el tiempo haciendo diabluras.

Había sido una tarde maravillosa.

Había vivido unos cuantos momentos de esa clase con Arran, momentos en los que habían estado perfectamente contentos el uno con la otra. Margot los había evocado en Norwood Park, de cuando en cuando. A veces, cuando el tedio la consumía, había evocado aquellos instantes con nostalgia.

Por la mañana, no solo descubrió que había sido arrinconada hasta el borde de la cama por sus compañeros, sino que también dos más habían entrado en el dormitorio y en aquel momento se hallaban tendidos a los pies.

Lo único que faltaba en aquella escena tan doméstica era su marido. ¿Seguiría en la aldea de Lochalsh? Seguro que ninguna traición de importancia podía cocerse allí, así que... ¿qué clase de negocio podía haberle llevado a ese lugar? Aunque quizá no hubiera ido allí, al fin y al cabo.

Al margen de adónde hubiera podido ir Arran, o lo que había hecho, no podía dejar que nadie descubriera su aprensión. Resultaba imperativo que se presentara a todos como la esposa arrepentida.

Echó a los perros de la cama y llamó luego a Nell para

que la ayudara a vestirse. Finalmente bajó al gran salón, tal y como decretaba su deber, para saludar a los Mackenzie. Tras obligarse a comer algo, volvió a salir cuando los sirvientes aparecieron para preparar la estancia para la fiesta que se celebraría aquella noche.

Para entonces, ya tenía un plan. Se envolvió en una capa y abandonó el castillo, para echar a andar por el camino principal. Pasó por delante de la tienda de la señora Gowan y dobló luego una esquina para tomar un gastado sendero. Saltó varios charcos y esquivó a más de una gallina para terminar alcanzando su destino: una pequeña casa cuadrada, con dos ventanucos que daban al sendero. Tocó a la puerta y aguardó. Tal como esperaba, abrió un anciano.

—Buenos días, señor Creedy.

El hombre se la quedó mirando fijamente.

—Soy lady Mackenzie. Nos conocimos hace años.

—Sí.

Margot se aclaró la garganta y se ajustó la capa.

—Eh... he venido para adquirir unos metros de tela de tartán.

El anciano se mostró sorprendido. E, inmediatamente después, desconfiado.

—Esta noche se celebrará una especie de fiesta... esto es, el *laird* ha tenido la amabilidad de organizar un acto de celebración con motivo de mi retorno a casa... y a mí me gustaría mucho lucir un tartán.

—¿Queréis llevar tartán? —repitió, incrédulo.

¿Por qué eso resultaba tan asombroso?

—Me gustaría, sí.

—Ummm... Habéis cambiado de opinión, ¿verdad?

Margot no podía culparlo por su escepticismo: aquel hombre ya le había ofrecido varios tartanes antes. Tenía muchos, todos tejidos por él, y ella... bueno, los había rechazado. Recordaba bien la indignada sorpresa que le había producido que alguien esperara de su persona que fuera a ponerse aquella ropa de basta lana, y cortésmente... o quizá no tanto, había rehusado.

—Supongo que sí. Me disculpo con usted, señor Creedy. Nunca debí...

—Bah, no os preocupéis, milady. No importa lo que se haya dicho antes, siempre y cuando podamos volver al camino correcto.

Margot parpadeó sorprendida. En cierta forma, se sentía como una mentirosa, como si estuviera engañando a todo el mundo, ya que no estaba del todo segura de haber vuelto al redil... ¿O sí? De repente, su propósito en Balhaire se le antojaba extraño, desconcertante.

El señor Creedy atribuyó su vacilación a la culpabilidad.

—No os preocupéis con lamentaciones —le dijo—. ¿De qué clase queréis el tartán?

—¿Qué clases hay?

—¿Un *arisaid*? ¿Un chaleco? No tendría tiempo para hacerlo.

—¿Un qué? No, un chaleco no.

—Pasad, pasad —le indicó que entrara.

Margot agachó la cabeza y entró en la casa. Se componía de una única habitación y olía a pescado. Una mitad la ocupaba la cama. En la otra había un gran telar, así como numerosas telas e hilos que colgaban de las paredes. Había también un estante con varios tartanes pulcramente doblados y apilados El anciano recogió uno y lo desplegó para enseñárselo. Era una tela inmensa, una especie de manta lo suficientemente grande como para cubrir la cama del dormitorio de Arran.

—Os demostraré cómo se usa, si os place. Cortaré la pieza, ¿de acuerdo?

—De acuerdo –respondió ella, sin pensar.

Una vez cortada, el hombre se la echó sobre un hombro y, situándose a su espalda, llevó el otro extremo hasta su cadera, donde lo juntó con el primero.

—Abrochárosla aquí con un *luckenbooth*.

—¿Un broche? Ah, entiendo. Sí, es perfecto, señor Creedy. Gracias. ¿Sería posible que lo tuviera listo para esta noche?

—No tardaré más que una hora. Mandaré a mi chico que la suba.

—Gracias –Margot sonrió y estrechó agradecida la mano del anciano.

El día transcurrió muy rápido para Margot. Tenía mucho que hacer: alistar sus nuevas estancias y familiarizarse de nuevo con Balhaire. Y Arran seguía sin dar señales de vida.

Aquella tarde, cuando Nell se presentó para ayudarla a vestirse, llegó cargada de noticias.

—El *laird* ha vuelto –susurró–. Ha venido con dos hombres y un montón de peces.

Margot se giró en su silla para mirarla.

—¿Fue a pescar? –preguntó, incrédula.

—No lo sé, milady. Solo sé que ha vuelto con un gran cargamento de ellos.

Reprimió un estremecimiento de repugnancia mientras se recordaba que, al menos, había vuelto. Eso era lo importante.

Cuando terminó de vestirse, se miró en el espejo. Parecía una reina: la Corona era lo único que le faltaba a su conjunto. Su peinado era una artística arquitectura de rizos y tirabuzones, sujetos con horquillas terminadas en perlas. Su mantua azul era de una elegancia majestuosa.

Pero, esa noche, la pechera de pedrería incrustada de la que tan orgullosa se sentía estaba cruzada por un tartán, fijado a la cadera con un broche que había pertenecido a su madre.

Desafortunadamente, conseguir aquel aspecto tan majestuoso le había llevado más tiempo del que tanto Nell como ella habían esperado, con lo que bajó al gran salón algo tarde para la cena. Se detuvo un momento ante las grandes puertas de roble para componerse. No había allí ningún lacayo para anunciar su entrada, ningún criado que advirtiera a Arran de su llegada para que pudiera escoltarla.

Se sintió nerviosa. Como si estuviera al borde del acantilado de la caleta, a punto de saltar al mar. Tenía miedo, no sabía muy bien de qué, pero sí lo bastante como para tener que obligarse a respirar profundo. Alzó entonces la barbilla y, sin permitirse un solo instante de vacilación, empujó la puerta y se detuvo justo en el umbral para asegurarse de que la viera todo el mundo.

Oh, por supuesto que la vio todo el mundo. Su entrada obró el efecto deseado: todo el mundo dejó de hablar y todas las cabezas se volvieron en su dirección. Las conversaciones cesaron, los tenedores se posaron en sus platos. Allí, en el estrado, estaba sentado su esposo, con la mirada fija en ella. Se había peinado la melena hacia atrás, con una coleta, y estaba recién afeitado. Parecía talmente el *laird* de aquel castillo, fuerte y poderoso, y Margot sintió que el corazón se le aceleraba de expectación. Experimentó un delicioso calor por dentro, así como la extraña sensación de que él podía verla a través de su vestido para asomarse directamente a su alma.

Y sin embargo la expresión de Arran era inescrutable. Margot ignoraba si estaba impresionado o no con su apariencia.

Sinceramente, no podía afirmar siquiera que los presentes estuvieran particularmente impresionados: curiosos, sí. Se había sentido tan segura de sí misma hasta aquel instante... En aquel momento, en cambio, se sentía incómodamente consciente del recargamiento de su atavío. Ninguna otra mujer llevaba un vestido mantua. Y, si alguna lo hubiera lucido, Margot estaba segura de que su corsé no habría podido estar tan apretado como el suyo. Nell le había dicho que resultaba imperativo que la cintura le quedara lo más estrecha posible, diminuta.

–A los caballeros les gustan las cinturas de avispa – había afirmado con un tono de autoridad.

Pero, como resultado de aquella cintura tan estrecha, su busto sobresalía demasiado. Además, el largo y grueso tirabuzón que artificiosamente se había colocado sobre un hombro apuntaba prácticamente al pecho a punto de estallar.

Bueno. Era ya demasiado tarde para preocuparse por ello. Ciertamente no podía quedarse allí toda la noche esperando que la admiraran, así que empezó a atravesar la multitud. Las sedas y tafetanes de sus faldas producían un rumor que resultaba casi ensordecedor. Justo en aquel instante, tuvo un ataque de pudor. Podía sentir cómo las mejillas empezaban a arderle de vergüenza, y rezó para que el rubor no se extendiera a sus senos y les hiciera parecer un par de granadas. Su majestuosa entrada, que habría sido aplaudida en Inglaterra, parecía presentar en Escocia todas las señales de un inmenso error.

Arran no acudió en su auxilio. Ni se molestó en levantarse para darle la bienvenida.

Margot habría podido odiarlo en aquel instante. Parecía malvadamente engreído, como si estuviera disfrutando con su humillación. Aquella expresión de engreimiento hizo que le entraran todavía más ganas de evitarlo, de huir de su presencia. Empezó a dirigirse y a saludar a los que la rodeaban, como si nunca hubiera escapado de Balhaire años atrás.

—Buenas noches, señor Mackenzie —saludó a un anciano caballero, que no dio muestras de escucharla—. ¡Reverendo Gale! ¿Cómo se encuentra usted? —preguntó, tomando la mano del pastor entre las suyas y apretándosela.

—Muy bien, milady. Muy bien.

—¿Y sus hijas?

—Hijos —la corrigió amablemente.

—Sí, por supuesto —sus mejillas estaban en llamas.

—Oh, mis muchachos están todos casados —informó, orgulloso—. El mayor me hará abuelo antes de que acabe el año.

—¡Felicidades! —exclamó con tono alegre y siguió adelante—. ¡Señora McRae, me alegra veros tan bien!

—McRaney, milady —dijo la mujer, haciéndole una reverencia.

No la miró a los ojos. «¡Escoceses!», exclamó Margot para sus adentros. ¡Tan tercamente leales a un hombre tan irritante!

Había recorrido ya medio salón cuando Arran finalmente se dignó a levantarse de su silla. Iba vestido para la ocasión, con una falda de tartán, chaleco y chaqueta, con pañuelo de cuello negro. Un rizo le caía rebelde sobre la frente. Indudablemente tenía una fantástica figura, y sin embargo, por mucho que lo admirara, un pensamiento enfermizo se filtró en su mente. ¿No era ese el atavío de los jacobitas?

Arran bajó del estrado con toda parsimonia. Cuando llegó ante ella, se llevó una mano a la espalda y le hizo una reverencia con la otra.

—Lady Mackenzie. Bienvenida.

—Gracias, milord —le ofreció su mano y se inclinó a su vez ante él.

—Qué bonita estáis esta noche —comentó mientras la levantaba, fija la mirada en la banda de tartán—. Parece que os habéis reconciliado con el señor Creedy.

—Fue muy amable conmigo. ¿Os gusta?

—Desde luego. Mucho. ¿Os reuniréis conmigo en el estrado?

Aquella noche se estaba mostrando terriblemente formal con ella. Margot permitió que la escoltara hasta allí y la sentara a su lado.

—¿Hago que os sirvan cerveza? —le preguntó él cuando volvió a sentarse, señalando a uno de los jóvenes que atendían la mesa.

—Vino, por favor.

Arran arqueó una ceja con gesto dubitativo.

—Tenéis vino, ¿verdad?

—Sí, tenemos vino. Por supuesto que sí —dijo él, impaciente—. Pero los Mackenzie preferimos la cerveza. Quizá queráis probar le remesa que ha destilado Jock. Está muy orgulloso de ella.

Según parecía, tenía que reivindicarse ante él incluso en sus gustos por la bebida. Mantuvo una expresión agradable al tiempo que inspiraba profundamente para tranquilizarse.

—¡Nada me gustaría más que probar la cerveza de Jock! No tengo ninguna duda de que será asombrosamente buena y, espero, libre de veneno.

Arran sonrió.

—Eso sí que os lo puedo prometer. ¡Jock! Lady Mackenzie me ha expresado su ferviente deseo de probar vuestra cerveza.

Jock lanzó a Margot una mirada incrédula.

—¡Por favor! —dijo ella, poniendo una mano sobre la

de Arran–. Que mi esposo alabe algo tanto es raro, y sobre su cerveza se ha deshecho en elogios, señor. He de probarla –lo dijo de la manera más animada y convincente posible. Lo cual no resultaba ni muy animado ni muy convincente, en absoluto.

Jock se inclinó ante ella, se irguió bruscamente y se marchó con la misma brusquedad. Margot se volvió hacia su marido.

–¿Contento?

–No –respondió–. Pero sí algo aplacado –añadió con tono divertido–. Jock es todavía más desconfiado que yo.

–Eso, señor, no es desconfianza, sino extremado desdén. Y la culpa es vuestra.

–¡Mía! –parecía estupefacto.

–¡Vuestra, sí! Le dijisteis a Jock que yo era difícil y le dejasteis muy claro que no me teníais ningún aprecio.

–¿Qué diantre…? Yo nunca dije tal cosa.

–Creo que vuestras palabras exactas fueron que os habíais casado con un pescado envuelto en sedas y encajes.

Arran se echó a reír. Pero en seguida frunció el ceño con expresión sombría.

–No es verdad.

–Sí que lo es. Aquí mismo –dijo, señalando la inmensa chimenea–. ¿No lo recordáis?

Había sido una noche tormentosa, con nieve. Margot evidentemente no había querido escuchar, pero con el ulular del viento, ni Arran ni Jock la habían oído entrar en el salón.

–No, yo… –Arran se interrumpió. Claramente estaba recordando el episodio, la manera en que se había quejado a Jock de lo insufrible que era su esposa inglesa–. Ummm –la miró–. Me había olvidado.

Ella sonrió.

–Pues yo no he olvidado nada.

—¡Bah! —murmuró él con gesto desdeñoso—. La memoria de una mujer es tan larga como nuestros lagos.

—Y la atención de un hombre tan corta como una oruga.

—Eso no es necesariamente así, *leannan*. Es mucho lo que yo recuerdo, también —bajó la mirada hasta sus labios, y la detuvo allí—. Recuerdo por ejemplo que tu lista de quejas era bastante larga.

Podía sentir cómo se le acaloraba la piel bajo su mirada. Tuvo que desviar la vista para no ser devorada por aquellos penetrantes ojos.

—¿Eran quejas? Yo siempre pensé que eran peticiones para que me ayudarais a reconciliarme con mi nuevo entorno.

—Ah, conque eran eso... ¿eh? —su mano encontró su pierna—. Mis disculpas. Pensé que pretendíais enumerar todas las inconveniencias que Balhaire tenía para vos.

Margot le cubrió la mano con la suya y se la apretó con fuerza antes de retirarla de su muslo.

—Me refería a todas las maneras en que os necesitaba —le espetó sincera, y volvió a mirarlo. Su mirada se había tornado oscura y fría—. Quizá no me expresara bien.

—Más bien fuisteis demasiado elocuente —le recordó él.

Experimentó una náusea. Arran jamás la perdonaría. La novedad estribaba en que, por primera vez, ella quería su perdón.

—Quizá lo fuera —admitió Margot—. Espero que algún día podáis perdonarme por no haber encontrado mejor manera de llamar vuestra atención. En aquel momento, me pareció la única posible de evitar que me ignorarais.

—*Diah* —masculló cuando Jock se acercó con la cerveza—. ¿Te agradó realmente alguna cosa de todo lo que hice, Margot? ¿O fue todo de tu desagrado?

—Al contrario: hiciste muchas cosas que me complacieron mucho. ¿Y? ¿Hice acaso yo algo que te agradó?

Arran no respondió mientras Jock colocaba la cerveza ante ellos. A su espalda, un muchacho apareció con sendas bandejas para los dos. Su discusión, si podía llamarse así, quedó aplazada en beneficio de la cena.

Comieron en silencio. Arran parecía pensativo. Taciturno.

Margot, por su parte, tenía un hambre voraz. Solo en aquel momento se daba cuenta de lo muy poco que había comido desde que llegó a Balhaire. El pescado estaba delicioso, cocinado a la perfección en un caldo cremoso, y, sorprendentemente, la cerveza negra combinaba muy bien. Pero la cerveza tenía también el desgraciado efecto de hincharle terriblemente la barriga, con lo que las varillas del corsé empezaron a clavársele en la piel.

Cuando terminaron la cena, Arran hizo una seña a los músicos para que empezaran a tocar.

Margot estaba recostada en la silla, con una mano en su dolorido abdomen, conteniendo un pequeño y poco digno eructo, cuando un muchacho se adelantó luciendo un pantalón de tartán. Tenía el pelo rizado como Arran, y su aspecto le recordó de inmediato a un trovador. No se habría sorprendido nada si de repente hubiera sacado una lira y se hubiera puesto a tocar.

Se inclinó ante ellos con una cortés reverencia.

—*Laird* Mackenzie, ¿cuento con vuestro permiso para pedirle un baile a vuestra esposa? —preguntó con marcado acento.

—Oh —Margot se sentó muy derecha, esbozando una mueca de dolor por la incomodidad de su vestido—. No, gracias, señor…

—Mucha prisa os habéis dado en negaros —le reprochó

Arran–. ¿Acaso os desagradan las danzas escocesas, esposa mía?

–En absoluto. Pero es que...

–Ah, sí. Ya lo recuerdo: sois una pésima bailarina. ¿No es eso lo que solíais decir?

Margot se lo quedó mirando fijamente.

Arran se encogió de hombros.

–Sí, recuerdo unas cuantas cosas sobre vos.

«¡Oh, qué hombre más retorcido!», exclamó ella para sus adentros.

–Ojalá hubiera estado más familiarizada con las danzas de estilo escocés –se dirigió al joven con un tono de disculpa–. ¿No preferiríais una pareja más conveniente?

–Por supuesto que no –respondió Arran por él–. Porque no hay pareja más bonita que mi esposa, ¿verdad, muchacho?

–Sin duda, *laird*.

–Adelante entonces, Margot –dijo, señalando el salón–. Siempre seréis una pésima bailarina si no lo intentáis, ¿no os parece? –le sonrió, malicioso.

Que el cielo la ayudara, pero lo habría pateado allí mismo si no se hubiera sentido tan incómoda con su vestido. En lugar de ello, proyectó en aquel joven toda la fuerza de la sonrisa que tanto había perfeccionado en los salones ingleses.

–Estaría encantada, señor. Gracias –dijo y se levantó.

El rostro del joven se iluminó: se apresuró a ofrecerle su mano. Margot lanzó una sonrisa a Arran, cuyos ojos estaban brillando de deleite.

–No te contengas, Gavin. La falta de habilidades la suple mi esposa, con creces, con un gozoso entusiasmo.

Si las miradas pudieran matar, Arran habría yacido en aquel instante en medio de un charco de sangre. Pero Margot se rio divertida.

–Quizá consideréis la idea de retirar todos los cuchillos de la mesa antes de mi vuelta, milord.

Oyó la fuerte carcajada de Arran mientras aceptaba la ayuda del joven para bajar del estrado.

Gavin la guio hasta el centro del salón con gran brío. Una vez colocados en la fila de bailarines, le hizo una reverencia tan profunda que casi rozó el suelo con la mano.

–Tenéis unos modales muy elegantes, señor –comentó Margot, admirada–. Veo que seguís la moda francesa.

Los ojos del muchacho brillaron de placer.

–Gracias. Indudablemente que he aprendido de los franceses –confesó, orgulloso.

«Interesante», pensó Margot. Se preguntó qué sería lo que había llevado a aquel joven a Francia. Pero antes de que pudiera inquirir al respecto, empezó la música, y Gavin le enlazó un brazo con el suyo y la hizo girar sobre sí misma, para en seguida soltarla.

–¡Dad libertad a vuestros pies, milady! –gritó.

Otra persona la agarró de un brazo y, a partir de ese momento, se vio transportada de un brazo a otro.

Pronto resultó evidente, tanto para ella como, tristemente, para los demás, que bailaba muy mal la danza escocesa. No tenía ningún sentido del ritmo y apenas podía seguir los pasos. Al menos por dos veces soltó una patada al pobre caballero que tenía al lado, y repetidamente a Gavin, además de que siempre iba dos pasos por detrás. Su busto estaba peligrosamente cerca de liberarse de la prisión de su corpiño, mientras que de su peinado, tan artísticamente compuesto por Nell, habían empezado a desprenderse gruesos tirabuzones cobrizos.

Mientras proseguía la danza, pudo sentir el sudor resbalando entre sus senos. Sus pies, enfundados en carísimos zapatos que no servían para tanto salto, estaban empezando a acalambrarse. Y, sin embargo, ocurrió la cosa más extraordinaria. Nadie la miraba de reojo, ni parecía horrorizarse de su baile. Todos se reían. Todos se gritaban extrañas palabras unos a otros, y siempre había alguien que la agarraba de la mano o del brazo para hacerla girar. Era una locura, era un caos, era alegre: el baile más divertido que Margot había disfrutado nunca. Se sentía viva, eufórica. Tenía la sensación de que era la clase de danza que debería haber practicado toda la vida, desde pequeña.

Cuando al fin terminó, un exultante Gavin la escoltó de vuelta al estrado.

—¡Bien hecho, milady! —la felicitó.

Ella se echó a reír.

—¡Soy una bailarina horrible! —exclamó—. Pero vos, señor, sois todo un experto. Debéis de haber recibido una instrucción excelente.

—La verdad es que sí. Mi madre contrajo matrimonio con un francés cuando murió mi padre. *Monsieur* Devanault se preocupó de que mis hermanos y yo fuéramos instruidos en las artes cortesanas, como las llamaba él.

Su sonrisa era contagiosa. Margot se lo podía imaginar en un futuro cercano deslumbrando a las debutantes con su rostro hermoso y sus grandes dotes para el baile.

Habían llegado al estrado y el joven se disponía a ayudarla a subir, cuando ella lo retuvo del brazo para preguntarle:

—¿Dónde encontró *monsieur* Devanault instructores de baile en Escocia?

—Oh, no aquí, milady, no. La danza escocesa la aprendí de mi tía. Las clases de baile las tomé antes de la guerra. Os sacaré la silla.

—Gracias —dijo—. Una vez más, mis sinceras disculpas por la cantidad de patadas que os he dado.

Él soltó una carcajada, se despidió con otra reverencia y desapareció entre la multitud.

Arran se echó a reír una vez que la tuvo sentada nuevamente a su lado.

—Tenéis el rostro del mismo color que el pecho de un petirrojo —le dijo, señalándole la cara.

—¡Ha sido muy divertido! —exclamó ella alegre, todavía jadeando ligeramente.

—Os debo una disculpa. Teníais razón: sois una pésima bailarina.

A Margot le entraron ganas de agarrarle del cuello, arrojarlo al suelo, saltar sobre él y aporrearle la cara. Pero como no podía hacer nada de todo eso, se echó a reír.

—¡Me ha gustado mucho! ¡Qué maravillosa manera de bailar tenéis aquí, en Escocia! Nunca me había imaginado que tantos saltos en todas direcciones podían llegar a ser tan estimulantes. Ahora deberíais bajar y bailar con...

—Oh, creo que no —dijo, y se levantó súbitamente—. Mañana he de madrugar mucho.

¿Iba a dejarla allí con el pelo medio suelto, las mejillas rojas por el ejercicio y los pies doloridos? ¿Sola? ¿Sabiendo perfectamente que la mayoría de la gente que había en aquel salón no podía soportarla? Y, para empeorar las cosas, advirtió que Worthing y Pepper habían tomado asiento en el estrado.

—No iréis a dejarme aquí —dijo, incrédula—. Dijisteis que esto iba a ser una celebración.

—Sí, lo dije. Y lo es. Ya hemos celebrado —sonrió. Deslizando dos dedos bajo su barbilla, le alzó el rostro—. Y esta es ahora la oportunidad perfecta para que te familiarices con tu clan, Margot —le dio un ligero beso en los labios—. El tartán te queda muy bien, por cierto— y, dicho eso, abandonó el estrado.

Cuando aquel despreciable y desconfiado jabalí que tenía por marido desapareció entre la multitud, Margot giró lentamente la cabeza hacia sus guardaespaldas. La miraban de hito en hito, como si acabara de salir de una cripta.

—Mi marido está exhausto —comentó con tono desenfadado—. ¿Habéis bailado, señor Pepper? Es muy estimulante.

—No —respondió él con una voz tan horrorizada como su expresión.

Ella se encogió de hombros y miró a la multitud. Se sentía demasiado expuesta, lo cual, por supuesto, había sido intención de Arran, el muy maldito. Se añadía a su humillación el conocimiento de que, en Inglaterra, en aquel momento estaría rodeada de amigos. Pero ¿allí? Todos los que se acordaban de ella la odiaban, y aquellos que no la recordaban, como poco, le tenían miedo. La única persona que la miraba con cierta amabilidad era el joven Gavin Mackenzie.

Margot recogió la olvidada jarra de cerveza y bebió hasta saciar su sed. La dejó luego sobre la mesa con un fuerte ruido y se levantó. Arran pensaba que debía familiarizarse con su clan, ¿no? Descubrió al reverendo Gale entre el grupo, Recogiéndose las faldas, se dirigió hacia él.

El reverendo se sobresaltó cuando la descubrió súbitamente a su lado.

—Lady Mackenzie —la saludó con gesto de preocupación.

—Os suplico me perdonéis, reverendo Gale, pero... ¿queréis bailar conmigo?

—¿Qué?

—Bailar —repitió—. Sé que soy una pésima bailarina: me esforzaré todo lo posible por no soltaros ninguna patada. Pero me gustaría mucho bailar.

—Oh. Eh... —el reverendo miró a su alrededor como buscando una escapatoria. Al no encontrar ninguna, suspiró por lo bajo y dejó a un lado su jarra de cerveza–. Claro, milady –dijo, y le ofreció su brazo.

Después de lo que le parecieron horas, cuando Margot no se tenía ya casi en pie, se obligó a despedirse de todo Mackenzie que se encontró en su camino. Antes se habría quedado destrozada por tanta expresión indiferente y tanta mirada insegura, pero esa noche se alegró de que el número de gente que se había dignado a dirigirle la palabra hubiera crecido tanto.

Se encaminó hacia los aposentos del señor de un humor desafiante. Sabía lo que estaba haciendo Arran. Deliberadamente, la estaba poniendo a prueba. Quería castigarla por haberlo abandonado, cualquier estúpido podía darse cuenta de ello. Y ella había aceptado su desafío. Había hablado con todos aquellos que se habían dignado a escucharla, y bailado con todo hombre que se le había puesto a tiro y al que había tomado desprevenido.

Arran pensaba que podía humillarla hasta el punto de obligarla a tomar la decisión de marcharse otra vez, ¿no? Bueno, pues no iba a tener esa suerte. Ya no era en absoluto la misma joven que se había presentado allí hacía tanto tiempo.

Entró en el salón de sus habitaciones contiguas y llamó a Nell. La mujer apareció procedente del dormitorio y se quedó sin aliento al verla.

–¿Qué ha pasado?

–¿Que qué ha pasado? Te diré lo que ha pasado. He bailado –dijo, descalzándose de dos patadas en beneficio de sus doloridos pies. Acto seguido se dejó caer en una otomana, se agarró un pie y empezó a masajeárselo–. ¿Has estado aquí toda la noche? –le preguntó.

–No, milady –respondió la mujer mientras recogía los zapatos de su señora–. Bajé a las cocinas y mantuve una encantadora conversación con una de las mozas de la cocina, pero ese buey nos interrumpió.

—¿Jock? ¿Qué estaba haciendo él en las cocinas? —inquirió Margot, curiosa.

—No lo sé. Parece seguirme a todas partes —le dijo Nell, furiosa—. ¿Os traigo vuestro camisón?

—No. Quiero lavarme antes las manos y luego iré a hablar con mi marido —anunció Margot con tono firme.

Después de refrescarse un poco, dejó que Nell le compusiera el peinado. Se aplicó perfume detrás de las orejas y entró en el dormitorio del amo.

Pese a que la chimenea estaba encendida, no había señal alguna de Arran. Pero... ¿a dónde podía ir un hombre cuando su clan al completo estaba comiendo y bebiendo en su gran salón? ¿A conspirar con otros? ¿Era así como funcionaban las cosas? ¿Uno traicionaba a su país mientras todos los demás estaban ocupados?

Alzó un candelabro y miró a su alrededor. Todo estaba hecho un desastre. Aparte de los montones de ropa y de la colección de cuchillos dispersa por el suelo, había unas botas embarradas al pie de la cama, con las espuelas puestas.

Se agachó para recoger unas calzas de piel de ciervo sucias. Si iba a seguir estando cerca de él, no estaba dispuesta a soportar aquel basurero.

Capítulo 11

De camino a sus aposentos, Arran fue interceptado por Sweeney, que le informó de que MacLeary y sus hombres habían llegado al castillo.

—¿Ahora? —inquirió Arran. No los esperaba.

—Sí, milord. Donald Thane los ha instalado en la barbacana con una buena provisión de whisky.

Antaño, la antigua barbacana había sido utilizada de defensa del castillo, pero el padre de Arran había transformado sus estancias para alojar a huéspedes y viajeros. No era infrecuente que los viajeros que llegaban a Escocia por mar recalaran en Balhaire.

—Busca a Jock y tráelo aquí —ordenó Arran y se encaminó rápidamente a la barbacana.

MacLeary era un hombre enorme con una mata de pelo blanco que le hacía parecer una montaña con su cumbre nevada, mofletudo, de manos de dedos gordezuelos. Cuando lo saludó, le dio una palmada tan fuerte en la espalda que Arran habría podido acabar en el suelo si no hubiera estado preparado para el golpe. MacLeary había llegado en compañía de dos hombres: los tres estaban compartiendo una damajuana de whisky.

—Arran Mackenzie, mírate, muchacho... —tronó Mac-

Leary–. No hay tipo más apuesto en toda Escocia. Si yo no llevara casado treinta años, te pediría la mano.

Sus hombres se rieron a carcajadas.

—Aprovecharé entonces para darle mis más sinceras gracias a tu esposa y rezaré para que siga gozando de buena salud —masculló Arran—. ¿Qué es lo que te trae por Balhaire?

—Nos dirigimos a Coigeach, a la reunión que se celebrará allí —dijo, refiriéndose a otro feudo de los MacLeary, al norte de Balhaire—. Tú también querrás asistir, Mackenzie. Tengo noticias para ti.

A espaldas de Arran, la puerta se abrió de repente y Jock entró en la habitación. Esperó a que su primo saludara al recién llegado y se sentara en un banco.

—¿Qué noticias son esas? —preguntó por fin a MacLeary.

—Tom Dunn anda por aquí.

Hacía años que Arran no escuchaba aquel nombre. Tom Dunn era una figura muy controvertida en aquellos lares. Para algunos era un leal patriota de Escocia y de las Tierras Altas. Para otros, un traidor a su país. Dunn había sido amigo de los Mackenzie desde hacía más tiempo del que Arran podía recordar, pero en los últimos tiempos había escuchado cosas inquietantes sobre él.

Todo había empezado con la unión oficial de Escocia y de Inglaterra. Dunn se había instalado en Londres para capitalizar los nuevos contactos. O para espiar para los ingleses, según las versiones. «Con los bolsillos cargados de oro inglés», según Arran había oído comentar a alguien. No había ninguna prueba de ello, pero, desde la unión, los rumores corrían a la velocidad de los torrentes de las montañas.

—¿Qué pasa con él? —quiso saber Arran.

—Yo no he hablado con el hombre, pero he sabido algo interesante por Marley Buchanan —MacLeary se interrumpió para servirse whisky–. Dunn le dijo a Buchanan que tu Norwood estaba siendo... ¿cuál es la palabra? *Mi-onorach* –dijo con un gesto despreciativo.

No era una traducción exacta de la palabra, pero Arran entendió bien a MacLeary: se refería a que Norwood estaba envuelto en algo deshonesto.

–¿En qué sentido?

–Dicen que ha estado colaborando con los franceses en su guerra con Inglaterra, con el fin de llenarse los bolsillos. Pero que, cuando empezaron a sospechar de él, te culpó a ti. Afirmó que no tenía conocimiento de trato alguno con los franceses, pero que había oído que tú sí estabas conspirando con ellos.

Arran estaba estupefacto.

–Mi comercio con Francia es abierto y honesto. Y legal según las leyes de la Unión.

–No es tu comercio lo que él discute, muchacho. Ha insinuado que pretendes traer tropas de Francia a Balhaire para, junto con tus hombres de las Tierras Altas, apoyar militarmente la entronización de Jacobo Estuardo.

Se quedó mirando fijamente a MacLeary. Jacobo Estuardo era el hijo superviviente del rey Jacobo II, que había sido derribado del trono antes de que naciera Arran. Jacobo Estuardo vivía en la corte francesa y era católico. Su hermanastra y reina actual de Inglaterra, Ana, había sido educada como protestante. La reina carecía de hijos y su salud no era buena. Según las leyes vigentes, su sucesor debería ser protestante, razón por la cual su hermano, Jacobo Estuardo, no podía reclamar el trono. La Corona debía por tanto ir a parar al pariente protestante vivo más cercano a la reina, George Hanover.

Había muchos personajes en Escocia, e incluso algunos en Inglaterra, que consideraban que el legítimo heredero al trono era el hermanastro de la reina e hijo de

Jacobo II. Más aún, eran muchos los que preferían ver, más pronto que tarde, a los Estuardo repuestos en el trono. Aquellos que procuraban activamente su restitución eran conocidos como jacobitas.

A Arran le costaba creer que Norwood se hubiera implicado en tan arriesgadas actividades. Y que hubiera llegado al extremo de tacharlo a él de simpatizante jacobita se le antojaba algo completamente extraño a su carácter. Al fin y al cabo, había sido Norwood quien le había propuesto el matrimonio con su única hija con el fin de expandir los territorios de ambos. ¿Por qué habría de querer destruir ahora lo que tanto se había esforzado por conseguir?

–Yo no soy un jacobita. No hay nadie en las Tierras Altas que me tenga por tal. No me lo creo –declaró Arran, rotundo–. Norwood ayudó a diseñar la Unión. Puso en juego su reputación en ello y es leal a la reina. ¿Por qué habría de querer perjudicar algo así?

–Ay, la reina –dijo MacLeary con un gesto despreciativo–. Esa mujer no está en sus cabales. Se acuesta con su doncella y discute con la duquesa de Marlborough por joyas y otras tonterías. No está capacitada para dirigir una nación, y en Londres se dice que no estará mucho más tiempo en este mundo. No cierres tus ojos y tus oídos, muchacho. La gente ya se está alineando con aquellos que creen que se impondrán al final. Y tú sabes tan bien como yo que no se puede confiar en una *sassenach*.

Arran no estaba en desacuerdo con aquella última afirmación, pero, aun así, consideraba que la jugada era demasiado arriesgada para un hombre como Norwood.

–Esto no tiene sentido –insistió, alzando una mano–. Si yo fuera acusado de traición y tuviera que comparecer a juicio, eso significaría que mis tierras, las tierras de su hija, serían incautadas por la Corona.

—O quizá tus tierras fueran incautadas y entregadas luego a quien hubiera puesto al descubierto la traición —sugirió MacLeary—. Un riesgo que un hombre podría estar interesado en correr.

—Y Norwood ganaría la partida —se mostró de acuerdo Jock.

—No es probable que eso vaya a ocurrir —resopló Arran.

—No puedo decírtelo de una manera más delicada, muchacho —continuó MacLeary—. Iré directamente al grano. Tu esposa es inglesa. Si tus tierras son incautadas, es probable que al final vayan a parar a su padre y a sus hermanos, ¿no? Y de igual modo, si Norwood fuera culpable de traición, sus tierras no irían a parar a sus hijos. Tendrías perfecto derecho a reclamarlas a través de tu esposa. No, él no se arriesgaría a perder lo que tiene, no en beneficio de un escocés, por mucho que él haya deseado esta unión. Fácilmente podría considerarte un chivo expiatorio de sus conspiraciones —se interrumpió para beber más whisky y clavó la mirada en Arran—. Y algunos hay que podrían ser persuadidos de que quizá tú estés conspirando con Norwood para llenarte los bolsillos.

—¡Norwood! Eso es lo contrario de todo lo que acabas de decir de mí, ¿no? ¿Con quién estaría conspirando yo, MacLeary? ¿Con los jacobitas? ¿O con Norwood? ¿Qué posibilidades hay de que yo estuviera conspirando con unos o con otros? ¿Qué diantres ganaría yo?

MacLeary se encogió de hombros.

—Un argumento sería que ganarías más tierras en Inglaterra si fueras a traicionar a alguien aquí. Si, por ejemplo, delataras a alguien que quisiera ver a Jacobo Estuardo en el trono —se llevó lentamente el vaso a los labios y observó a Arran mientras bebía.

—Por Dios, MacLeary, no toleraré que acuses al *laird* estando dentro de estas murallas —gruñó Jock.

—Yo no lo he acusado. Simplemente estoy repitiendo palabras que ya se han dicho.

—Si son seguridades lo que buscas, yo te las daré —dijo Arran—. No estoy conspirando ni con Inglaterra ni con los jacobitas.

—Y yo te creo —repuso MacLeary, dándole una palmada en el hombro—. Pero creo que lo mejor será que vayas a Coigeach por la mañana y lo repitas allí. No todo el mundo está tan seguro de ello como yo.

Arran siempre había sido leal a las Tierras Altas y a Escocia. No era culpable de otra cosa que no fuera haber aprovechado la oportunidad de conservar sus tierras y de salvar a su clan de la hambruna.

—Puedes contar conmigo para que te acompañe a Coigeach —le aseguró, sombrío—. Si alguno piensa que le he traicionado, tendrá que decírmelo a la cara.

—Siempre ha habido un punto de riesgo en tomar a una inglesa como esposa, ¿verdad? —preguntó MacLeary, taimado, y volvió a llevarse el vaso a los labios para apurar su whisky.

A Arran le entraron ganas de propinarle un puñetazo en la cara por haber dudado de su mujer. Pero no estaba muy seguro de cuál era la verdadera situación entre ellos, dada aquella agitada corriente de rumores.

—Sí —reconoció y se dirigió hacia la puerta, con la cabeza hirviendo de preguntas—. Hemos preparado unos cómodos lechos para ti y para tus hombres. Te veré mañana en Coigeach —y abandonó la sala, dejando a los MacLeary a cargo de Jock.

Se imaginaba perfectamente lo que estaría pensando Jock en aquel momento: que nunca debió haberse casado con Margot. Que él ya le había advertido de las consecuencias de todo ello. Jock podía muy bien estar en lo cierto, y sin embargo había algo en aquella perspectiva que se le antojaba irreal. Al margen de lo que hubiera ocurrido entre ellos, no se podía creer que Margot estuviera involucrada en cualquier intento por convertirlo a él en chivo expiatorio. Tal vez le desagradara, y quizá su padre la había enviado de vuelta a Balhaire por alguna razón determinada. Pero no creía para nada que ella quisiera verlo colgado.

Porque, si ese era el caso, entonces era la mentirosa más fina que había conocido nunca.

Y, sin embargo, Arran tuvo un mal presentimiento mientras atravesaba Balhaire y subía la escalera que llevaba a sus aposentos. Pensó en lo irónico de la situación: quizá había levantado un pequeño imperio allí gracias a su matrimonio con una mujer que, a la postre, deseaba llevarlo a la horca.

Cuando llegó a sus aposentos, abrió la puerta del dormitorio y entró. Estaba a oscuras, ya que no había mandado encender la chimenea. Se detuvo un momento en el umbral, esperando a que sus ojos se acostumbraran a la pálida luz de la luna que se filtraba por la ventana abierta, para poder encontrar una vela. Y lentamente empezó a ser cada vez más consciente de que algo había cambiado.

No había nada en el suelo.

La ropa, las botas, el sombrero y la casaca que había dejado regados por la habitación no estaban. Y, colgada del respaldo de una silla, había una oscura sombra. En seguida reconoció la resplandeciente tela que parecía moverse a la luz de la luna. Sí, era el vestido que Margot había lucido aquella noche.

Margot le había quitado el aliento cuando se presentó en el salón en toda su gloria, con el tartán cruzado sobre su pecho. No había mujer tan bella en toda Escocia, y en aquel instante él había sido aguda y dolorosamente consciente de que era suya.

Podía haberla tratado mejor, con mayor delicadeza. Pero su aparición le había recordado la noche en la que dos jefes tribales Mackenzie se presentaron en Balhaire para entrevistarse con él. Arran había ordenado les fuera servida una suculenta cena, a la manera de la clásica hospitalidad escocesa. Y había informado a su, en aquel entonces, desdichada novia de la obligación que tenía de representar su papel de obediente esposa de un nuevo barón escocés.

Margot se había presentado con sus mejores galas. Había sido una hermosa visión, como la de una joya en medio de aquel paisaje áspero y agreste. Pero en seguida se había apresurado a expresar su hastío.

−¿Es de esto de lo único que habláis los escoceses? ¿De ovejas y viajes por el mar? –había preguntado, desdeñosa.

−Sí, milady, ya que tanto las ovejas como el mar dan de comer a nuestro pueblo –había contestado Brian Mackenzie.

Margot había puesto los ojos en blanco, para a continuación apoyar la cabeza en una mano y comportarse como si fuera una chiquilla enfurruñada en lugar de la mujer adulta y esposa de un jefe de clan que era, responsable por tanto de su bienestar.

Ella le había hecho avergonzarse y, por ese motivo, habían reñido después. Arran la había acusado de sabotear sus amistades y alianzas. Ella, por su parte, había alegado no comprender la importancia de los hombres que habían sido agasajados aquella noche, y lo había culpado a él de no haberla informado convenientemente.

Aquella noche había terminado como la mayoría de las de aquel tiempo; con cada uno evitando la compañía del otro.

En realidad, Arran había esperado de Margot aquella misma actitud esa noche. Era por eso por lo que la había provocado tanto, por lo que la había desafiado y esperado, incluso deseado, que se echara a llorar y saliera corriendo de vuelta a Inglaterra, liberándolo así de sus dudas. Pero Margot había mantenido un semblante sereno y se había esforzado todo lo posible por ser uno de ellos. Había bailado, por el amor de Dios, algo a lo que se había negado categóricamente durante los cuatro meses que habían vivido como marido y mujer.

Acarició en aquel instante su vestido, sintiendo la fina textura de la seda, con los hilos de oro y plata tan artísticamente entretejidos en la falda. Si su vestido estaba allí, ¿dónde estaba ella?

Entrecerró los ojos en la penumbra y descubrió un bulto humano bajo la manta, con tres perros a su lado. Aquello sí que fue una sorpresa.

Arran se agachó para descalzarse, y se quitó todo menos la camisa y el tartán. Caminó hasta la cama y, con las manos en las caderas, se quedó mirando a su mujer. Los perros alzaron sus cabezas y empezaron a golpear la manta con el rabo, alegres. Él les ordenó silencio con una seña y los sacó del dormitorio, para volver luego al lecho.

Yacía de lado. La gruesa trenza de su pelo se derramaba sobre su espalda como una soga. Tenía la cara hundida en una almohada y sus miembros, cubiertos por la sábana, parecían doblados en extraños ángulos. Se le antojó curioso encontrarla así: nunca había dormido una noche entera en su cama sin que él se lo ordenara.

Se despojó de la camisa y del tartán, y apartó la manta y la sábana para meterse en la cama junto a ella. Se pegó a su espalda, deslizando un brazo por su vientre. El tacto de la camisola de seda que llevaba era como agua bajo sus dedos, y su pelo despedía un fragante aroma, como si una hiedra florida se hubiera enroscado en su cama.

Su cuerpo menudo y flexible lo invitaba con su calor, y Arran se vio invadido, muy a su pesar, por un repentino anhelo. Un deseo de proteger. De guardar.

—¿Dónde estabas? —murmuró ella, soñolienta.

—Arreglando asuntos.

—¿Tienes una amante?

Arran suspiró, impaciente.

—No. He sido infalible, incómoda y quizá estúpidamente leal a los votos matrimoniales que hice ante Dios y ante ti.

Margot se volvió y lo miró con los ojos medio cerrados de sueño. Sonriendo, le acarició un rizo que le caía sobre la frente.

—¿De verdad?

—No te lo diría si no fuera verdad. No he estado con nadie desde que nos casamos. ¿Puedes tú decir lo mismo?

Ella le puso un dedo sobre los labios.

—Antes de que me respondas, te prevengo contra la falsedad —le dijo él mordisqueándole la punta del dedo antes de bajarle la mano—. Dermid ha estado rondando Norwood Park desde que tú te marchaste de aquí. ¿Lo sabías?

—Oh, desde luego que sí —reconoció ella con un suspiro—. Siempre había alguien observándome. Voy a ser completamente sincera, pero no te gustará mi respuesta.

Arran maldijo para sus adentros.

—Adelante, entonces. No juegues conmigo.

Ella lo miró a los ojos.

—Poco después de mi regreso a Norwood Park, permití que un caballero me besara.

Arran frunció el ceño. Y esperó. Seguro que tenía que haber más.

—¿Quién fue?

—¿Importa eso?

—Sí que importa —replicó él, sujetándole la mano para evitar que volviera a tocarlo—. ¿Quién?

—Sir William Dalton —respondió, y liberó la mano—. Dudo que lo conozcas.

Arran no lo conocía, pero memorizaría su nombre para matar a aquel canalla algún día.

—¿Por qué se lo permitiste? —exigió saber—. ¿Le amas?

—¿Amarlo? —soltó una risita—. ¡No! Ni por un momento —rodó para quedar tumbada boca abajo, incorporada sobre los codos.

Su aroma lo invadió. Olía a flores.

—Dios mío, no sé por qué lo hice —añadió en voz baja—. Había bebido un poco de oporto aquella noche y me sentía algo achispada. E irritada.

—¿Por qué?

—Bueno, tú tenías la culpa, mi querido esposo —contestó—. Estaba furiosa porque me habían forzado a un matrimonio para de repente no tener ninguna esperanza de hacer otro.

—Gracias —dijo él, y se tendió boca arriba. Alzó un brazo sobre los ojos, poco deseoso de mirarla.

Margot chasqueó la lengua.

—No te pongas melodramático, Mackenzie. Sabes muy bien lo que quiero decir.

—No sé lo que quieres decir, Margot. Nunca sé lo que quieres decir.

—¿De veras que estás sorprendido? Nuestro matrimonio fue concertado para ampliar las tierras de mi padre y tus riquezas, que no por otra cosa. Seguro que te darás cuenta de que no fue algo que yo habría elegido libremente, por voluntad propia.

—No veo por qué no —replicó malhumorado.

—¡Porque acababa de conocerte! Una mujer no puede

comprometerse para toda la vida con alguien a partir de un par de encuentros. Y nuestro matrimonio no pareció funcionar nada bien, ¿no te parece? Y allí estaba yo meses después, de vuelta en Norwood Park después de aquel desastre...

–No fue un desastre.

–... y sir Dalton se mostró bastante convincente en la estima que decía profesarme. Dejé que me besara en un momento de debilidad. Y luego... –se interrumpió.

Arran se apartó el brazo de los ojos y la miró.

–¿Y luego?

–Luego me di cuenta de lo que estaba haciendo. Y, sobre todo, de que no quería hacerlo. Me había dejado llevar por el momento, y, gracias a Dios, me recompuse, porque jamás me lo habría perdonado a mí misma.

Arran no sabía si creer en ella.

–Pero ¿por qué no seguiste con ello, entonces? –se burló–. Evidentemente, a mí no me tenías ninguna estima.

–Bueno, eso sencillamente no es verdad –repuso ella con tono paciente, antes de darle un ligero beso en el hombro–. Te tenía mucha estima. Si no seguí adelante con aquello fue por la misma razón por la que tú tampoco lo hiciste. Porque fui fiel a los votos matrimoniales que hice ante Dios.

–Ya, claro.

Por alguna razón, su irritación la hizo reír. Antes de que Arran pudiera replicar que no encontraba aquello ni remotamente divertido, ella se inclinó y le besó una tetilla, mordisqueándosela y provocando un incendio en su interior. Él rodó entonces hacia el otro lado de la cama, dándole la espalda.

Margot le besó tercamente entonces la piel de la espalda, entre los omóplatos.

—¿Tú nunca te sentiste tentado? —le preguntó.

—Sí, por supuesto que me sentí tentado —respondió, haciendo un débil intento por apartarla—. Soy un hombre. Pero estaba casado y no me dejé llevar por esas tentaciones.

—Entonces eres mucho más fuerte de carácter que yo.

Él gruñó al escuchar aquello.

—Te sorprenderá descubrir, sin duda, que la admisión de esa debilidad por tu parte no me consuela lo más mínimo. Solo me hace desconfiar aún más de ti.

Ella le dio un beso en la nuca.

—No te lo he dicho para consolarte, sino para ser completamente honesta contigo y ofrecerte mis más sinceras disculpas.

—Entonces será mejor que empecéis a ofrecérmelas ya, milady. La lista es bastante larga.

—Te las estoy ofreciendo ya, Arran —dijo, deslizando una mano por su pecho—. Te ofrezco mis disculpas por todo.

«Por todo». ¿Qué quería decir exactamente? La miró por encima del hombro. *Diah*, aquella mujer podía encenderle la sangre. Parecía tan sincera, pero al mismo tiempo tan traicionera... Y tan deseable. Su cerebro batallaba con su corazón. Y su corazón con su falo... ¿Qué estaba haciendo con ella? ¿Por qué no la había despachado ya de vuelta a su casa?

—Lo siento —dijo ella, mordisqueándole suavemente el brazo—. ¿Es que no puedes ver lo mucho que me he esforzado por demostrártelo? He bailado. He bebido cerveza. He acudido a ti. No es una pretensión, sino un sincero esfuerzo por complacerte.

—*Ach*, eso no me demuestra nada —replicó él con un gesto desdeñoso—. Podrías hacer lo mismo por un nuevo vestido.

—Entonces quizá esto sí pueda convencerte —dijo, y besó las costillas.

Arran dio un respingo. Le estaba haciendo cosquillas.

—No hagas eso.

Margot fue descendiendo por su torso acariciándole al mismo tiempo el brazo con la sedosa cortina de su pelo. Le besó entonces el abdomen, deteniéndose allí.

Arran no se resistiría. Era incapaz de hacerlo. Aquello le había recordado su noche de bodas, lo muy bella e inocente que se había mostrado Margot. Y lo muy ignorante de lo que solía ocurrir entre un hombre y una mujer. Era absolutamente imposible que hubiera llegado a la edad adulta sin ningún conocimiento carnal, pero al parecer ese había sido efectivamente el caso. No había disfrutado especialmente quitándole la virginidad, como les sucedía a algunos hombres, pero, cuando la tarea estuvo hecha, había gozado enseñándole lo que más le gustaba. Y lo que más le gustaba a él. Las numerosas maneras en las que podían gozar mutuamente.

Ella descendió aún más, para acariciar con la lengua la punta de su falo. ¿Le había enseñado aquello, también? ¿Cómo excitar a un hombre hasta la locura?

—Yo no soy una mujer —la advirtió—. No me doblegaré por un maldito beso. No confiaré en ti ahora más que a la luz del día.

—Desde luego que no eres una mujer —repuso ella, y se apoderó de su miembro con la boca.

Arran perdió entonces toda voluntad de discutir; cerró los ojos para sentir mejor la caricia de sus labios y de su lengua. Ya no era la inocente virgen de antaño. Bastaba un simple toque, un solo beso, para que se descubriera completamente incapaz de negarle algo. Él siempre había sido tierno y delicado con ella, muy consciente de su juventud y de su ingenuidad. Pero ahora era una mujer diferente. Más madura. Parecía avivar algo inefable en su interior que le hacía sentirse capaz de luchar contra osos, de atravesar océanos a nado.

Lo estaba empujando rápidamente a un abismo de olvido, y de repente Arran explotó. La atrapó en sus brazos y, de un rápido movimiento, la tumbó de espaldas y se instaló entre sus piernas, separándole las rodillas. Margot echó mano a los bordes de su camisola y se la alzó hasta la cintura, y él presionó la punta de su enorme erección contra ella, frotándose lenta y tentadoramente contra su cálido y húmedo sexo.

Margot lo aferró de las caderas para acercarlo más hacia sí, arqueando la espalda para que él pudiera sentir su cuerpo pulsando contra el suyo. Estaba disfrutando claramente. Era la compañera más dispuesta que un hombre podía aspirar a tener, nada temerosa de él ni de su cuerpo, ni de tomar placer de cualquier manera posible. Se había convertido en la clase de amante que soñaban los hombres con poseer en un momento como aquel.

Entró en su cuerpo, y Margot abrió los brazos con un suspiro de puro gozo. Arran cerró los ojos y se perdió en aquella exquisita sensación, deslizando una mano entre sus piernas para acariciarla mientras se movía cada vez con mayor urgencia. Ella respondió recorriendo su espalda con las manos y alzando las rodillas para cruzar los tobillos sobre su cintura. Respiraba pesadamente, tan perdida como él en las sensaciones físicas del coito. Su profundo deleite le hacía arder, impulsándolo a satisfacerla cada vez más.

Cuando la oyó jadear, Arran la aferró con mayor fuerza, alzó las caderas y la penetró aún más profundamente, una y otra vez, hasta que Margot chilló y empezó a convulsionarse. En seguida sobrevino su propia liberación, de tal intensidad que agitó todo su cuerpo.

Apoyó la frente sobre su hombro, y transcurrieron varios segundos antes de que pudiera encontrar las fuerzas para volver a levantar la cabeza. Cuando lo hizo, vio la sonrisa seductora y saciada de Margot.

—Oh, Arran, me has dado siempre tanto placer... —murmuró, y le besó los ojos, la sien.

Aquella mujer era aterradora. Podía robarle el aliento con una simple sonrisa. Podía hacerle olvidar su perfidia, perdonárselo todo con tal de poseerla.

—¿Más que sir Dalton?

—Infinitamente más —le aseguró ella.

Arran gruñó de satisfacción ante aquella respuesta. La besó de nuevo mientras se apartaba suavemente hasta quedar tendido de espaldas. Margot suspiró feliz y se arrebujó contra él con la cabeza sobre su pecho.

Él le acarició distraídamente el brazo.

—¿Me dirás la verdad ahora, Margot? ¿Por qué has vuelto?

Ella suspiró, con su cálido aliento acariciándole la piel.

—¿Otra vez con eso?

—Sí, otra vez, hasta que descubra lo que sea que estás escondiendo.

—¿Por qué no me crees?

—Porque me parece demasiado casual, tu súbita aparición como la de una huerfanita en medio de la noche.

—No ha sido casual, en realidad. Muy poco, si quieres saberlo, con tanto equipaje y después de un viaje largo y difícil. Y... ¿viste a mis compañeros?

—Sí. Pisaverdes ingleses, los dos.

Margot alzó la cabeza y le sonrió.

Diah, aquella sonrisa...

—¿No te pusiste siquiera un poquito contento de verme? —le preguntó ella mientras dibujaba las iniciales de su nombre sobre su pecho desnudo.

—No —mintió él—. Y, si no vas a decirme la verdad, será mejor que vuelvas a tus habitaciones. ¿Te pongo el vestido?

—No.

—¿Pretendes pasearte por Balhaire vestida solo con esto? —inquirió, deslizando un dedo bajo su camisola.

—Pretendo quedarme aquí, contigo. No voy a dormir separada de ti

—Eres...

—Antes siempre me querías contigo. Nunca te gustó que tuviéramos habitaciones separadas.

—Ahora es diferente —repuso él, algo aterrado ante la perspectiva de tenerla en su cama cada noche.

—Sí, porque ahora yo soy una mujer diferente. Quiero complacerte. Y, además, tú necesitas a alguien aquí. Esta cámara es un completo desastre.

—La hermana de la señora Abernathy está enferma. Y no confío en nadie más para que se ocupe de mis aposentos.

—¿Lo ves? Mayor razón para que me necesites —repuso ella, y le besó en los labios.

Sabía que estaba ganando aquella batalla. Bruscamente, la tomó de la mejilla.

—¿Es que no me has oído? No te necesito, Margot. Así que no intentes convencerme de lo contrario —le espetó fríamente.

—Lo que tú digas —murmuró ella con tono dulce, y retiró la mano de su rostro para volver a arrebujarse contra él, en el hueco de su hombro, tal y como antes había hecho, después de hacer el amor.

La sensación era enloquecedoramente agradable, como si llevara haciéndolo siglos. «Maldita sea», masculló Arran para sus adentros. Aquella mujer sabía muy bien lo que estaba haciendo: tocar sus fibras sensibles como si fueran las malditas cuerdas de una fídula, engatusándolo a la vez que desafiándolo a cada momento. En aquel momento muy bien habría podido atravesarlo con una espada. Lo había reducido a la impotencia.

¿Y todo para qué? ¿Para verlo colgado? No si él podía evitarlo.

Desafortunadamente, a juzgar por su evidente incapacidad para despacharla, no podía evitarlo. Estaba condenado.

Una suave palmada en el trasero despertó a Margot, que se incorporó con un gemido soñoliento para descubrir a Arran al pie de la cama, ya vestido para la jornada. El día apenas empezaba a despuntar, y hasta ellos llegaban ya voces procedentes del patio del castillo. Margot se presionó por un momento los ojos con los dedos antes de volver a abrirlos.

Arran le sonrió.

—¿Cómo puede una mujer irse a la cama tan bella, y despertarse a la mañana siguiente sin haber perdido un ápice de su hermosura? —le preguntó, estirando una mano para despeinarla—. Venga, es hora de levantarse —se puso la casaca—. Pasaré todo el día fuera, en Coigeach.

—¿Te marchas otra vez de Balhaire? —le preguntó, quejumbrosa.

—Volveré a la caída de la noche —dijo él, y se inclinó para darle un beso en la frente—. Compórtate, ¿quieres? No asustes a mi clan vagabundeando demasiado por ahí.

—Oh, creo que no hay peligro alguno de que los asuste —replicó ella con un bostezo—. Siempre estás confundiendo su desagrado con el miedo.

—Al contrario. Yo soy famoso por inspirar tanto miedo

como desagrado –le hizo un guiño y, después de arrojar su vestido sobre la cama, abandonó el dormitorio.

Margot se dejó caer sobre las almohadas y bostezó de nuevo. En aquel momento, no deseaba pensar en nada. Se conformaba perfectamente con quedarse en la cama con la fresca brisa matutina entrando por la ventana. Había disfrutado de una deliciosa y reparadora noche de sueño con su marido. Le había encantado sentir su calor en la espalda. Y aquella sensación de sentirse completamente segura con su brazo anclado firmemente en torno a su cintura.

Rodó a un lado para hundir el rostro en la almohada de Arran, aspirando su aroma. Dios, qué cabeza de chorlito había sido antes... Había algo maravillosamente íntimo en la experiencia de dormir con él. Nunca había sido consciente de lo bien que podían encajar dos cuerpos. No pudo evitar preguntarse en qué otras cosas, que aún no sabía, habría estado desesperadamente equivocada.

Sus razones para seguir allí se estaban volviendo cada vez más confusas. Quería saber si había arruinado cualquier posibilidad de retomar su matrimonio con él, eso era seguro. Pero también quería saber qué era lo que pretendía Arran. ¿Estaría acaso profundizando su intimidad con un traidor?

Miró a su alrededor. Suponía que en aquel momento disponía de la oportunidad perfecta para curiosear en sus aposentos, pero no tenía estómago para ello. La noche anterior, cuando entró en su dormitorio, había hecho un poco entusiasta intento por hallar alguna pista de sus intenciones mirando debajo de la cama y registrando su cómoda de cajones.

No le gustó la sensación. Se había sentido mal, deshonesta. Sobre todo cuando no había estado segura de lo que debería estar buscando exactamente. Y sobre todo cuando su intención había sido esperarlo en la cama.

Quizá dedicaría la mañana a montar a caballo. No era una buena amazona, pero se las arreglaría. Algo tenía que hacer, con Pepper y Worthing vigilándola durante todo el día. Les diría que iba a visitar a alguien, ya se le ocurriría quién, y luego se escabulliría del castillo: quizás se acercara a la caleta para echar un vistazo. Sería un alivio abandonar las murallas. Necesitaba tiempo para pensar y recomponerse, tiempo para estar sola.

Alzó un brazo para tirar de la campanilla que pendía sobre la cama y llamar a Nell.

Cerca de una hora después, salió de los aposentos de Arran vestida para montar. Bajó al gran salón, donde sabía que encontraría un aparador con la comida del desayuno. Dado que el *laird* vivía con su extensa familia, prácticamente era necesario tener preparado un festín todas las mañanas. Aquellos copiosos desayunos la habían irritado antes, sobre todo cuando Arran le había recordado que ella tenía que estar presente. Margot nunca había sido muy aficionada a los desayunos tempraneros. Había pensado que esa clase de desayunos podían ser muy convenientes para la mayoría de los Mackenzie, que tenían muchas cosas de las que ocuparse a lo largo del día, pero no para la señora de una casa.

Qué estupidez.

El salón estaba todavía lleno de gente, en su mayoría mujeres y niños. Algunos la miraron como si esperaran que fuera a cometer una fechoría en cualquier momento, pero ese número estaba menguando.

El aparador estaba lleno de comida, y procedió a hacer su selección

—*Madainn mhath*, milady.

Giró la cabeza para descubrir a Lennon Mackenzie, el herrero de Balhaire.

—Buenos días.

—Un baile estupendo el de ayer, ¿verdad? —le comentó, socarrón. Sus compañeros se sonrieron, burlones.

Margot también sonrió, y se volvió del todo hacia él, sorprendiéndolo a juzgar por su ligero tambaleo.

—Le suplico me perdone, señor Mackenzie. ¿Le di alguna patada anoche? ¡Mis disculpas! Todavía no he aprendido la fina técnica de la danza escocesa, pero estoy seriamente decidida a hacerlo.

El hombre miró vacilante a sus compañeros.

—El secreto está en los pies. Las pequeñas patadas. Dominad eso y ya habréis aprendido todo.

—¿Me enseñará usted? —le preguntó, y se metió una fresa en la boca, con la mirada clavada en él. Se divirtió viendo la cantidad de emociones que desfilaron por su rostro. Lennon Mackenzie y sus compañeros se habían quedado de piedra. Con ojos desorbitados, esperaban su respuesta.

—Sí, milady —respondió el herrero—. Yo os enseñaré.

—Es una promesa —le dijo ella, dándole una palmadita en el hombro—. Gracias —y, girándose de nuevo, continuó con su selección de comida.

Estaba vacilando ante una fuente de quesos cuando sintió que se le acercaba alguien. Medio esperó que fuera Lennon Mackenzie, para suplicarle que lo liberara de su promesa. Pero era el señor Pepper quien se hallaba a su lado, llevándose un pañuelo de encaje a la nariz, como ofendido por el olor del desayuno.

—Buenos días, lady Mackenzie —dijo, inclinando la cabeza.

—Señor Pepper —lo saludó, y volvió a concentrar su atención en el desayuno—. ¿Habéis venido vos también a burlaros de mi manera de bailar?

—No considero que lo que hacen aquí sea bailar —comentó con tono altivo—. He oído que el *laird* ha abandonado Balhaire.

Así que al señor Pepper no se le escapaba nada.
—Así es.
—¿A dónde ha ido?
—No me lo dijo —respondió ella, antes de empezar a servirse quesos de la bandeja.

El señor Pepper la observó detenidamente,
—Estáis vestida para montar.

Una observación bastante ridícula, por lo evidente, pensó Margot.
—Sí.
—¿Por qué zona pensáis cabalgar?

Se interrumpió para mirarlo.
—¿Por qué?
—Porque si estoy aquí es para cuidar de vos —contestó, impaciente—. No me gustaría veros montar sola, sin siquiera un perro de guarda adecuado que os acompañe. Nada que ver con los que hay aquí —y miró deliberadamente hacia su izquierda,

Margot siguió la dirección de su mirada. Un sabueso de hocico blanco se estiraba a su lado, cerca de la chimenea.

—El *laird* está muy encariñado con sus perros —repuso fríamente. Pensó que, si al señor Pepper no le gustaban, quizá debería buscarse otro alojamiento. Se acordó de repente de un perrillo de Balhaire que había resultado gravemente herido por un cepo trampa colocado por un furtivo. Cuando el guardabosques determinó que el animal no podía ser salvado, peor aún, que sufriría terriblemente en sus últimas horas, ella había visto cómo Arran lo recogía en sus brazos para llevárselo con lágrimas en los ojos.

Se había llevado al perro a los bosques para acabar misericordiosamente con su dolor.

El conmovedor recuerdo de lo mucho que había sufrido por aquel perro la hizo estremecerse.

—He oído que el *laird* ha partido en compañía de varios hombres. De los clanes de las Tierras Altas.

Lo miró con expresión curiosa. El señor Pepper tenía un puñado de fresas en la mano y se las estaba comiendo con perfecta naturalidad.

—¿De veras?

—¿No lo sabéis? —inquirió el señor Pepper con tono irritable—. Bueno, de todas formas, para vuestro paseo, deberíais haceros acompañar al menos por un mozo de cuadra. Ninguna precaución es poca y…

—Estoy en mi casa aquí, señor Pepper. No necesito ni perro de guarda ni mozo de cuadra que me acompañe. Pretendo visitar a un amigo que puede que tenga algo que decirme —arqueó una ceja—. Pero que no me contará nada si me presento acompañada.

El inglés se llevó otra fresa a la boca, mirándola con astuta expresión.

—De todas maneras, agradezco vuestra preocupación por mi seguridad —dijo Margot y se volvió de nuevo hacia el aparador, dando por terminada la conversación.

El señor Pepper no insistió más, pero Margot advirtió que, nada más alejarse, Worthing apareció para susurrarle algo al oído. ¿Cuánto tiempo más pretenderían quedarse aquellos dos en Balhaire? En aquel momento no estaban sirviendo a ningún otro propósito que el de ponerla nerviosa. Margot se habría sentido mucho más cómoda en su odiosa tarea si no hubiera tenido la sensación de estar siendo constantemente espiada.

Cuando terminó su desayuno y se aseguró de que ni el señor Pepper ni el señor Worthing volverían a abordarla, Margot se calzó guantes y sombrero y salió al patio del castillo en busca de Sweeney. No tuvo problemas en localizarlo.

—Un caballo, por favor, Sweeney —le pidió nada más

saludarlo–. Preferiblemente uno algo más pequeño que el que me ensillaste esta semana. Uno que pueda montar sin miedo a que me descabalgue. Ah, y también una silla apropiada, por favor.

–Apropiada –repitió Sweeney, aparentemente algo más tranquilo que la última vez.

–Sí. Apropiada para una dama.

El hombre entrecerró los ojos.

–Revisaré lo que tenemos, entonces –dijo, y desapareció en las cuadras. Cuando al fin volvió a salir, llevaba un poni negro de las riendas. El caballo tenía una larga y enmarañada crin que le cubría los ojos. Era ancho, pero mucho más bajo que el caballo que había montado dos días atrás.

–Oh, es encantador –comentó Margot acariciando el hocico del poni.

–Tiene muy buen carácter y patas fuertes. Y es bueno con los jinetes poco experimentados.

–Ya, bueno. Supongo entonces que me conviene perfectamente –suspiró.

Sweeney juntó las manos y la ayudó a montar en una silla de amazona tan vieja que se resquebrajó levemente bajo su peso. Margot tardó unos segundos en encontrar el equilibrio, pero, cuando se sintió lo más segura posible, le dijo:

–Si alguien pregunta por mí, he ido a visitar a un amigo.

–¿Un amigo? –preguntó Sweeney, dudando.

Margot lo miró a los ojos.

–Está bien –no insistió más.

Después de que ella hiciera varios intentos en vano por poner en marcha al animal, Sweeney lo consiguió con un fuerte azote en la grupa. Finalmente, Margot abandonó el castillo, con el poni trotando ligero y seguro.

Cabalgó por un ancho y llano sendero que atravesaba los brezales, volviéndose cada vez más empinado, para internarse finalmente en el bosque. El suelo estaba lleno de primaveras y campanillas, y el aire olía a madreselva. No se oía nada, aparte del trino de los pájaros y del lejano rumor del mar. Margot agradeció enormemente aquella soledad, algo que había echado mucho en falta durante los tres últimos años. Siempre había habido alguien observándola. Su padre, sus hermanos. El hombre que Arran había enviado desde Escocia.

El poni parecía saber exactamente a dónde quería ir mientras trotaba lentamente por el sendero. Cuando llegó a la playa, Margot vio un barco anclado a lo lejos. Desde donde estaba podía distinguir figuras de hombres moviéndose a lo largo de la cubierta, y advirtió también que alguien había dejado un bote de remos en la costa.

Un mes atrás, Margot no habría pensado nada de aquel barco. No le habría interesado particularmente que acabara de arribar o que estuviera preparado para zarpar. Pero, en aquel momento, no pudo por menos que preguntarse si aquel bajel no sería la clave de la culpabilidad de su marido, o de su inocencia.

Seguía contemplando el barco cuando un movimiento llamó su atención y se giró para descubrir a un hombre saliendo del bosque. El desconocido se detuvo nada más verla. Frotándose las manos en sus pantalones sucios, miró el bajel y luego a ella.

Margot sintió un nudo de aprensión en el estómago.

–Ah, buenas tardes –saludó, vacilante.

El hombre no dijo nada. Se la quedó mirando con desconfianza.

Margot pensó que quizá debería haberle pedido al señor Pepper que la acompañara, o quizá haber tomado un perro de guarda.

—Soy lady Mackenzie.

—Sí, ya sé quién sois, señora.

Bueno, al menos ese hombre sabría qué consecuencias acarrearía asesinarla. O Margot esperaba, más bien, que esas consecuencias se le pasaran por la cabeza. Francamente, no tenía mucha confianza al respecto.

—¿Qué... qué está usted haciendo aquí, en los bosques? —le preguntó ella. Cuando todo fallaba, lo mejor era adoptar un aire de autoridad y esperar lo mejor.

El hombre se volvió para mirar por encima de su hombro. A la sombra de los árboles había varios cajones apilados, y Margot supuso inmediatamente que contendrían armas. Si su marido estaba planeando una rebelión, necesitaría armamento. ¿Y las armas no llegaban generalmente en cajones como aquellos?

—Nada, milady —respondió—. Hemos traído clavos y vajillas de porcelana fina. Tenemos que descargarla del barco.

—Pero... ¿de dónde vienen?

—Del continente, milady —respondió él, retorciendo nervioso su gorra entre los dedos.

El continente. Margot se puso enferma. ¡Armas de Francia! Primero armas, luego hombres. ¿No resultaba lógico?

—¿Ha venido con más gente? ¿Soldados, oficiales?

El hombre parecía confuso y miró hacia el barco.

—No.

El bajel había botado otra barca de remos, en la que Margot distinguió a dos hombres con varios cajones entre ellos. Empezaron a remar lentamente hacia la costa. Margot se recordó que no tenía mucho tiempo.

—¿A las órdenes de quién está ese barco? —exigió saber, como si eso pudiera iluminarla de alguna manera.

—Del capitán Mackenzie, milady.

Eso no le sirvió de mucha ayuda: debía de haber allí decenas de capitanes con ese nombre.

—Sí, del capitán Mackenzie —repitió el hombre antes de aproximarse hacia ella. Margot sintió que el corazón se le subía a la garganta.

—El *laird* llegará en cualquier momento —dijo, e incluso lanzó una rápida mirada por encima de su hombro con la alocada esperanza de que su marido apareciera de repente allí, como por milagro.

—¿El *laird*? —inquirió el hombre—. Pero si se ha marchado a Coigeach —y se acercó todavía más.

Margot entró entonces en pánico. Se imaginó a aquel hombre arrojando su gorra al suelo para abalanzarse rápidamente sobre ella. Ella caería como un saco de su montura, ya que nunca haría sido capaz de mantener el equilibrio en una silla tan ridícula. Pensó por un instante que Arran había tenido razón cuando en cierta ocasión le dijo que debía ponerse unas calzas de piel de ciervo y aprender a montar a horcajadas. Si vivía para contarlo, haría precisamente eso.

Mientras se acercaba, el hombre introdujo una mano en un bolsillo.

—Dios mío —murmuró ella. Esperando que fuera a sacar un cuchillo, intentó volver grupas, pero el poni no respondió. Tiró luego con fuerza de las riendas, hacia la derecha, y la montura empezó a volverse.

—¡Milady! —exclamó el hombre, caminando más rápido—. Tengo algo para vos. Un regalo —había llegado a la altura de la cabeza del poni y lo agarró de la brida, reteniéndolo.

—Suelte —ordenó Margot con voz temblorosa de miedo.

El hombre sacó la mano del bolsillo y le entregó algo. En la palma tenía una pequeña y delicada figura femenina, ataviada con un vestido de corte. Tenía una pierna extendida hacia delante mientras se levantaba ligeramente las faldas, como haciendo una reverencia. Pero tenía un brazo roto a la altura del hombro.

No era un cuchillo, sino una figurita de porcelana. Intentó comprender lo que era, lo que significaba.

—Uno de los cajones se nos cayó. Pero la porcelana iba bien protegida con paja, de manera que solo perdimos unas pocas piezas. Algunas se rompieron, y el capitán nos ordenó que las tiráramos por la borda. Yo salvé esta: me gustó. Pensé que podía ser un bonito regalo, ¿no os parece? —mantenía extendida la mano hacia Margot—. Tiene el brazo roto, pero sigue siendo muy bonita. Un regalo para la señora del *laird*, si lo queréis.

—¿Quiere regalármela? —le preguntó Margot, vacilando.

—Sí, milady. Por favor.

Margot dudó. Pero finalmente aceptó de buen grado la cerámica de porcelana.

—Gracias.

—No la he robado, os lo aseguro. Yo no soy un ladrón.

—No, no... yo nunca pensaría algo así —por supuesto que lo había pensado, y él lo sabía.

—Simplemente me lo metí en el bolsillo para dárselo al *laird*. Pero luego oímos que su esposa había vuelto arras... —palideció ante lo que acababa de decir y bajó la mirada, pasándose una mano por la cabeza—. Que habíais vuelto, eso es lo que quería decir —se apresuró a corregirse—. Y pensé que sería un regalo adecuado para vos. Un regalo de bienvenida por vuestro retorno a Balhaire.

Margot se ruborizó e inclinó la cabeza para examinar la figurita.

—Bueno, al menos he vuelto arrastrándome por un hermoso regalo, ¿no? —al ver la cara de consternación del hombre, no pudo por menos que reírse—. Gracias, señor.

No se imagina lo mucho que agradezco este presente —o lo mucho que le estaba agradecida por no haber pretendido hacerle daño, sino agasajarla.

El hombre asintió y retrocedió un paso.

—No todos están tan contentos de veros. Sería un mentiroso si dijera lo contrario. Pero un hombre necesita a su esposa, ¿verdad? Yo mismo no fui consciente de lo mucho que necesitaba a mi mujer hasta que la perdí.

—¿Murió?

—Por la peste negra.

—Oh, Dios... Yo... Mis condolencias, señor —no sabía qué otra cosa decir. No podía ni imaginarse lo horrible que sería eso. Arran y ella tenían sus diferencias, pero solo pensar en aquella posibilidad... Tragó saliva—. Gracias de nuevo —se guardó la figurita en un bolsillo.

Esa vez se las arregló para volver grupas sin problemas. Mientras subía la colina para cabalgar por la cumbre del acantilado, en paralelo a la costa, pensó sobre lo que el hombre le había dicho. Nunca se había detenido a pensar si Arran la necesitaba o no... solo había pensado en lo mucho que ella lo había necesitado a él.

¿La necesitaba Arran? ¿Cómo podía ella ser útil a un hombre como él al margen de la dote que le había dado? En aquel momento era más una carga que una ayuda.

Contempló el mar. Desde allí, podía distinguir el barco más claramente. Era un bajel pequeño y rápido. No era una experta en veleros, pero sabía que los barcos que transportaban tropas solían ser mucho mayores. Aquello era absurdo. Ella nunca encontraría evidencia alguna de la traición de Arran vagando por ahí, a la busca de pistas. Era absurdo.

Alejó su montura del mar y enfiló hacia el valle. Su progreso era lento y no sabía cómo convencer al poni de que hiciera algo más que ir al paso. Tampoco le importaba mucho... ya que estaba encantada con el paisaje. Se había olvidado de que las verdes Tierras Altas se volvían doradas bajo una cierta luz, y violetas bajo otra. El aire olía a turba y a hojas húmedas.

Inmediatamente escuchó voces y, al abandonar el bosque, vio a varios granjeros cortando heno. Reflexionó por un momento sobre la existencia que llevaban, tan sencilla como significativa. Aquella gente trabajaba para vivir y para criar a sus hijos. No se preocupaban de cosas vanas como su posición social o sus contactos.

Resultaba fácil ver que Balhaire era un territorio próspero. Carecía de sentido que Arran fuera a arriesgarlo todo para poner a Jacobo Estuardo en el trono. ¿Qué tendría él que ganar con ello? ¡Nada! Al contrario, lo tenía todo que perder.

Un repentino pensamiento asaltó su mente. Ella no necesitaba encontrar pruebas sobre su supuesta implicación en la traición. Lo que necesitaba era encontrar pruebas de lo contrario.

¿Y cómo se hacía eso?

De la misma manera, suponía, en que se encontraban las pruebas de una traición.

Cuando volvió a Balhaire, se sentía más confusa que nunca. Tan ensimismada estaba que, cuando entregó las riendas del poni a un mozo de cuadra y entró en el castillo, no le importó lo más mínimo que la miraran o no. No tenía la menor idea de lo que iba a hacer a partir de aquel momento. Subió hasta los aposentos contiguos a los de Arran y abrió la puerta... con lo que dio un susto de muerte a Nell.

—¡Aquí estáis, milady! —exclamó Nell—. Creía ya que no volveríais nunca. ¡Qué día he tenido! Ese hombre ha vuelto, y me ha dicho que no puedo entrar en los aposentos del *laird* sin invitación. Yo le he contestado que, si mi señora está compartiendo estas habitaciones, tendré que entrar cuando me lo ordene, ¿no? Y luego él me ha replicado que…

–Nell –dijo Margot, alzando una mano–. Me gustaría descansar un poco antes de la cena.

–Perdón, milady. ¿Os encontráis mal? –inquirió la doncella.

–Un ligero dolor de cabeza. Ha sido un día largo.

–¿Queréis que os traiga…?

–No, nada. Ya te llamaré si te necesito –abandonó la habitación, cerró la puerta y se retiró al dormitorio del amo. Cerró también la puerta sigilosamente a su espalda y se quedó de pie en el centro de la habitación, con las manos en las caderas.

Había tenido intención de tumbarse un poco, pero su mirada viajó hasta la cómoda de cajones. Si Arran tenía algún secreto que esconder, muy bien podía guardarlo allí. Se acercó vacilante al mueble y, con el pulgar y el índice, levantó el asa y tiró de ella para abrir el primer cajón. Contenía camisas. Esbozó una mueca mientras hundía una mano debajo, palpando a ciegas, esperando encontrar algo. Y, ciertamente, sus dedos se cerraron sobre un objeto de metal; rápidamente lo sacó para mirarlo.

Era un anillo de sello.

Abrió el siguiente cajón y encontró más piezas de ropa. Un tercero contenía dos cuchillos de caza y un reloj de bolsillo. Lo cerró y se arrodilló luego para abrir las dos puertas de la parte inferior del mueble. Tiró de una y no se abrió. Pensando que estaba atascada, dio un tirón más fuerte. Cuando lo consiguió, dentro no encontró nada que no fuera más ropa.

Se incorporó y miró hacia su vestidor. Su despacho, ¡por supuesto! Se había olvidado de aquella pequeña habitación circular, al otro lado de su vestidor.

Miró por encima de su hombro y entró en el dormitorio, tenuemente iluminado. Después de lanzar una precavida mirada a su espalda, entró en aquel espacio en penumbra. Fue consciente de los objetos personales de Arran, impregnados todos ellos de su olor. Sus botas gastadas en el suelo. Tartanes, casacas, pantalones de piel de ciervo y camisas de lino colgadas de percheros en un armario abierto.

Se dirigió al pequeño despacho contiguo al vestidor y, con tanta lentitud como cuidado, accionó el picaporte. Conteniendo el aliento, abrió levemente la puerta y se asomó. Casi esperó ver sentado allí a Arran, con la cabeza inclinada sobre un libro de contabilidad y su pluma de ganso deslizándose por las columnas de cifras. Pero el cuarto estaba vacío y la chimenea tan fría que solamente persistía un acre olor del humo. La única luz procedía del par de ventanas que daban a las colinas.

Entró y dejó la puerta abierta para poder oír si alguien entraba en los aposentos del amo. Francamente, habría sido un milagro si hubiera podido oír algo, ya que el acelerado latido de su propio corazón la ensordecía.

Unas voces en el corredor hicieron que el pulso se le detuviera por un momento, y volvió a mirar por encima del hombro, perfectamente inmóvil, esforzándose por escuchar. Pero las voces se fueron alejando: criados, a juzgar por su sonido. Alzó la mirada al reloj de la repisa de la chimenea: las cinco y cuarto. Nell no tardaría en volver a sus aposentos para ayudarla a vestirse para la cena. Y Dios sabía qué criado de Balhaire podría entrar para preparar la habitación para el regreso del amo.

Si quería seguir buscando, disponía de muy poco tiempo. Se dirigió apresurada a su escritorio y abrió rápidamente dos cajones. Nada. Solo había unos pocos artículos: el gran tomo de contabilidad y alguna correspondencia recibida de sus hombres del clan. Estaba ya muy nerviosa y se disponía a abandonar la habitación cuando descubrió un pequeño armario apartado de la mesa, contra la pared. Se arrodilló ante el mueble e intentó abrir la puerta. Estaba cerrada con llave, y su corazón empezó a retumbar frenético.

Incorporándose, miró a su alrededor en busca de algo de lo que servirse para forzar la puerta, pero al no ver nada inmediatamente, se acordó de los cuchillos del dormitorio. Maldiciendo por lo bajo, atravesó la habitación a la carrera hacia su cómoda de cajones, sacó un cuchillo y volvió con el mismo apresuramiento. Introdujo la punta del cuchillo en la cerradura e intentó abrirla, sosteniéndolo con ambas manos a la vez que sujetaba el pequeño armario con una rodilla.

Pensó que ya lo estaba consiguiendo cuando de repente escuchó un alboroto en el corredor.

—¡Agua para el baño, Fergus! Tengo polvo del camino en la garganta y en las orejas.

Margot gimió por lo bajo al reconocer la voz de Arran. No había esperado que regresara tan pronto.

—¡Vamos! ¡Rápido! —volvió a escuchar su voz distante.

Se quedó mirando horrorizada el cuchillo que tenía en la mano. Levantándose como impulsada por un resorte, miró a su alrededor.

Pero no había ningún lugar donde esconderse.

Capítulo 12

Arran abrió la puerta de su cámara y apenas tuvo tiempo de registrar la presencia de Margot antes de que se la encontrara en sus brazos. La fuerza con que se había abalanzado hacia él le hizo retroceder un paso.

—¿Qué diantre...? —exclamó, sujetándola.

—¡Estoy tan contenta de que hayas vuelto...!

—¿Pensabas que te había abandonado? —esbozó una sonrisa irónica mientras se desasía de ella.

Margot le acunó entonces el rostro entre sus manos y lo besó con fiereza.

La sangre empezó a hervirle en las venas, pero los sucesos del día se impusieron a su conciencia. Liberándose, se apartó de ella.

—¿A qué se debe tan entusiasta bienvenida? —preguntó. ¿Y qué estaba haciendo allí, merodeando por sus aposentos a esa hora del día? Debería estar en su salón o en su dormitorio. Sospechó de inmediato de ella, más aún después de lo que había oído en Coigeach, y entró en la habitación hasta el fondo, mirando a su alrededor.

—Te he echado de menos —le dijo Margot, ansiosa—. ¿Qué tal tu viaje?

—Tedioso —era lo más civilizado que podía decirle después de todo lo que había sufrido aquel día. En una reunión con otros tres jefes de clan, todos ellos conocidos jacobitas, había sido acusado de connivencia con los ingleses.

Aquello había sido tan absurdo como ofensivo. Llevaba más de tres años casado con Margot. Como se encargó de señalarles, de haber existido una conspiración con los ingleses, con la consiguiente traición a sus compañeros de las Tierras Altas, ¿no habría sido mejor empezarla cuando todavía había estado en buenos tratos con ella? En lugar de ello, había pasado varios años separado de su mujer y trabajando por la prosperidad de Balhaire para así poder mantener a los numerosos miembros de su clan.

—Demasiado ocupado he estado como para pensar en la reclamación de un hombre al trono.

—Ya —había dicho Buchanan. Era una montaña de hombre de barba amarilla que le daba un aspecto feroz—. Pero supongo que un hombre que comercia abiertamente con Francia podría embolsarse aún más dinero conspirando con el inglés.

—¿Y traicionar a su clan y a su país? —había replicado Arran, tenso—. Yo no soy un hombre avaricioso. Me gano la vida trabajando...y no necesito traicionar a mi gente para llenar mis arcas.

—Y sin embargo no puedes negar lo desconcertante que ha sido para todos la reaparición de lady Mackenzie —le había espetado MacLeary, astuto—. Y justo cuando habíamos empezado a escuchar rumores sobre ello en Inglaterra.

—Lo que hay entre mi esposa y yo no es asunto de vuestra incumbencia —había sido la tensa respuesta de Arran—. Ella ha vuelto a Balhaire con el único deseo de retomar el matrimonio del cual desertó.

Los tres hombres habían acogido aquellas palabras con un resoplido escéptico. Se hicieron varios comentarios sobre el verdadero lugar de una mujer. A Arran le había ardido la sangre, pero se había controlado. Era un hombre tradicional por lo que se refería a las expectativas de un matrimonio, sí, pero nunca había considerado a una mujer una propiedad personal. Y que Margot no hubiera satisfecho esas expectativas era algo que había estado y seguía estando fuera de su alcance.

—Tienes que entender nuestra preocupación, Mackenzie —había dicho Rory Gordon—. Dunn nos avisó de que se estaba hablando de una posible incautación de nuestras propiedades por conspirar con el Estuardo.

—La Corona no tiene fundamento legal para hacer eso —había comentado Arran.

Buchanan se había reído por lo bajo.

—¿Desde cuándo les han preocupado a los ingleses las legalidades por lo que se refiere al suelo escocés? Yo siempre te he tenido por un hombre honesto, Mackenzie. Al margen de lo peculiar del hecho de que tu bella esposa inglesa haya regresado al lecho matrimonial justo cuando todos estamos buscando al espía inglés.

—Os lo diré una vez más: ella no tiene nada que ver con todo esto —había sentenciado Arran, con su genio a punto de estallar—. Podéis decir lo que queráis de mí, pero desafiaré a duelo al próximo que pronuncie una palabra ofensiva contra mi esposa.

—Acaso esa palabra ofensiva no debería ser pronunciada contra la dama, sino contra su marido —había murmurado Gordon.

Arran se había levantado entonces, preparado para una buena pelea.

—Di esa palabra ahora y resolvamos esto de una vez.

Pero Gordon se había limitado a encogerse de hombros, sin levantarse de su asiento. Los hombres allí reunidos habían permanecido en silencio. Pero todos lo habían mirado con sospecha y simplemente habían asentido con la cabeza, a modo de despedida, cuando él se marchó. Había regresado a Balhaire a toda prisa, evitando el camino real de Kishorn. Nada más llegar se había reunido con su prima Griselda para hablar con ella de lo sucedido.

Griselda, sabia a la manera de los escoceses, había fruncido el ceño cuando Arran le refirió el retorno de Margot y la tardía llegada de MacLeary a Balhaire la noche anterior.

—Sí que es problemática esa mujer...

Arran no podía discutir las sospechas de Griselda, como tampoco negar las suyas propias.

—En cualquier caso, ¿harás lo que te pido, Zelda?

—Por supuesto —había respondido ella, y Arran había dado por terminada la reunión.

Durante todo el trayecto de vuelta, no había dejado de pensar en lo que iba a hacer con Margot. Y de repente allí estaba, delante de él, tan bella como siempre.

Se despojó de la casaca, que dejó sobre una silla. Margot, que se hallaba justo detrás de él, la recogió y le sacudió el polvo. Él la miró curioso.

—No quiero que esta habitación esté tan desordenada —explicó ella con una repentina sonrisa, como disculpándose—. Hoy cabalgué hasta la caleta —le explicó con tono ligero mientras doblaba cuidadosamente la casaca.

Arran volvió a mirar subrepticiamente a su alrededor. ¿Qué diablos estaría ocultando?

—¿Para qué? —preguntó con la mayor naturalidad posible.

—Para tomar el aire —se apoyó en la cómoda de cajones, apretando la casaca doblada contra su pecho.

Arran se la quedó mirando fijamente. Margot le sonrió con dulzura.

Él miró deliberadamente la casaca.

—La señora Abernathy querrá limpiar a fondo esta prenda.

—Bueno, entonces yo la guardaré hasta que venga.

—Muy bien.

Fue a abrir uno de los cajones de la cómoda para que la guardara allí, pero, cuando ya estaba estirando una mano hacia el tirador, Margot le sugirió otra cosa:

—Bueno, en realidad debería colgarla, ¿no te parece? Para airearla —de pronto desdobló la casaca.

«Curioso», pensó Arran, ya que acababa de doblarla.

Vio que arrugaba la nariz ante su mirada de sorpresa, al tiempo que comentaba:

—Huele a polvo —se giró y entró en su vestidor. Arran la oyó colgar la casaca en el armario. Cuando volvió a la habitación, llevaba las manos a la espalda.

Arran seguía donde estaba, estudiándola.

—Tú nunca habías estado interesada en salir a montar ni en ordenar mis cosas, ¿verdad? ¿Qué otras cosas te han entrado un súbito deseo de hacer?

Ella parpadeó asombrada.

—¿Qué quieres decir?

—Exactamente lo que te he preguntado.

Un rubor rosado estaba empezando a extenderse lentamente por sus mejillas.

—Nada.

Diah, era una pésima mentirosa.

—Nada —repitió, ya más dubitativa, mientras él entraba en el vestidor.

Descolgó una casaca limpia y volvió al dormitorio. Su esposa estaba nuevamente apoyada en la cómoda, mirándose las uñas.

—Tus amigos aún siguen aquí —comentó él.

Margot alzó entonces la mirada, con expresión casi esperanzada.

—¿Mis amigos?

—Los dos petimetres que te trajeron aquí. ¿Durante cuánto tiempo serán nuestros huéspedes? ¿O acaso te están esperando?

La esperanza se evaporó de su rostro.

—¿A mí? —sacudió la cabeza—. Francamente, no sé por qué se han quedado. No necesito para nada una escolta ahora que he llegado sana y salva a Balhaire. Mi padre es demasiado cauteloso.

Una de las comisuras de los labios de Arran se alzó en una sonrisa irónica.

—¿De veras? Yo nunca lo tuve por un hombre cauteloso. De hecho, me pareció muy imprudente por su parte que hiciera tratos con los escoceses... y Dios sabe con quién más —le lanzó una punzante mirada—. ¿No piensas como yo?

Ella se encogió de hombros.

—No lo sé. Mi padre no tiene por costumbre informarme sobre los tratos que hace. Es más bien al contrario. A no ser, por supuesto, que pretenda casarme con alguien —arqueó una ceja.

—Entonces... ¿no sabes nada en absoluto que quieras decirme? —le preguntó él mientras se sentaba en el borde de la cama para quitarse las botas.

Margot se acercó de repente para arrodillarse frente a él.

—Yo no sé qué negocios se trae mi padre, si eso es lo que me estás preguntando —le alzó un pie.

—¿Qué pasa? —inquirió cuando ella estaba tirando ya de su bota, para quitársela—. ¿Ahora me estás quitando las botas?

—¿Crees que he cambiado?

—No —respondió él, rotundo—. Lo que creo es que algún *kelpie* me ha robado a mi esposa y que ahora se ha presentado ante mí en su forma humana.

Margot sonrió.

—No sé lo que es un *kelpie* —dijo ella, y le sacó la segunda bota con mayor brusquedad que la primera—. Pero soy sincera —dejó sus botas a un lado.

—Umm... Bueno, entonces, *leannan*, ahora que has cumplido con tus deberes de esposa, ya puedes retirarte a tu dormitorio. Esta noche pretendo tomar un baño y cenar en mis habitaciones.

—Entonces me reuniré contigo...

—Preferiría que no —la interrumpió él—. Estoy terriblemente cansado del viaje.

Margot frunció ligeramente el ceño.

—Pero yo pensaba...

—No, Margot. Estoy cansado, ¿entiendes? Esta noche no estoy para parloteos ni para preguntas. *Diah*, ya he tenido bastante de todo eso hoy.

—¡Parloteos! —exclamó ella—. Entiendo —se levantó con elegancia para caminar hacia la puerta.

Arran pensó que se marcharía resoplando de disgusto una vez que le había dejado clara su voluntad, pero, en lugar de ello, vio que tiraba del cordón de la campanilla con tanta fuerza que fue un milagro que no lo rompiera. Y se detuvo allí, con los brazos cruzados con fuerza, fulminándolo con la mirada al tiempo que tamborileaba con los dedos sobre su otro brazo.

—Fuera —le ordenó él, y señaló la puerta.

La puerta se abrió entonces y entró un muchacho. El joven se inclinó ante su amo, y luego ante Margot, que no dejó en ningún momento de mirar a Arran mientras decía:

—Por favor, dile a Fergus que después de tomar su baño, el *laird* cenará en privado. Completamente solo y a su gusto.

—Sí, milady.

—Y, por favor, llama también a mi doncella para que me espere en mi salón.

El muchacho asintió y salió disparado.

Arran la miró arqueando una ceja.

—¿Y bien? Sé que me has oído bien, así que no puedo por menos que preguntarme cómo es que sigues aquí.

—Oh, sí, te he oído bien, Arran. Pero no estoy dispuesta a marcharme aún. Soy tu esposa. Soy la señora de Balhaire, y tengo algo que decir al respecto. ¡Y, sobre todo, tienes que perdonarme!

Él sacudió la cabeza.

—¿Por desobedecerme?

—¡Por haberte abandonado!

Se sintió atravesado por una inesperada punzada de dolor. Evocó aquel día, cuando se quedó mirando cómo su carruaje abandonaba Balhaire, y una pequeña parte de su ser se endurecía hasta morir. Su suposición de que él debía perdonarla por haberse marchado, así como el derecho que se arrogaba a exigírselo, le irritó. Se levantó lentamente para acercarse a ella. Deslizando una mano por su cuello, le sujetó el rostro para que no pudiera rehuir su mirada.

—Nadie me da órdenes —le dijo en voz baja—. Y tú menos que nadie. No estoy obligado a perdonarte. Como tampoco estoy obligado a mantenerte a mi lado. Así que domina tu estúpida lengua antes de que te la arranque y te la meta en el trasero, ¿entendido?

Una vez más, esperó que huyera a toda prisa, bañada en llanto, naturalmente... pero Margot se limitó a ladear la cabeza mientras decía:

—¿Algo más? ¿O es eso todo lo que tienes que decirme?

—Mujer, no me provoques. Márchate ya —gruñó, y retiró la mano de su cuello antes de que pudiera cometer alguna estupidez... como besarla, que era lo que estaba ardiendo en deseos de hacer–. Porque estoy a punto de echarte por la fuerza –la advirtió.

Ella sonrió. Pero se volvió hacia la puerta.

–Ordenaré que te preparen el baño –dijo, y abrió la puerta para abandonar sus aposentos sin dar un portazo ni mirar atrás.

Arran la observó marcharse con aquel confiado contoneo de caderas y aquel porte majestuoso que tenía. La maldijo para sus adentros.

Arran salió de su vestidor algún tiempo después, ya que tenía cartas y documentación diversa de las que ocuparse. Pero se detuvo en su dormitorio, sorprendido al descubrir que alguien había colocado una pequeña mesa al pie de la ventana, que estaba abierta dejando entrar la brisa de la tarde.

–¿Qué es esto? –preguntó a Fergus, que estaba encendiendo las velas de los candelabros de plata.

–Lady Mackenzie –respondió Fergus sin mayores explicaciones, frunciendo el ceño, y sirvió vino en una copa de cristal.

Arran se había olvidado de que las copas de cristal existían. Hacía cerca de un año que las había llevado de Antwerp para guardarlas en su almacén. En ese momento gruñó al ver que había dos copas.

–Dije que cenaría solo. No quiero ninguna mesa elegante en mi cámara, ¿entiendes? ¿Es que nadie me hace caso?

Fergus se detuvo para mirarlo.

–La señora... insistió en ello –dijo, buscando la palabra apropiada.

–*Diah* –masculló Arran, y aceptó la copa que le había

servido Fergus–. Está bien. Ahora sigue con tus ocupaciones y, por el amor de Escocia, déjame solo, ¿quieres?

Fergus abandonó los aposentos sin pronunciar palabra.

Arran terminó de cenar y se esforzó por revisar los papeles que tan desesperadamente necesitaban de su atención. Pero fue inútil: no podía dejar de pensar en la reunión que había tenido aquel día, con las acusaciones que se habían vertido contra él.

Suspiró, apartó su plato y se levantó. Tras guardar los papeles en la cómoda, tiró del cordón de la campanilla. Momentos después, un muchacho entraba en sus aposentos.

—Retira esto —ordenó, señalando la mesa—. Y vuelve a colocar esta mesa en su lugar.

—Sí, milord.

Arran no se quedó a ver cómo el joven criado se llevaba los restos de la cena. Se acercó al aguamanil y se lavó las manos y la cara. Sí que oyó marcharse al muchacho, pero no el ruido que hizo al llevarse la mesa.

Se giró, dispuesto a reanudar su trabajo... pero allí, en el umbral de la puerta abierta estaba su esposa, con las manos detrás de la espalda. Lucía un precioso vestido de color amarillo claro, con las enaguas y el corpiño de un azul mar. Unas joyas brillaban en los lóbulos de las orejas y justo encima de los montículos de sus senos. Parecía una flor solitaria en aquel viejo castillo gris.

Ah, pero sentía una especial debilidad por ella, siempre la había sentido y, *Diah*, siempre la sentiría. Una atracción que muy bien podría terminar acarreándole la muerte.

—¿Qué estás haciendo ahí?

Vio que sacaba una caja.

—Tengo un ajedrez. Pensé que quizá te gustaría jugar una partida.

Arran no pudo evitarlo: dejó vagar la mirada por su

abultado pecho, para continuar después por su cintura y terminar en las puntas de sus zapatos, que asomaban bajo sus faldas.

—Ajedrez —resopló—. Hace siglos que no juego a nada.

—Espléndido. Eso quiere decir que te llevaré ventaja. Yo siempre estoy jugando a algo —sonrió irónica y abrió la caja que portaba.

—No he dicho que vaya a jugar —protestó él, pero no hizo intento alguno de detenerla cuando ella empezó a colocar las piezas sobre el tablero.

Una vez que hubo terminado, se acercó al aparador y sirvió una copa de oporto, que le tendió.

—Qué insolente eres.

Ella sonrió como si hubiera sabido desde el principio que acabaría cediendo, y Arran soltó un suspiro. Se pasó los dedos por el pelo, todavía húmedo por el baño. Estaba ante ella descalzo y en camisón, y nada le habría gustado más que meterse en la cama a dormir. Había pasado el día entero intentando convencer a tres jefes de clan de que su mujer no era una traidora, cuando él mismo tenía sus dudas al respecto. La tarea lo había dejado exhausto, y condenadamente débil.

Miró la copa de oporto que ella le tendía y dijo:

—Prefiero whisky.

Una sonrisa triunfante iluminó su rostro. Dejó a un lado su copa y sirvió otra de whisky, para volver luego con él y ofrecérsela.

—Te dije que no quería compañía esta noche —le recordó en voz baja, con la mirada clavada en sus labios.

—¿Ah, sí? —murmuró ella—. Lo había olvidado.

Arran cerró los dedos sobre su mano, que seguía sosteniendo la copa, y la acercó hacia sí.

—Te permitiré esta desobediencia solo por esta vez, Margot. Pero ni una más.

—No volverá a suceder —repuso ella, con una sonrisa que fue como un relámpago en un cielo de tormenta.

—No te equivoques tomándome por una de esas marionetas que te han seguido desde Norwood Park.

Ella frunció el ceño al tiempo que acentuaba su sonrisa.

—Jamás te confundiría con uno de ellos —inclinando la cabeza, besó levemente el dorso de su mano.

La ternura y delicadeza de aquel beso reverberó en su piel recordándole dolorosamente el contacto de sus labios sobre su cuerpo durante la pasada noche. Su miembro viril empezó a despertarse.

Se apartó de ella antes de que aquel fuego se convirtiera en un incendio. Fue a la mesa y se dejó caer en la silla, con la mirada clavada en el cielo estrellado. Maldijo para sus adentros: se estaba dejando seducir por ella otra vez.

Margot se sirvió el oporto y tomó asiento elegantemente ante él. Arran recordó que una vez ella le había dicho que un caballero debía dejar siempre que una dama se sentara primero. La implicación del comentario había sido, por supuesto, que él no tenía modales de caballero, porque rara vez tenía esos detalles. Pensó que quizá habría debido esforzarse más por ser como ella había deseado que fuera. Tal vez entonces Margot no habría pensado en traicionarlo. Pero… ¿lo había traicionado realmente? Era incapaz de verla allí sentada delante de él, sonriendo feliz y saliéndose con la suya, y pensar al mismo tiempo que sí. Aunque, por otro lado, tampoco había sospechado que terminaría abandonándolo como lo hizo.

—Ya está —dijo ella, terminando de colocar una torre.

—¿Ya estás contenta ahora? —masculló Arran.

—No del todo. Lo estaría más si hubiera cenado contigo —bebió un sorbo de oporto.

Seguía siendo muy joven, pero en aquel momento parecía mucho más adulta que antes. Más segura de sí misma.

—Has cambiado mucho, Margot.

—¿De veras? —un brillo de placer asomó a sus ojos a la luz de las velas—. Para mejor, espero.

Arran no estaba muy seguro de ello. Pero Margot era ahora, definitivamente, una mujer mucho más misteriosa.

—Abres tú.

Arran se incorporó para avanzar un peón. Margot lo bloqueó con el suyo.

Continuaron jugando, en una rápida apertura. Arran no pudo evitar fijarse en la manera en que Margot disfrutaba con los desafíos de aquella clase. Era muy buena en el ajedrez, incluso le aconsejaba de cuando en cuando en algunos movimientos de ataque. Podía imaginársela rodeada de admiradores mientras desafiaba a un caballero tras otro en el ajedrez. Le brillaban los ojos cada vez que alzaba la mirada hacia él después de hacer un movimiento, con una expresión placentera a la vez que divertida. ¿Cómo podía haberle pasado desapercibido hasta entonces ese aspecto tan lúdico de su personalidad? ¿No habrían sido las cosas mucho más fáciles entre ellos si lo hubiera descubierto? Persistían tantas preguntas en su mente sobre aquel tiempo...

Margot fue la primera en apoderarse de una pieza.

—¡Ajá! —exclamó mientras retiraba la pieza de marfil del tablero—. Tienes que prestar más atención, Arran, o te comeré la reina.

—No lo dudo —repuso él.

—Oooh —dijo ella—. Eso suena muy ominoso —alzó de nuevo la mirada, pero la sonrisa se borró de sus labios cuando vio su expresión.

—Dios, qué bella eres —comentó Arran en voz baja—.

Apenas me recuerdas a la temblorosa muchachita que se reunió conmigo en el altar.

Margot soltó una risita.

—Estaba temblando, ¿eh? En verdad que apenas podía mantenerme en pie, de lo aterrada que estaba.

Arran movió una torre.

—¿Tan animal era?

—¡Animal! —ella se echó a reír—. No, no eras ningún animal. Eras el hombre más fuerte y atractivo que había visto nunca.

Resoplo escéptico ante aquel halago, que consideraba falso.

—¡Soy sincera! Habías cautivado completamente mi imaginación —le aseguró ella, alzando una mano—. Tengo que admitir que era una muchacha terriblemente inocente. Pero es que apenas había cumplido los dieciocho años. No tenía la menor idea de lo que debía hacer con un hombre como tú. Cuando me miraste, casi temí que fuera a desmayarme —movió una pieza—. Y tampoco tenía la menor noción de cómo debía comportarse una esposa. Mi madre llevaba largo tiempo muerta y no tenía a nadie que pudiera instruirme, nadie que me hablara de Escocia, siquiera. Y, ciertamente, tampoco nadie que me explicara lo que solía ocurrir entre un marido y su mujer —volvió a alzar la mirada y sonrió, sensual.

—Ya. Pues sí que temblabas entonces —le recordó Arran, y su sonrisa se amplió.

—Tú también, si mal no recuerdo.

Él rio por lo bajo.

—Quizá un poquito, sí. Y luego me trajiste a Balhaire. ¡Me sentí como si hubiera emprendido un viaje al fin del mundo! La gente hablaba una lengua diferente, y nadie se mostró contento de verme. Fue algo tan abrumador… Me sentí completamente perdida.

Arran movió un alfil.

—Yo también me sentí algo perdido.

—¿Tú? —preguntó, sorprendida.

—Sí, yo. Estaba acostumbrado a ir y venir a mi antojo, a comer cuando quería... y solo, si así lo deseaba —dijo, lanzándole una mirada significativa.

Ella soltó una corta carcajada y se encogió de hombros.

—No sabía cómo incorporar a una esposa en mi vida. Y, al igual que tú, no tenía a nadie que me instruyera al respecto —añadió él.

—¡Pues parecías muy confiado!

—No me sentía así, Margot. Yo nunca había estado casado, y no quería hacerte daño ni disgustarte en modo alguno.

—Oh —su expresión se suavizó—. ¡Oh, Arran, tú nunca me hiciste ningún daño! Y cualquier disgusto que pude llevarme fue culpa mía.

—Umm... Tú me dijiste lo contrario muchas veces.

—Oh, querido... —dijo ella con una triste sonrisa—. Me temo que durante los últimos años dije muchas cosas que en realidad no quería decir.

—Bueno, la culpa de esos disgustos no fue toda tuya —admitió Arran—. Yo debí haberme esforzado más.

—Quizá —repuso ella, encogiéndose de hombros.

Arran movió un caballo al tiempo que buscaba su mirada.

—¿Qué fue lo que falló entre nosotros, Margot? Todavía no entiendo lo que pasó para que todo terminara saliendo tan mal.

—No lo sé —confesó, taciturna—. Lo único que sé es que era muy ingenua y que me sentí abandonada. Aquí no tenía amigos ni familia alguna... solo tú.

—Pudiste haber hecho amistad con alguien.

Margot resopló, escéptica.

—No tuve mucha oportunidad de ello, ¿no te parece?

—No, es verdad —reconoció Arran, sincero—. Y no ayudó en nada que fueras inglesa. Eso empeoró aún más tu arrogancia.

Margot parpadeó perpleja ante su rotunda acusación. Pero en seguida se echó a reír, con una risa cálida, cantarina.

—Vaya, yo jamás podría acusaros de ser insincero, milord —usó un tono formal, a modo de broma—. ¿Queréis decir que me mostraba quizá demasiado altiva? —preguntó, llevándose una mano al pecho y haciéndose la ofendida.

—Bastante, sí —respondió él, sonriendo.

—Bueno, no era mi intención —dijo ella antes de mover otra pieza—. Me conducía como entendía debía conducirse la señora de un castillo —se recostó en su silla—. Dios mío, pero tenía tanto miedo de decir o hacer algo inadecuado... —le confesó, pensativa—. Y, sin embargo, era eso lo que parecía hacer constantemente. Tú eres muy querido aquí, Arran. Yo me sentía absolutamente incapaz de llegar a tu altura, y era por eso por lo que me sentía tan intimidada.

—¿Y ahora? —inquirió Arran, curioso.

La sonrisa de Margot se volvió juguetona.

—Ya no.

Que Dios lo perdonara, pero no pudo evitar sonreír a su vez.

—Yo no te abandoné.

—Sí que lo hiciste —insistió ella—. Me abandonabas cada día para salir a cazar o a entrenar a tus hombres, o cualesquiera que fueran tus otras ocupaciones.

—Sí, de acuerdo, quizás yo también me sentía algo intimidado por ti, *leannan*.

—¿Por mí? —ella se echó a reír y sacudió la cabeza, divertida.

—Sí, por ti. Eres condenadamente bella, Margot, ¿cuántas veces te lo habré dicho ya? Ambos éramos tan ingenuos...

Ella sonrió, benévola.

—Dios mío, sí. Yo nunca había sido cortejada como Dios manda. Ni siquiera había tenido un primer amor. ¿Te lo puedes imaginar?

—No, la verdad es que no.

—¡Arran! —lo riñó, riendo—. Era demasiado joven para eso. En cambio, no dudo de que tú sí que habías tenido un primer amor, y seguramente muchos más desde entonces —fue a mover su reina.

—Sí que había tenido un primer amor —le dio la razón—. Tú.

La mano de Margot se quedó paralizada sobre su reina.

—No te burles de mí —le dijo, desaparecido su anterior tono de diversión—. No me digas eso si no es cierto.

Arran fue a tomarle lentamente la mano.

—Nunca lo habría dicho si no fuera cierto —tal como lo veía él, era absolutamente verdadero. Incluso en aquel momento, tenía la extraña sensación de haber sido arrojado al abismo de un vacío anhelo.

Ella escrutó su rostro.

—¿Me amabas? —le preguntó en voz baja—. Yo nunca fui consciente de ello.

Diah, la había fallado de tantas maneras... ¿Cómo podía no haberse dado cuenta de su amor por ella?

—Desde el instante en que te vi asomada a aquella balconada de Norwood Park.

Vio que ella entreabría los labios de sorpresa.

—¿Ya entonces?

—No hay lógica alguna en el amor.

—Y sin embargo ni una sola vez me dijiste...

—No, porque era condenadamente ingenuo, y porque ingenuamente creía que mi amor jamás me abandonaría. Intenté hacerte feliz, Margot, de todas las maneras que sabía. Lo intenté, pero no pude hacerlo bien. Y no fue por falta de devoción. Fue falta de comprensión.

—No tenía ni idea... —susurró ella.

—Lo sé —él mismo no lo había sabido hasta después de que ella se hubo marchado.

—¿Y... sigues sintiendo lo mismo? —le preguntó, dudosa.

Arran bajó la mirada al tablero. Su reina podía amenazar a su rey en aquel momento y darle jaque mate. Podía derribarlo de su trono, descabalgarlo del tablero que era su vida. Volvió a alzar la mirada.

—No, ya no siento lo mismo. No confío en ti, *leannan*. Dime, ¿cómo podría confiar en ti?

Ansió desesperadamente que Margot le asegurara que podía confiar en ella. Que le dijera que no tenía nada que esconderle. Pero no dijo nada de eso. Suspiró y se frotó la frente, como si le doliera la cabeza.

—Yo tampoco confiaría en mí misma —reconoció en voz baja.

Arran sintió que el corazón le daba un violento vuelco, como si estuviera rodando por aquel abismo, arrastrado por una tormenta de desconfianza e incertidumbre.

Margot de repente se levantó de la mesa, interrumpiendo la partida. Con su reina a punto de amenazar a su rey.

—Solo tú puedes decirme si confiarás en mí —le dijo mientras rodeaba la mesa para acercarse a él.

—Y solo tú puedes decirme si pretendes abandonarme otra vez —replicó él, cortante.

Ella suspiró al tiempo que le acariciaba la cabeza. Se levantó las faldas, revelando sus largas y esbeltas piernas, y se sentó a horcajadas sobre su regazo. Una vez más, Arran no la detuvo, pero fue agudamente consciente de que ella no estaba haciendo otra cosa que cambiar el rumbo de la conversación, sirviéndose para ello del único medio que tenía a su disposición para vencerlo.

Echándole los brazos al cuello, le dijo:

—No quiero volver a abandonarte —y empezó a moverse contra él.

Arran la agarró de las caderas para inmovilizarla.

—Eso no es una respuesta. ¿Crees acaso que no veo lo que estás haciendo? ¿Utilizar tu cuerpo para evitar contestarme?

—Pero ya te he contestado, lo mejor que he podido —replicó ella con tono dulce, y le besó una sien—. Ahora me estoy esforzando por complacerte todo lo posible, de la manera que tú mismo me has enseñado. No dejo de pensar en cómo habrían sido las cosas entre nosotros si yo me hubiera quedado en Balhaire, en los hijos que ya habríamos traído al mundo, y quiero compensarte. Quiero empezar de nuevo contigo —le besó la mejilla—. No quiero volver a dejarte —musitó.

—Es demasiado tarde, Margot —le espetó él, brusco, y giró la cabeza.

—Nunca puede ser demasiado tarde: estamos casados —con los brazos colgando todavía de su cuello, empezó a moverse nuevamente contra él, seductoramente, excitándolo—. Piensa en ello: podríamos viajar a Francia y empezar de cero allí... solos tú y yo —le besó la mejilla.

—¡Francia! —masculló él mientras le acunaba el rostro entre las manos y le besaba primero un ojo, luego el otro.

—¿No sería maravilloso huir de Escocia e Inglaterra, a otro lugar completamente nuevo? ¿Donde no nos conociera nadie? –le preguntó ella entre besos–. ¿Donde nadie nos molestara, ni nos perjudicara?

Arran se preguntó quién podría estar molestándolos o perjudicándolos en aquel momento, y aquel deseo, expresado por una esposa a la que apenas conocía realmente, le hizo sospechar. Su cerebro lo urgía a detenerla, a intentar entender lo que ella quería decirle, sin dejarse engañar por los placeres de la carne. Pero su carne... Dios, esa noche su carne era mucho más poderosa en su necesidad de poseerla que su corazón.

Ya se enfrentaría con su duplicidad al día siguiente. «Mañana, mañana...», se repitió para sus adentros.

–Podríamos viajar en uno de tus barcos –musitó ella.

Había algo muy extraño en su deseo de escapar de allí, pero Arran no quería pensar en ello en aquel instante. Estaba cayendo en el abismo.

–Estás hablando demasiado, mujer –le dijo, y de repente la agarró y se levantó de la silla con ella en brazos. La llevó a la cama, la acostó y se cernió sobre su cuerpo. Dejaría en suspenso su desconfianza y sus sospechas por una noche más... Pero solo por una noche.

Capítulo 13

Era maravilloso, bello, extraordinario. Había algo sumamente delicioso en la manera en que Arran disponía de su cuerpo, excitándola con besos y caricias. Con su lengua haciéndola olvidarse de todo a lametadas, y su falo provocándole una explosión tan abrumadora que todavía la sorprendía que después pudiera recoger los pedazos de sí misma para juntarlos de nuevo. Fue una verdadera fiesta de la carne, un completo éxtasis, que la dejó embargada por una increíble sensación de calidez y bienestar, además de muy adormilada.

Pero, cuando la luz de la mañana comenzó a filtrarse entre los cortinajes, volvieron a su pensamiento las preguntas sobre quién era realmente aquel hombre, o quién era ella ahora, con lo que el lecho se le hizo menos cálido.

La noche anterior la había empezado con un único deseo: el de ganarse su confianza. Pero luego, inesperadamente, habían tenido quizá la conversación más sincera sobre su matrimonio que habían mantenido nunca, y fue como si una ventana se hubiera abierto en su interior. Sentimientos que no había esperado encontrar habían entrado justamente por aquella ventana, y había hablado en serio cuando le aseguró que nunca podría ser demasiado tarde para ellos. Había querido olvidar sus diferencias y reconstruir lo que ella misma había destruido con su marcha. Deseaba creer que tenían un futuro, que podían llegar a ser felices.

Aun así, una diminuta duda asaltó su mente. ¿Y si su padre estaba en lo cierto sobre Arran? ¿Y si él tenía razón y ella estaba equivocada?

Fingió seguir dormida cuando Arran se levantó. Yaciendo de lado, lo oyó vestirse y recoger sus cosas. No abrió los ojos cuando él se inclinó sobre la cama para besarle un hombro.

—Buenos días —murmuró Arran antes de abandonar la habitación.

Una vez que él se hubo marchado, Margot se tumbó boca arriba y contempló con un suspiro el dosel de la cama. Lo que Arran le había dicho la pasada noche, que ella había sido su primer amor, se había infiltrado en sus sueños. Se había despertado más de una vez en plena noche para asegurarse de que él seguía allí, a su lado, y que realmente había pronunciado aquellas palabras. Pensó en cómo la había abrazado, como si fuera el amor de su vida. Pensó en lo que la señora Gowan le había contado sobre su comportamiento después de que ella lo abandonara. Pensó en todo aquello, y con una solitaria lágrima resbalando por una mejilla, evocó lo que Arran le había dicho sobre que ya no podía sentir lo mismo que antes porque no confiaba en ella.

Por el amor de Dios, ¿por qué habría de tenerle confianza?

Arran no se equivocaba con ella. Tenía toda la razón del mundo para sospechar. Ella, efectivamente, se había mostrado arrogante la primera vez que llegó a Balhaire; en aquel momento podía darse cuenta de ello con la claridad que le proporcionaban los años transcurridos.

No le había demostrado mucho afecto, a pesar de sentir algo por él. Había estado tan decidida a hacerse la dolida y la indignada por la injusticia que su familia le había hecho que no había sido capaz de alimentar convenientemente aquellos sentimientos. Y Dios sabía que había estado terriblemente ciega al afecto que él sí le había demostrado.

Su confusión acerca de lo que tendría que hacer a partir de aquel momento no había hecho más que crecer. Nunca se había imaginado que sus sentimientos y su deseo por él llegarían a avivarse de aquella forma.

No quería ya saber si estaba conspirando con los franceses. Quería demostrarle a su padre que todo aquello era una mentira.

Levantándose, se envolvió en la manta y entró en su despacho. Miró fijamente el pequeño armario. Todavía podía ver el mango del cuchillo cuya hoja había dejado en la rendija cuando lo oyó acercarse.

No iba a abrirlo. No quería saber lo que Arran tenía allí guardado...a no ser que fuera algo que pudiera demostrar su inocencia. Pero... ¿qué tipo de prueba podía ser esa?

Evocó sus palabras: «Dime, ¿cómo puedo confiar en ti?».

Oyó un golpe suave en la puerta del dormitorio y se apresuró a atravesar la habitación. Llegó justo cuando empezaba a abrirse. Nell asomó la cabeza.

—¿Ya estáis despierta, milady?
—Sí. Entra.

Margot se vistió y, mientras Nell la peinaba, tomó la figurita que le había regalado el hombre de la caleta. Le recordaba lo muy alejada que antaño había estado del clan de Arran. Se la guardó en un bolsillo.

Cuando Nell terminó de arreglarle el pelo, abandonó

los aposentos. Pero antes de desayunar, había algo que tenía muchas ganas de hacer.

Salió al patio del castillo, atravesó las puertas y continuó camino abajo hasta que llegó a la cabaña de paredes encaladas, con los maceteros de peonías en las ventanas.

Oyó el tintineo de la campanilla como la primera vez que entró en la tienda de la señora Gowan, y, como antes, la mujer emergió de la trastienda con un alegre «*Madainn mhath!*».

Pero aquel tono alegre desapareció en el instante en que la vio.

—Buenos días —la saludó Margot—. He venido a agradecerle el envío de los jabones.

—Ya —dijo la mujer, cruzándose de brazos. Su hija apareció tras ella, pero la señora Gowan no pareció advertirlo.

Margot dio un paso hacia ella.

—Le he traído algo que quizá podría serle útil.

La señora no dijo nada.

Margot le tendió un frasquito con forma de cisne. Era su perfume.

—Mi padre me regaló esto. Procede de una selecta perfumería de Londres. Es un aroma a flores, muy del gusto del *laird*.

La señora Gowan se quedó mirando el frasquito y desvió luego la vista a su hija, con expresión recelosa.

—Pensé que quizá podría usarlo en la elaboración de jabones y de cualquier otro artículo.

—¿Para usted? —preguntó la señora Gowan.

—No para mí, sino para cualquier mujer Mackenzie a la que pueda gustarle.

La mujer no se adelantó de inmediato para aceptarlo. Pero su hija sí que lo hizo, vacilando antes de acercárselo a la nariz.

—Es muy fino —comentó.

—Mi favorito —aseveró Margot, y miró de nuevo a la señora Gowan—. Lamento no haber descubierto su tienda la primera vez que estuve aquí, señora.

El ceño de la mujer pareció aflojarse levemente.

—En realidad, son muchas las cosas de las que me arrepiento. De no haber escuchado, de no haber intentado comprender los modos y costumbres de los Mackenzie en lugar de tratar de imponer mis propias ideas. Eso no lo puedo cambiar, ya lo sé, pero me gustaría volver a empezar de nuevo, si fuera posible.

La señora Gowan no dijo nada. A Margot tampoco le importaba, en realidad: ya había dicho todo lo que necesitaba decir, y sonrió. Al margen de lo que hubiera sucedido entre Arran y ella, al margen de las verdades que había descubierto, había hablado con sinceridad.

—Bueno, pues ya está. Que pasen un buen día.

—Buen día, milady —la despidió la hija, mirándola con ojos desorbitados de sorpresa.

Margot abandonó la tienda, con la campanilla tintineando a su espalda.

Cuando volvió al patio del castillo, espantando a las gallinas que le estorbaban el paso, encontró por casualidad a sir Worthing merodeando por la puerta principal. Aunque en realidad no sabía muy bien qué iba a hacer a esas alturas, estaba segura de que no podría llevar adelante su matrimonio con sir Worthing y el señor Pepper vigilando cada uno de sus movimientos.

Sonrió mientras se le acercaba.

—Buenos días, señor.

—Buenos días, lady Mackenzie —la saludó, inclinándose ante ella—. Confío en que hayáis dormido bien.

—Sí, gracias. Me faltarían palabras para expresaros lo maravillosamente bien que he dormido, señor —contestó con tono desenfadado–. Sir Worthing, ¿podría tener unas palabras con vos?

–Por supuesto. ¿Entramos?

–No hace falta –dijo ella. Prefería el patio, donde nadie podría escuchar a escondidas lo que tenía que decirle.

–¿Ha ocurrido algo malo?

–En absoluto –juntó las manos con fuerza, sobre su regazo. Quería expresar aquello a la perfección, consciente de que cada palabra que pronunciara le sería repetida a su padre–. Creo que ya va siendo hora de que el señor Pepper y vos abandonéis Balhaire.

–¿Oh? –su voz era tan fina y atildada como siempre, pero su mirada se había tornado instintivamente dura y fría–. ¿Puedo preguntar por la razón, para así transmitir convenientemente vuestros sentimientos a vuestro padre?

–Todavía no tengo mensaje alguno para mi padre. Pero considero que vuestra presencia aquí, en Balhaire, está entorpeciendo mi labor. Mi marido sospecha.

–¿De quién?

–De mí –respondió ella–. Y de vos.

Sir Worthing lanzó una mirada por encima de su hombro. Y lo mismo hizo Margot. Los Mackenzie seguían yendo y viniendo por el patio. Él se llevó un pañuelo a la nariz y volvió a concentrar lentamente su atención en Margot. Su mirada era penetrante, sus ojos parecían dos piedras de obsidiana taladrándola.

–Dudo que sea de vuestro gusto quedaros aquí sola, lady Mackenzie, sin nadie que os proteja. Esta es una compañía muy ruda.

¡Ruda! ¿Solo porque no se adornaban con lazos y pelucas, o no hacían reverencias tan exageradas que parecía que fueran a partirse en dos? La única «rudeza» que había conocido allí era la manera en que Arran Mackenzie le había hecho el amor la pasada noche, percutiendo contra ella una y otra vez para impulsarla a nuevas cimas del placer. Y, en aquel momento, aborrecía precisamente renunciar a aquella clase de... rudeza.

–Estaré perfectamente sola.

–Si me permitís... ¿de veras que marcharnos responde a vuestro deseo? ¿No responderá más bien al de él? Francamente, creo que es mejor que el señor Pepper y yo...

–Debo irme –lo interrumpió ella. Tuvo que tomar aire por un instante, hirviendo todavía de indignación por el desdén que profesaba aquel pisaverde hacia los Mackenzie.

Sir Worthing la miró de arriba abajo, como habría hecho un padre reflexionando sobre el capricho de una chiquilla. Hasta que, finalmente, cedió.

–Muy bien, milady. Si ese es efectivamente vuestro deseo, fruto de una decisión meditada...

Margot sintió que el corazón se le disparaba de indignación. Era una mujer adulta, la señora de Balhaire, ¿cómo se atrevía aquel hombre a tratarla con aquella condescendencia?

–Que sea fruto de una decisión meditada o fruto del momento es indiferente, señor. Soy la señora de Balhaire y os he pedido que os marchéis.

El hombre inclinó la cabeza con gesto aquiescente.

–Gracias –se removió incómoda, con intención de rodearlo y seguir su camino.

Pero de repente sir Worthing cerró una mano con fuerza sobre su brazo, deteniéndola.

–Os suplico que me...

–Nos marcharemos, lady Mackenzie. Por ahora –dijo con frialdad–. Pero debo recordaros lo imperativo que resulta que transmitáis alguna clase de recado a vuestro padre, a la mayor prontitud posible.

–Lo sé –dijo ella, intentando liberar su brazo.

—¿Lo sabéis? —le preguntó con tono helado, apretándola todavía con mayor fuerza—. ¿Deseáis acaso ver a vuestro padre colgando de una horca?

Margot se quedó sin aliento.

—¡No! ¿Cómo os atrevéis?

—Si pensáis que esto es una especie de juego de salón, permitidme que sea muy claro con vos: si fracasáis en la misión que os ha traído aquí, vuestras manos quedarán manchadas con la sangre de vuestro padre y, creedme, no habrá ya refugio seguro para vos. Ni aquí ni en Inglaterra. No tendréis lugar alguno adonde ir, milady, así que mejor será que cumpláis con lo encomendado.

No solamente se lo había dejado claro, sino que la estaba aterrorizando. ¿Qué había hecho su padre para correr el riesgo de morir ahorcado? De nuevo intentó liberar su brazo de un tirón, pero él se lo impidió.

—¿Me entendéis?

—Claro que sí —respondió con tono cortante—. ¿Y entendéis vos a vuestra vez que mi padre terminará enterándose de esto?

Una fría sonrisa se dibujó en los labios del caballero.

—Sois una niña —dijo, desdeñoso—. Supe, desde el instante en que huisteis de vuestro matrimonio, que teníais tanto temple como una florecilla.

Margot se lo quedó mirando boquiabierta.

—Retirad ahora mismo vuestra mano de mi esposa, caballero, u os la retiraré yo.

Una marea de alivio inundó a Margot cuando escuchó la voz profunda de Arran. Sir Worthing le soltó el brazo y ella tropezó hasta chocar con el pecho de su esposo, que la sujetó posesivamente de la cintura.

—Precisamente sir Worthing me estaba informando de que el señor Pepper y él se marcharán de Balhaire —dijo sin aliento.

Arran fulminó con la mirada a sir Worthing, que en aquel momento le pareció ridículo a Margot con su afectada peluca y sus puños de encaje, al lado de su marido.

—Hoy mismo —añadió—. Inmediatamente. El viaje a Inglaterra es largo.

Sir Worthing apretó la mandíbula, pero asintió cortésmente con la cabeza, como si hubieran estado charlando del tiempo.

—Haremos el equipaje después del desayuno.

—Lady Mackenzie ha dicho que inmediatamente —le recordó Arran, interponiéndose entre ambos—. Mejor será que le hagáis caso.

Sir Worthing ladeó la cabeza para mirar a Arran, cuya expresión estaba cargada de desprecio.

—Muy bien, señor. Si eso es lo que milady desea, partiremos ahora mismo. Dios sabe que ya he hecho aquí todo lo que podía hacer —dijo, y lanzó una significativa mirada a Margot antes de girar sobre sus talones y marcharse.

Jock apareció entonces como salido de la nada, para seguirle los pasos.

El corazón de Margot estaba latiendo tan fuerte que apenas podía respirar. No se había dado cuenta de la fuerza con que estaba cruzando los brazos hasta que Arran la miró.

—¿Te encuentras bien? Pareces enferma.

—Sí, estoy bien —se llevó una mano al estómago como para aplacar la náusea que la atenazaba.

—¿De qué se trata todo esto? ¿Qué ha querido decir con eso de que ya ha hecho aquí todo lo que podía hacer?

Margot parpadeó, perpleja.

—No tengo la menor idea.

La mirada de su marido la estaba taladrando, y Margot tuvo que desviar la suya por miedo a traicionarse.

—Supongo que se refería a que ya se ha asegurado de que estoy segura y a salvo en Balhaire, y de que no hay nada más que pueda hacer por mí.

—No era eso, Margot —replicó Arran, rotundo—. ¿A qué otra cosa habría podido referirse?

Margot quiso decírselo. Ansiaba desesperadamente revelarle, en aquel preciso momento, lo que de él se estaba diciendo en Inglaterra. Y ansiaba también oírselo negar.

Pero... ¿y si no lo negaba? Peor aún, ¿y si su respuesta hacía añicos la frágil tregua que habían firmado? ¿Y si ello lo obligaba a hacer algo por temor a que las noticias llegaran hasta su padre? ¿Y si la verdad era la prueba que demostraba que no podía confiar en ella? Eran tantas las dudas... Margot se sintió extrañamente mareada, como si el suelo estuviera cediendo bajo sus pies.

Arran la sujetó de un codo. Frunció el ceño.

—¿Qué es, *leannan*? —le preguntó con tono suave—. Sea lo que sea, puedes decírmelo.

Sabía que estaba pisando un terreno peligroso, desgarrada entre dos hombres en un abominable duelo de voluntades. Sabía que, si decía demasiado, pondría en riesgo a su padre y a ella misma. ¿Qué era lo que había dicho Worthing? Pero, si no decía nada, se arriesgaba a destruir su matrimonio de una vez por todas, y ella no quería que eso sucediera.

Forzó una sonrisa.

—Tengo un poco de hambre, eso es todo. ¿Desayunarás conmigo?

El ceño de Arran se profundizó, y algo asomó a sus ojos, algo que hizo que su mirada se helara como una mañana de invierno. Sabía que estaba disimulando, cualquiera se habría dado cuenta de ello. Pero continuó mirándola con expresión especulativa, como si estuviera decidiendo si presionarla o no.

—Hoy no —dijo al fin, bajando la vista a su mano—. Necesitamos cazar gallos salvajes para la cena de esta noche —miró hacia el patio, donde el señor Worthing se estaba inclinando para decirle algo al señor Pepper al oído—. Y creo que será mejor que tú me acompañes.

—¿Que te acompañe... a cazar? —preguntó, vacilante. Era una mala amazona, y peor tiradora.

—Hoy pasarás todo el día a mi lado, Margot. Sin discusión. Vamos, entonces. Vístete adecuadamente para salir de caza. Nos veremos en el patio de aquí a media hora —y se alejó de ella para ir a hablar con Sweeney.

Nell estaba escandalizada mientras ayudaba a Margot a elegir su ropa.

—¡A cazar! —exclamó, interrumpiéndose para apoyar las manos en sus anchas caderas—. Os suplico me perdonéis, milady, pero yo nunca había sabido que cazarais.

—No tengo elección —masculló Margot. Seguía todavía muy alterada por su encuentro con sir Worthing, así como por todas las dudas y mentiras que la acosaban.

Nell suspiró. Estaba alisando la manga de uno de los vestidos de su señora cuando debería haber estado ayudándola a reunir su ropa.

—¿Qué es lo que te pasa? Necesito ponerme algo.

—No quiero molestaros —dijo la doncella, retomando su tarea.

Margot no pudo por menos que sentirse aliviada. Bastantes cosas tenía ya en la cabeza como para encima tener que lidiar con las quejas de Nell.

—Oh, está bien —dijo Nell, como si Margot hubiera insistido en que le confesara el motivo de su preocupación, cosa que no había hecho—. Es ese hombre.

—¿Jock? —inquirió Margot con tono distraído al tiempo que alzaba una ancha falda de montar.

—Sí, milady, porque aquí no hay nadie más que se atreva a irrumpir en los aposentos del amo sin molestarse siquiera en llamar a la puerta.

—¿Qué quería ahora? —quiso saber Margot mientras continuaba revisando su surtido de abrigos.

—No lo sé. Estuvo mirando por todas partes, con mucho interés.

El corazón le dio un vuelco a Margot. Giró lentamente la cabeza para mirar a su doncella.

—¿Qué quieres decir?

—Que estuvo rebuscando aquí y allá. Yo le pregunté entonces: «¿Qué pasa? ¿Echa en falta algo?». Y él me respondió: «No me sorprendería si ese fuera el caso. Jamás conocí a inglés alguno que no fuera insincero». Y yo repliqué: «¿Cómo se atreve a hablar de milady de esa manera? Yo prefiero ser inglesa a una bárbara escocesa». Él me respondió: «Bueno, al menos las escocesas tienen temple, algo de lo que usted carece». ¡Yo! ¡Que no tengo temple, yo! Yo le dije que no conocía para nada mi temple, y que aunque no fuera un animal como él... ¡era lo suficientemente fuerte para...!

Margot la miró alarmada, pensando en seguida en el cuchillo que había quedado encajado en el pequeño armario del despacho de Arran.

—¿Qué respondió él?

—Nada —contestó Nell, encogiéndose de hombros—. No dijo una palabra más y se marchó de aquí como una colegiala enfadada.

—¿Te dijo lo que había estado buscando? —preguntó Margot, inquieta, mirando a su alrededor—. ¿Echó en falta algo?

—Si fue así, a mí no me lo dijo —declaró Nell—. Pero

estuvo tocando la cómoda por todas partes. Y se arrodilló para mirar bajo la cama. Sacó hasta las sábanas de los cajones.

Margot tenía el corazón a punto de estallar.

—Luego fue al vestidor del *laird* y se quedó allí durante un buen rato.

«Oh, Dios», exclamó para sus adentros, intentando pensar.

—Nunca en toda mi vida había visto a un hombre tan grosero —aseveró Nell, enfática, al tiempo que abría uno de los baúles de su señora y sacaba unas botas. Y continuó quejándose de Jock y de sus arrogantes maneras mientras Margot se vestía.

La dejó parlotear sobre ello, más preocupada como estaba por lo que habría estado buscando Jock. O, más bien, por si Jock habría estado buscando lo mismo que había estado buscando ella. Apenas tenía tiempo para pensar en eso ahora. Se estaba retrasando, pero al menos había terminado de vestirse con su atuendo de caza. Bajó apresuradamente al patio mientras se ataba la cinta del sombrero debajo de la barbilla.

Cuando salió al patio moteado por el sol, vio a Arran esperándola. Estaba magnífico con sus calzas de piel de ciervo y su largo abrigo, el cabello recogido en una larga coleta bajo el sombrero. Con los brazos cruzados, observaba cómo sir Worthing y el señor Pepper cargaban sus equipajes en el coche.

—Llegas tarde —le dijo a Margot, y sonrió levemente. Poniéndole una mano en la cintura, se alejó a toda prisa de los ingleses para dirigirse a los caballos ya reunidos de la partida de caza.

Margot se alegró de ver que habían ensillado al poni para ella. Dos hombres los acompañarían, Duncan y Hamish Mackenzie, los monteros de Balhaire. Un par de perros sabuesos olisqueaban a sus pies, a la espera de órdenes.

Pero la única persona a la que había esperado ver no estaba por ninguna parte.

—¿Dónde está Jock?

—Tiene otros asuntos de los que ocuparse —declaró sencillamente Arran.

Margot se sintió inquieta.

—No necesitas decirme más. Sé que no simpatiza conmigo.

—Oh, eso no es cierto. Te tiene en gran estima —mirándola a los ojos, añadió—: Pero no confía en ti. Vamos, deja que Sweeney te ayude a montar.

Margot obedeció.

—Jock no tiene razón alguna para no confiar en mí —dijo mientras se acomodaba en la vieja silla de amazona y su marido subía ágilmente a su caballo—. Lo que pueda ocurrir entre nosotros... nada tiene que ver con él.

—Quizá. Pero suele tomarse muchas molestias con aquellos que pueden desear hacerme daño.

—¿Piensa él que yo quiero hacerte daño? —inquirió, incrédula. ¿Estaría Jock buscando alguna pista que demostrara que ella pretendía ocasionar un daño físico a su marido?

—Parece que sí. Pero basta ya. Tenemos trabajo que hacer.

¿Pensaría realmente Jock que la habían enviado allí con tan abominables objetivos? ¿La tendría por una asesina sin conciencia ni escrúpulos?

Pero de repente cayó en la cuenta de que, si bien no era una asesina, Jock tenía razón al menos en una cosa: había sido enviada allí con la misión de encontrar alguna prueba que acusara a su marido de traición. Y... ¿acaso eso era algo menos atroz?

A una seña de Arran, la partida de caza se puso en marcha.

Todo el mundo, al menos, menos Margot. Fue necesaria una orden de Sweeney, acompañada de un brusco golpe de rienda, para que el poni se animara a seguir al resto de los caballos. El animal inició un trote que la hizo bambolearse tanto que a punto estuvo de descabalgar antes incluso de haber atravesado las murallas del castillo.

Capítulo 14

Las habilidades ecuestres de Margot no habían mejorado milagrosamente de la noche a la mañana, tal y como había esperado inútilmente Arran. Estaba empezando a sentirse un poco culpable por haberla llevado a remolque. Hasta había perdido su sombrero en algún momento del viaje.

También estaba algo irritado por las continuas pullas que no habían dejado de lanzarse sus dos mejores monteros. Los hermanos eran quizá los mejores ojeadores de caza de toda Escocia, pero no se soportaban. Su desacuerdo se remontaba a muchos años atrás y estaba centrado, naturalmente, en una muchacha. Arran no sabía exactamente lo que había sucedido, ni cuándo, pero de alguna manera se había convertido en parte de la leyenda de aquellos dos hombres.

Arran volvió grupas para dejar de escuchar sus disputas y ponerse a la altura del poni de Margot. Sus dos sabuesos los flanqueaban, con los hocicos pegados al suelo y los rabos en alto.

Margot sonrió animosa cuando lo descubrió a su lado, pero tenía las mejillas coloradas por el esfuerzo de mantenerse en la silla, y jadeaba levemente.

—Yo no sé lo que le pasa a este poni hoy. Ayer no me dio tantos problemas cuando cabalgué hasta la caleta.

No había nada mal en el poni, pensó Arran. El problema lo tenían las manos de su amazona.

—El camino hasta la caleta es llano y la distancia corta —dijo él—. Ahora estamos subiendo el valle hasta Lochbraden y no hay camino alguno. Es un trecho más duro.

—¡Lochbraden! Yo creía que casi habíamos llegado a Inglaterra.

Arran sonrió.

—No llevamos recorridas más de cinco millas, *leannan*. Otra más y empezaremos la caza. ¿Cómo es que nunca has aprendido a montar a caballo, por cierto?

Pareció sorprendida por su pregunta.

—¡Pero si estoy montando a caballo! —exclamó, apretando las riendas con demasiada fuerza.

—Tengo la impresión de que te cuesta demasiado esfuerzo.

Margot soltó un gruñido antes de admitir, tímida:

—Nunca me enseñaron a montar apropiadamente. Mi padre era un hombre muy ocupado, y la educación de mis hermanos siempre tuvo primacía sobre la mía.

Aquello no sorprendió a Arran. Suponía que las cosas funcionaban igual en Balhaire.

—¿A ti te enseñó tu padre? —le preguntó ella, curiosa.

—Mi padre murió cuando yo era un muchacho —respondió con naturalidad, como si no diera al hecho la menor importancia. Había muerto de manera instantánea, cuando una carga que transportaba en barco se soltó y le golpeó en la cabeza.

—Oh, sí —dijo Margot, recordando aquel detalle de su vida—. Solo tenías catorce años, ¿verdad?

—Doce —la corrigió él—. Y mi madre murió menos de un año después.

—Me había olvidado de lo joven que eras —comentó ella—. No puedo ni imaginar lo que debiste de sufrir —desvió la mirada hacia el paisaje, con expresión pensativa—. Te educaron los padres de Jock, ¿verdad?

—Sí, tío Ivor y tía Lilleas me educaron para ser el *laird* de Balhaire, como derecho de primogenitura, al lado de Jock y de Griselda.

—No me extraña que Jock y tú seáis inseparables —repuso, y sonrió irónica.

Arran le sonrió a su vez.

—No somos inseparables. Anoche no estuvo en nuestra cama, ¿verdad?

Margot resopló, escéptica.

—Pues habría estado allí si tú se lo hubieras permitido. Puedes estar seguro de ello.

Arran soltó una fuerte carcajada al escuchar aquello, que no estaba nada lejos de la verdad. Jock era intensamente leal y protector.

—Tu gente te quiere hasta ese punto, Arran. ¡Cómo te envidio!

—Ellos son nuestra gente —la corrigió—. Y tú también eres querida en Inglaterra.

—¿Yo? —ella sacudió la cabeza.

—Sí, sé por buenas referencias que eres muy admirada entre los caballeros, Margot. Y que eres particularmente eficiente en los juegos de salón.

Ella se echó a reír.

—Supongo que algunos me admirarán. Y soy algo más que eficiente en esos juegos: en realidad, soy bastante buena. Apenas bailo, así que… ¿qué otra cosa podría hacer?

Arran rio por lo bajo.

—En eso, te creo: eres indudablemente una pésima bailarina.

—¡Vaya, gracias! —exclamó, divertida—. Finalmente una persona ha admitido algo que yo tengo por muy cierto. Porque siempre hay alguien cerca asegurándome que no soy tan mala como me temo. En cualquier caso, cuando volví a Inglaterra, acepté todas las invitaciones de sociedad que me enviaron. Me esforcé por aprovecharme todo lo posible de mi situación, tal y como, estoy segura de ello, hiciste tú aquí.

Arran se encogió de hombros. Ella nunca sabría que, durante días enteros después de su marcha, no había hecho otra cosa que dar tumbos, obsesionado con ella, con las cosas que se había arrepentido de haberle dicho, con las cosas que habría anhelado decirle. Se había sentido casi ebrio de dolor y de arrepentimiento.

—Lo conseguiste —insistió ella—. Al final ampliaste tu negocio a Francia.

—Sí.

—Y estuviste rodeado de gente cada día. Tu sociedad está aquí, donde estás. No tuviste que buscarla.

—También estaba aquí para ti.

—Quizá. Pero lo que yo vi aquí fue la audiencia para un matrimonio que no quería y en el que jugué un papel pésimo. Incluso ahora, es como si todos los Mackenzie estuvieran asistiendo a la reconciliación del *laird* y su esposa.

—«Reconciliación» es una palabra muy fuerte —repuso él—. Yo todavía no estoy convencido de que eso vaya a darse.

Sus grandes ojos verdes lo miraron con un parpadeo de sorpresa.

—¿Ah, no?

—No.

Margot reflexionó por un momento mientras lo estudiaba.

—¿Y cuándo te convencerás de ello?

—Cuando confíe en que estás siendo completamente sincera conmigo.

La sonrisa se borró de sus labios.

—Bueno... —desvió la vista, y Arran tuvo la impresión de que estaba reflexionando sobre su respuesta. Pero no llegó a saberlo, porque, justo en aquel momento, Duncan lo llamó. Había encontrado al gallo salvaje.

La partida hizo un alto en las colinas, sobre un diminuto lago que abrevaba en el mar. Arran desmontó y ayudó a Margot a hacer lo mismo, y juntos caminaron hacia donde estaban Duncan y Hamish, agachados.

—Allí, en las hierbas altas, *laird* —dijo Hamish, señalando un punto—. Lo rodearemos hacia el punto más alejado y...

—¡El punto más alejado! —le espetó Duncan—. Lo espantaremos antes de que consigamos llegar hasta allí.

—Ya, ¿y qué hacemos entonces? ¿Disparar desde aquí, cuando apenas podemos ver el lago, y mucho menos la pieza? Eso sí que sería absurdo.

—Está bien, ¡basta ya! —dijo Arran con tono irritado.

Pero los dos hermanos no parecieron oírlo: su discusión había alcanzado su punto máximo y se levantaron a la vez, beligerantes, con lo que pusieron nerviosos a los perros, y uno de ellos empezó a ladrar. A espaldas de la partida, el gallo salvaje alzó el vuelo, sobrevoló el lago y desapareció en un barranco.

—Por el amor de Dios —masculló Arran.

—Ya estoy harto de ti y de tu maldita bocaza —estalló Duncan—. Debería arrancarte la cabeza con las manos desnudas.

—¿Te crees suficiente hombre para eso? —replicó Hamish, y le dio un empujón en el pecho.

—¡Quietos! —ordenó Arran—. ¡Sois hombres adultos!

Pero los dos hermanos ya se estaban agarrando, mientras maldecían en su lengua, con los ladridos de los perros de fondo.

Arran sacó entonces su escopeta.

—¿Qué vas a hacer? —chilló Margot.

—Disparar a estos dos —gruñó Arran.

Pretendía disparar al aire por encima de sus cabezas, aunque estuvo tentado de apuntarles directamente por haberse mostrado tan obstinados. Por su culpa habían perdido una buena partida de gallos salvajes.

Apoyó la culata de la escopeta en su hombro, pero se sobresaltó cuando Margot se interpuso entre los hermanos y él.

—¡Margot! —gritó.

Hamish y Duncan dejaron de forcejear, porque Margot se había situado directamente entre ellos, separándolos. Ninguno habría podido lanzarle un puñetazo al otro sin alcanzarla a ella.

—¿Qué diantres les pasa a ustedes? —se encaró con ellos, sin aliento—. ¡Deberían avergonzarse de tener un comportamiento tan infantil!

—Es él, milady —dijo Duncan, jadeando también, y todavía intentó alcanzar a su hermano por encima de Margot—. Es como una espina que llevo clavada toda la vida.

—¿Toda la vida? —repitió Margot, incrédula, al tiempo que lo obligaba a retroceder de un empujón—. Yo creo que eso no es cierto porque, si lo fuera, no seguiría yendo a cazar con él —dejó caer las manos—. Y ahora, explíquenme: ¿de qué va todo esto?

—Él sabe muy bien lo que hizo —masculló Hamish, fulminando a su hermano con la mirada—. Lo sabe perfectamente.

—Yo no hice nada… —gritó Duncan, intentando alcanzarlo de nuevo.

—¡Basta! –gritó Margot.

Los dos hombres, y con ellos también Arran y los perros, se quedaron callados. Duncan y Hamish seguían fulminándose con la mirada, pero afortunadamente no habían vuelto a abrir la boca.

—Me resulta inconcebible que dos hermanos adultos puedan llevarse tan mal.

Ambos hombres se dispusieron a protestar a la vez, pero Margot alzó las manos.

—No quiero saberlo –dijo–. Pero les pido que reflexionen a fondo sobre aquello que sucedió hace ya tanto tiempo entre los dos. ¿No les parece que debería estar ya perdonado y olvidado? Usted, por ejemplo... ¿a quién tendrá a su lado para enterrarlo cuando muera? ¿A un enterrador cualquiera? –le preguntó a Hamish.

El hombre bajó la mirada al suelo, tímido.

—¿Y quién, señor, se ocupará de usted cuando esté viejo y enfermo? –se giró de golpe hacia Duncan.

—No lo sé –gruñó Duncan, negándose a mirar a su hermano.

—Yo sí creo saberlo. Tienen que reflexionar sobre lo que significa ser hermanos. No me puedo creer que dos hombres como ustedes desdeñen de tal manera sus lazos familiares y malgasten sus vidas por una antigua rencilla. ¿Qué importa eso, en verdad, comparado con la familia? ¿Justifica realmente tanta enemistad?

Arran estaba no solamente asombrado por su perspicacia, sino también orgulloso de ella. Nunca había visto aquel aspecto de su personalidad. Ni siquiera se había imaginado que existía.

—No espero que resuelvan ustedes sus diferencias de un día para otro. Pero quiero su solemne promesa de que lo intentarán. ¿Lo prometen?

Los dos hermanos se miraron.

—Sí, milady —masculló Hamish.

—Sí, milady —cedió también Duncan.

—Gracias —se sacudió el polvo de las manos—. Y ahora... ¿podemos cazar esos gallos salvajes? El *laird* dijo que mi cena dependía de esas piezas.

—Ya habéis oído a la señora —intervino Arran.

Los hermanos recogieron los perros y los caballos y partieron en busca del gallo salvaje. Arran los observó alejándose al galope, para volverse luego hacia Margot.

—Buen trabajo, lady Mackenzie. Habéis abierto camino en un terreno en el que nunca antes se había aventurado nadie.

Ella puso los ojos en blanco.

—Esta paz no durará. Pero espero que se mantenga al menos hasta que me traigan la cena.

Arran se echó a reír. Atrayéndola hacia sí, la besó en el pelo.

La ayudó a montar y siguieron a los hermanos por la ribera del lago, hasta que avistaron de nuevo a los gallos salvajes. Eran aves demasiado pesadas para poder volar muy lejos: como resultado, los tres hombres fueron capaces de abatir a media docena de ellas. Cuando los perros les llevaron las piezas, y Hamish se ocupó de guardarlas, Arran despachó a los monteros de vuelta a Balhaire.

—Lady Mackenzie y yo iremos más despacio —informó—. Vamos —le dijo a Margot y, tomándola de la mano, bajó por la verde ladera. Una vez abajo, la agarró de la cintura y se dejó caer con ella en la hierba.

—¿Qué estás haciendo?

—Pretendo hacer de ti una buena cazadora. Para que aprendas el proceso por el cual una pieza de caza termina en tu mesa de Balhaire —le colocó la escopeta en el hombro, instruyéndola sobre la manera de sostenerla. Le explicó luego cómo debía apuntar a las aves. No tenía muchas esperanzas de que abatiera un gallo salvaje, pero quería que lo intentase al menos.

—Se están moviendo —dijo ella mientras apuntaba.

—¿Tienes alguno en la mira? —le preguntó él.

—Sí.

—Entonces, a la cuenta de tres, aprieta el gatillo. Uno. Dos...

Margot hizo fuego antes de tiempo. Y con los ojos cerrados. La culata hizo impacto en su hombro, y el tiro fue tan errado que Arran no pudo evitarlo: cayó de espaldas riendo a carcajadas.

—¡Eso ha sido una grosería! —exclamó Margot, riendo también.

—*Diah,* es el peor tiro que he visto en mi vida —dijo, convulsionándose de risa.

—¡Porque eres un pésimo profesor! —replicó ella mientras lo empujaba de un hombro, juguetona.

Arran la agarró y rodaron juntos por la hierba.

—Es imposible enseñar a disparar a una mujer que cierra los ojos cuando hace fuego.

—Me has puesto nerviosa —dijo. Estaba sonriendo encima de él, relajada—. ¡Lo habría conseguido sin ti!

—No me lo creo —repuso él, acariciándole una mejilla—. Y no habrías podido cabalgar hasta aquí en ese poni de no haber sido por mí —y, acunándole la cabeza entre las manos, la besó.

Arran se olvidó de Duncan y de Hamish. Se olvidó de los perros. Se olvidó de la desconfianza que albergaba hacia ella, y de todo lo demás en medio de aquella alta hierba. De lo único que era consciente era de la sensación del cuerpo de su esposa contra el suyo, de la suave presión de sus labios. La tumbó de espaldas y la besó mientras una oleada de ternura se alzaba en su pecho, ahuyentando todas sus dudas. Quería aquello. Quería a su mujer, quería aquella vida. ¿Era una locura pensar que podría tenerla? ¿Era una fantasía lo que colmaba su corazón?

Le retiró una brizna de hierba de la mejilla, la besó en la frente y se levantó, para ayudarla en seguida a hacer lo mismo. Ella se sacudió las faldas y se atusó un momento el pelo antes de tomarle la mano.

—¿Me he ganado la cena?

—Sí —respondió él, apretándosela.

La ayudó a subir al poni y cabalgaron detrás de los hombres y los perros. El sendero descendía hasta un acantilado desde el que se dominaba el mar.

—¿Dónde están tus barcos? —le preguntó ella, mirando hacia la caleta.

—Anclados.

—¿Cuándo irás a Francia de nuevo?

Su tono era ligero. Demasiado. La miró por encima del hombro.

—¿Quién ha dicho que iré a Francia?

En sus ojos verdes, pudo leer el rápido desfile de sus pensamientos. De repente parecía haberse quedado sin palabras. Miró de nuevo el mar con aspecto nervioso y dijo:

—Estoy segura de que lo dijiste.

—Y yo estoy seguro de que no.

—Entonces debí de haberlo supuesto. La señora Gowan me dijo que le habías dado porcelanas para vender... Oh, mira, ahí está Jock.

Arran retiró la mirada del súbito rubor de su esposa para fijarla en Jock, que galopaba hacia ellos.

—¿Jock? —inquirió Arran cuando su primo llegó hasta él.

—Tu presencia es requerida, *laird*.

Arran lo miró de cerca. Pero Jock se negó a añadir más.

—¿Se fueron los ingleses?

—Sí.

Arran asintió.

—Llegaremos en seguida.

Jock volvió grupas y enfiló hacia la caleta.

Margot habló muy poco mientras cabalgaban de vuelta al castillo. Tenía el ceño fruncido, como si la preocupara algo. Cuando entraron en el patio del castillo, Arran la ayudó a desmontar y ordenó a uno de sus hombres que se hiciera cargo del poni.

Pero antes de que él pudiera montar de nuevo, ella le puso una mano en el brazo.

—¿A dónde vas? —su expresión reflejaba un extraño nerviosismo.

—Ya has oído a Jock —repuso Arran.

—Pero... ¿dónde te reunirás con él?

Intentó entender lo que tanto la preocupaba. Lo que imaginaba que él podría estar a punto de hacer.

—¿Por qué lo preguntas?

Los ojos de Margot parecieron indagar algo en su interior. Arran no entendía lo que podía estar buscando, lo que quizá necesitara de él.

—¿Cuándo volverás? —le preguntó ella con una voz débil que sonó, extrañamente, casi culpable.

La miró ceñudo, esforzándose por entender aquel súbito cambio de actitud en ella, y preocupado al mismo tiempo por lo que Jock tenía que decirle.

—No lo sé, Margot. Una hora, o quizá más tiempo. Pero debo irme.

Margot inspiró profundo como si quisiera insistir, pero Arran no deseaba escuchar más preguntas que pudieran hacerle sospechar aún más de ella. Así que de repente se inclinó, le besó una sien y le dijo:

—Cuando vuelva, podrás preguntarme lo que quieras, ¿de acuerdo? Pero ahora debo irme.

Montó en su caballo y se alejó, dejándola a ella, y a sus cada vez más numerosas sospechas, en el patio del castillo.

Capítulo 15

Era la única oportunidad que tendría: Margot estaba segura de ello. Estaba empezando a sentir cosas por Arran que jamás había experimentado antes, que jamás había creído que fueran posibles... De manera que, si quería desterrar todas sus dudas, tenía que aprovechar aquella oportunidad.

Tenía que descubrir lo que escondía aquel pequeño armario.

Margot observó a Arran mientras abandonaba el patio de castillo. Su confianza en las convicciones que estaba sintiendo crecer dentro de sí había sido puesta a prueba por la aparición de Jock, así como por el presentimiento que tenía de que aquella reunión era un asunto grave. En cuanto lo vio atravesar las puertas de la muralla, entró en el castillo con la mayor naturalidad posible, sonrió a Fergus, contestó amablemente que no necesitaba nada y le comunicó que pretendía retirarse a sus aposentos. Subió luego por la curva escalera como habría hecho cualquier señora de regreso de una larga cabalgada, sin prisa alguna por apurar el día.

Asomó la cabeza por la puerta de su salón... y no vio señal alguna de Nell. Por una vez, Margot se alegró de la afición de su doncella por el cotilleo y el vagabundeo. Una vez en el interior de sus aposentos, cerró sigilosamente la puerta a su espalda. Deteniéndose ante su mesa de tocador, deslizó los dedos por los variados objetos que cubrían su superficie hasta que encontró lo que estaba buscando: un alfiler de sombrero. Tras esconderlo en uno de los pliegues de su falda, pasó de sus habitaciones a las del señor.

No había nadie por allí. Más aún, con la señora Abernathy todavía enferma, parecía que nadie había entrado desde que Margot abandonó la habitación aquella misma mañana. La chimenea estaba fría y el aguamanil seguía lleno, sin vaciar.

¿Y si de repente aparecía alguien? ¿Cómo evitar que la sorprendieran curioseando en su despacho? Arrojó su sombrero sobre una silla, perfectamente visible desde la puerta, y se quitó luego el abrigo para dejarlo a los pies de la cama. Con un poco de suerte, la gente que entrara en la habitación vería sus cosas y daría por supuesto que ella estaba allí, con lo que buscaría a Nell. Margot ignoraba qué haría si Nell se presentaba de pronto, así que debía darse prisa.

Moviéndose lo más sigilosamente que pudo, entró en el vestidor de Arran y esbozó una mueca al escuchar el chirrido de la puerta. La cerró rápidamente a su espalda nada más entrar, y corrió hacia el fondo para abrir la que daba a su despacho.

Vacío.

Para entonces le temblaban ya las manos, pero se acercó al pequeño armario y se arrodilló en el suelo. Retiró el cuchillo que había dejado allí la víspera antes de salir corriendo asustada, insertó el alfiler en la cerradura y lo movió para intentar accionar el resorte. No tuvo éxito. Lo intentó de nuevo, pero, pese a sus esfuerzos, al alfiler seguía sin alcanzar el mecanismo interno.

Comenzó a sentir pánico, imaginándose que todo el mundo podía oírla forcejear con la cerradura... Los hombres del clan se abalanzarían sobre ella en cualquier momento para arrastrarla a presencia del *laird* y obligarla a confesar su delito. Seguro que Jock la estaría observando con ojos brillantes de satisfacción, por haberla sorprendido por fin en un acto de perfidia.

No, aquello no iba a funcionar. El armario no se abría. Pero, justo cuando estaba a punto de renunciar, la cerradura cedió y la pequeña puerta se abrió de golpe.

Jadeó de sorpresa y echó un rápido vistazo por encima del hombro para asegurarse de que no había entrado nadie. Al no oír nada, palpó el oscuro interior en busca de los secretos que pudiera ocultar. Sus dedos tropezaron con lo que parecía un atado de papeles. Lo retiró y se quedó mirando el fajo de papeles doblados. El superior presentaba un lacre intacto con el sello Mackenzie. ¿Qué serían? ¿Cartas? ¿Correspondencia con los franceses? ¿Con los jacobitas? ¿Las habría escrito Arran? Y, si había sido así, ¿por qué no habían sido entregadas? ¿Y por qué de repente le pesaba tanto el corazón, como si tuviera una piedra en el pecho? Casi podía sentir cómo su propia sensación de culpa abrasaba aquellos papeles.

Con manos temblorosas, desató el cordel y sacó la primera carta.

Lady *Mackenzie, Norwood Park*, rezaba la familiar letra de Arran en el sobre. Margot perdió el aliento, asombrada de ver su nombre. ¿Se trataba de una carta para ella? ¿Y por qué no se la había enviado? Quizá se tratara de un testamento, una declaración de última voluntad destinada a no ser remitida más que después de su muerte.

Examinó otra carta, que también estaba dirigida a ella. Y la siguiente. Y la siguiente. Nueve misivas, todas remitidas a su nombre. Todas selladas y sin enviar.

Se sentó lentamente sobre sus talones, con las cartas sobre el regazo. ¿Qué contendrían? ¡No podía romper el sello! ¡Eso sería una obscena violación de intimidad, una traición a su confianza! Justo lo que Arran había sospechado de ella.

Si él hubiera querido que ella leyera aquellas cartas, se las habría enviado. No podía caer tan bajo como para pisotear la poca fe que quedaba entre ellos. No podía robarlas de un armario que había forzado y, además, leerlas.

Pero tampoco podía dejarlas así. Miró el reloj de la repisa de la chimenea y calculó que dispondría de una media hora antes de que apareciera algún criado para encender las velas y la chimenea. Bajó de nuevo la vista a las cartas.

No. «No, no, no lo hagas», se ordenó. «Mejor admitir haber violado la intimidad de su despacho que romper el sello». Volvió a atar el fajo de cartas con el cordel y lo guardó nuevamente dentro del armario. Cerró la puerta, volvió a insertar el alfiler... pero de repente cambió de idea y la abrió de nuevo. Su curiosidad era demasiado fuerte.

—Solo una —musitó. Extrajo la primera del fajo, rompió el sello y la desdobló. Estaba fechada más de un año atrás, en invierno.

Han pasado seis meses desde la última vez que te escribí, y el hielo y los vientos invernales han llegado a Balhaire. La tormenta se nos echó encima tan rápido que perdimos unas cuantas ovejas en el valle. Las encontramos congeladas juntas: ni siquiera su gruesa lana pudo salvarlas del frío. Ojalá estuvieras aquí para calentar mi cama. Me desprecio a mí mismo por desearlo. Ojalá nunca hubiera oído tu nombre.

Margot se quedó mirando fijamente la carta. Las letras parecían moverse solas en el papel que sujetaba su mano temblorosa. ¿Qué le habría empujado a escribir aquello casi dos años después de que ella lo hubiera abandonado? ¿Y por qué no se la había enviado?

Ya no había marcha atrás: eligió otra carta y rompió el sello. Aquella estaba escrita un mes después de su marcha de Balhaire, y se encogió por dentro, convencida de que se encontraría con una diatriba contra ella.

He intentado comprender por qué te marchaste. Tuvimos nuestras diferencias, pero ninguna que pudiera justificar tu abandono. Si no me hubiera sentido tan aturdido por tu continuada infelicidad, quizá habría podido arreglarlo. Ignoro en qué me equivoqué para hacerte tanto daño, Margot...

Y continuaba relatando eventos, muchos de los cuales ella había olvidado, que en su momento la habían hecho llorar.

Puede que seas la peor mujer del mundo, una arpía llorosa, taimada, frágil. Y, sin embargo, te echo muchísimo de menos.

Otra carta, redactada un año después de su huida:

Mary Grady ha dado a luz un hijo esta mañana. En la vida habrás visto un hombre más feliz que John Grady. El chico está perfectamente, llora a pleno pulmón y se ha puesto a mamar inmediatamente. La comadrona dice que será un muchacho muy sanote. Me alegro mucho por Grady, pero debo confesarte que siento un peso de plomo en el corazón. La esperanza que tenía de engendrar un hijo se encuentra ahora en Inglaterra...

Eran en total nueve cartas dirigidas a ella, escritas en

diversas fechas a lo largo de su ausencia. Le había escrito con mayor frecuencia al principio, ventilando su dolor y su frustración con ella a grandes trazos. Pero durante el último año, las cartas se habían espaciado durante meses. Dos o tres tenían un tono muy sentimental, hablándole de tal nacimiento o de cual muerte, de gente que ella no estaba segura de haber conocido, y que mucho menos recordaba. Una o dos habían sido escritas en un tono más formal, con palabras frías y su furia bullendo entre líneas.

Pero en cada una de ellas le había expresado lo mucho que la había echado de menos.

Y luego estaba la última, escrita tan solo siete meses atrás. Era más corta que las otras. Decía así:

Esta es la última carta que te escribiré. Me he resignado al hecho de que cometí un error al casarme contigo. Pero ya está hecho y no se puede remediar. Desde el momento en que te prometí fidelidad ante Dios y ante la reina, te convertiste en el principio y en el final de mi mundo, y así será siempre. Es culpa mía no haber imaginado que el final podría ser así, una carga que tendré que soportar durante el resto de mi vida. Pero yo te libero de ella, Margot.

Las lágrimas le nublaban la vista mientras volvía a doblar y a guardar las cartas. Jamás había sospechado que Arran había sentido todo eso por ella. Muchas veces se había preguntado por qué no había acudido a buscarla, por qué no le había mandado al menos una carta, con lo que había supuesto que se había alegrado de deshacerse de ella.

Estrechó el fajo de cartas contra su pecho, con los ojos cerrados y el corazón latiendo dolorosamente acelerado. Si lo hubiera sabido, si hubiera sabido que él la estimaba de alguna forma, ¿habría significado eso alguna diferencia para ella? ¿Lo habría abandonado, en primer lugar? ¿Habría pasado los tres últimos años de su vida alternando con amigos, divirtiéndose en los juegos de salón y encargando vestidos a Londres, mientras al mismo tiempo se sentía tan vacía, tan desesperada sobre su propio futuro?

Se guardó la última carta entre la ropa, volvió a atar el cordel y guardó el resto de las cartas en el oscuro escondite del armario. Volvió a servirse del alfiler para cerrarlo, recogió el cuchillo y se levantó.

Ignoraba cómo podría reparar el daño que le había infligido a Arran, si acaso eso era posible. Como ignoraba también cómo podría soportar el daño que él podría provocarle a ella si al final se demostraba que estaba cometiendo traición. Pero, al margen de todo ello, lo que no podía hacer era seguir fingiendo. Tenía que revelarle la verdad sobre su regreso. Tenía que confesarle la verdad sobre sus sentimientos. Le debía al menos esas dos verdades.

Margot suponía que eso significaría su inmediata expulsión de Balhaire, bien merecida. Ya era demasiado tarde para que fuera la mujer con la que él había esperado casarse.

Volvió a sus habitaciones, sin que nadie la descubriera. Tiró del cordón de la campanilla y esperó de pie ante la ventana, con los brazos cruzados sobre el vientre contemplando con tristeza el paisaje de aquel día gris. No dejaba de pensar en Arran encerrado en su despacho, escribiendo carta tras carta a una esposa fugitiva y guardándolas luego, sin enviar. La imagen le destrozaba el corazón.

Seguía allí cuando Nell entró en sus aposentos.

—Ha llegado un barco —anunció, alegre—. Con la señorita Griselda a bordo.

Así que de eso se trataba aquella reunión tan urgente: Griselda había regresado de alguna parte, probablemente con noticias.

—¿Ha preguntado alguien por mí? —inquirió Margot, curiosa.

—No, milady.

Volvió a asomarse a la ventana, con la mirada en las colinas. ¿Cómo se vestía una mujer para comunicarle a su marido que le había traicionado?

—Me pondré el vestido de brocado escarlata, Nell.

—Sí, milady —y fue a buscarlo al vestidor contiguo.

Nadie la requirió, pero Margot pudo escuchar un rumor de idas y venidas al otro lado de su puerta. Supuso que serían los criados, encendiendo velas y hogares. Finalmente abandonó la habitación y fue en busca de Arran.

No estaba en el gran salón, ni tampoco en el comedor. No fue hasta que advirtió a Sweeney plantado a la puerta de la biblioteca, como montando guardia, cuando descubrió dónde estaba.

—Ah, Sweeney —dijo, sonriendo con alivio—. ¿Está el *laird* dentro?

El muchacho abrió mucho los ojos.

—No—no, mi—milady —dijo lanzando una nerviosa mirada por encima de su hombro. Movió los labios, como si quisiera decir algo más, pero ninguna palabra salió de ellos. Una fina película de sudor le cubrió de pronto la frente.

—¿Qué pasa, Sweeney? —preguntó.

Los labios de Sweeney se curvaron, pero sus dientes permanecían fuertemente apretados mientras se esforzaba por pronunciar las palabras.

—No importa —le aseguró Margot con tono suave, poniéndole una mano en el brazo, y se dispuso a rodearlo.

—No–no, mi–milady —volvió a tartamudear, pero ella ya había llamado a la puerta.

—No pasa nada —dijo, y volvió a llamar antes de que pudiera perder la paciencia. Escuchó unas voces apagadas al otro lado y, justo en aquel momento, la puerta se abrió de golpe. El corazón le dio un vuelco en el pecho al ver a Griselda.

Allí estaba, alta y esbelta. Su sonrisa de suficiencia le heló la sangre en las venas. Nunca había habido calidez alguna entre ellas, pero Griselda la estaba mirando como si hubiese sorprendido a Margot cometiendo algún delito y deleitándose con ello. Lucía una larga falda de tartán y una chaqueta de terciopelo que moldeaba su talle.

—Conque es cierto, ¿verdad? Has vuelto arrastrándote a Balhaire —le soltó fríamente a Margot.

—En realidad, he venido en carruaje. Buenas tardes, Zelda.

—Umm... —le indicó que entrara.

La única iluminación de la habitación era el fuego de la chimenea, pero al amparo de las sombras, detrás de Griselda, Margot pudo distinguir a Arran y a Jock. Arran se hallaba al pie de la ventana, con un brazo apoyado en el marco y la otra mano en la cintura, contemplando el paisaje. Jock estaba a su lado, cruzado de brazos. Su expresión era inescrutable, pero parecía como si estuviera dispuesto a saltar sobre ella en caso de que quisiera acercarse a su marido.

Margot no sabía a dónde ir, ya que Arran ni siquiera se había vuelto para registrar su presencia, así que permaneció con actitud incómoda en el centro de la habitación mientras Griselda la rodeaba como un halcón acechando a su presa.

—¿Arran?

Él se volvió lentamente. El azul hielo de sus ojos la sobresaltó: reflejaban un dolor y una furia tan grandes que se quedó perpleja. Y eso que todavía no le había contado nada.

—¿Ha pasado algo?

Griselda resopló a espaldas de Arran.

Arran continuaba mirándola fijamente, con la mandíbula tan apretada que los músculos latían bajo la sombra de su barba. Cruzó los brazos sobre el pecho.

—Sí. Corren rumores de que hay un espía en nuestra casa —informó con tono tranquilo.

El corazón de Margot empezó a latir acelerado.

—Oh, yo... ¿un qué? —preguntó, sacudiendo la cabeza como si no lo hubiera oído o entendido bien. Como si no supiera lo que significaba la aterradora palabra.

—Un espía, Margot. Alguien a quien le gustaría verme colgado. Y luego Jock encontró esto en mi despacho – extendió un brazo y abrió la mano, mostrándole la figurita de porcelana que le había regalado el hombre de la caleta.

Margot se la había guardado en un bolsillo, pero después se había olvidado de ella. Se la quedó mirando fijamente.

—¿Es tuya? —inquirió él.

El corazón le atronaba tanto que estaba segura de que Arran podía escucharlo. El estómago se le encogió de miedo y no fue capaz de formular pensamiento coherente alguno. No podía apartar la mirada de la de Arran, tal era el dolor que se reflejaba en sus ojos.

—Sí —contestó con voz apenas audible.

Los hombros de Arran se hundieron de repente. Dejó caer la figurita al suelo y se volvió hacia otro lado.

—Yo... —las palabras no acudían a sus labios.

Nada podía describir la profundidad de su traición y de su tristeza. Nada de lo que dijera podría nunca convencerlo de que su única intención había sido salvar a su padre. Estaba segura de ello. En aquel momento veía con toda claridad lo que debía de parecerle todo aquello, y el temor de hacerle todavía más daño del que le había hecho ya la había dejado completamente muda.

–Puedo explicarlo –se obligó a decir–. De hecho, había venido a explicártelo –su propia voz le sonaba débil y distante, casi como si perteneciera a otra persona.

La expresión de Arran se tornó dura como la piedra y, a su espalda, Griselda murmuró algo en gaélico.

–¿Volviste para espiarme? –rugió de pronto, asolado su rostro por un crudo dolor que la dejó aterrada–. Todas las promesas que me hiciste, todas las disculpas que me diste, ¿no fueron más que mentiras para poder espiarme?

–Sí –reconoció sin aliento. Juntó las manos y se apretó el vientre, necesitada de agarrarse a algo. Cerró los ojos, vacilando por un instante antes de soltarle la verdad sin ambages–. Al principio, sí. Al principio, fue todo una mentira.

Arran dijo algo en su lengua que sonó tan hiriente para Margot como si lo hubiera dicho en inglés. Y Jock, el leal Jock, apoyó una mano sobre el hombro de Arran.

Margot lo intentó de nuevo.

–Arran, por favor, escucha lo que...

–Vete –le espetó él–. ¡Ahora mismo! Vete inmediatamente, Margot. No me importa a dónde vayas, ni lo que hagas, pero sal de mi vista. No quiero volver a poner mis ojos en ti nunca más.

Sus palabras, pronunciadas con un tono tan acre, la destrozaron. Había sabido que aquello terminaría sucediendo.

–Jock... llévatela –dijo Arran.

Milagrosamente, Jock no se movió de inmediato para hacer lo que Arran le ordenaba.

Arran se volvió entonces hacia él para mirarlo furioso.

Jock le dijo algo en voz baja, en gaélico. Fuera lo que fuera, Griselda resopló con expresión desdeñosa, y Arran intentó apartarse de él, pero su primo lo agarró de un hombro y lo obligó a quedarse para que lo escuchara. Jock continuó hablándole con pasión y, mientras lo hacía, Arran posó la mirada por un instante en Margot y en seguida volvió a retirarla, como si no pudiera soportar verla.

Finalmente, los tres Mackenzie se volvieron hacia ella, con un brillo de fuego en los ojos. Cruzándose de brazos, Arran pronunció con tono tenso:

—Mi primo piensa que primero debemos escuchar tu versión de todo esto antes de que yo te despache de aquí.

—Oh, Dios —susurró ella. La mente le daba vueltas, con sus pensamientos volando en picado a la fatídica reunión celebrada en el despacho de su padre. Tuvo que agarrarse al respaldo de una silla para sostenerse. Sentía las piernas torpes, como si se le hubieran enredado en los carrizos de un río mientras se tambaleaba en la corriente de su propio miedo.

—Habla, mujer —le ordenó Arran con tono áspero.

—Yo no sé nada, en realidad —empezó, y Griselda masculló algo por lo bajo—. Pero prometo contarte todo lo que sé.

—¡Estoy esperando! —gritó él.

Las palabras empezaron a brotar de su boca. Torpes y atropelladas, pero verdaderas.

—Mi padre me llamó a su presencia. Me dijo que en Londres corrían rumores de que pensabas traer tropas francesas a Escocia...

Más murmullos y resoplidos de Griselda.

—... para juntarlas con tus hombres. Dijo que querías poner a Jacobo Estuardo en el trono.

—¿Y por qué te dijo eso? ¿Qué me habría reportado eso a mí?

—¿El favor del nuevo rey? —sugirió, vacilante.

—Ya. ¿Y qué pasó entonces? —la animó Jock a continuar, con un tono de voz más suave que el de Arran.

—Mi padre dijo también que él te había convencido de la conveniencia de la unión entre Escocia e Inglaterra, y que había salido fiador de ti ante la reina, cuando me entregó a ti en matrimonio. Pero que por eso mismo era muy probable que la sospecha de tu traición le salpicara también a él, de modo que pudiera terminar ahorcado.

—El muy cobarde envió a su hija a hacer su maldito trabajo. Es eso, ¿verdad? —rezongó Arran.

—Me aseguró que yo era la única que podía descubrirlo. Que nadie sospecharía de mí, que yo podría descubrir lo que pretendías, y que resultaba imperativo que lo hiciera antes que cualquier otro.

—¿Y qué fue lo que descubriste, Margot? —inquirió Arran, con una voz letalmente suave—. ¿Qué es lo que has encontrado que vayas a descubrirle ahora a tu señor padre?

Margot negó con la cabeza.

—Nada. Solo... —tragó saliva. Apenas podía verlo bien, nublada la vista por lágrimas que no se permitía derramar. Ya no era la joven ingenua de antaño. Si quería salvar algo de todo aquello, tenía que ser tan fuerte como él—. Lo único que descubrí fue que comerciabas con mercancías. Nada de armas, ni de hombres armados.

—¿Algo más? —le espetó él.

Margot bajó la mirada a la figurita que seguía en el suelo.

—Sí —pronunció lentamente, y alzó la mirada—. Descubrí las cartas que me escribiste.

Ante la mención de las cartas, Arran se quedó helado, con una mirada tan dura que habría podido partirla por la mitad. En aquel momento se acercó a ella lentamente, como si la estuviera acechando deseoso de atravesarla con una lanza y terminar de una vez.

–¿Me estás diciendo que has estado mirando en mi correspondencia privada?

Margot no encontró la voz para responder. Simplemente asintió con la cabeza.

–Tú –dijo, con una expresión de absoluto desprecio– acabas de traspasar una línea definitiva –se la quedó mirando por un momento como si fuera a golpearla, pero entonces, de pronto, barrió con un brazo las copas del aparador más cercano. El estruendo fue tan grande que hasta Griselda dio un respingo–. ¡Has puesto en peligro todo aquello que tanto me ha costado construir aquí! ¡Y has destruido hasta la última gota de confianza que podía quedar entre nosotros! –añadió, cerrando los puños–. ¿Y ahora? ¿Crees ahora que soy un maldito traidor?

–No –contestó con voz levemente temblorosa–. Yo nunca te había tenido por un traidor.

Arran giró sobre sus talones para alejarse de ella.

–Sácala de mi vista, Jock. Llévatela antes de que pueda hacer algo de lo que me arrepienta el resto de mi vida, la poca vida que pueda quedarme.

Jock se adelantó, y Margot ya no pudo ver a Arran porque el inmenso cuerpo de su primo se lo impidió. Pero, una vez más, el gigante no hizo lo que él le ordenaba.

–¿Sabéis acaso, milady, quién le contó esa mentira a vuestro padre? –le preguntó con tono tranquilo–. ¿Quién acudió desde Londres para decírsela?

Margot deseó desesperadamente responder, pero por un momento ni siquiera fue capaz de llenarse de aire los pulmones. Intentó rodear a Jock para mirar a Arran, pero él no se lo permitió.

–Hablad, muchacha. Decidme cómo podría ayudar al *laird* –la urgió.

¡Sí, ayudarlo! Margot se aferró a aquella noción. Se quedó mirando el rubicundo rostro de Jock.

–No sé quién lo dijo. Solo sé que unos hombres vinieron de Londres. Lord Whitcomb. Sir Worthing y el capitán Laurel... Oh, y Thomas Dunn.

Jock frunció el ceño.

–¿Estáis segura?

Margot asintió.

Jock se volvió hacia Arran. Griselda, que tenía una expresión súbitamente alerta, miró fijamente primero a Margot y luego a Arran.

–Tom Dunn –repitió Arran. Haciendo a un lado a su primo, volvió a plantarse ante Margot–. ¿Qué es lo que sabes de Tom Dunn?

–¿Lo conoces? –inquirió ella, sorprendida.

No respondió a su pregunta

–¿Qué es lo que sabes de él?

–¡Muy poco! –se esforzó por recordarlo: un caballero alto y enjuto, con leve acento escocés, barbilla afilada y ojos oscuros. Él nunca le había dirigido la palabra, más allá de un breve saludo–. Llegó a Norwood Park en junio –continuó, haciendo memoria–. No recuerdo gran cosa sobre él, sinceramente... Estuvo haciendo compañía a mi padre, y yo solo lo vi de cuando en cuando.

–¿Nunca compartisteis mesa con él? –quiso saber Jock–. ¿No lo visteis en algún evento?

Intentó recordar algo que pudiera ayudarles. Se retrotrajo al baile que se convocó en Norwood Park para celebrar el comienzo de la larga estación de verano. No recordaba haberlo visto allí, aunque los bailes de Norwood

Park solían ser tan frecuentados y tener tanto éxito de asistencia que generalmente solo veía a allí a los caballeros que la buscaban a ella. Se disponía a negar con la cabeza cuando un recuerdo asaltó de pronto su mente.

Recordaba haber ido a buscar a Knox una tarde... y haberlo encontrado en el salón de juegos con el señor Dunn.

–Sí, lo vi una vez –dijo–. En el salón de juegos de Norwood Park, con mi hermano. Estaban jugando a cartas, creo. Solo lo recuerdo porque Knox parecía muy contento de haber ganado. Tenía varios montones de fichas apiladas delante, mientras los otros tres caballeros solamente tenían uno o dos.

–Eso coincide con las deudas de las que hemos oído hablar –intervino Griselda.

–¿Qué deudas? –preguntó Margot.

Arran la estudió. La furia había desaparecido de su expresión, y en su lugar había una mirada de resignada aversión que la cortó como una guadaña. Sí, la despreciaba. El sentimiento que había descubierto antes en sus cartas había perecido por completo, borrado por su engaño.

No pudo por menos que apartar la vista de la condena que podía leer en aquel momento en sus ojos.

–¿Por qué es importante que tenga deudas? –quiso saber.

–Es la clave de todo –masculló Griselda, impaciente.

–Ese hombre, Tom Dunn –intervino Jock–, fue quien insinuó ante varios jefes de clan que nuestro *laird* estaba conspirando con los ingleses para traicionarles.

–¿Traicionarles de qué manera? –inquirió Margot, perpleja.

–Ella no sabe nada –murmuró Jock, impaciente, antes de responder–: Hay hombres y mujeres en este país que desean ver a Jacobo Estuardo en el trono, ¿sabéis? Y ahora esa gente ha acusado a nuestro *laird* de traicionarlo. Griselda acaba de llegar de Portree, donde ha oído acusaciones vertidas contra él. Y mientras tanto, en Inglaterra, andan diciendo que está conspirando con los franceses.

—Alguien lo ha puesto en el centro de una partida mortal, y Tom Dunn es el hilo común —resumió Griselda.

Margot miró a los tres, confusa.

—Pero ¿por qué Dunn habría de decir una cosa así de Arran Mackenzie?

—Por sus deudas —explicó Jock, impaciente—. Ese hombre cambia de casaca dependiendo de quién le pague. Es jugador. Tiene más deudas que amigos. Ha echado el ojo sobre nuestro negocio, nuestras tierras. Anda apostando a quién golpeará primero. Y, si el *laird* es encontrado culpable de traición contra la reina, nuestras tierras serán subastadas... para terminar, muy probablemente, en manos de tu padre.

Margot se sintió enferma.

—No —dijo, sacudiendo la cabeza—. Mi padre nunca se quedaría con sus tierras.

—¿Ah, no? —sonrió Jock—. Claro que sí. Y Tom Dunn cobraría su recompensa por haber denunciado la rebelión. Tierras, dinero. De la misma manera, si los jefes de clan sospechan que nuestro *laird* los ha traicionado a la Corona, nos arrebatarán nuestras posesiones por la fuerza y, una vez más, algo quedará en manos de Tom Dunn por haberlos alertado.

Arran se encogió de hombros, como resignado a la inevitabilidad de aquella conclusión.

Margot se había quedado perpleja. ¡Qué taimado era aquel plan, qué traicionero!

—Arran, ¿qué clase de resentimiento alberga Thomas Dunn contra ti? Hay otros muchos hombres en Escocia con tierras y riquezas, ¿no?

–*Diah*, el hecho de que esté casado contigo, Margot –respondió, furioso–. ¡Una inglesa! Estuvimos separados, pero ahora estamos otra vez unidos. Y las especulaciones sobre nuestra reconciliación son fácilmente creíbles por ambos bandos, ¿no te parece?

Ahora se daba cuenta de ello. Ahora podía entender hasta qué punto los señores de Escocia y de Inglaterra podían malinterpretar su situación, dependiendo de la versión a la que se acogieran. Y lo muy fácil que resultaría sospechar de un hombre con vínculos con Inglaterra, sobre todo si lo que buscaban era un chivo expiatorio. Aquel matrimonio, que habría debido deparar riqueza y prosperidad a Arran, bien podría terminar acarreándole únicamente ruina y dolor.

–De acuerdo. Supongamos entonces que es Tom Dunn quien está detrás de todo esto. ¿Qué vamos a hacer ahora? –preguntó Griselda–. ¿Cómo vamos a pararle los pies? –exclamó, abriendo los brazos.

Por primera vez desde que la conocía, Margot podía leer el miedo en sus ojos.

–Tom Dunn tiene que confesar –sugirió Jock–. Tiene que admitirlo todo antes de que halle refugio en Inglaterra.

–No podemos obligarlo a confesar –rezongó Arran.

–Todo esto tiene que oírlo una autoridad –dijo Griselda–. Alguien con poder para detenerlo, Arran. Todavía hay gente que cree en ti y te respaldará, ¿verdad? El problema es que Harley MacInernay dijo que Dunn ya había abandonado las Tierras Altas.

–Debemos hablar con MacInernay y con Lindsey de inmediato –afirmó Jock–. Querrán enterarse de lo que hemos averiguado. Ellos nos aconsejarán.

–¿Quiénes son? –inquirió Margot.

–Hombres que han invertido en nuestro negocio. Y a

los que tenemos que convencer de que nuestro *laird* no es un mentiroso.

—Pero ¿cómo? —quiso saber Griselda—. Solamente contamos con la palabra de Arran. Necesitamos una prueba, Jock.

—Yo soy la prueba —dijo Margot.

Los tres Mackenzie la miraron desconfiados.

—Seguro que os creerán si yo les cuento lo que he hecho. Lo que sé.

Arran se volvió hacia otro lado y se pasó una mano por la cabeza, como si la idea le resultara desagradable.

—Y luego iremos a donde mi padre para advertirle de los planes de Thomas Dunn. Mi padre y mi hermano se encargarán de llevarlo ante la justicia. ¡Mi padre es un conde inglés! Es un hombre poderoso.

Arran se disponía a negar con la cabeza cuando Jock se adelantó para decirle algo en gaélico. Su respuesta fue sencilla y escueta, dos o tres palabras tan firmes como frías.

Griselda debió de hacerse eco de la sugerencia de su hermano, porque Arran la miró con impaciencia y gritó:

—¡No!

—¿Qué pasa? ¿Qué es lo que estáis hablando? —suplicó saber Margot.

Los tres dejaron de hablar y se volvieron para mirarla. Ella podía sentir su desdén. Pero también su necesidad. La necesitaban.

Arran suspiró.

—Está bien, Margot. Hablarás con MacInernay y con Lindsey.

Capítulo 16

El tío Ivor le había dicho una vez a Arran que no había nada más peligroso para un hombre que una mujer.

—No es un animal, ni una plaga, ni la peste. Es una mujer —le había comentado jovialmente, encaramado en una roca mientras acechaban juntos a los ciervos—. Los hombres viven y mueren por ellas, muchacho. Ya entenderás lo que quiero decir cuando seas mayor. El truco está en encontrar una segura y no separarte nunca de ella.

Ojalá hubiera seguido el consejo de su tío. Seguía todavía muy agitado, con la cabeza bullendo de rabia y del triste consuelo que le producía el hecho de haber sabido, durante todo el tiempo, que Margot no era de confianza. Porque eso no atenuaba en modo alguno su dolor.

Y allí estaba su esposa ahora, tan bonita como un valle escocés en primavera, explicando a dos hombres que habían confiado en él, Lindsey y MacInernay, que había sido ella quien había puesto en marcha el mecanismo del engaño. Que Thomas Dunn había estado en Norwood Park.

Se notaba que le resultaba difícil pronunciar todo aquello en voz alta, como también a Arran escucharlo de nuevo. Mientras la oía hablar, seguía pensando en las cartas que le había escrito, cuando vertió sus sentimientos más íntimos en el papel para intentar aliviar el dolor que le produjo su marcha. Margot había forzado deliberadamente su armario privado y las había leído. Había roto los lacres de aquellas pruebas de su tormento personal y aireado aquellas heridas. Al fisgonear de aquella forma en sus pensamientos más reservados, lo había violado de la manera más cruel posible.

Lindsey y MacInernay no interrumpieron en ningún momento a Margot. Su voz era clara y firme, pese a que temblaba de cuando en cuando. Mantuvo la cabeza bien alta cuando les habló de los rumores que habían llegado hasta su padre. Cuando les confesó que fue despachada a Balhaire con la finalidad de determinar la culpa de Arran. Y cuando les explicó que creía que su padre nada sabía del complot de Tom Dunn, y que estaba tan preocupada por la cabeza de Arran como él lo estaba de la suya.

Una vez acabada su confesión, se volvió hacia Arran con expresión esperanzada. Como si quisiera aplacarlo. Como si esperara, con aquel acto de justicia, poder borrar todos sus errores.

Lindsey habló primero, en gaélico, solicitando que Margot abandonara la sala.

Arran no vaciló.

—Gracias, Margot. Ya puedes marcharte.

—Pero... si tienen preguntas, yo podría ayudar...

—Vete —ordenó con tono firme.

Ella inclinó la cabeza. Se levantó de la silla del estrado y Arran no pudo evitar fijarse en lo pequeña que parecía en medio de tantos hombres. Una fugaz imagen asaltó su mente: la de su menuda figura en la vasta biblioteca de Norwood Park, otra sala llena de hombres, cuando su padre la impuso aquella infame misión.

Margot se despidió con una reverencia y se retiró sin volverse para mirarlo ni a él ni a Jock.

Apenas habían cerrado la puerta tras ella cuando Lindsey afirmó:

—Norwood está detrás de esto, me juego la vida en ello —señaló la puerta por la que acababa de desaparecer Margot—. Pretende apoderarse de Balhaire. Y Tom Dunn sacará provecho de ello, el muy canalla.

—No —dijo MacInernay, incrédulo—. ¿Qué clase de hombre manipularía de esa forma a su hija? Tom Dunn es un maldito mentiroso. Tenemos que desenmascararlo.

—¿Y cómo diablos vamos a hacer eso? —exclamó Lindsey, echándose al coleto un trago de whisky con tanta energía que Arran casi se sorprendió de que no se hubiera tragado también el vaso—. El canalla ha abandonado Escocia, de camino a Inglaterra, con los señores que comercian con sus hijas solo para traicionarlas. Tú deberías ir —le dijo a Arran.

—¿A qué? ¿A entregar mi cabeza a la reina? —ironizó Arran.

—Si te quedas en Balhaire, los jacobitas te colgarán. Tom Dunn ha hecho su trato con el diablo a ambos lados de la frontera. Pero, si existe alguna posibilidad de que lady Mackenzie haya dicho la verdad, y que su padre no haya conspirado con Dunn, si es que está tan amenazado como tú, entonces puede que él sea el único que pueda salvarte ahora.

—¿Y si está equivocada? —quiso saber Jock.

Un silencio se abatió sobre los hombres. MacInernay tamborileó con los dedos sobre la mesa.

—Sí, no tienes elección, *laird*. Quedarte aquí será peor para ti y para los tuyos si no consigues lavar tu nombre.

—Pero, si decides hacer el viaje, Jock tendrá que quedarse —añadió Lindsey.

—Yo no... —empezó a protestar Jock, pero Lindsey lo ignoró.

—Sí, Jock, tendrás que quedarte. No hay nadie aquí para dirigir el barco si el *laird* no regresa. Tú eres el único que puede hacerlo. Haz que lo acompañe un ejército, si quieres, pero tú no puedes ir.

El rostro de Jock se puso lívido. Entendía como una responsabilidad divina su misión de cuidar de la vida de su *laird*.

—Tiene razón —dijo Arran antes de que su primo pudiera discutir—. Si yo marcho, tú tendrás que quedarte, Jock —obviamente no tenía ningún deseo de ir a Inglaterra: las imágenes en las que se veía detenido por las tropas inglesas y despachado luego a Londres para ser juzgado le revolvían el estómago. Pero la perspectiva del bienestar de su clan lo preocupaba aún más.

Era más de medianoche para cuando Arran abandonó finalmente la sala. Se sentía exhausto, envejecido: le parecía imposible creer que, apenas una semana atrás, se hubiera sentido tan confiado con su vida y con todo lo que allí había construido, confiado en la prosperidad a largo plazo de Balhaire.

En aquel momento, sin embargo, se sentía tremendamente vulnerable, como expuesto a ataques desde todos los flancos. Estaba nervioso, devastado, con tantas ideas y sentimientos contradictorios como le bullían en el pecho, azotando sus costillas y su corazón.

Ojalá no se hubiera casado nunca con ella. Debería haber seguido el consejo de Jock desde el principio: ¿qué bien habría podido reportarle aliarse con el inglés? Había sido una unión condenada desde el comienzo, pero él había estado demasiado ciego para verlo. Y sin embargo... seguía amando a Margot. De alguna retorcida y perversa manera, todavía la amaba. La despreciaba por lo que le había hecho, por supuesto, y estaba profundamente decepcionado con ella. Pero no había sido Margot quien había concebido aquel engaño. Ella había sido simplemente un ingenuo instrumento.

Nunca más volvería a confiar en ella. Y, sin confianza entre ellos, ¿qué podía quedarles?

Entró nervioso y agitado en sus aposentos. Por lo que sabía, Margot estaba allí. Y así era: estaba en camisola, con una manta de tartán sobre los hombros. Se había soltado y cepillado la melena, con aquellas sedosas ondas cobrizas brillando a la luz del hogar. Lo miraba expectante, con los ojos muy abiertos, como los de un pequeño búho. ¿Pretendería seducirlo una vez más, a esas alturas?

Arran no sabía qué decirle ni por dónde empezar. Cerró la puerta y se quedó allí mirándola, contemplando aquel bello rostro que había acechado sus pensamientos durante años. Una traicionera belleza que había dividido su persona en dos partes iguales: la una de deseo, y la otra de disgusto.

—Debes de odiarme —dijo ella en voz baja, débil.

La decepción lo ahogaba. Pero no, no la odiaba.

—Pero no puedes odiarme tanto como me odio yo a mí misma —añadió ella.

—¿Por qué? —le preguntó él, dolido—. ¿Por qué abriste ese armario? ¿Cómo lo abriste?

—Con un alfiler de pelo. Mi hermano me enseñó, cuando éramos niños. Lo abrí porque tenía que saber, Arran.

—¿Pensabas que yo iba a arriesgar todo lo que había construido aquí para traicionar a la reina y a mis propios compatriotas?

Vio que un rubor de culpa coloreaba sus mejillas.

—Yo nunca he pensado eso. Pero tenía que despejar toda duda. Tú te pasabas todo el día fuera, y luego te convocaron a esa reunión de urgencia... —dijo, impotente.

Sí, se había ausentado. Para evitarla. Para defenderla. Para averiguar la verdad sobre ella.

—Mi padre me aseguró que lo colgarían si resultaba que tú estabas conspirando contra la reina. Me dijo que estaba corriendo un terrible riesgo y que yo era su única esperanza. Arran, por favor, créeme... todo lo que te dije era verdad.

—¿Cómo puedo creerte? —le preguntó él—. Me pides lo imposible, Margot. Pudiste habérmelo contado todo directamente, ¿no? Haberme dado la posibilidad de ayudarte. Pero lo que hiciste lo complicó todo mucho más.

—Quería decírtelo —le aseguró, desesperada—. Pero no podía esperar que tú admitieras la verdad si realmente... esto es, si tú... —se encogió de hombros y bajó la mirada, incapaz de pronunciarlo en voz alta.

Arran alzó la mirada al techo, esforzándose por aplacar su cada vez más densa furia.

—¿Pensabas que yo te mentiría? ¿Te he mentido yo alguna vez?

Ella negó con la cabeza. Estaba luchando con las lágrimas. ¡Siempre las malditas lágrimas!

—Si me hubieras preguntado, en lugar de acechar y fisgonear como lo hiciste, te habría contado la verdad, Margot. Al margen de cuál fuera esa verdad. Te la habría dicho, Margot, porque prometí ante Dios —le dijo, golpeándose el pecho con una mano— honrarte y respetarte. Y no te di ninguna razón para que desconfiaras de aquella promesa.

—No. Tienes razón. Por supuesto que tienes razón —reconoció ella, asintiendo y tragándose las lágrimas—. Pero te juro por mi vida que no sabía qué otra cosa hacer.

—Y por eso abriste mis cartas personales —la acusó con tono punzante.

Margot intentó hablar de nuevo, pero él sacudió la cabeza y se volvió hacia otro lado.

—Ahórrate el aliento —se sentía mortalmente cansado y no quería ya seguir escuchando sus excusas. Cruzó la sala y se sentó en el borde de la cama para quitarse las botas—. Partiremos en dos días.

—¿A Inglaterra?

—Sí, a Inglaterra. No tengo más remedio —era su única esperanza. Permanecer allí sin hacer nada sería como una invitación a que invadieran sus tierras—. Zarparemos hacia Heysham y, desde allí, seguiremos a caballo. En carruaje tardaríamos demasiado tiempo. Griselda te enseñará a montar a horcajadas. Y harás todo lo que ella te diga, ¿entendido?

Sabiamente, Margot optó por no discutir: apretó los labios con fuerza y asintió.

Arran continuó quitándose las botas. Sintió entonces el peso de su mujer sentándose a su lado, en la cama. La sintió moverse hacia él, sintió sus manos sobre su hombro. Empezó a masajearle los músculos.

Intentó apartarse, pero ella no se lo permitió.

—Haré todo lo que me ordenes, Arran. Te lo juro.

—Pues entonces desaparece de mi vista. Es lo que te ordeno.

—Oh, Dios —exclamó ella a su espalda—. Por favor, no...

Él le agarró las manos y se las retiró de encima.

—¿Qué era lo que esperabas hacer después de tu traición, Margot?

Estaba arrodillada en la cama, con la manta resbalando por sus hombros.

—Lo siento muchísimo, Arran. Por todo. Por haberte dejado. Por...

—¿Por qué las leíste? —rugió él de pronto, de pura frustración.

Margot se frotó nerviosa las palmas de las manos en las rodillas.

—¿Por qué no me las enviaste? ¿Por qué no me dijiste todas esas cosas directamente?

Arran resopló, escéptico.

—¿Habría eso supuesto alguna maldita diferencia?

—No lo sé —reconoció ella—. Sinceramente, no lo sé. Pero ahora sí que la supone. Y me doy cuenta del tremendo, desgraciado error que cometí entonces.

—Sí que lo fue, sí —repuso él, rotundo.

—Quiero compensarte.

Extendió una mano hacia él, pero Arran se levantó de pronto, apartándose de su contacto. La mano de Margot cayó blandamente sobre la cama.

—Haré lo que sea... Te suplicaré de rodillas que me perdones.

Arran soltó una amarga carcajada.

—¿Que te perdone? Pero si apenas puedo soportar verte, *leannan*.

Margot se levantó atropelladamente de la cama. Él intentó evitarla, pero ella lo alcanzó y le puso las manos sobre el pecho.

—Quizá nunca llegues a perdonarme. Lo entiendo. Pero entonces moriré intentando enmendarme, Arran.

Todavía intentó volverse hacia otro lado, pero ella le agarró la cabeza.

—¡No me rechaces! —rogó—. Has mantenido viva la esperanza durante todo este tiempo, ¿no? Por favor, no renuncies ahora a ella —poniéndose de puntillas, lo besó.

Su contacto, su beso... fueron su perdición. Siempre lo serían. Estaba ardiendo por dentro, con toda la furia y decepción que sentía. Anhelaba que todo aquello no fuera más que un mal sueño, pero la quemadura que lo abrasaba le impedía creerlo. Eran llamas que lamían su cerebro y su corazón, llamas de un airado deseo.

Le arrancó la manta de los hombros y cerró la mano

sobre un seno. Aquello no le satisfizo, así que agarró el borde de su camisola y tiró de la tela hacia arriba hasta que sintió la carne de sus caderas bajo sus dedos. La obligó luego a retroceder hacia la cama y la tumbó. Ella cayó de espaldas, devorándolo con la mirada. Estaba excitada de frustración con él.

Y él también con ella.

El fuego que lo abrasaba comenzó a salirse de control: un monstruoso deseo que había explosionado ya, sin vuelta atrás. Arran se arrancó la ropa, la arrojó a un lado, y terminó de despojarla de la camisola para que sus manos pudieran sentir su piel cálida y perfumada. Para que sus labios pudieran saborearla. Para que sus ojos devoraran las curvas y líneas de la poderosa poción que era el cuerpo de aquella mujer.

Sus manos y su boca se movían sobre ella, lamiendo aquí, mordisqueando allá, con sus pensamientos bebiendo constantemente del pozo de su deseo. Margot gemía de placer, avivando con ello las llamas que lo consumían. Sintió la vibración de su pulso en la base de su cuello, el ardor de su excitación, la humedad de su sexo cuando se instaló entre sus muslos. Estaba jadeando, abierta ya de piernas, deslizando las manos sobre él, cerrando los dedos sobre su miembro, urgiéndolo a entrar en ella.

Estaba perdido, más allá de toda esperanza, y la penetró. Margot cerró las piernas en torno a sus caderas y buscó salvajemente su boca mientras él empujaba, con sus lenguas emulando el ritmo de sus cuerpos. Sintió sus dedos acariciando sus sienes, sus hombros, su cuello.

No quería detenerse nunca. Deliraba casi con la fiebre que lo consumía mientras empujaba cada vez con mayor fuerza, ansioso por liberarse de aquella confianza hecha trizas, de su fe declinante, del miedo a lo que todavía estaba por llegar.

Cuando finalmente su furia explotó en una lluvia de chispas, y Margot soltó un grito de puro éxtasis, Arran empezó a sentirse de vuelta a su antiguo ser. Se apartó lentamente de su cuerpo para quedar tendido boca abajo.

—Que Dios me ayude —murmuró sin aliento.

Margot lo abrazó y le besó la espalda.

—¿Podrás perdonarme?

Tenía que pensar en ello. Le gustaba tenerla así, acunada contra su cuerpo.

—¿Perdonarte? No lo sé. Pero nunca más volveré a confiar en ti.

Escuchó su leve suspiro. Ella se volvió entonces del otro lado, dándole la espalda.

El calor del cuerpo de Margot no tardó en disiparse con el frío de la noche, y Arran le dio también la espalda, buscando arroparse precisamente en la desconfianza que sentía hacia ella.

Capítulo 17

Griselda mandó recado a Margot para que a las doce del día estuviera preparada para empezar con sus clases de equitación. El recado le llegó en forma de un montón de ropa que consistía en un burdo pantalón de tela escocesa, un abrigo de lana y una camisa de lino, que presuntamente tendría que ponerse.

—¡No puedo llevar esto! —exclamó Margot, contemplando horrorizada las piezas que Nell acababa de enseñarle.

—¿Estáis obligada a ir, milady? —le preguntó la doncella.

—Desgraciadamente sí, debo hacerlo —respondió, molesta con Griselda por la ropa. Estaba claro que pretendía humillarla. Pero, para conseguirlo, iba a necesitar algo más que eso: ya había caído demasiado bajo durante las últimas veinticuatro horas—. No creo que esté fuera mucho tiempo —dijo, estudiando los pantalones escoceses.

—Me refería a si estabais obligada a ir a Inglaterra, milady.

—¿Perdón? —se volvió para mirarla. Nell estaba estrujando nerviosa los guantes de cabritilla que le había regalado Knox. Se los quitó suavemente de las manos.

—Ese hombre me ha dicho que debéis viajar a Inglaterra con el *laird*, que os marcharéis de aquí y que lo mejor será que permanezcáis alejada de este lugar, que así es como deberían ser las cosas. Y yo le he replicado: «Yo sé lo que tengo que hacer, no necesito que me lo digáis, pero milady no me ha dicho una palabra al respecto, y no os creo». Y esta ha sido su respuesta: «Puede que sea así, y podéis enfurruñaros por haberos enterado por mí antes que por ella, o bien podéis ayudarla. Pero, hagáis lo que hagáis, manteneros fuera de mi vista».

—Es cierto, Nell —reconoció Margot, cansada.

—No, milady, ¡por favor, no me digáis que vais a dejarme aquí!

—No te dejo. Pero no puedo llevarte conmigo, esta vez no. Tienes que quedarte aquí y hacer lo que Jock te diga.

Nell la miró horrorizada.

—¡Aquí! ¡Sin nadie que...!

—Sí, Nell —Margot se levantó y tomó las manos de la doncella entre las suyas—. Tienes que hacerlo. Y no debes quejarte. Dios mío, por favor, no te quejes. Mantente alejada de Jock y haz todo lo que te diga. Por favor, Nell, es muy importante. Por favor.

Nell parecía aterrada. Miró a su alrededor, hacia la cámara más pequeña donde descansaba cada noche.

—Piensa en esto: aquí estarás perfectamente. Estarás a salvo, te darán de comer, y solo tendrás que cuidar de mis cosas en estas habitaciones mientras yo esté fuera. Tendrás mucho tiempo libre cada día —Margot desvió la mirada hacia el reloj de la repisa de la chimenea. Se le estaba haciendo tarde—. Tengo que irme, Nell. Ayúdame a ponerme estas... cosas. ¡No debes tener miedo! Tienes mi palabra de que todo saldrá bien —forzó una sonrisa con la esperanza de sonar sincera y le entregó las ropas—. Ayúdame a vestirme.

Un cuarto de hora después, Margot bajaba apresurada la ancha y curva escalera. Al pie de la misma, Griselda estaba paseando de un lado a otro de la sala. Sorprendentemente, al menos para Margot, lucía el mismo extraño atavío que ella. Solo que se había trenzado el pelo para recogérselo en un rodete en la nuca.

Margot la miró de pies a cabeza mientras Griselda se golpeaba un muslo con la fusta, impaciente. Tenía un aspecto muy natural con aquella ropa, pero, a juicio de Margot, los pantalones eran demasiado estrechos a la altura del trasero y no llegaban siquiera al comienzo de las botas, por no hablar del inmenso abrigo.

—¿Vamos a ir vestidas así?

—No esperarás cabalgar hasta Inglaterra con un vestido de baile, ¿verdad?

Margot resopló, disgustada.

—Yo no monto a caballo con vestidos de noche, Zelda. ¡Pero esto es indecente!

—Ya me darás las gracias dentro de un día o dos —repuso Griselda. Fue hasta una silla, recogió un tricornio y se lo lanzó a Margot—. Aprende a llevarlo. Vamos ya. Solo dispongo de un día para enseñarte a montar a horcajadas y a disparar.

—¡Disparar!

—Sí. ¡Cómo te gusta parlotear! Vámonos ya. No me sorprendería que a estas horas el poni se hubiera vuelto ya a las cuadras, en busca de su cena.

Margot no tuvo tanta suerte: para cuando salieron al patio, el poni estaba plantado en el centro, esperándola. Fue agudamente consciente de las miradas que atrajo... o más bien de las miradas que atrajeron sus piernas, puestas tan en evidencia por culpa del ajustado pantalón. Mientras tanto, Griselda subió ágilmente a un alazán.

Margot requirió ayuda. Un joven la levantó en volandas con energía, de modo que aterrizó con tanta fuerza en la silla del poni que temió que se le hubieran reventado las costuras del pantalón.

—¿Sabes manejar las riendas? —le preguntó Griselda.

—Por supuesto que sí —respondió con tono irritado—. No es la primera vez que monto a caballo.

—Ummm —Griselda volvió grupas con mano experta y, con un solo golpe de talón, puso su montura al trote.

Margot intentó hacer lo mismo, pero, como era habitual, el poni no se mostró muy receptivo. El joven que la había ayudado a montar agarró la brida.

—Debéis tirar con fuerza, así —dijo, y tiró con tanta fuerza de la cabeza del equino hacia atrás que Margot pensó que el animal iba a protestar. Pero un segundo después estaba dando incómodos botes en la silla mientras el poni trotaba detrás del alazán.

Cabalgaron durante lo que le pareció una eternidad, con Griselda bastante adelantada. Margot pensó que Griselda muy bien podría tener intención de alejarla todo lo posible del castillo... para luego empujarla desde lo alto de un acantilado y librarse por fin de ella. Pero solamente se alejaron hasta un pequeño prado, donde la prima de Arran detuvo su caballo.

Para entonces, tanto Margot como el poni parecían exhaustos.

—¿Ya hemos llegado a Inglaterra? —rezongó—. En todo caso, seguro que ya no estamos tan lejos.

—Si por mí fuera y pudiera despacharte ahora mismo allí, no dudes de que lo haría —le espetó Griselda.

Margot puso los ojos en blanco.

—Como puedes ver, sé montar a caballo. ¿Hemos terminado ya?

—No montáis a caballo, lady Mackenzie. Os agarráis a él —replicó, burlona—. Tendrás ardiendo el trasero, ¿verdad?

Margot soltó una exclamación de indignación... pese a que aquello era del todo cierto.

–Pon al poni a medio galope. Es más suave. Mírame a mí.

Galopó por el prado con perfecta comodidad, moviéndose al mismo ritmo que el caballo. Dio una vuelta y volvió con Margot, que seguía rígidamente sentada sobre el poni.

–Ahora tú.

Margot espoleó al poni, pero el animal no se movió. Al parecer, toda Escocia estaba contra ella.

–¡Usa la fusta! –la instruyó Griselda, impaciente.

–¡No tengo! –respondió Margot en el mismo tono.

–Por el amor de Dios –se acercó a ella para entregarle la suya–. Espolea y azota con la fusta a la vez, e inclínate luego sobre su cuello para que sepa que no quieres dar un simple paseo.

Había millones de cosas que Margot quería gritarle a Griselda en aquel momento, pero, en beneficio de aquella desgraciada lección, obedeció sus instrucciones. El poni avanzó un par de pasos.

–¡Hazlo otra vez! ¡No le des un golpecito! ¡Azótalo!

Esa vez Margot siguió las instrucciones de Griselda con mayor energía, y el poni arrancó con un galope tan inesperado que casi la descabalgó. Con un chillido, se aferró al caballo y se inclinó todo lo que pudo sobre su cuello, apretando sus flancos con las piernas con toda la fuerza de que fue capaz. Hasta que el animal se dio cuenta de que su ama no pretendía correr en absoluto y cambió su paso al trote.

Para cuando volvió a reunirse con Griselda, que sonreía engreída, Margot estaba sin aliento.

–Como te dije, no tienes la menor idea de cómo se monta a caballo.

–¡Está bien, está bien, tú ganas, Zelda! ¡Soy una mala amazona, una pésima bailarina, una esposa lamentable! Sigamos.

Las dos mujeres pasaron la tarde practicando la técnica. Griselda le enseñó a frenar una montura y a acelerar su velocidad. Margot aprendió a indicar al poni que se pusiera al paso, al trote, al medio galope, a galope tendido, y se dedicó a repetirlo una y otra vez. Al final estaba tan exhausta, tan dolorida, que hasta Griselda se apiadó de ella. Descabalgaron. Griselda lo hizo con tanta naturalidad como elegancia, mientras que Margot prácticamente se cayó de la silla, con la idea de compartir luego el pan y el queso que la escocesa había llevado consigo.

Se sentaron con la espalda apoyada contra una roca, con las piernas estiradas, comiendo en silencio. Hasta que Griselda soltó una risita.

Margot la fulminó con la mirada.

–¿Qué es lo que te hace tanta gracia?

–Tú –respondió ella–. Parece como si acabaras de recibir una paliza –estiró una mano para tocarle un largo mechón que Margot no era consciente de que se le hubiera soltado del moño–. Tienes que aprender a recogerte el pelo sin la ayuda de una doncella de cámara –lo dijo con un estirado acento inglés.

–Sé recogerme el pelo –replicó Margot, mirándola ceñuda.

Griselda resopló escéptica.

–Por el amor de Dios... Está bien, Zelda, déjalo ya. Sé que no te gusto y que desearías que yo no hubiera aparecido nunca en Balhaire. No necesitas recordármelo a cada oportunidad. ¡Pero estoy aquí! Me entregaron a Arran como si fuera un cajón de pescado, cuando me habían educado para los salones de Londres, que no para los viejos castillos de Escocia.

Griselda chasqueó la lengua.

—Pues a mí me gustabas... hasta que hiciste daño a Arran.

—Bueno, eso sencillamente no es verdad. ¿Necesito recordarte la vez aquella en la que me echaste pimienta en la sopa? Es un milagro que todavía no esté estornudando.

El severo gesto de Griselda se rompió en una sonrisa.

—No hace falta que me lo recuerdes... Es una imagen casi entrañable —se echó a reír.

Margot no pudo evitarlo: el recuerdo de su apresurada retirada del gran salón, sin parar de estornudar, la hizo reír a ella también. Las dos se miraron y se rieron como un par de chiquillas.

—De acuerdo —dijo Margot, casi sin respiración, entre carcajada y carcajada—. Somos adultas. Probablemente nunca lleguemos a ser amigas, pero al menos podremos intentar convivir en Balhaire para cuando Arran y yo volvamos, ¿no te parece?

La sonrisa de Griselda se borró de golpe.

—¿Cuando vuelvas a Balhaire, dices? —de repente guardó el pan que sobraba en su zurrón—. Sigues siendo una ingenua, Margot Mackenzie. Tú no volverás.

—Sí que volveré —replicó. Era la primera vez que lo decía. La primera vez que se permitía pensar con tanta antelación. Se sorprendía de la facilidad con que habían salido las palabras de su boca. ¿Sería ese su verdadero deseo? En la vorágine de los últimos días, no había pensado ni una sola vez en su futuro.

—¿Sinceramente piensas que volveréis a Balhaire? —tronó de repente Griselda, y se levantó rápidamente para alejarse.

Margot soltó un gruñido.

—¿Qué es lo que he dicho ahora? —gritó a su espalda.

Griselda se detuvo y se giró en redondo.

—¿De verdad eres tan obtusa? —le espetó, señalándose la sien con un dedo.

—¿Perdón?

Griselda se dirigió de vuelta a donde ella aún seguía sentada, a paso enérgico.

Margot se levantó de un salto, temerosa.

—Tú no volverás a Balhaire, y Arran tampoco. ¿Cómo es posible que no te des cuenta?

—¿Por qué no? —quiso saber Margot.

Griselda se la quedó mirando boquiabierta.

—¡Arrestarán a Arran! ¡Los ingleses dicen que es un traidor y lo apresarán!

—No, no es verdad —negó Margot con tono acalorado—. Esa es precisamente la razón por la cual vamos a Inglaterra, Zelda. Mi padre es un hombre influyente. Él jamás permitirá que suceda algo así.

—Ya ha permitido que sucediera, ¿no te parece? —replicó Griselda, igualmente acalorada—. Fue él quien lanzó todas esas calumnias sobre Arran. Él te dijo a ti, y a cualquiera que quisiera saberlo, que Arran era un traidor...

—¡Él nunca...! —gritó Margot.

—... y se asegurará por tanto de que Arran sea detenido para que ninguna culpa recaiga sobre su cabeza —continuó Griselda—. Y, si, por algún milagro, Arran llegara a escapar de Inglaterra, muy bien podría ser asesinado en la propia Balhaire, mientras duerme, por todo lo que van diciendo de él ahora. En las Tierras Altas también lo tienen por un traidor.

Margot se la quedó mirando fijamente, con el corazón encogido y un torbellino de pensamientos girando en su cabeza.

—Te equivocas —le temblaba la voz—. Estás histérica...

—Y tú eres condenadamente ingenua, Margot. Arran

se ha convertido de repente en el hombre más buscado de Inglaterra y Escocia, mientras que tú... ¡tú te preocupas de la ropa que te pones para ir a montar y de que las dos podamos llegar a ser amigas! ¡Tú no sabes nada!

Margot se sintió enferma. No podía moverse. Solo podía mirar fijamente a Griselda mientras la verdad empezaba a filtrarse en su cerebro.

—Vamos —le dijo Griselda con voz apagada y los hombros hundidos. Pasó por delante de Margot para recoger el zurrón de la comida—. Tienes que aprender a montar sola a caballo, sin ayuda. La instrucción de tiro la dejaremos para mañana.

El sol se estaba hundiendo en el horizonte para cuando volvieron a Balhaire. Margot apenas podía caminar, pero de alguna manera se las arregló para atravesar el patio del castillo y entrar en el vestíbulo.

—¿Dónde está el *laird*? —preguntó a Fergus.

—En su despacho, milady —respondió el hombre con mirada y tono fríos.

Margot se encaminó decididamente hacia allí.

Llamó una vez a la puerta. Dos. Al oír su ahogada voz al otro lado, la empujó y entró.

Arran se levantó de inmediato. La recorrió con la mirada y frunció el ceño cuando vio sus pantalones, sus botas, su abrigo.

—¿Es cierto? —le preguntó ella.

—¿Qué?

—¿Crees sinceramente que te detendrán? ¿Que mi padre te atacará, y que, al hacerlo, me atacará también a mí? ¿Y es cierto que también podrías morir asesinado aquí, en Balhaire, mientras duermes?

Arran suspiró y se frotó un ojo.

—Zelda ha estado parloteando, ¿eh? —apoyó una cadera en el escritorio, cruzando los brazos sobre el pecho,

—¿Es cierto? —insistió Margot, con voz debilitada por la desesperación.

—No lo sé. Es posible —se encogió de hombros—. Probablemente. Estoy en boca de todo el mundo. Necesito poner en evidencia a Tom Dunn, y rezo a Dios para que tu padre me ayude. Pero muy bien podría ser ya demasiado tarde.

El peso de aquella admisión acabó por hundir a Margot. Avanzó un paso, temblorosa, y se dejó caer en una silla. No se podía imaginar siquiera que su padre pudiera estar involucrado en algo tan horrible.

—Te equivocas, Arran. Te equivocas de medio a medio. Mi padre te protegerá, por supuesto que sí. ¡Eres mi marido! ¿Qué otra cosa podría hacer?

Arran sonrió, y ella se indignó ante lo condescendiente de aquella sonrisa. La miraba como si fuera una niña que estuviera insistiendo en que el país de las hadas existía.

—De acuerdo, no me crees. Pero yo estoy segura de ello —le espetó—. He hecho una cosa horrible, al venir aquí bajo falsas pretensiones, sí. Pero eso no significa que mi familia esté absolutamente corrupta. Significa solamente que mi padre está asustado.

Arran no dijo nada.

Margot se levantó.

—Parece que todo el mundo aquí está convencido de ello, ¿verdad? Pero quizá se olvidan de que cuando dicen algo tan horrible de ti, también lo están diciendo de mí. ¡Soy la hija del conde de Norwood! Conozco a mi padre y sé que no sustentará semejante calumnia. Él nos protegerá con todo su poder.

Arran le sostuvo firmemente la mirada, en silencio.

—Pronto lo verás —le aseguró ella, y abandonó furiosa su despacho de camino a sus aposentos.

Deseó poder sentir por dentro la misma confianza que había intentado transmitir a Arran. Creía en lo que le había dicho... pero, de todas formas, a la mañana siguiente, se tomó con mucha mayor seriedad su sesión de entrenamiento con Griselda.

Capítulo 18

Partir rápidamente de Balhaire supuso un monumental esfuerzo para Arran, sobre todo cuando la posibilidad de no volver jamás pendía como una nube oscura sobre su pensamiento. Eran muchas las cosas que había que hacer, mucha la gente a la que ver y con la que entrevistarse.

Y, sin embargo, a pesar de la depresión que lo envolvía, la rapidez con la que se vio obligado a moverse fue casi una bendición. Porque de esa manera disponía de muy poco tiempo para reflexionar sobre sus propias incertidumbres.

Apenas hablaba con Margot, preocupados como estaban ambos por la inminente marcha. Cuando llegaba a su cámara bien pasada la medianoche, solía encontrarla ovillada en la cama, ya dormida. Él lo agradecía, ya que con la excepción de la noche en que había descubierto el alcance de su traición, su mente no se dejaba ya convencer por requerimiento amoroso alguno.

Pero, cuando la contemplaba, con aquel rostro bañado de inocencia y serenado por el sueño, volvía a hacerse preguntas. ¿Realmente lo estaba arrastrando ella a su aciago final? ¿Había planeado aquello durante todo el tiempo? ¿Tan ciego había estado para no ver la verdad?

Arran no estaba solo en sus sospechas: Jock las albergaba también. El pasado miércoles, un mensajero enviado por MacLeary había llegado de Mallaig con la noticia de que se seguía hablando de un traidor entre su gente, una especie de cáncer para el espíritu y los ideales de las Tierras Altas.

—Sí, esa noticia ya la conozco —había comentado Arran, impaciente—. ¿Qué más?

—El *laird* me ha ordenado deciros que hay gentes en el norte que piensan que el cáncer debe ser extirpado antes de que corroa sus planes para el futuro de Escocia.

—¿Eso es todo? —había gruñido Jock.

El mensajero había asentido con la cabeza.

—Vete entonces. Fergus te llevará a las cocinas para que llenes allí la tripa —y le había entregado unas pocas monedas antes de despacharlo.

Solo entonces había cerrado Jock la puerta para acercarse al aparador y servir dos vasos de whisky, uno de los cuales le entregó a Arran.

—Bien. Entonces… o corto y extirpo el cáncer yo mismo, o me convierto en él —había comentado Arran, apurando el whisky de un trago.

—Eso suponiendo que lady Mackenzie no haya empezado a cortarlo —había mascullado Jock.

Arran entendía bien las graves dudas de su primo. No por casualidad las había albergado él mismo. Pero no sabía qué otra cosa podía hacer. Permanecer en Balhaire con los rumores de los jacobitas revoloteando en torno suyo le ponía nervioso. Viajar a Inglaterra era enfrentarse al arresto y a la ejecución. Su única esperanza se cifraba en desenmascarar a Tom Dunn cuanto antes.

A las cuatro de la madrugada del jueves, despertó a Margot de su profundo sueño y le ordenó que se preparara. Había llegado la hora de partir.

De pie en el vestíbulo de Balhaire, miró a su alrededor, contemplando los familiares muros de piedra, el lugar de su infancia y de su juventud, en el que alcanzó la edad adulta. Habló en voz baja con Jock, esforzándose por ignorar que el gigantón estaba conteniendo las lágrimas. Se agachó para rascar al viejo Old Roy detrás de las orejas, escuchando agradecido los alegres y repetidos golpes de su rabo contra el suelo. Roy ya no estaría allí para cuando él volviera a Balhaire... si acaso volvía. Mirando los castaños ojos de Roy, podía ver en ellos su propia mortalidad. Su propio destino.

Finalmente, se incorporó y abandonó Balhaire sin mirar atrás, para que el dolor que sentía no le debilitara las rodillas.

Zarparon con la marea de la mañana. Dos días después atracaron en Heysham, en la costa inglesa, y empezaron la cabalgada hasta Norwood Park. Al menos Margot montaba ya mucho mejor. Se mantuvo a su paso y parecía mucho más cómoda que antes.

En su primera noche en Inglaterra, se hospedaron en el humilde hogar del señor Richard Burns, cerca de Carlisle. El señor Burns era escocés y la prima de su esposa era una Mackenzie. Aunque Burns solía alegrarse de recibir a los escoceses a su llegada a Inglaterra, no pareció nada contento de ver a Arran. Les franqueó su casa, pero a los cuatro hombres que los acompañaban los mandó a dormir a las cuadras. Y se mostró visiblemente nervioso, como si esperara ver salir en cualquier momento a un ejército de la espesura, para atacarlos.

En el pequeño vestíbulo de la casa, Margot se despojó del pesado abrigo de lana, revelando sus pantalones de hombre. La señora Burns se la quedó mirando con tanta fijeza, de arriba abajo, que Arran pudo ver que las mejillas de Margot se arrebolaban de vergüenza.

—Tendréis que disculpar a mi esposa —dijo a sus anfitriones—. No viste esta ropa por gusto, sino por la necesidad que tenemos de cabalgar largas horas en el curso de dos días.

—Querréis cenar —dijo la señora Burns con tono tenso, y les indicó que la siguieran por un estrecho pasillo, hasta el comedor.

La señora Burns señaló la tosca mesa con los candelabros de sebo y los platos y cuencos de plata deslustrada. Sirvió cerveza de un pequeño tonel. Una niña no mayor de diez años apareció con una olla que apenas podía sostener. Arran se la quitó de las manos y se sirvió el estofado de liebre en el cuenco. Tras servir a Margot, devolvió la olla a la niña para que la llevara al otro extremo de la mesa, donde se habían sentado ya los anfitriones.

Se habló poco durante la cena. La señora Burns le preguntó por Balhaire y por su prima Mary.

—Está bien —respondió Arran.

—Que Dios le conserve la salud —murmuró la señora.

El señor Burns comió rápidamente y se levantó en cuanto hubo terminado, aparentemente deseoso de retirarse a la mayor rapidez posible. Arran había sido huésped de aquella casa más de una vez, y Burns siempre se había mostrado de lo más hospitalario. Solo podía suponer que los rumores sobre su traición habían llegado a sus oídos.

Al término de la cena, la señora Burns los guio a la luz de una vela de sebo hasta su habitación, al otro lado del vestíbulo.

—Es encantadora —comentó Margot—. Sois muy amable al ofrecernos una cama.

La señora gruñó su respuesta y salió, cerrando firmemente la puerta a su espalda.

Arran corrió el cerrojo. Paseó por el pequeño aposento y apartó los cortinajes para echar un vistazo por la ventana, ante la poco probable posibilidad de que se vieran obligados a salir por allí. No podía descartar nada, ya que no se sentía del todo a salvo.

Una vez que se hubo convencido de que no había nadie acechando para acuchillarlos mientras dormían, ningún áspid venenoso, ninguna araña de picadura mortal, se volvió de nuevo. Margot estaba en el centro de la alcoba, con los faldones de la camisa colgando fuera del pantalón. Tenía el cabello medio suelto y el abrigo sucio, como si se hubiera restregado contra un tronco de árbol cubierto de liquen. Oscuros círculos empezaban a dibujarse bajo sus ojos.

—Estás agotada —le dijo, y le quitó el abrigo para colgarlo del respaldo de una silla—. Siéntate —ordenó, señalando una cama tan pequeña que no pudo por menos que preguntarse cómo iban a caber los dos.

Margot se sentó y observó impasible cómo él se arrodillaba frente a ella para quitarle las botas.

Una vez que se las hubo quitado, alzó la mirada. Y vio que su rostro tenía un color ceniciento.

—¿Qué pasa?

—No hagas eso —dijo, mirándose los pies—. No seas amable conmigo. No me merezco tu amabilidad...

—Margot...

—¡No! —exclamó, y se cubrió el rostro con las manos—. Tenías razón. He sido la mayor estúpida del mundo... ¿cómo he podido ser tan tonta?

Arran esperó que se echara a llorar. Tres años atrás, se habría derretido ante sus lágrimas. Pero, cuando ella se retiró las manos de la cara, no había lágrimas. Lo que vio en sus ojos fue el fuego de la furia.

—Estoy llena de furia —pronunció en voz baja, cerrando los puños.

—No puedes culparte por haber creído a aquellos que tenían la obligación de protegerte.

No parecía haberlo oído.

—Todo saldrá bien, Arran. Sé que no me crees, pero te lo juro por mi vida.

—Preferiría que no juraras tan ardientemente ante la posibilidad de que...

—Hablo en serio. Nunca volveré a ser tan ingenua.

Arran no pudo evitar esbozar una irónica sonrisa. Alzó una mano y le acarició una mejilla.

—No prometas algo que es imposible, *leannan*.

Ella ignoró su burla y cerró los dedos sobre su muñeca.

—¿Todavía sigues enfadado conmigo?

—No —admitió. Entendía la insostenible situación en la que otros la habían colocado—. Pero estoy decepcionado.

Margot gruñó y bajó la cabeza. Le soltó la muñeca, dejando caer la mano.

—Creo que eso es mucho peor.

Arran se incorporó para tumbarse en el tosco lecho, y ella se arrebujó contra él. Consolado con la sensación de su delicado cuerpo apretado contra el suyo, le pasó un brazo por los hombros para atraerla firmemente hacia sí.

Al amanecer del siguiente día, se pusieron en camino. El viaje fue largo y agotador, tanto que Arran esperó y temió que Margot fuera a desmoronarse de un momento a otro conforme se iban acercando a Norwood Park. Esperó lágrimas y quejas. Pero ella lo sorprendió: soportó estoicamente la dura prueba y, para su mayor asombro, hasta se responsabilizó del cuidado de su montura. Daba de comer al poni y lo cepillaba. Lo llevaba a abrevar y se alegraba cuando encontraba pasto con que alimentarlo.

Aquella mujer, con su melena enredada y sus ropas mugrientas, estaba tan lejos de la joven aristócrata que había visto por primera vez en la balconada de Norwood Park que Arran apenas podía reconocerla.

Amaba a la mujer que ahora era. Lentamente se estaba convirtiendo en la clase de mujer con la que siempre había soñado casarse. Seductora y elegante y, sin embargo, fuerte y curtida. Y mientras la contemplaba cabalgando a lomos del poni, no pudo evitar preguntarse si sería aquel el final de su historia.

Porque su historia parecía inacabada. Como si tuviera que continuar con fuerza.

Aunque quizá eso no fuera más que una disparatada esperanza.

Solo les quedaban cuatro horas de viaje para llegar a Norwood Park, cuando se detuvieron en una posada para descansar durante la noche y prepararse para el encuentro con su familia. Arran encargó un baño, cosa que sabía le iba a costar una fortuna, pero no le importó. Margot se mostró encantada: no bien terminaron los criados de llenar la bañera, se desnudó con rapidez y se metió en el agua humeante.

—Esto es el paraíso, Arran. Un bendito paraíso.

—Oh, por favor...

Arran usó una jarra del aguamanil para recoger agua y verterla lentamente sobre su cabeza.

Margot había cerrado los ojos. Su cutis se había vuelto rosado y salpicado de pecas por lo mucho que lo había castigado el sol durante el viaje.

—¿Crees que Roger tendrá suficiente comida? —le preguntó mientras acariciaba distraídamente con los dedos la superficie del agua.

—¿Roger?

—Mi poni —explicó.

—¿Lo has bautizado?

—¡Por supuesto! Dada nuestra íntima relación, me pareció apropiado que al menos conociera su nombre —abrió un ojo y le sonrió.

Arran empezó a enjabonarle el pelo.

—¿Y entonces, cómo te llama él?

—Pesada —rio de su propia broma—. ¿Sabes lo que me gustaría, Arran? Ojalá hubiera aprendido a montar antes a horcajadas. Hay algo liberador en ello, en montar sin reglas y expectativas sobre cómo debería sentarse una mujer, o cuánto debería cabalgar, o cómo debería vestirse. En Inglaterra nunca había disfrutado de esa clase de libertades. Pero en Escocia parece que nadie se muestra siquiera mínimamente escandalizado por que una mujer haga lo que le plazca. Todas esas idas y venidas mías de Balhaire... ¿sabías que nadie intentó nunca detenerme? Yo pensaba que era porque me denostaban y porque no les importaba que pudieran asaltarme los ladrones. Pero ahora creo que es porque todo el mundo allí es... libre.

Arran reflexionó sobre ello.

—Bueno, puede que te hayan denostado un poco.

Margot se echó a reír y lo salpicó, jugando.

—Siéntate.

Margot hizo lo que le decía, abrazándose las rodillas mientras él le vertía agua caliente sobre la cabeza, para aclararle el jabón del pelo.

—Y ahora —dijo ella—, yo te afeitaré, si quieres.

Arran aceptó encantado. Tras desnudarse, recogió la navaja y se reunió con ella, salpicando mucha agua en su esfuerzo por acomodar su corpachón en la pequeña bañera. Para hacerle sitio, Margot tuvo que sentarse encima, y él apoyó las manos sobre sus caderas.

Se puso a tararear mientras lo afeitaba, inclinándose

de vez en cuando para limpiarle los restos de barba de la cara.

—¿Te acuerdas de la primera vez que intenté afeitarte? —le preguntó.

—¿Cómo podría olvidarlo? Estuviste a punto de rebanarme el cuello.

—¡Porque no te quedabas quieto ni un momento!

—Fue más bien por tu exceso de precaución, Margot. No manejabas bien la navaja —y procedió a imitar su técnica, en plan de broma.

Margot soltó una risita y, cuando lo hizo, la navaja se le escapó un poco.

—Eso ha sido un accidente —dijo muy seria, y volvió a reírse.

Arran contempló cómo su mujer, con los labios apretados y el ceño fruncido con un gesto de concentración, continuaba afeitándolo.

Ella lo miró de reojo.

—¿Qué crees que habría sucedido si me hubiera quedado en Balhaire? ¿Crees que nos habríamos arreglado?

—Me gustaría pensar que habríamos encontrado una forma de superar nuestras diferencias, sí.

—Quieres decir que yo habría podido superar mis diferencias —añadió ella, arrancándole una sonrisa—. ¿Y qué me decís de vos, *laird* Mackenzie? No estabais muy contento conmigo, si no recordáis mal.

—Me moría de ganas de darte de azotes, es verdad.

Ella soltó otra risita y le apartó el cabello húmedo del rostro. Estaba tan condenadamente bonita cuando sonreía... Los ojos le brillaban de júbilo, con una sonrisa que parecía extenderse por su rostro de oreja a oreja.

—Pero me tenías enamorado —gruñó cuando Margot apoyó la cabeza sobre su pecho—. Y mi error fue pensar que tú también podías estarlo un poco de mí.

—Hay gente que se enamora de golpe, mientras que otra lo hace con mayor lentitud, suavemente. Yo me sentía muy atraída por ti, pero tenía tanto miedo... Apenas había puesto un pie fuera de Norwood Park en toda mi vida.

—No importa. Mírate ahora, *leannan*. No hay un ápice de miedo en todo tu cuerpo.

Margot se inclinó hacia delante y lo besó.

—Qué viaje el nuestro, mi señor esposo.

Sí, qué viaje... Arran todavía se hallaba en un constante estado de inquietud, por la falta de confianza entre ellos y por la incertidumbre de lo que sucedería en Norwood Park. Si por algún milagro era capaz de sobrevivir a aquello, ¿regresaría Margot con él a Balhaire? ¿O se quedaría en Inglaterra con sus bailes, sus juegos de salón y sus caballeros admiradores?

Y, si Margot regresaba a Balhaire, ¿volvería él a confiar en ella? Él quería hijos, tranquilidad, envejecer al lado de su esposa, ver cómo su cabello se volvía del color de la plata. No quería vivir su vida preguntándose a cada momento si ella volvería a marcharse, o si había vuelto a conspirar contra él.

—¿En qué estás pensando? —le preguntó Margot.

—En la primera vez que tu padre acudió a mí con su propuesta. Yo era un joven lleno de sueños —le confesó—. Estaba buscando maneras de lograr la prosperidad de Balhaire y el bienestar de mi clan. El matrimonio, un heredero... No podía conseguir todo aquello sin esas dos cosas. Me pareció un trato perfecto: tierras en Inglaterra, y una mujer que me diera hijos.

—De eso se trata precisamente el matrimonio —comentó ella con tono ausente mientras deslizaba los dedos por su cabello húmedo.

—Sí... pero entonces te vi, Margot —le dijo, acaricióndole bruscamente una mejilla–. Te vi en aquella balconada de Norwood Park y, a partir de aquel momento, mi vida ya nunca volvió a ser la misma.

–Oh, Arran... –ella suspiró.

Al momento la estaba besando, y casi de inmediato se hallaba de pie, con ella en brazos, decidido a llevarla al viejo y crujiente lecho. No quería pensar. No quería pensar en lo que sucedería al día siguiente cuando entraran en Norwood Park y su sumergieran en aquella luminosa opulencia.

Pero mientras acariciaba su húmedo cuerpo con la boca y las manos, con su lengua delineando un largo y tentador sendero todo a lo largo de su vientre, hasta su entrepierna, fue asimismo consciente de una cosa. Que, sucediera lo que sucediera entre ellos, aquella sería siempre la mujer de su vida.

Capítulo 19

Al día siguiente, Margot se despertó antes que Arran, cuando todavía estaba muy oscuro. Se quedó sentada en el borde de la cama, abrazándose las rodillas. No había dormido nada bien y había tenido pesadillas. En una de ellas, su padre se había enfurecido con ella por haber llevado a Arran a Norwood Park. En otra, Arran y ella, con su padre y sus hermanos, habían escapado corriendo de un oscuro poder, invisible y amenazador.

Aquellos sueños la habían dejado inquieta. Pero en cuanto la niebla empezó a aclararse de su mente, Margot no tuvo duda alguna de que su padre los ayudaría. Él le había dado la vida y la había traído al mundo, y le había regalado una existencia de privilegio, además. No la abandonaría.

Se puso a hurgar en su baúl de viaje, en busca del vestido que había guardado allí para la ocasión.

—¿Qué pasa? —inquirió Arran soñoliento, despertado por sus movimientos.

Ella le sonrió por encima del hombro.

—Hoy llegaremos a Norwood Park y debo vestirme adecuadamente para ello.

Una vez que terminó de vestirse y de peinarse lo mejor que pudo, se volvió hacia él.

—¿Y bien? ¿Ofrezco un aspecto convincente como esposa de un *laird*?

Arran, ya vestido para entonces, con pantalón y casaca negros, se permitió recorrerla lentamente con la mirada. Casi como si la estuviera memorizando.

—Sí, muy convincente.

Ella apoyó una mano en su pecho y se puso de puntillas para darle un beso. Podía distinguir unas pequeñas arrugas de preocupación alrededor de sus ojos.

—No debes tener miedo, Arran. Conozco a mi padre.

—No es tu padre quien me preocupa en este momento —se volvió hacia otro lado.

Margot no sabía lo que había querido decir con eso. Y tampoco se lo preguntó.

El último tramo de camino hasta Norwood Park se le hizo a Margot mucho más tedioso, ahora que llevaba vestido, porque tenía que sentarse a la amazona sobre el lomo de Roger, con lo cual le resultaba difícil guardar el equilibrio. Pero hacia el final empezaron a atravesar bosques que le resultaron familiares. Pasaron por delante de granjas y cabañas con volutas de humo que se elevaban de sus chimeneas con la primera lumbre del día, vacas pastando en los prados, y luego ovejas. Se destacaba en la distancia la aguja de la iglesia y, valle abajo, entre los árboles, Margot alcanzó a ver los altos chapiteles de Norwood Park.

Conforme se aproximaban a las puertas, Arran aflojó el ritmo y dijo algo a sus hombres en su lengua nativa. Margot ignoraba lo que era, pero generó cierta resistencia. Uno de ellos en particular, Ben Mackenzie, pareció incluso discutir con él. Finalmente, tres dieron media vuelta y el cuarto encabezó la marcha y traspuso la verja.

—¿A dónde van? —preguntó Margot mientras veía alejarse a los tres jinetes.

—Se quedarán atrás por el momento. En caso necesario, llevarán un mensaje a Balhaire.

Margot chasqueó la lengua.

—Eres demasiado cauto. Ya verás... nos invitarán a cenar —espoleó a Roger para ponerlo a medio galope, y disimular así ante Arran las dudas que habían empezado a asaltarle y que tanto le aceleraban el corazón. ¿Y si estaba equivocada?

Galoparon bajo las ramas de los enormes arces que flanqueaban el largo sendero de entrada, atravesando los cuidados jardines rodeados de setos y rebosantes de flores de verano. Rodearon la enorme fuente que se alzaba en medio y, justo cuando estaban a punto de llegar a la puerta del edificio, esta se abrió para dar paso a dos criados de librea que se apresuraron a ayudarles a desmontar. Uno de ellos incluso le acercó a Margot un escabel.

—Bienvenida a casa, milady.

—Gracias, John.

Sintiéndose repentinamente eufórica, miró a Arran. Tras desmontar, había entregado su fusta al criado y en aquel momento le ofrecía su brazo para hacer la entrada formal en Norwood Park.

—Lady Mackenzie, sois bienvenida —dijo Quint, el mayordomo de la familia, saliendo a saludarlos.

Margot se puso tan contenta de ver al anciano que a punto estuvo de abrazarlo.

—Gracias, Quint.

—Bienvenido, milord —se dirigió a Arran, que se limitó a asentir con la cabeza—. ¿Deseáis que suba vuestro equipaje?

—Por favor —respondió Margot—. A la suite verde. Siempre he admirado la vista desde allí.

—Sí, milady —el mayordomo se hizo a un lado para franquearles el paso al vestíbulo.

Margot fue la primera en entrar. Se detuvo en medio de la inmensa sala para mirar a su alrededor, contemplando desde los relucientes suelos de mármol hasta los altos techos decorados con pinturas. La ancha escalera con su luminosa balaustrada. Y allá en lo alto, la enorme lámpara de araña. Era aquel un mundo completamente distinto al de Balhaire, un mundo de elegancia y sofisticación.

—¿Está mi padre en casa? —preguntó a Quint mientras se quitaba los mugrientos guantes de montar y se los tendía.

Quint bajó la mirada a los guantes durante un segundo más de lo necesario, preguntándose sin duda por su suciedad.

—Milord y el amo Bryce han salido a visitar a la señora Sumpter, que se halla muy enferma. Enviaré un mensajero con la noticia de su llegada.

—Gracias —dijo Margot—. ¿Y Knox? ¿Está en casa hoy?

—Perdonadme, milady, pero no sé decíroslo. Yo mismo no lo he visto desde ayer por la mañana. ¿Llamo para pedir que os sirvan el té?

—Por favor.

Quint inclinó la cabeza y se dirigió hacia un pasillo, presumiblemente para encargar el té.

—Perdón —dijo Arran.

El mayordomo se detuvo para volverse hacia él.

—¿Milord?

—¿Sabe usted dónde puedo encontrar a mi hombre del clan, Dermid Mackenzie? Ha sido huésped de esta casa.

Quint miró a Arran de una forma extraña, como si pensara que era él quien debería saberlo.

—No lo sé, milord, lo siento.

—Pero supongo que podrá enviarle un recado —intervino Margot—. Cuando llegue.

—Se marchó de Norwood Park, milady.

«Partiría seguramente en mi busca», pensó Margot. Pero Arran parecía preocupado.

—¿Dejó dicho a dónde se dirigía?

—No a mí, milord. Yo supuse que se había vuelto a Escocia. Lleva ausente ya algún tiempo.

—Se lo preguntaremos a mi padre cuando llegue. Gracias, Quint.

El mayordomo asintió con la cabeza y se retiró de nuevo. Arran lo observó marcharse, apretando la mandíbula.

—No te preocupes, Arran —le dijo Margot—. Dermid Mackenzie habrá partido en mi busca, eso es todo. No hay nada raro en ello. Ven —le tomó la mano—. Hay algo que quiero mostrarte.

Lo guio a través del inmenso edificio hacia la terraza trasera que daba a un verde prado, y bajaron luego los escalones de piedra que descendían hasta el jardín. Giró a la derecha ante la gran fuente y lo condujo por un sendero entre rosales que eran más altos que ella. Solamente le soltó la mano cuando llegó ante un muro de sillar cubierto de hiedra.

—¿Qué es? —quiso saber Arran.

Margot encontró el pequeño cerrojo que estaba buscando. Estaba oxidado, y tuvo que forzarlo un poco, pero al final lo descorrió y empujó la trampilla que estaba oculta. Crujió sonoramente mientras apartaba la hiedra para poder abrirla un poco más.

Arran se asomó a la abertura, curioso.

—Ven —ordenó Margot, y penetró por ella, pasando a un secreto jardín que su padre había mandado hacer muchos años atrás. En aquel momento estaba descuidado y lleno de vegetación. Los rosales trepaban por el muro, desatendidos y sin podar. Un bebedero para pájaros estaba volcado en el suelo. Gruesas hiedras se extendían por los antiguos lechos de plantas y flores. Pero un columpio colgaba todavía de un árbol y, justo en medio del jardín, había una mesa y sillas para niños. Debajo de la mesa, aún seguía el cochecito de madera del que solía tirar su querido *spaniel*, con el que tanto se había divertido.

Arran se las arregló por fin para pasar también por la abertura.

—¿Qué es esto?

—Mi jardín secreto.

Los recuerdos de aquel jardín le arrancaron una sonrisa. Recuerdos de cuando jugaba allí con Knox durante tardes interminables, mientras su institutriz cabeceaba de sueño en un rincón.

—Papá lo mandó construir para mí cuando era muy pequeña. ¿No es precioso?

—Sí que lo es —respondió él. Se agachó para recoger algo del suelo. Lo examinó y se lo tendió a Margot. Era un soldado de plomo, no mayor que una bellota.

—¡Esto era de Knox! —exclamó Margot, recogiéndolo.

—Sí, es muy bonito, Margot. Pero ahora que ya lo has visto, deberíamos volver...

—Quería mostrarte esto para que comprendieras —lo interrumpió ella.

—¿Que comprendiera el qué?

—Que un padre que quiso tanto a su hija como para mandar construir un lugar tan especial para ella no podría traicionarla nunca. Es imposible.

Arran miró por unos segundos a su alrededor. Le tendió la mano.

—Debemos irnos ya, ¿de acuerdo?

Él no la creía aún.

Una vez de vuelta en la casa, se instalaron como si hubieran regresado de un largo viaje de años y pretendieran quedarse durante un buen tiempo. Acababan de acomodarse para tomar el té de la tarde, con ella sentada y Arran de pie ante la ventana, cuando su padre irrumpió en la sala con los brazos abiertos.

—¡Margot, amor mío! —exclamó con tono cariñoso, y la abrazó con fuerza, besándole las mejillas. La apartó por un momento para mirarla bien, deleitado, para luego volver a abrazarla—. ¡No puedo creer en mi buena suerte! Supuse que transcurriría mucho tiempo antes de que volviera a ver a mi querida niña.

Margot se echó a reír. Bryce también había entrado en la sala. Decididamente su hermano parecía mucho menos contento que su padre con su aparición.

—¡Qué alegría verte, papá! Y a ti, Bryce —le ofreció la mejilla para que se la besara.

—Oh, nuestro escocés favorito —dijo su padre, y abrazó a Arran como si fuera su propio hijo.

Margot se sentía terriblemente aliviada. Aquella pequeña parte de su ser que había dudado de su padre, se había evaporado. Ella había tenido razón: no había estado conspirando contra Arran.

—Qué sorpresa tan agradable —dijo su padre—. Tenemos que ponernos al día de muchas cosas, ¿verdad? Pero preparémonos primero para la cena. Cuando me dijeron que habías vuelto, Margot, envié recado en seguida a Lynetta para invitarla a ella y a su familia a que se reunieran con nosotros esta noche.

—Oh —no se había preparado para recibir huéspedes. Apenas acababan de llegar: le parecía demasiado pronto—. ¿Y Knox?

—¿Knox? Lamentablemente, está fuera ahora mismo —respondió su padre, haciendo una mueca—. Y ahora retírate, descansa un poco y vístete para la cena. Hablaré con tu esposo mientras tanto.

Margot miró a Arran.

—Pero ¿no debería quedarme...?

—No a no ser que quieras escuchar una tediosa charla sobre tierras y esas cosas. Os la devolveré en seguida —le aseguró a Arran, y apretó cariñosamente los hombros de su hija antes de abrirle la puerta.

Aun así, Margot vaciló.

—Esta es mi chica —le dijo su padre, mirándola insistente.

La habían despachado. Miró a Arran y, al ver que asentía con la cabeza de una manera casi imperceptible, abandonó la sala.

Tan pronto como hubo salido, alguien cerró la puerta a su espalda.

Fueron transcurriendo los minutos mientras Margot esperaba a que Arran se reuniera con ella en la suite de invitados. Tenía la sensación de haber estado una hora paseando de un lado a otro cuando por fin apareció, y ella fue la primera sorprendida del inmenso alivio que la invadió al verlo entrar. Se lanzó de golpe a sus brazos, casi como para asegurarse de que no era un sueño.

—Tranquila, Margot... Todo está bien —le aseguró, con las manos en su cintura.

—¿Qué ha pasado? ¿Qué quería?

Arran se encogió de hombros.

—Me preguntó por Balhaire. Por la extensión de nuestro comercio, por la cantidad de gente del clan que vive de la propiedad. Me habló de Norwood Park y de los planes que tiene para las tierras que poseo aquí.

—¿Le hablaste de Thomas Dunn?

Arran negó con la cabeza.

—No. Debo hablar a solas con él de todo ello. Tu hermano... yo no le agrado, eso es evidente. Creo que lo mejor es que tenga esa conversación únicamente con tu padre.

—Bryce solamente quiere a una persona: él mismo —comentó Margot con tono ausente.

—Los invitados están empezando a llegar —dijo Arran mientras se quitaba la casaca—. Sera mejor que bajes a saludarlos.

—No sin ti —repuso ella.

Esperó a que Arran se preparara para la cena y bajaron juntos. Pero en el momento en que vio a Lynetta Beauly, se olvidó de su marido para ir a abrazar a su amiga.

Fue un encuentro feliz, y Margot se sentó a la mesa entre Lynetta y Arran. El vino corrió con generosidad. Hubo risas y se hicieron varios brindis. Incluso Arran pareció relajarse, aunque solo fuera un poco, cuando el señor Beauly entabló conversación con él.

Lynetta se puso a parlotear sobre su inminente boda y, cuando agotó el tema, se dedicó a poner a Margot al tanto de todos los cotilleos que circulaban en Norwood Park. Al parecer, el señor Franklin Carvey había tomado a la señorita Viola Darfield en gran estima, solo que el señor James Carvey no podía pagar sus deudas, con lo que su padre le estaba buscando un destino en la milicia.

—Es asombroso que lo de sus deudas no haya trascendido antes —murmuró Margot mientras se dejaba servir más vino por Quint.

—¿Te acuerdas de cuando le ganaste veinte libras? Me alegré mucho de que te alzaras con la victoria aquella noche. Me pareció muy arrogante, demasiado seguro de sus habilidades. ¡Oh, Margot, qué divertida fue aquella velada! Y tú burlándote constantemente de aquel pobre hombre... ¡Cómo te echo de menos!

Margot esbozó una sonrisa de circunstancias. En aquel

momento, todo aquello se le antojaba tan frívolo... todos aquellos flirteos y juegos de salón. En aquel entonces había estado más preocupada por su pequeño círculo social que por cualquier otra cosa. Qué existencia tan vacía había llevado...

Miró subrepticiamente a Arran, que estaba escuchando cortésmente al señor Beauly. Pensó en la labor protectora que ejercía con Balhaire y su clan. En la enorme responsabilidad que asumía al velar por los Mackenzie y por su prosperidad. ¿Cómo podía soportarla? ¿Y cómo ella podía haber preferido aquello... aquella insignificante existencia? Se sentía extrañamente avergonzada.

—¡No puedes apartar los ojos de él! —le reprochó Lynetta de pronto, soltándole un codazo—. No puedo culparte, la verdad. Es muy... robusto —soltó una risita— ¿Cómo es que los caballeros de norte de Inglaterra andan tan faltos de semejante salud y vigor? Nunca había visto a un caballero tan viril como tu marido. Ni siquiera puedo decir eso mismo de mi prometido, el señor Fitzgerald.

—Si mal no recuerdo, tú parecías pensar que el señor Dermid Mackenzie era muy... viril —se burló Margot.

—¿Cómo has podido sacar a colación ese nombre? —exclamó Lynetta con expresión consternada—. ¡Es un ladrón!

Algo se removió dentro de Margot.

—¿Perdón?

—¿No lo sabes? —susurró su amiga—. Poco después de tu marcha, lo detuvieron. Se dijo que había robado a lord Norwood.

El nudo que se le había formado en el estómago se apretó dolorosamente.

—Eso no puede ser verdad —dijo—. Estoy segura de que yo me habría enterado —nunca había prestado a Dermid Mackenzie demasiada atención, sobre todo desde que lo destacaron allí para vigilarla, pero el hombre siempre se había mostrado exquisitamente cortés y respetuoso con todos.

Margot no podía creerse que hubiera cometido un robo. Los hombres de Arran no robaban.

—¿Quién lo acusó?

Lynetta se encogió de hombros.

—No lo sé. Dicen que tomó algo de gran valor y que se lo llevaron encadenado.

Margot empezó a temblar. El vino consumido se mezclaba con una sensación opresiva, angustiante.

—¿Qué te pasa? —inquirió Lynetta—. Pareces enferma.

—No es nada. La perdiz, creo —dijo Margot, y se llevó una mano al estómago—. ¿A dónde se lo llevaron?

—Oh, no tengo la menor idea —repuso Lynetta con indiferencia.

—Pero...

—Señoras —dijo de repente su padre, interrumpiéndolas—. ¿Nos desplazamos al salón? Margot, querida, me temo que he presumido demasiadas veces de tu talento con el pianoforte. ¿Serías tan amable de obsequiarnos con una canción? Quizá la señorita Beauly quiera acompañarnos con su angelical voz.

Margot miró a Arran, que le sonrió. No sabía lo de Dermid.

En el salón, Margot hizo lo que su padre le había pedido. Pero su ejecución estuvo falta de entusiasmo, y Lynetta no cesó de lanzarle miradas. No pudo evitarlo: sentía hasta náuseas de ansiedad. Era una gran injusticia que Dermid Mackenzie hubiera sido acusado de robo. ¿Y por qué no se lo había dicho Quint cuando le preguntó por él? ¿Se había callado para no molestar a Arran? ¿Pensaría quizá que debía escucharlo de labios de su padre? ¿Y cuándo, exactamente, pensaba su padre informar a Arran de lo que le había sucedido a su hombre?

Su padre se mostraba perfectamente alegre y cómodo aquella tarde. Reía y hacía bromas, aplaudía y servía vino a todo el mundo. No parecía un hombre que tuviera alguna noticia desagradable que compartir. Parecía absolutamente feliz de tener a su hija de vuelta en casa.

Quizá Lynetta estuviera en un error.

Y, sin embargo, Margot no podía sacudirse la sensación de que algo terrible estaba ocurriendo.

Cuando la canción terminó, los señores Beauly se levantaron para cantar, y Margot se alegró de no tener que tocar más. Volvió a ocupar su asiento junto a Lynetta, con Arran de pie a su espalda. Su presencia le resultaba reconfortante. Pero su expresión era inescrutable. Sospechaba que encontraba la velada muy tediosa y, sinceramente, ella misma no pudo evitar cabecear varias veces de sueño mientras cantaban los Beauly. Había bebido más vino de lo que tenía por costumbre, y sus pensamientos vagaban constantemente a las noches en Balhaire, a aquellas ocasiones de música animada y caóticos bailes. Durante los últimos quince días, se había divertido muchísimo más en Balhaire que en las estiradas veladas musicales que se habían celebrado en aquel mismo salón. De repente deseó que todos se levantaran de sus asientos para ponerse a bailar. Se imaginó a Bryce saltando en una jiga escocesa y no pudo reprimir una sonrisa. ¡Cómo habría aborrecido su hermano aquel baile...!

A menudo tenía la sensación de que Bryce la despreciaba. Pero ¿por qué? En aquel momento estaba llena de sospechas. El viaje a Inglaterra, sus dudas y la sensación de expectación ante lo que estaba por llegar: todo eso estaba comenzando a pesar terriblemente sobre su ánimo. Apenas podía mantener los ojos abiertos.

Era la una y media de la mañana cuando los Beauly se marcharon. En el vestíbulo, abrazó con fuerza a Lynetta.

—Siempre serás bienvenida aquí, Lynetta, esté donde esté.

Su amiga soltó una risita.

—Lo sé, Margot. ¡Qué tonta eres! Pereces completamente agotada, querida... Tienes que irte directamente a la cama.

Las dos mujeres terminaron de despedirse. Margot salió al porche de Norwood Park como había hecho miles de veces antes, para decir adiós a sus huéspedes, solo que esa vez Arran estaba a su lado, tomándola de la cintura. Su padre y su hermano se hallaban detrás, hablando en voz baja entre ellos.

Margot tomó la mano de Arran.

—Estoy tan cansada que apenas puedo caminar. ¿Nos retiramos?

—Ve tú, *leannan* —le dijo él y, atrayéndola hacia sí, le dio un beso en la sien—. Tengo que hablar con tu padre.

—Pero yo también tengo muchas cosas que decirte. ¡Y es tan tarde! —se quejó.

—Sí que lo es. Venga, vete a la cama. Te despertaré cuando vuelva.

Margot se sentía demasiado cansada para discutir. Se despidió de todo el mundo y subió las escaleras hasta la suite verde de invitados, la de las vistas al lago y a las ondulantes colinas del norte de Inglaterra.

Se desvistió, se cepilló el pelo y se arrastró hasta la cama de dosel. Con un suspiro, se hundió en el mullido colchón. Le pesaban los párpados, pero estaba decidida a esperar a Arran. Cuando llegara, le diría: «¿Lo ves? Aquí nadie desea hacerte el menor daño». Y él le contestaría: «Tenías razón desde el principio, *mo gradh*».

A su vez, ella le contaría que Dermid había sido detenido, pero él replicaría: «Sí, me lo contó tu padre. Pero no quería inquietarte».

Casi podía escuchar su voz de marcado acento diciéndole todas aquellas cosas. Casi podía sentirlo acostándose a su lado para hacerla entrar en calor. «Mañana», pensó. «Mañana, mañana». Al día siguiente decidirían entre los dos un curso de acción.

Era un hermoso sueño. Pero nada más que el sueño de una joven ingenua.

Porque Arran nunca volvió a su cama.

Capítulo 20

El sueño de Margot fue profundo, de aquellos de los que costaba despertarse. Cuando la luz del sol empezó a filtrarse en su conciencia, se despertó sobresaltada y se sentó en la cama. Aquella luz significaba que hacía tiempo que había amanecido. No había tenido intención de dormir tanto.

Miró a su alrededor y no vio en la habitación señal alguna de su marido. No había doncella allí que la ayudase, así que rebuscó en su baúl de viaje hasta que encontró un vestido de diario y se lo puso. Sin arreglarse el pelo, bajó a desayunar.

Quint y un criado estaban recogiendo los platos del aparador. Margot miró el reloj de la repisa de la chimenea: ¡eran las diez y media!

–¿Dónde está todo el mundo? –preguntó.

–Los caballeros han ido a Fonteneau, milady –respondió el mayordomo.

–Fonteneau –repitió, frunciendo el ceño con expresión confusa. Fonteneau era una antigua abadía fortificada, un lugar que había frecuentado de niña. Recordaba que tenía jardines y pájaros que anidaban en lo alto de sus agujas.

Durante su infancia ya había sido un sitio sombrío y

lúgubre, pero desde que el anciano vizconde de Fonteneau, lord Granbury, había caído enfermo, el lugar había quedado sumido en el mayor abandono. Granbury tenía un hijo, lord Putnam, pero lo último que Margot había oído de él era que había perdido una fortuna en Londres.

—¿Por qué Fonteneau?

—Milord no me lo dijo —respondió Quint.

—¿Mi marido también? ¿Y su hombre?

—Sí, milady.

¿Cuándo se habían marchado? ¿Aquella mañana? ¿De madrugada? ¿Por qué no la había despertado Arran para informarla?

—¿No me han dejado ninguna nota? ¿Una explicación?

—Milord no dejó nota alguna, que yo sepa —dijo Quint—. ¿Os preparo el chocolate?

—No, gracias —contestó con tono ausente. ¿Eran imaginaciones suyas, o Quint se había dado demasiada prisa en abandonar el comedor?

Con cada hora que pasaba, el corazón de Margot se encogía un poco más. Pasó el día ante la ventana esperando ver alguna señal de su marido, de su padre o de algún mensajero que la informara de cuándo pensaban regresar su marido y su padre. Intentó recordar cuánto duraba el viaje hasta Fonteneau. ¿Cinco horas? ¿El tiempo suficiente para que se quedaran a pasar la noche en aquella aterradora abadía, con sus gruesos muros de piedra y sus ventanas desvencijadas? ¿Qué negocio podían haber ido a hacer allí? Aquello simplemente no tenía sentido.

Como hacia la caída de la noche seguían sin aparecer, Margot empezó a enfermar de preocupación. Fue nuevamente en busca de Quint.

—Necesito un mensajero —dijo cuando lo encontró en el comedor, preparando la mesa.

—En seguida, milady. ¿Lo envío al salón?

—Sí –y fue hacia allí a esperarlo.

Momentos después, un joven criado se presentó en el salón.

—Quédate aquí –le ordenó, temerosa de que él también pudiera desaparecer–. No muevas un músculo hasta que haya terminado de redactar esta nota.

Había encontrado ya pluma y papel, y garabateó solamente unas pocas palabras: *Se han llevado al* laird *a Fonteneau*. No lo firmó: no era necesario, Solo esperó que los hombres que la recibieran supieran leer el inglés. Agitó el papel para que secara la tinta y lo dobló cuidadosamente.

—Lleva esto al pueblo –le dijo, hablando en voz baja, y miró a su alrededor en caso de que alguien estuviera escuchando. Un escalofrío de miedo le recorría la espalda, filtrándose en sus venas. Algo terrible había sucedido aquel día y, en aquel momento, no podía confiar en nadie–. Hay tres hombres allí, de Balhaire.

El criado se mostró confuso. Era algunos años más joven que ella, con las mejillas todavía rosadas de la adolescencia.

—Son escoceses –añadió–. Entrega esto a cualquiera de ellos, no importa quién.

—Sí, milady –después de guardarse la nota en un bolsillo, se despidió con una reverencia y se dispuso a marcharse.

Pero ella lo sujetó de un brazo, deteniéndolo.

—¿Cómo te llamas?

—Stephen, milady. Stephen Jones.

—No debes volver hasta que hayas entregado la nota, ¿entiendes, Stephen? –le preguntó, apretándole el brazo–. Si te ves obligado a esperar toda la noche, entonces espera toda la noche. No te atrevas a regresar mientras no hayas entregado ese papel a alguno de esos hombres.

—Sí, milady —respondió, abriendo mucho los ojos de sorpresa ante lo desesperado de su tono.

—Confío en ti, Stephen —tenía el angustioso presentimiento de que aquel joven era su única esperanza y, para su horror, sintió de repente que se le saltaban las lágrimas.

El propio Stephen Jones parecía bastante avergonzado. Se apartó de ella como si temiera que sus lágrimas fueran contagiosas.

—Solo... haz por favor lo que te pido —le dijo, y le soltó el brazo.

—Podéis confiar en mí, milady.

—Gracias —repuso, agradecida—. Y ahora, vete. No hay tiempo que perder.

El joven asintió brevemente con la cabeza y abandonó apresurado la sala.

Margot continuó caminando de un lado a otro de la misma. Sus pensamientos giraban en un torbellino tan rápido que hasta le dolía la cabeza, y el nudo que tenía en el estómago no la ayudaba precisamente. Era consciente de su impotencia. No tenía la menor idea de qué hacer. Se encontraba donde había estado siempre: completamente dependiente de los hombres.

Cayó la noche como una venganza, y con ella la lluvia, mientras seguía sin aparecer nadie. Se imaginaba varios escenarios, a cuál peor. Los salteadores de caminos los habían capturado. O Arran había sido secuestrado por su padre y su hermano con la intención de que Thomas Dunn abandonara su escondite. Sí, quizá su padre había secuestrado a Arran. Pero ¿por qué habían ido a Fonteneau?

Quint fue a buscarla después de las nueve para insistir en que comiera algo.

—Me es imposible —dijo, haciendo un gesto de indiferencia—. ¿Se sabe algo?

—No, milady —respondió Quint, y esbozó una sonrisa de compasión que hizo que Margot lo odiara por un momento.

—¿Dónde está Knox?

El mayordomo vaciló. Escogió cuidadosamente sus palabras.

—No puedo decirlo con certeza, pero creo que vuestro hermano ha tomado habitaciones en el pueblo.

—¿En el pueblo? —repitió Margot—. ¿Por qué? ¿Ha tenido alguna discusión con Bryce? —no habría sido la primera vez.

Ruborizándose, Quint respondió:

—Supongo, milady, que para poder estar más cerca del objeto de su estima —y arqueó una ceja.

—¿Su qué?

Quint apretó los labios con fuerza y se negó a decir más. Margot reflexionó por un momento.

—Oh. Entiendo. Si llega algún mensaje, me lo entregarás en seguida, ¿verdad?

—Por supuesto.

Quint no volvió a buscarla más. Como tampoco su padre o Arran volvieron a Norwood Park. A la una de la madrugada, el agotamiento la empujó a la cama, pero su sueño fue agitado.

Arran nunca se habría marchado de aquella forma, sin una nota, sin una explicación adecuada. Pero eso era precisamente lo que ella le había hecho a él. Despreciaba a la chiquilla que había sido en aquel entonces. La vergüenza se anudaba con su preocupación para hacerla sentirse aún más enferma: se quedaría devastada si nunca llegaba a tener la oportunidad de enmendar sus errores y compensar su anterior comportamiento. Sacó de un bolsillo la carta que le había escrito Arran y la leyó de nuevo: *Te convertiste en el principio y en el final de mi mundo...*

Y, por enésima vez, se preguntó: ¿por qué Fonteneau?

A la mañana siguiente, Margot se obligó a mordisquear una tostada. Apenas podía masticarla. La ansiedad le revolvía el estómago, pero necesitaba conservar las fuerzas. No tendría ninguna utilidad para Arran si se desmayaba de hambre.

Stephen la encontró en el comedor. Estaba sonriendo.

—Disculpadme, milady, pero quería confirmaros que fui capaz de entregar vuestro recado.

Margot se quedó sin aliento.

—¿Qué dijo él? —inquirió, ansiosa.

Stephen parpadeó sorprendido.

—¿Tenía que recibir respuesta?

Margot suspiró.

—No, Stephen. Gracias —dijo, y le dio una cariñosa palmadita en el hombro como si fuera su abuela.

Para primera hora de la tarde, Margot se encontraba en tal estado de desesperación que empezó a temer que estuviera perdiendo el juicio. Era como si estuviera en una pesadilla de la cual no pudiera despertarse. Se las arregló para comer un poco y estaba paseando de nuevo de un lado a otro de la habitación cuando, a través de una ventana, vio a unos jinetes acercándose a Norwood Park.

«Su padre».

Corrió al vestíbulo, para llegar en el mismo momento en que entraba su padre, llamando a Quint a gritos.

Con un grito de alivio, Margot se lanzó a sus brazos.

—Me has tenido enferma de preocupación, papá. ¿Por qué fuiste a Fonteneau? —le preguntó, y miró a su alrededor, hacia la puerta—. ¿Dónde está Mackenzie?

—Se ha quedado en Fonteneau —respondió él—. Apártate, Margot. No puedo entregarle mis guantes a Quint contigo en medio —dijo, haciéndola a un lado.

—¿Por qué se ha quedado Arran en Fonteneau? —exigió saber, aterrada—. No me dejó ninguna nota, ninguna explicación...

—Margot, por favor. Estoy agotado. Necesito sentarme y pensar antes de que empieces a bombardearme a preguntas. Hablaremos después —y pasó de largo a su lado, encaminándose a su despacho seguido de Quint.

Margot estaba tan estupefacta que era como si hubiese echado raíces en el suelo de mármol del vestíbulo, capaz únicamente de mirar a su padre mientras se alejaba. Tanto que apenas reparó en la presencia de Bryce hasta que pasó también de largo a su lado, sin dignarse apenas a mirarla, siguiendo a su padre.

«Esto no puede estar sucediendo», pensó. Se habían marchado con su marido y habían vuelto sin él, y en aquel momento la estaban tratando como si fuera un mueble. Su asombro empezó a dar paso a una oleada de furia. Una furia que se imponía a su agotamiento, a su miedo, a su angustia.

Se negaba a que la trataran de esa forma.

Bruscamente, se dirigió al despacho de su padre. Lejos de detenerse ante la puerta cerrada, la empujó con todas sus fuerzas y entró en la habitación.

—¡Margot, por el amor de Dios! —le espetó su padre, sobresaltado por su aparición.

—¿Dónde está mi marido, papá? —exigió saber—. ¿Por qué se ha marchado de Norwood Park? ¿Y cómo es que no ha vuelto?

La expresión de su padre se tornó sombría.

—Te diré dónde está. Encadenado y a buen recaudo, que es lo que se merece.

Por un fugaz instante, Margot estuvo segura de haber oído mal. Pero la mirada de cruel indiferencia de su padre la despertó a la realidad como una bofetada. Tuvo que agarrarse al respaldo de una silla, ya que había sentido la noticia como un golpe físico.

—¿Qué… qué has hecho, papá? —balbuceó con voz temblorosa—. Vinimos aquí a pedirte ayuda. Vinimos a decirte que Thomas Dunn…

—¡Lo sé todo sobre Thomas Dunn! —la interrumpió su padre—. ¡Estúpida chiquilla! ¿Esperabas que yo te ayudaría? Thomas Dunn es un hombre que se está ahogando. ¿Y sabes lo que se hace con un hombre que se está ahogando? Empujarlo de una patada para que no te arrastre al fondo con él.

Margot se quedó sin aliento. Le resultaba inconcebible que el hombre que había pronunciado semejante vileza fuera su propio padre.

—¿Así que permitiste que Dunn se fuera al fondo arrastrando a Arran consigo? —exclamó, incrédula—. ¿Cuando los dos, juntos —miró a Bryce— habríais podido entregar al traidor a la justicia?

Su padre resopló escéptico e hizo un gesto desdeñoso.

—Thomas Dunn es un noble que goza del favor de la corte. ¿Crees que alguien en Inglaterra creerá en la palabra de un advenedizo escocés antes que en la suya? Si puede decir lo que quiera de Arran Mackenzie es precisamente porque está seguro de que nadie le respaldará.

—¡Pero nosotros podemos respaldarlo! —gritó—. ¡Tú, papá!

Su padre volvió a bufar, rezongando algo por lo bajo.

—¡Él es mi marido! —le recordó ella, temblando de furia.

—Solo de nombre.

—¡No! ¡Es mi esposo, papá!

—¿Qué pasa, que de repente has desarrollado tiernos sentimientos por él, Margot? —sonrió desdeñoso—. ¿Tú? Tú lo despreciaste desde el mismo momento en que yo te puse al tanto de cuál era tu deber. Tú lo abandonaste. Lloriqueaste como una niña cuando te ordené que volvieras a Escocia por el bien de nuestra familia. ¿Y ahora pretendes hacernos creer que es tu amado esposo? –esbozó una mueca de desprecio–. Hiciste lo que yo necesitaba que hicieras. Y ahora vete a organizar algún baile o alguna velada de esas que tanto te gustan. O a jugar, si quieres. Vete a Londres, encarga nuevos vestidos para la Temporada... Lo que sea, con tal de que me dejes en paz. Estoy cansado.

El aliento se le escapaba de los pulmones y la sangre le atronaba en los oídos. En cualquier momento se desmayaría, o golpearía a su padre.

–Me has utilizado de la manera más vil –sentenció con un temblor en la voz mientras se aferraba al respaldo de la silla con rabia impotente.

–Por el amor de Dios –susurró él con impaciencia.

–Tú me convenciste de que me casara con él. ¡No me dejaste otra elección! Tú me convenciste de que volviera con él... ¡para salvar a nuestra familia, según tus propias palabras! Hice lo que me ordenaste. Me esforcé todo lo posible por forjar un matrimonio con Arran. Y ahora que lo he conseguido, te desentiendes de él como si fuera una basura y sin ninguna consideración para conmigo, tu única hija.

Su padre suspiró. La miraba impaciente como si fuera una chiquilla malcriada.

–Por supuesto que te tengo en consideración, Margot. Pero a veces tenemos que hacer cosas que no queremos por el bien de la familia.

–¿Oh? ¿Y qué has hecho tú por ello? ¿O Bryce? ¿Qué ha hecho cualquiera de esta sala por el bien de nuestra familia? ¡Yo no soy más que un peón para ti!

La mirada de su padre se volvió fría como un témpano

y, por una vez, Margot vio la clase de hombre que era. La impresión fue devastadora. Todo lo que había creído saber, todo lo que había creído ser, se le representaba en aquel momento como una mentira. Porque él, su padre, era una mentira.

—Si tú lo dices...

—Margot —intervino Bryce. Margot se había olvidado completamente de él, pero en aquel momento sintió su mano en su espalda—. Vete.

La agarró de un brazo para obligarla a abandonar la habitación. Margot se lo permitió: tan estupefacta y destrozada estaba que era incapaz de formular pensamiento coherente alguno en aquellos momentos. Como tampoco podía soportar mirar a su padre, el hombre al que antaño había respetado tanto. El hombre en el que había creído.

Pero una vez fuera del despacho, se revolvió contra su hermano.

—No busques problemas —le advirtió él.

—¿Qué clase de hombre eres tú para haber permitido todo esto? —le preguntó con tono acre.

—¿Qué es lo que quieres? —replicó Bryce con tono tranquilo—. ¿Quieres acaso que nos ahorquen a todos? ¿Que perdamos nuestras tierras, todo aquello que tenemos de valor? ¿O quieres que protejamos a un escocés que no tiene nada en su favor?

—¿Nada en su favor? Arran tiene más honor que cualquier hombre de esta casa —le espetó—. Si pudiéramos desenmascarar a Thomas Dunn...

—No podemos —negó, enfático—. El riesgo es muy grande. Dunn tiene buenos contactos en Londres. Es íntimo de la reina. Es imposible...

Margot se giró en redondo, decidida a alejarse, pero su hermano la agarró firmemente de un brazo.

—Hazme caso, Margot: no busques problemas. No te irá nada bien si lo haces.

Lo fulminó con la mirada.

—¿Me estás amenazando?

Bryce sonrió desdeñoso mientras le soltaba el brazo.

—¿Quieres volver a casarte? ¿Con alguien de tu propia elección? Pues entonces te sugiero que hagas lo que te decimos.

Los pocos fragmentos de corazón que todavía podían quedarle se desintegraron de golpe. ¿Qué le había sucedido a su familia? ¿Cuándo se habían convertido en aquella clase de hombres? ¿Tan ensimismada había estado en su pequeño mundo que no había visto lo malvados que eran? ¿O acaso algo los había convertido en víboras?

Aun así, por muy atónita y asqueada que se sintiera, sabía instintivamente que tenía que simular aceptar lo que su hermano le estaba diciendo.

—Está bien —dijo con tono cortante, y se alejó a toda prisa de su hermano. Dobló corriendo la esquina del pasillo rumbo a la intimidad de su habitación, donde podría sollozar, lamentarse y gritar contra su almohada.

Eso fue precisamente lo que hizo. Cada emoción que había acumulado durante las últimas veinticuatro horas acabó por aflorar en una inmensa oleada de frustración. Pero, cuando dejó de gritar y de llorar, supo lo que tenía que hacer. Ignoraba lo que le había sucedido a su familia, era incapaz de adivinar en qué momento todo se había estropeado. Pero solo había un hombre en la Tierra al que necesitara por encima de todos los demás, y ese hombre era Arran Mackenzie.

Y, para llegar hasta él, necesitaba a Knox. Y que Dios la ayudara si acaso él estaba también contra ella.

Capítulo 21

Otra noche torturada con pesadillas y con el sordo dolor del hambre despertó a Margot mucho antes del amanecer. Se puso un anodino vestido de muselina marrón y se sentó en una silla ante la ventana, esperando a que saliera el sol.

Intentaba no desesperarse, pero cada vez le resultaba más difícil. Sus pensamientos viajaban constantemente a sus recuerdos de Arran. Del aspecto que había ofrecido el día de su boda, tan alto y tan apuesto. De la pasión con que la había abrazado aquella primera noche que yacieron juntos como marido y mujer. De las cosas que le había dicho para hacerla reír. De las cartas que le había escrito y de la noche en la que le había confesado que la había amado desde el primer momento en que la vio.

Releyó la carta: *Te convertiste en el principio y en el final de mi mundo.*

Su final.

Dobló lentamente el papel, ya sucio y gastado. Se lo guardó en un bolsillo. Ella había sido una carga para él durante demasiado tiempo. Pero eso se había acabado.

Cuando el sol empezaba a asomar sobre las copas de

los árboles, Margot bajó al comedor, deteniéndose por un instante ante la puerta para componer una falsa sonrisa. Esperó a entrar hasta haberlo conseguido.

Su padre estaba sentado a la mesa, untando de mantequilla una tostada.

—Buenos días —lo saludó con tono alegre. No lo besó, sino que se dirigió directamente al aparador.

—Buenos días —le devolvió su padre el saludo—. ¿Qué es lo que te ha sacado de la cama a una hora tan temprana?

—¿Es temprano? No me había dado cuenta. Había pensado en acercarme al pueblo para visitar a la señora Munroe. Dejé mis mejores vestidos en Escocia y necesitaré sustituirlos. No te importa, ¿verdad, papá? Ah, y me gustaría mandar a buscar a Nell, por favor. Me siento muy perdida sin ella.

Su padre no respondió de inmediato, de modo que Margot le lanzó una mirada por encima del hombro, todavía sonriendo.

Él la miró de arriba abajo, pensativo.

—Como gustes.

—Gracias —recogió una tostada y se dirigió hacia la puerta.

—¿Margot?

Cerró los ojos, aspiró profundamente y se volvió con su falsa sonrisa.

—¿Sí?

—Que un criado te acompañe al pueblo.

Su preocupación resultaba exasperante, después de todo lo que le había hecho. Ciertamente no se había preocupado mucho por ella cuando se llevó a su marido a escondidas. Nada le habría gustado más que recordárselo, pero en cualquier caso su indignación era un juego de niños comparado con lo que él le había hecho a Arran, y sabía que tenía que dominarse si albergaba alguna esperanza de ayudarlo.

—Por supuesto. Que pases un buen día, papá.

Fue Stephen el criado elegido para acompañarla. Encorvada sobre su asiento, Margot miraba el paisaje sin verlo en realidad mientras, a su lado, el muchacho manejaba el tronco de caballos. Una vez que llegaron al pueblo, se irguió y se esforzó por recomponerse. Volviéndose hacia Stephen, le dijo:

—Deseo visitar a la señora Munroe.

—Sí, milady.

—Y, mientras tanto, me gustaría que dejaras el carruaje allí, a cargo de uno de esos chicos —señaló a los mozos de cuadra—. Ellos se encargarán de los caballos mientras tú te acercas a la carnicería y compras algo de jamón curado. Tengo antojo.

—Tenemos jamón en Norwood Park. Hace poco ha habido matanza y...

—Quiero este jamón —dijo con un tono algo cortante para adelantarse a sus posibles protestas en beneficio de la carne de Norwood Park—. Gracias, Stephen —y bajó del carruaje antes de que el muchacho pudiera ayudarla—. Anda y ve a por ese jamón.

—Sí, milady —respondió, algo vacilante. Pero enfiló la subida de la calle principal para cumplir con el recado.

«Buen chico», pensó Margot. Obediente. Justo como ella lo había sido durante toda la vida. Una joven sumisa, siempre dispuesta a hacer lo que su padre y hermanos le ordenaban. Oh, pero esa joven había muerto y no iba a resucitar.

Caminó a paso decidido hasta que estuvo segura de que Stephen no podía ya verla, y solo entonces cambió de sentido para bajar apresurada la calle principal. Su destino era la posada Ramshorn, al pie del camino.

El posadero salió de detrás de la barra en cuanto la vio entrar, secándose las manos en el sucio delantal.

—Milady —la saludó, desviando rápidamente la mirada hacia el comedor, como si temiera haberlo dejado desordenado.

—Buenos días, señor...

—Collins, milady. Willie Collins —se sacó un mugriento trapo de un bolsillo y se dispuso a sacudir aparatosamente el polvo de una silla.

—Gracias, pero no me quedaré. Solo he venido a cruzar unas pocas palabras con mi hermano, el señor Knox Armstrong. Tengo entendido que ha tomado habitaciones aquí.

El hombre parpadeó sorprendido.

—Sí, milady. Un par de ellas.

—¿Le importaría mandar a alguien a buscarlo para avisarle de que he venido?

—¡Eddie! —gritó el señor Collins.

Un chiquillo harapiento apareció procedente de la trastienda. El señor Collins se lo llevó a un aparte y le dijo algo en voz baja. Volvió a mirar a Margot mientras hablaba con él.

El niño subió disparado las escaleras, tropezando en su apresuramiento. Margot pudo oír sus pasos torpes mientras corría por la galería de madera que se alzaba encima de sus cabezas. Tanto ella como el señor Collins alzaron la mirada hacia allí, casi como si esperaran que las vigas fueran a romperse sobre ellos. Sonó un fuerte portazo, y luego otro. Finalmente volvieron a escucharse los pasos del muchacho, corriendo de vuelta.

—¡Ya está, papá! —gritó mientras atravesaba la planta baja para volver a desaparecer en la trastienda.

El señor Collins sonrió nervioso cuando lo siguiente que escucharon fueron los pasos de un hombre en la galería de arriba.

Knox apareció, bajando los escalones de dos en dos.

—Gracias, Collins.

El posadero se apresuró a esconderse de nuevo en la trastienda.

El aspecto de Knox era desastroso. No llevaba peluca, su rubio cabello estaba sin peinar y parecía que se había puesto la camisa a toda prisa, con el cuello abierto. Lucía una barba rala, como si no se hubiera afeitado en varios días.

—¡Margot! —exclamó, abriendo los brazos—. ¿Qué estás haciendo aquí? —preguntó con tono jovial al tiempo que la abrazaba con fuerza.

Su hermano olía a sudor y a perfume de mujer.

—Creo que eso te lo debería preguntar yo: ¿qué estás haciendo tú aquí? —le dijo ella, retrocediendo un paso.

—Disfrutar de la vida —respondió con un guiño, y la tomó del codo—. ¡Collins! ¡Té para milady!

La llevó escaleras arriba mientras le decía lo contento que estaba de verla y lo mucho que esperaba que hubiera regresado para una larga temporada. Empujó la puerta de su cuarto y se hizo a un lado para dejarla pasar.

Dios, la habitación apestaba a sexo. Margot fue incómodamente consciente de que había interrumpido a su hermano en plena faena.

—Estarás asustada del desorden —se disculpó—. Pero es que no esperaba compañía.

—Al menos, no la mía —repuso ella, desviando la mirada hacia la cama sin hacer.

—De acuerdo, me has tomado por sorpresa —Knox se rio—. ¿Vas a reñirme?

—No. No me importa... He venido porque te necesito, Knox. Desesperadamente.

La sonrisa se borró de golpe de sus labios.

—¿Por qué? ¿Qué ha pasado?

—¡Todo! Papá y Bryce han cometido el acto más extraordinario y horrible del mundo —le confesó, sintiendo que los ojos se le llenaban de lágrimas. Apretó los puños. Las lágrimas no solucionaban nada.

—¡Margot, Dios mío! ¿Qué ha ocurrido?

Se lo contó todo. Lo de Escocia, Arran, y cómo había terminado por ver a aquel tosco e intrépido escocés bajo una nueva luz. Le dijo que Arran no había conspirado para nada con los escoceses, y que Thomas Dunn había esparcido calumniosos rumores sobre su persona tanto en Inglaterra como en Escocia. Le explicó cómo aquellos rumores, presentados bajo una cierta luz, como el matrimonio truncado con una heredera inglesa, habían sonado verosímiles y, en consecuencia, habían tenido pábulo. Y cómo se habían dirigido a Norwood Park buscando ayuda, pero que su padre lo había despachado presuntamente a Inglaterra.

El ceño de Knox fue profundizándose mientras ella hablaba. Sacudió la cabeza.

—Todo eso no tiene sentido...

Lo interrumpió un golpe en la puerta, señal de que había llegado el té. La abrió y, en cuanto el señor Collins hubo dejado el servicio de té y abandonado el cuarto, sirvió a Margot una taza.

—No tiene sentido que Thomas Dunn dijera todas esas cosas sobre tu marido sin que tuviera un sólido motivo.

—Dunn está endeudado. Quiere las tierras de Arran y su comercio —explicó Margot.

—No. Sospecho que padre sabe algo que no te ha dicho.

—Oh, creo que me lo ha contado todo, Knox. Me dijo, ciertamente, que la vida de uno de los dos estaba en juego: o la suya o la de Arran –le confesó con amargura–. Consiguió de alguna manera llevárselo a Fonteneau.

–¡Fonteneau! –exclamó su hermano, consternado.

–¿Por qué pones esa cara?

–Allí es adonde se llevaron al otro escocés.

El doloroso nudo que atenazaba el estómago de Margot se apretó un poco más.

–¿Dermid? ¿Por qué?

–Fonteneau es una antigua abadía fortificada. Dispone de mazmorras –bajó la mirada a su té, ceñudo–. Lord Putnam está pasando por una situación desesperada y ha convertido la abadía en una especie de cárcel. Es allí donde custodian a los reos que van a ser juzgados en Londres. Hasta que las autoridades se presenten a recogerlos.

Margot dio un respingo involuntario que fue a dar con su taza de té al suelo. De repente era incapaz de respirar. Era como si se le hubiese cerrado la garganta. Empezó a jadear.

Knox se agachó frente a ella y le hizo bajar mucho la cabeza, entre las rodillas.

–Respira.

–Tengo que irme –dijo ella con voz ronca cuando al fin fue capaz de recuperar la voz.

–¿A dónde?

–¡A Fonteneau!

–Margot... ¿cómo irás? –le preguntó–. Piensa en lo que estás diciendo.

–A caballo –respondió ella.

–Pero si tú no sabes montar...

–¡Sí que puedo! Aprendí a montar a caballo en Balhaire.

Knox se rio por lo bajo, escéptico. Margot gruñó de desesperación y frustración mientras se levantaba precipitadamente y lo empujaba con todas sus fuerzas.

—¡Me voy, Knox! ¡Voy a encontrar una manera de liberarlo! Todo eso es tremendamente injusto y la culpa es mía. ¡Puedes ayudarme o puedes quedarte en la cama! —intentó pasar de largo a su lado, pero él la sujetó de los brazos.

—Está bien, está bien, querida. Tranquilízate...

—¡No me digas que me tranquilice!

—¡Margot! —su hermano alzó la voz, tomándole las manos—. Hablemos de manera racional. Tú desconoces en qué estado se encuentra ahora Fonteneau. El viejo no se levanta de la cama y Putnam ha renunciado a su vida anterior para dedicarse a beber y a endeudarse.

—Le gusta jugar —dijo Margot—. Llévame a Fonteneau. Yo entretendré a Putnam mientras tú liberas a Arran.

—Eso es una locura —protestó él—. ¿Sabes lo que sucederá si te sorprenden intentando liberar a un reo acusado de traición?

—No. Y no quiero saberlo. ¿Es que no lo entiendes, Knox? Yo soy su única esperanza. ¡Su única esperanza! —las lágrimas que llevaba días esforzándose por reprimir empezaron a fluir de pronto, bañando silenciosamente sus mejillas. Bajó la cabeza, avergonzada.

—Dios mío. Margot... ¿tú le amas? —inquirió Knox, sorprendido.

Le amaba, ¿verdad? Sí, le amaba. Asintió, secándose las lágrimas con los dedos.

—Supongo que sí.

—Maldita sea —suspirando, Knox la estrechó en sus brazos y apoyó la barbilla sobre su cabeza—. Entonces supongo que tendremos que ir, ¿no te parece?

—¿Me ayudarás?

—Te ayudaré. Contra mi sano juicio, te ayudaré, cariño. Y ahora, escúchame y hazme caso: estate preparada para partir a las dos. Soborna a algún mozo de cuadra si es necesario, y dile a todo el mundo que pretendes visitar a tu amiga Lynetta Beauly en mi compañía. Escabúllete luego de Norwood Park como un espectro para que nadie pueda contar luego a qué hora exactamente partiste para visitarla. ¿Podrás hacerlo?

Margot asintió.

Knox la tomó de la barbilla, obligándola a que lo mirara.

—¿Podrás hacerlo de verdad? Porque, si no puedes, y al final nos capturan, esto será el final de todo. De ti y de tu escocés.

Por una vez en su vida, Margot confiaba plenamente en la decisión que estaba tomando. Por una vez en su vida, confiaba de manera absoluta en su propia capacidad para hacer lo que le estaban pidiendo, sin miedo a equivocarse. Porque haría lo que fuera con tal de liberar a Arran.

Le retiró la mano de la cara y se levantó.

—Podré hacerlo.

Capítulo 22

La furia era un término poco adecuado para describir lo que sentía Arran. Suponía que debían de haber vertido láudano o alguna otra diabólica sustancia en su brandy, porque nada más podía explicar que se hubiera sentido tan débil y tan incapaz de defenderse. Había tardado un día entero en sobreponerse a aquella especie de niebla, o por lo menos él pensaba que había transcurrido un día, para despertarse en aquel frío y húmedo agujero. No estaba solo: dos de sus hombres se hallaban cerca, en otras celdas. Ben, a quien los Armstrong habían capturado cuando lo drogaron a él. Y Dermid, que, por lo que había podido saber Arran, llevaba en aquella mazmorra cerca de un mes. No podía verlos: solo escucharlos. No podía ver nada, literalmente hablando, ya que era muy poca la luz que lograba penetrar en aquel pozo.

Pero los ingleses eran gente estúpida y arrogante. No solo no le habían registrado bien, de modo que había logrado esconder un cuchillo de mesa en su bota. También se habían desentendido aparentemente de ellos, apareciendo solo de cuando en cuando para deslizar un plato de comida a través de la rendija que había en la puerta de cada celda. A pesar de que Arran y sus hombres tenían que comunicarse a puro grito, a nadie parecía importarle lo que hicieran o dejaran de hacer.

En la parte superior de la celda de Arran había una estrecha ventana por la que entraba algo de luz. Era demasiado pequeña para permitir el paso de un hombre. El cristal estaba roto, lo suficiente como para que el aire frío se colara por las noches, llevando consigo por el día ruidos de gente y de animales. Había colegido, a juzgar por los olores y los sonidos, que se hallaban en alguna parte cercana a los establos.

Quienquiera que les llevaba la comida tenía que pasar por debajo de su ventanuco. Escuchaba los pesados pasos y luego el chirrido de una puerta al abrirse. Finalmente, a su vuelta, el cierre con el golpe de cerrojo.

Arran tenía un plan. Simularía estar enfermo y se negaría a tomar la comida. Al final alguien tendría que abrir la puerta para averiguar si estaba muerto. Cuando eso sucediera, lo reduciría y le quitaría las llaves. Tendría que ser muy eficaz: su cuchillo era demasiado pequeño y, si se lo clavaba, apenas lo heriría. Tendría que rebanarle el cuello. O mataba o lo mataban.

Luego liberaría a sus hombres. Y lucharían a vida o muerte para escapar.

No pudo por menos que preguntarse cuánto tiempo tendría que transcurrir para que sus secuestradores se dieran cuenta de que no estaba comiendo y abrieran la maldita puerta.

Mientras tanto, disponía de todas las oportunidades del mundo para rumiar lo ocurrido aquella noche en el despacho de Armstrong. Había sido un completo estúpido al confiar en Norwood.

Aquella noche, en su despacho, había visto a Norwood servir tres copas de brandy, había aceptado una y se la había bebido de un trago antes de pasar a discutir del asunto de Thomas Dunn. Norwood no se había mostrado especialmente sorprendido después de escucharlo. Simplemente había sonreído a Arran y, poniéndole una mano en el hombro, había comentado:

—Comprenderéis, señor, que os responda que, en este asunto, se trata de elegir entre vos... y yo mismo.

A continuación, una especie de neblina había caído sobre su cerebro. Se había sentido impotente, incapaz de levantar un brazo, mientras Bryce y otro hombre se encargaban de reducirlo. Recordaba vagamente haber sido arrojado al interior de un carruaje, y que no había dejado de golpearse la cabeza contra sus paredes mientras se alejaban por la carretera. No recordaba nada más hasta que se despertó en la celda. Tenía un jergón de paja, un cubo para sus necesidades y otro lleno de agua.

Había gritado de frustración cuando se despertó en aquella celda.

Y no había dejado de hacerlo desde entonces, frustrado y rabioso consigo mismo por haberse permitido creer en el rayo de esperanza que habían significado las seguridades que le dio Margot.

¿Sabría ella que estaba allí? Su intuición le decía que era tan víctima de todo aquello como él, pero había otra parte de su ser, minúscula ciertamente, que se preguntaba si Margot no habría estado al tanto de aquella conspiración desde el principio. Aquella noche le había parecido que, contra su costumbre, había bebido demasiado, un estado en el que él nunca la había visto antes. ¿La habrían drogado también a ella? ¿O se había emborrachado deliberadamente para no tener que enfrentarse a lo que sabía que iba a ocurrir?

Arran había perdido ya toda noción del tiempo cuando escuchó los familiares pasos al otro lado de la puerta, acompañados del ruido de un cubo chocando contra una pierna. Se tendió en el catre y se volvió hacia el otro lado, de cara al muro. Oyó el sonido del carcelero mientras deslizaba los platos de comida a sus hombres para luego aproximarse a su celda.

El hombre repitió entonces el mismo ritual: abrió la rendija de la puerta, dejó sobre el estante un cuenco de algo que olía a sopa de col con un chusco encima, y la cerró con un fuerte ruido.

Por poco tentador que fuera el olor de la sopa, el estómago de Arran protestó de hambre. Pero la dejó en el estante, sin tocar. Al día siguiente, el carcelero volvería y vería que Arran no había comido. Se extrañaría. Pasaría quizá otro día, o incluso dos. Pero, al final, terminaría por abrir la maldita puerta.

Arran se sentó lentamente en el catre y apoyó la cabeza en el muro. Con los ojos cerrados, se dedicó a escuchar el tintineo de las bridas y las espuelas, el crujido del cuero de las sillas de montar mientras los jinetes pasaban por delante de su mazmorra. Constantemente ocupaban sus pensamientos imágenes de Margot. En una de ellas aparecía vestida con aquellos pantalones, con las mejillas deliciosamente ruborizadas por el esfuerzo físico de la cabalgada. Aquella imagen en particular era como un dardo en su pecho. Un dardo de tristeza mezclada con el arrepentimiento y la desesperación de saber que era muy probable que no volviera a verla nunca.

—Margot... —susurró.

De repente la oyó reír. Como si su situación no hubiera empeorado ya lo suficiente, ahora, además, estaba oyendo cosas. Alucinaciones.

Pero entonces volvió a oír su risa. Abrió los ojos. Sí, aquella era definitivamente una risa femenina. No oía ya los cascos de los caballos, lo que significaba que el movimiento de jinetes había cesado. Se levantó y, cobrando impulso, dio un salto para alcanzar el alféizar de la ventana. Pero no pudo: sus dedos resbalaron por la áspera piedra del muro. Se apartó y lo intentó de nuevo, apoyando esa vez un pie en el muro para poder saltar más alto.

Tampoco lo consiguió.

—¡Margot! —gritó.

De nuevo los sonidos de los caballos: los jinetes se estaban alejando. *Diah,* ¿se lo habría imaginado? ¿Estaría perdiendo el juicio? Permaneció con la mirada clavada en la estrecha ventana. Había perdido la noción del tiempo, la luz que por allí entraba era gris y sucia, escamoteando tanto el fulgor del sol como el de la luna. En aquel momento no podía decir si era mañana o tarde.

Intentó repasar todas las razones por las que Margot podría haberse acercado hasta allí. ¿Estaría a punto de suceder algo? El juicio al que tendría que enfrentarse, ¿se celebraría allí? ¿Había acudido ella a presenciar su ahorcamiento? Permaneció en medio de la celda, mirando fijamente la ventana, esforzándose desesperadamente por pensar.

—Recuerda bien: nos dirigíamos a Keswick a visitar a los Dalton cuando tuvimos que parar debido al mal estado de la carretera —dijo Knox en voz baja mientras contemplaban las puertas de la abadía, necesitadas de una buena capa de pintura. El edificio entero parecía caerse a trozos.

—Sí. Lo recuerdo bien —le aseguró Margot.

—Escúchame —le pidió Knox, tomándole una mano.

Margot se obligó a desviar la atención de la ruinosa abadía para mirarlo.

—Si exageramos demasiado, se dará cuenta. Tienes que aparentar una absoluta naturalidad, ¿lo entiendes?

—Knox... lo entiendo —dijo ella con tono tranquilo, y volvió a mirar la fachada de la abadía—. Casi parece abandonada.

—No del todo. Pero que esto nos sirva de lección a todos. Esto es lo que sucede cuando uno acumula demasiadas deudas de juego. De acuerdo, entonces. ¿Vamos? —dijo Knox, y subieron juntos los escalones del portal.

Golpeó la aldaba de bronce una, dos veces. Finalmente un hombre abrió la puerta. Lucía una anticuada y empolvada peluca, y sus viejos pantalones estaban gastados por las rodillas. Los observó con curiosidad.

—¿Cómo está usted, señor? Soy el señor Knox Armstrong. Mis disculpas por no haber anunciado nuestra llegada. Esta es mi hermana, lady Mackenzie, que se ha sentido indispuesta de camino a Keswick. ¿Está Putnam en casa?

El mayordomo esbozó una mueca.

—Desafortunadamente, milord está a punto de salir. Ha sido invitado a cenar en Chessingham Hall.

—Tal vez usted pueda comunicarle que Margot Armstrong está aquí.

El hombre frunció el ceño.

—Por favor —intervino Margot—. Putnam y yo somos viejos amigos. Sé que él se apiadará de mí. De verdad que me encuentro muy mal.

Knox le tocó disimuladamente el codo, a modo de advertencia, pero ella lo ignoró. Solamente necesitaba convencer al mayordomo de su amistad con Putnam. Avanzó un paso, esbozando la encantadora sonrisa que tan bien dominaba.

—La sugerencia de pedir cobijo aquí fue mía, en realidad. Cuando me indispuse en el trayecto hasta Keswick, mi hermano me urgió a continuar, pero yo le dije que conocía a alguien que me atendería adecuadamente.

El mayordomo lanzó una mirada dubitativa a su espalda, y Margot vio llegada su oportunidad. Pasó por delante del mayordomo y empezó a quitarse los guantes.

—Creo que milord se sentiría muy disgustado si se enterara de que he sido rechazada en esta su casa.

El mayordomo la fulminó con la mirada.

—Esperad aquí —dijo con tono cortante—. Informaré a milord de que habéis venido —y se marchó, con sus pasos resonando con fuerza en los suelos de mármol.

—¿Dónde has aprendido a ser tan atrevida? —musitó Knox mientras se quitaba los guantes.

—¿Qué crees que he estado haciendo durante estas últimas semanas? —susurró ella a su vez al tiempo que se despojaba del abrigo y del sombrero.

Oyeron el sonido de una puerta cerrándose bruscamente, seguido de unos pasos alejándose. Transcurrieron otros tantos minutos, y escucharon entonces unas pisadas que sí se encaminaban en su dirección. Y rápidamente.

Putnam apareció de repente ante ellos, medio dormido y mirándolos con expresión perpleja. No había terminado de meterse del todo los faldones de la camisa en el pantalón. Llevaba el chaleco y la casaca sin abotonar, y tenía aspecto de haberse colocado la peluca al descuido, sin mirarse en un espejo.

—¿Señorita Armstrong? —inquirió, dubitativo.

—Milord —dijo Margot, avanzando hacia él—. En realidad, ahora soy lady Mackenzie.

—Ah, sí... Sí, ya recuerdo —pronunció con tono vacilante, como si no recordara nada en absoluto.

Margot lo saludó con una aparatosa reverencia, inclinándose todo lo que pudo ante él. Como Putnam no se movió para ayudarla a levantarse, ya que parecía haberse quedado paralizado, Knox se adelantó y lo hizo por él.

—Putnam —dijo Knox—. Nuestro más sincero agradecimiento por haber tolerado con tanta generosidad esta intrusión nuestra.

—No, no —replicó Putnam—. Yo... estoy sorprendido —su mirada seguía clavada en Margot—. Pasad, por favor.

Los guio hasta el mismo salón que Margot recordaba de su infancia. La última vez que había estado allí, había estado decorado con alfombras Aubusson y lámparas de araña. Las alfombras habían desaparecido, mientras que las elegantes arañas de cristal habían sido sustituidas por simples ruedas de carro con velas de sebo. Peor aún: la sala estaba sucia, con los suelos sin barrer y huellas de perros y roedores. Papeles y libros en desorden cubrían el escritorio y parte del suelo. Y en la chimenea ardía turba, que no leña.

—¿Puedo ofreceros un poco de vino? —inquirió Putnam.

—Gracias. ¡No os podéis imaginar el viaje que hemos tenido! —exclamó Margot—. De verdad que nos ha resultado del todo imposible evitar esta visita tan intempestiva, milord. Pero el camino hasta Keswick ha sufrido graves desperfectos desde la última vez que estuve en Inglaterra, y yo empecé a sentirme enferma y mareada con tanto trompicón. Knox insistió en que debíamos continuar, alegando que era una descortesía presentarse en casa de alguien sin invitación. Pero yo le aseguré que vos nos acogeríais encantado por una simple noche.

—Sí, el estado de las carreteras es insoportable —comentó Putnam y vació de un trago la copa de vino que le había ofrecido su mayordomo. Todavía le pidió una más antes de que el hombre terminara de servir a Margot y a Knox.

A Margot el vino le supo amargo y poco fermentado. La clase de vino que se hacía en las cocinas de una casa. Con su copa en la mano, Knox empezó a pasear por la habitación.

Clavando su sonrisa en Putnam, Margot se le acercó.

—¿Cómo se encuentra vuestro padre?

—Oh, él... bueno, nada bien.

—Cuánto lo siento —le dijo con voz suave—. Debéis transmitirle mis saludos y mis mejores deseos de que se recupere cuanto antes.

—Por supuesto —en aquel momento, Putnam la estaba observando con sospecha.

Margot se le acercó aún más.

—Estoy muy contenta de haber recalado en vuestra casa, milord. ¿Recordáis aquella noche que jugamos a cartas? Fueron varias horas. Éramos diez jugadores, ¿verdad? Evoco aquellos días con una gran nostalgia.

Putnam se rascó la cabeza.

—Creo que yo perdí bastante dinero aquella noche.

Ella se echó a reír.

—Solo estábamos aprendiendo a jugar.

—Sí —repuso él vagamente. Miró a su alrededor casi con impotencia, como si no supiera qué hacer con ella, ni con la habitación, ni siquiera consigo mismo. Parecía de lo más incómodo cuando de repente apuró su segunda copa y exigió otra a su mayordomo con un gesto seco.

Margot repasó las opciones que había estado analizando con Knox. Su hermano tenía alguna idea de dónde se encontraban las mazmorras. Su plan consistía en encontrar la oportunidad de echar un vistazo mientras ella entretenía a Putnam jugando con él.

A juzgar por el aspecto del lugar, Margot decidió que el hombre se mostraría sumamente interesado por la bolsa de dinero de Arran que ella escondía bajo sus faldas. Sonriendo, alzó su copa hacia Putnam a manera de brindis burlón.

Se aproximó a él todavía más al tiempo que Knox se desplazaba disimuladamente hacia el extremo más alejado de la sala, haciendo un comentario sobre las pinturas de los techos, como si las estuviera admirando. Margot miró de reojo la espalda de su hermano y sonrió de nuevo a Putnam.

—Es obvio que hace de carabina mía, ¿no os parece?

Putnam parpadeó, y miró también a Knox.

—La verdad es que, ahora mismo, me gustaría que se encontrara en cualquier otra parte —le confesó ella con un suspiro—. ¿No sería de lo más entretenido que jugáramos una partida de cartas, vos y yo?

Putnam le lanzó una mirada de soslayo.

—Una partida de cartas.

Margot arqueó una ceja y se encogió ligeramente de hombros mientras se llevaba la copa a los labios.

—¿Qué es lo que pretendéis? —preguntó de repente Putnam.

—¿Qué queréis decir? Como os dije, el viaje a Keswick por esas horribles carreteras me ha provocado una indisposición. Además, tomarnos tantas molestias para ir a visitar a los Dalton... Os acordáis de William Dalton, ¿verdad? ¿Podéis imaginaros una velada más aburrida? —preguntó, tocándole una mano con gesto malicioso.

Fue como si le hubiera pinchado, de tan rápido como retiró la mano.

—¿Qué...? ¿Necesito recordaros que estáis casada, milady? —siseó— ¿No es acaso vuestro marido quien languidece en nuestras mazmorras?

Margot sintió que el corazón le daba un vuelco en el pecho. Lo había esperado, pero, aun así, fue un milagro que consiguiera conservar la compostura.

—Oh, querido, milord, no os habéis enterado, ¿verdad? Sí, es mi marido, pero solamente de nombre. Es un salvaje escocés que merecería estar encerrado en una jaula.

—Yo no tengo nada que ver con eso —se apresuró a alegar Putnam—. Yo simplemente alquilo ese espacio para cualquiera que lo necesite.

—¡Por supuesto! —exclamó ella con tono ligero—. Son cosas de mi padre. Y, además, tenía derecho a hacerlo. ¿Sabéis lo que me dejó ese salvaje además de una reputación mancillada?

Putnam negó con la cabeza.

Margot se inclinó hacia él para susurrarle:

—Una bolsa bien provista de dinero. Tanto que vos y yo bien podríamos entretenernos jugando un poco, antes de que mi hermano me presione a seguir camino para ir a ver a los Dalton —puso los ojos en blanco—. Ahora que me he viso libre de aquella bestia, ¿van a ser los Dalton mi única diversión? —miró por encima de su hombro a Knox, jugando bien su papel—. Yo le dije que quería diversión, y no tedio.

A esas alturas, había logrado ya monopolizar por completo la atención de Putnam.

—¿Qué clase de juego?

—¿Comercio? —sugirió ella—. ¿Por los viejos tiempos?

—¿Qué estás diciendo? —exclamó de pronto Knox—. Margot, debemos marcharnos y dejar a milord tranquilo.

—¡Knox, por favor! —se quejó ella—. Nunca podríamos llegar a Keswick antes de que anochezca.

—Sea como fuere, no vamos a imponer nuestra presencia a Putnam y...

—No, no pasa nada —dijo el hombre, haciendo un gesto de indiferencia con la mano—. Lady Mackenzie me ha invitado a jugar mientras se recupera.

—No te importa, ¿verdad, Knox? —inquirió ella con tono dulce.

—Creo que...

—¿Os interesa la arquitectura, señor Armstrong? —le

preguntó de repente Putnam, concentrando su atención en él.

Knox, sorprendido, miró rápidamente a Margot.

—¿Por qué lo preguntáis?

—Por nada en concreto, señor. Excepto que Fonteneau se jacta de contar con algunas de las mejores joyas arquitectónicas de toda Inglaterra. Si gustáis, mi administrador os las enseñará.

Putnam apuró otra copa de vino. Estaba sudando.

—Creo que deberíamos marcharnos —dijo Knox.

—¡Por favor, Knox...! —insistió Margot con tono dulce—. Nos iremos, te prometo que sí, pero permíteme divertirme un poco y jugar una partida con lord Putnam primero.

—¡Joseph! —llamó Putnam—. Acompaña al señor Armstrong al despacho del señor Cavanaugh —y, dirigiéndose a Knox, añadió—: El señor Cavanaugh estará encantado de enseñaros la abadía.

—Bien —dijo Knox, fingiendo vacilar—. Supongo que podría echar un vistazo rápido. Pero luego, querida, de verdad que tenemos que irnos y dejar a lord Putnam con sus ocupaciones.

—Claro que sí —aceptó ella con tono suave.

Margot observó cómo el mayordomo guiaba a Knox fuera de la habitación, para volverse luego con una triunfante sonrisa hacia Putnam.

—Al fin —dijo, aliviada—. Mis hermanos son como buitres, controlan cada movimiento que hago. Y desde luego no les gusta que apueste dinero a las cartas, así que debo daros las gracias.

—Ah, ¿no les gusta? —inquirió Putnam, interesado.

—Oh, no —exclamó con una alegre carcajada—. Dicen que ya he perdido demasiado dinero de nuestra fortuna familiar.

Putnam esbozó una lenta sonrisa. Después de servir más vino, señaló la mesa que se alzaba en el centro de la sala.

—Permitidme entonces que os ayude a perder un poco más, lady Mackenzie.

Apartó papeles y libros, dejándolos caer al suelo. Mientras se sentaban a jugar, Margot no tenía otros planes que no fueran dejar ganar a Putnam a fuerza de una serie de apuestas torpes. Esperaba con ello que él se confiara cada vez más para que, cuando llegara el momento adecuado, pasara a hacer una apuesta de mucha mayor entidad, por sorpresa. Una apuesta ganadora que le sirviera para liberar a Arran. Su trato particular con el diablo, por así decirlo. Por lo demás, sabía que la única esperanza razonable que tenía de ganar aquella apuesta dependía de que Putnam bebiera demasiado, hasta casi perder el sentido.

Pero, sorprendentemente, se demostró bastante difícil perder ante Putnam. El hombre tenía tanto miedo de perder que parecía agonizar de incertidumbre con cada decisión que tomaba. Se bebió una botella entera de vino, y luego otra, cada vez más borracho y gimiendo con cada pérdida como si estuviera físicamente enfermo.

Margot empezó a apiadarse de él, sobre todo cuando insistía en proseguir con el juego cada vez que perdía. Lord Putnam era como un galeón navegando directamente hacia las rocas. Y, cuando ese galeón naufragara, Margot recuperaría a su marido.

Había transcurrido aproximadamente una hora desde que Arran escuchó voces. Pero esa vez las voces que volvió a oír eran masculinas, conversaciones salpicadas por un rumor de pasos. Arran había dejado de pasear de un lado a otro de la celda y permanecía lo más quieto posible, aguzando los oídos. Los pasos se estaban alejando de él, y una de las voces había dado las gracias a la otra por la visita. Pero ¿qué visita?

Aquella voz, además, le había sonado vagamente familiar. Pero, de nuevo, Arran no estaba seguro de no haber estado alucinando. Lo que era claro era que antes se había imaginado la risa de Margot.

Se estaba preparando mentalmente para soportar otra noche cuando volvió a escuchar unos pasos aproximándose a su celda. No eran, sin embargo, los pasos del carcelero: eran rápidos y leves. Oyó el chirrido de la cancela, y los pasos ya estaban dentro. Alguien estaba recorriendo el pasillo, intentando abrir las puertas de cada celda.

De repente, Arran oyó gritar a Ben. El grito fue seguido de una voz masculina:

—¡Mackenzie!

Arran se quedó paralizado. ¿Así que se trataba de eso? ¿Habían ido a llevárselo a la farsa que sería su juicio? Pero, para ese fin, ¿no se necesitaría más de una persona?

—¡Sí, aquí! —gritó Ben.

De repente, Arran se dio cuenta de lo que estaba haciendo Ben. Sus hombres harían lo que fuera para protegerlo, incluyendo hacerse pasar por él. Bruscamente apartó el cuenco de sopa del estante de la puerta y gritó aún más alto:

—¡Aquí ¡El *laird* está aquí! ¡Yo soy!

Los pasos se acercaron presurosos. Arran oyó un tintineo de llaves: primero una en la cerradura, luego otra. Después una tercera. Al cabo de unos segundos, la puerta se abrió de repente, golpeándolo casi. Parpadeó cegado por la luz de una vela, todavía incapaz de distinguir quién era.

—Por el amor de Dios, salid ya —lo urgió el dueño de la

voz que había oído antes–. El carcelero volverá en cualquier momento.

—¿Quién...?

—¿Estáis ciego? Knox Armstrong.

Arran no se decidía. Ignoraba por qué Knox estaba allí, y solamente podía suponer que, al igual que el resto de los Armstrong, Knox estaba contra él. Al resplandor de la vela, vio que estiraba una mano para agarrarlo del brazo.

—¡Vamos! ¡O haréis que nos maten a todos!

—Mis hombres —dijo Arran.

—No tenemos tiempo...

—Mis hombres —exigió, firme.

Knox le lanzó entonces las llaves.

—Yo vigilaré. Pero daos prisa, rápido —lo urgió antes de alejarse apresurado por el corredor.

—¡Aquí, milord! —lo llamó Ben.

Arran encontró la llave adecuada y abrió la puerta de la celda. Nada más salir, Ben se hizo cargo del manojo de llaves.

—Idos, *laird*, no nos esperéis. Dermid está enfermo.

Se lanzó hacia la puerta que se abría enfrente, la abrió y desapareció en el interior. Reapareció unos instantes después cargado con Dermid al hombro.

—*Diah* —exclamó Arran. El hombre estaba macilento. Esquelético.

—Huid, milord —lo urgió Ben—. El clan podrá sobrevivir sin mí o sin Dermid, pero sin vos no. Salvaos.

—Y un cuerno —replicó Arran, ayudándolo a cargar a Dermid. Entre los dos lo sacaron de la mazmorra.

Knox los estaba esperando fuera de la cancela.

—¡Las llaves, las llaves! ¡No tenemos un momento que perder!

Ben se las entregó.

—Al pie de la colina están las cuadras —dijo Knox en voz baja y atropellada—. Estamos de suerte: no hay personal esta noche. Yo acabo de venir de allí. Ensillad vuestros caballos y estad preparados para marchar.

—¿Y vos? —le preguntó Arran.

—Yo os guiaré fuera de aquí —contestó Knox y, girándose en redondo, se alejó apresuradamente con la vela en la mano.

Arran no insistió más. Al menos estaban fuera de las mazmorras. Al menos ahora tenían una oportunidad de luchar.

—En marcha —masculló a Ben y, entre los dos, cargaron con Dermid en dirección a las cuadras.

Margot estaba al borde del pánico. Putnam la estaba asustando de verdad. Ella le había ganado dos fichas y podía ver que el hombre estaba sudando copiosamente, alternando por momentos entre las lágrimas y la furia. ¿Dónde estaba Knox?

Se obligó a inspirar profundo para tranquilizarse mientras repasaba mentalmente sus opciones. Podía chillar, lo que seguro atraería la atención de alguien... si acaso había alguien en aquella abadía, aparte del mayordomo. Podía fingir que necesitaba retirarse para una urgente necesidad y aprovechar así para escapar. Pero, si Knox no había encontrado a Arran, ¿a dónde iría ella? ¿Y cómo regresaría a por él?

Seguía debatiendo qué hacer cuando Putnam recogió el mazo de cartas.

—Otra partida —dijo.

—Milord, estáis alterado y...

—¡No estoy alterado! ¡Me ha desplumado una mujer que se ha presentado aquí por un asunto de lo más desagradable! ¿Me tomáis por un ignorante, lady Mackenzie? Sé lo que pretendéis –gruñó.

«Dios mío, ¿dónde está Knox?», se preguntó Margot.

–Queréis a ese maldito escocés, ¿verdad? ¿Ese traidor a vuestra reina?

Resistió el impulso de protestar contra esa calumnia. Tenía que permanecer tranquila, así que se dedicó a recoger las monedas y las fichas que tenía delante. Los ojos de Putnam parecían salirse de las órbitas mientras continuaba observándola.

–No sé qué estáis insinuando, milord. Yo solo pretendía disfrutar de una simple partida, como ya os dije. Mi padre me ha liberado de un insoportable matrimonio y os aseguro... –alzando la cabeza, lo miró directamente a los ojos y dijo con tono grave–: No quiero que vuelva. Quizá la pregunta sea otra: ¿qué es lo que queréis vos?

Putnam se humedeció el labio inferior, como relamiéndose un resto de vino.

–Yo creo saberlo –dijo ella con tono sereno–. Creo que queréis mi dinero. Con desesperación.

El rostro de Putnam enrojeció y, por un instante, Margot temió que fuera a explotar de furia. Parecía como si fuera a abalanzarse sobre ella para cerrar los dedos sobre su cuello y estrangularla. Pero de pronto, inexplicablemente, bajó la cabeza y se echó a llorar.

–Lo he perdido todo –sollozó.

–¿Perdón?

–¡Todo, lo he perdido todo! –gritó, barriendo la mesa con un brazo y arrojando fichas, cartas y su vacía copa de vino al suelo de piedra–. ¡No tengo nada! ¡En absoluto! –se arrancó la peluca de la cabeza y la tiró también al suelo. Acto seguido se levantó para pasear tambaleante por la sala.

–¡Milord! –exclamó Margot. Casi podía sentir su desesperación emanando de su cuerpo en oleadas. Peor aún: lo comprendía. Ella misma había sentido aquella clase de honda desesperación tres veces en su vida. Cuando le dijeron que iba a casarse. Cuando le dijeron que tenía que volver con su marido. Y, durante aquellos dos últimos días, cuando pensó que lo había perdido.

Margot se levantó, reunió las fichas y las monedas y fue hacia él antes de que pudiera servirse más vino.

—Lord Putnam —le dijo, sujetándolo del brazo cuando ya había agarrado la botella—. Richard —añadió con voz tierna y acariciadora cuando él hizo amago de liberarse—. Tomad, esto es para vos. Y esto también —echó mano a la bolsa de Arran que guardaba en un bolsillo.

Putnam bajó la mirada al regalo que ella había puesto en sus manos.

—No. No aceptaré caridad...

—No es caridad —replicó ella, cerrando sus dedos sobre el dinero—. Es un crédito. Ya me lo devolveréis cuando podáis.

—Pero no puedo...

—Podréis —le dijo ella—. Oh, milord, podréis —le repitió, animosa—. Tengo plena fe en vos.

Putnam empezó a sollozar. Apretando el dinero contra su pecho, empezó a resbalar por la pared hasta quedar sentado en el suelo, junto al aparador.

Margot nunca había visto a un hombre perder la compostura de aquella forma. De repente se sintió invadida por una extraña mezcla de compasión y repugnancia.

—Margot...

Sobresaltada, se giró en redondo para descubrir a Knox. Él también estaba mirando de hito en hito a Putnam.

—Vámonos —la urgió, tomándola de un codo—. Vámonos ya.

Su hermano la sacó de la sala, ya que ella parecía incapaz de apartar la vista de aquel hombre roto que acogía a prisioneros por dinero.

Una vez fuera, Knox siguió tirando de ella y Margot tuvo que esforzarse para seguirle el paso. Deteniéndose ante una puerta cerrada cerca de la entrada, la empujó y dijo al sorprendido mayordomo:

—Su amo requiere ayuda. Necesita que lo carguen hasta la cama. Lady Mackenzie y yo nos marcharemos ahora.

Sin esperar su respuesta, volvió a tirar de Margot. Solo se detuvo el tiempo justo para que ella recogiera su capa y sus guantes.

—Knox, espera. ¡Espera!

—No hay tiempo —replicó, y le rodeó la cintura con un brazo mientras apresuraba el paso camino abajo.

—¿Pero tú…? ¿Lo has encontrado?

Knox gruñó y doblaron juntos un recodo del camino. La respuesta a su pregunta estaba allí, en las sombras. Margot habría reconocido aquella figura en cualquier parte. No pensó en nada; simplemente se apartó de Knox y corrió a abrazar a Arran, con sus pies apenas tocando el suelo. Corrió desesperada por sentirlo sano y salvo en sus brazos, y desesperada también por el temor de volver a perderlo.

—¡Arran, Arran…! ¡Creía que te había perdido!

—Hay que darse prisa, Margot —le retiró los brazos del cuello—. Tenemos que apresurarnos. Ve a ayudar a tu hermano a traer los caballos —le dijo mientras la empujaba suavemente hacia un potrero donde aguardaban varios caballos, ya ensillados.

Todo sucedió con tanta rapidez que de pronto, sin saber cómo había sucedido, Margot se descubrió a lomos de un caballo y cabalgando. Eran cuatro caballos, galopando bajo un cielo sin luna. Nadie hablaba. Cabalgaban a todo galope guiándose por el exiguo resplandor del cielo, con el rumor de los cascos cómo único sonido en el silencio de la noche.

Margot tuvo la sensación de que habían transcurrido horas antes de que Knox, que iba en cabeza, frenara su montura. Había salido del bosque para continuar a lo largo de la línea de costa. El cielo se había despejado de nubes y la luna les proporcionaba luz suficiente para distinguir el camino.

—¿Cómo ha podido sucederos algo así? —le preguntó Knox a Arran.

—Eso deberíais preguntárselo a vuestro padre. Me drogó para que no pudiera resistirme y me arrojó luego a aquel agujero.

En aquel instante, aun en medio de la penumbra, Margot pudo distinguir en los ojos de su hermano un brillo de furia que nunca antes había visto.

—Seguid por este camino —dijo Knox—. Llegaréis a Escocia mañana, en algún momento del día.

—Pero tú vendrás con nosotros —exclamó ella—. ¡Tienes que acompañarnos! Papá descargará su furia contigo...

—No puedo —respondió Knox con tono rotundo, al tiempo que agarraba el caballo de Margot de la brida para salirse con ella un momento del camino, lejos de los demás.

—No vuelvas, Knox —le rogó ella—. ¡Ven con nosotros! Balhaire no es tan horrible como puedas pensar, ni mucho menos. Ya lo verás. Ya sé que te dije que lo era, pero he sido tan injusta...

—Calla, Margot —le dijo él en voz baja—. Escúchame, querida. Alguien tiene que quedarse atrás. Si Mackenzie es inocente, alguien deberá descubrir los planes de Thomas Dunn. Alguien deberá quedarse aquí para hablar en su favor y en el tuyo, y tú sabes que yo soy el único que podría hacerlo. Hay algo muy raro en todo esto. No hay razón alguna para que Thomas Dunn decidiera escoger de manera azarosa a Mackenzie para acusarlo y atormentarlo. Aquí hay algo muy podrido y estoy absolutamente decidido a descubrirlo.

La tensión de los últimos días empezó a pesar como un plomo sobre el pecho de Margot.

—Te perderé —protestó con voz débil.

—Lo que necesito saber es... Margot, mírame. Lo que necesito saber, y necesito saberlo ahora mismo, es si es esto lo que realmente quieres —le dijo Knox, señalando a Arran y a sus hombres—. Porque, si tú lo eliges ahora, si no vuelves a Norwood Park conmigo, es muy probable que tengas que vivir en Escocia el resto de tu vida. No podrás volver a Inglaterra, no con la nube de sospecha que envuelve a Mackenzie. ¿Me entiendes? No podrás volver, en largo tiempo al menos, o arriesgarás demasiado.

Margot sentía denso el aire de la noche. Le estaba costando incluso respirar.

—¿Estás bien? —le preguntó Knox, tomándole una mano.

¿Cómo podía estar bien? Se había puesto en camino en mitad de la noche, enfrentada a una decisión insostenible. Negó con la cabeza.

—Ah, cariño, lo entiendo. Pero debo insistir en que me respondas. Esos hombres necesitarán estar lo más cerca posible de Escocia en cuanto despunte el día. ¿Qué es lo que quieres, Margot?

¿Qué era lo que quería? Quería retroceder tres años en el tiempo. Quería vivir todo aquello de nuevo, pero esa vez para decir las cosas adecuadas, para plantar cara en defensa de sí misma, en defensa de sus propios deseos y anhelos. Quería vivir una historia por completo diferente de aquella que había sido empujada a vivir.

—No lo sé —pronunció con voz temblorosa.

Oyó un caballo acercándose y reconoció la voz de Arran mientras aquellos pensamientos seguían rugiendo en su cabeza. Oyó también a Knox dar vuelta a su caballo para volver al camino.

—Estás temblando como una hoja —le dijo Arran. Cerró una mano sobre la de ella y le apretó los dedos—. Solo necesitas decirlo, ¿de acuerdo? Haz lo que quieras, *leannan*. Di que quieres terminar con esto, y estará hecho.

—No, no es eso... no es eso en absoluto lo que estoy pensando —murmuró, desesperada.

—Por supuesto que sí. ¿Cómo podrías no pensarlo? Es una decisión terrible, eso es lo que es —se inclinó de pronto sobre ella y, tomándola de la nuca, tocó su frente con la suya—. Me has salvado la vida, Margot. No te mantendré atada a mí si deseas quedarte en Inglaterra. Pero yo no puedo quedarme y, con cada momento que pasa, pongo a mis hombres y a mí mismo en peligro. Por muy cruel que sea, debes tomar la decisión ahora mismo. Pero quiero que sepas una cosa: si te vienes conmigo ahora, te daré todo lo que tengo. Te honraré y veneraré mientras viva, con o sin ti. La decisión es tuya.

Era como si la luna lo estuviera envolviendo en una luz sobrenatural. Margot se abrió la capa y hundió una mano en un bolsillo de su vestido. Sus dedos se cerraron sobre la carta que él le había escrito y nunca enviado.

—Iré contigo.

—No lo digas si no estás segura...

—No estoy segura. ¡No puedo estar segura! Pero debo tomar una decisión aquí y ahora y, Arran, te escojo a ti.

Arran recorrió su rostro con la mirada por un momento. Hasta que de repente inclinó la cabeza y la besó con fuerza en los labios.

—Dedicaré cada día de mi vida a procurar que no te arrepientas nunca —la soltó—. Vámonos ya.

—¡Knox! —llamó Margot, girándose en su silla.

Su hermano apareció de inmediato a su lado.

—Haré todo lo que esté en mi mano para limpiar el nombre de Mackenzie —le aseguró—. Tienes mi palabra. Y ahora dame tú la tuya de que me escribirás a menudo.

No podía soportar el pensamiento de no volver a ver a Knox. Lo quería demasiado, y despedirse de él, quizá para siempre, era el más cruel de los dolores.

Knox lo percibió. Acercándose todo lo que se lo permitía su montura, la abrazó con fuerza. Margot pudo sentir el fuerte latido de su corazón, tan salvajemente acelerado como el suyo, a través de la tela de su casaca.

—Nada es para siempre, Margot. Ten fe —le dio un beso en la mejilla y la soltó, para en seguida volver grupas y alejarse de allí.

—Vamos, *mo gradh* —le dijo Arran. Recogiendo la brida de su montura, la urgió a avanzar. Y continuaron cabalgando en la oscuridad.

Capítulo 23

Tardaron días hasta que se internaron en Escocia lo suficiente como para que Arran se quedara tranquilo. Fue un viaje duro. Sin dinero, se vieron obligados a calentarse con exiguos fuegos de campamento y a cazar para comer.

Margot le había explicado que había entregado su bolsa entera al hombre que le había mantenido cautivo. Arran, para sus adentros, había hecho un gesto de disgusto: había sido mucho dinero. Pero no le había dicho nada ni se lo diría nunca, porque Margot le había salvado la vida.

Ella le puso en la mano la esmeralda que él le regaló el día de su boda.

—¡Véndela! —lo urgió—. Alimenta a estos hombres, a estos caballos.

—Lo haré en caso de que sea necesario —replicó, devolviéndosela—. Sabemos cómo sobrevivir, descuida.

Era precisamente Margot quien lo preocupaba. Se había puesto los pantalones debajo del vestido para poder cabalgar con mayor comodidad. Pero se encontraba obviamente exhausta, completamente agotada por lo que habían soportado. Y lo que resultaba aún más alarmante:

parecía completamente carente de emoción alguna. Con cada día que pasaba, su espíritu parecía apagarse, hablaba menos. Arran no era hombre que conociese bien a las mujeres, pero lo que sabía de ellas le decía que, cuando una mujer dejaba de hablar, entonces algo grave estaba ocurriendo.

El regreso a Escocia se les hizo interminable porque tuvieron que hacerlo en todo momento por tierra, a través de páramos y colinas rara vez holladas por el hombre. La única noticia positiva fue que Dermid empezó a mejorar. Una vez alimentado a base de carne de conejo, había comenzado a recuperar lentamente las fuerzas.

Para el séptimo día, Margot pasó a montar con Arran para que Dermid pudiera contar con su propia montura. Aquello aceleró algo más su marcha, porque por mucho ánimo que le pusiera su esposa, no cabalgaba tan rápido como los tres hombres.

Al duodécimo día, llegaron a la granja del tío de Ben Mackenzie... pero no fueron bienvenidos allí. El señor Mackenzie le dijo en gaélico:

—Tienes que irte. Te están buscando.

—¿Quiénes? —preguntó Arran.

—Los Gordon —respondió, y miró nervioso a su alrededor, como esperando que de un momento a otro fueran a surgir del bosque para atacarlos—. Corre el rumor de que has escapado a Inglaterra y ahora están esperando a que vuelvas. No puedes quedarte aquí, *laird*. No quiero problemas.

Arran frunció el ceño. Aquello significaba que no podría llegar a Balhaire sin arriesgarse a tener un enfrentamiento.

—Danos pan, algo de carne y queso —ordenó—. Y cerveza, si te queda algo.

—¿Por qué no desmontamos? —se quejó Margot, apoyándose sobre su espalda mientras esperaba a que el tío de Ben les entregara la comida.

—Porque no vamos a quedarnos —respondió Arran. Mirando a Ben, volvió a hablar en gaélico para no alarmar a Margot—. Lleva a Dermid a Balhaire. Nosotros seguiremos hasta Kishorn. Date toda la prisa que puedas y dile a Jock que nadie deberá reunirse con nosotros. Absolutamente nadie, hasta que la zona esté segura. Habrá ojos por todas partes. ¿Entendido?

—Entendido —repuso Ben.

El señor Mackenzie reapareció con un gran atado de comida para ellos. A un gesto de Arran, Ben tomó el atado y dividió las provisiones. Después de entregar la mitad al *laird*, dijo:

—Buena suerte —y se puso en camino hacia Balhaire, con Dermid.

Arran, en cambio, enfiló rumbo al norte.

—¿A dónde vamos? —preguntó Margot, sentada delante.

—*Uist* —respondió, atrayéndola contra su pecho—. La ruta será mucho más larga.

—Pero...

No dijo más. Estaba demasiado cansada hasta para discutir.

Llegaron a Kishorn justo antes de que cayera la noche. Arran dio las gracias al cielo por ello, ya que sabía que ni su caballo ni Margot eran capaces de dar otro paso. Margot resbaló más que bajó de la montura y en seguida le flaquearon las piernas.

Arran se apresuró a sujetarla.

—No me había dado cuenta... —sacudió la cabeza—. ¿Dónde estamos?

Arran alzó la vista a la antigua cabaña de caza que había pertenecido a su familia desde hacía siglos. Deslizando un brazo bajo sus corvas, y otro bajo su espalda, la levantó en vilo.

—Puedo andar —protestó ella, débilmente.

—Estás exhausta —fue a la entrada, la bajó al suelo y abrió la puerta.

Nada más entrar encontró velas y un yesquero. Encendió una y la encajó en un candelabro. Repitió la operación con dos más.

Margot había entrado detrás y estaba contemplando el techo de vigas y los muros de piedra.

—¿Qué lugar es este?

—Una cabaña de caza —respondió él—. Pertenece a los Mackenzie desde hace unos dos siglos. Estuvo abandonada, pero Griselda decidió volver a usarla. Ha trabajado mucho en ella.

En un extremo del espacio se alzaba una mesa larga con un par de bancos, al lado de una pequeña chimenea de piedra. En el otro había una chimenea mayor, con sillas dispuestas delante. Justo en el lado opuesto a la puerta salía un corredor que llevaba a los dormitorios y, detrás, a las cocinas, una pequeña terraza y el granero. Conforme a las órdenes de Griselda, los suelos habían sido cepillados, y limpiadas las paredes de humo y brea. Los tartanes colgados daban a la sala un acogedor aspecto.

Margot se acercó temblorosa a un diván y se dejó literalmente caer en él. Recostándose hacia atrás, quedó tendida de lado. Arran se acuclilló ante ella, acariciando su rostro manchado de suciedad.

—Iré a atender al caballo y encenderé el fuego, ¿de acuerdo? Tú descansa.

—Ummm... —ya tenía los ojos cerrados.

Arran encerró al caballo en la cuadra contigua antes

de que terminara de hacerse de noche, lo cepilló y le dio una ración de avena. Afortunadamente, y gracias a la previsión de Griselda, parecía haber suficiente grano en dos grandes sacos. Tras preparar al animal para pasa la noche, recogió la comida que le había entregado Mackenzie y volvió a la cabaña.

Margot seguía dormida en el diván cuando regresó. Encendió la chimenea de la sala y fue luego a la cocina para encender la otra. Cuando hubo terminado, fue en busca de un cubo. Encontró uno y salió por la puerta trasera para dirigirse al pozo. Tuvo que accionar varias veces con fuerza el oxidado cigüeñal para sacar agua y llenarlo, volvió a la cocina y puso agua a calentar para el baño.

Una vez que calentó agua suficiente, volvió al lado de Margot. Estaba ovillada en el diván, con la cabeza apoyada sobre un brazo. La tocó con suavidad.

—No... —murmuró.

—Tengo agua caliente, si quieres darte un baño.

Abrió lentamente los ojos y giró la cabeza.

—¿De veras?

Arran le acarició el brazo.

—Nunca bromearía con algo tan importante, ¿no te parece?

Margot se incorporó con esfuerzo.

—Por tu bien, espero que no.

Él rio por lo bajo y la ayudó a levantarse. Luego, pasándole un brazo por la cintura, la llevó a la cocina. Margot se despojó de la mugrienta ropa, camisola incluida, y hundió las manos en el agua. Suspirando de contento, inclinó la cabeza y empezó a lavarse la cara.

Arran le consiguió una toalla y contempló con muda satisfacción cómo terminaba de lavarse. Cuando hubo terminado y se secó todo lo que pudo su cobriza melena, le dijo:

—No tengo nada que ponerme.

—Echaré un vistazo a ver qué hay, ¿de acuerdo? —le entregó mientras tanto un tartán, para que se envolviera en él.

Encontró unas calzas de piel de ciervo, una casaca de lana vieja y apolillada, un par de amarillentas camisas de lino y una tosca falda marrón, de las que solían llevar las campesinas. Volvió a la cocina con sus hallazgos. Margot estaba sentada frente al fuego, abrazándose las rodillas, con la melena suelta y enredada cubriéndole la espalda.

Contempló la ropa con mirada vacía, indiferente.

—¿Por qué estamos aquí? ¿Por cuánto tiempo? ¿Y cómo es que tus hombres han tomado otro camino?

Arran dejó las ropas sobre la mesa.

—Todavía me están buscando. No era seguro volver a Balhaire.

—¿Escoceses? —Margot frunció el ceño—. ¿O ingleses?

—Escoceses. Pero probablemente también ingleses.

—¿Qué vamos a hacer entonces? —le preguntó ella en voz baja.

—No lo sé —contestó, sincero. Estaba demasiado cansado para responder con claridad—. Por ahora, escondernos.

—¿Sin comida ni ropa?

Arran se encogió de hombros.

—Nos las arreglaremos. Ya lo verás —no le dijo que temía que transcurriera mucho tiempo antes de que pudieran abandonar aquel escondite. Que tendrían que sobrevivir como fuera, si no querían morirse de hambre.

Margot clavó de nuevo la mirada en el fuego.

—¿Aquí estamos a salvo?

—Por el momento, sí.

—Pero no para siempre —lo miró—. No podremos escapar eternamente, ¿verdad?

En realidad no era una pregunta, sino una afirmación.

Arran no podía ofrecerle las seguridades que necesitaba, y ni siquiera quería intentarlo.

Se volvió para lavarse él mismo lo mejor que pudo. Tenía ya mucha barba y el pelo se le había escapado de la coleta. Después de humedecérselo, se lo recogió detrás de las orejas. Cuando hubo terminado, se puso una de las camisas de lino y las calzas, para reunirse luego con Margot frente al fuego.

—¿En qué estás pensando? —le preguntó.

—En que no me has recordado que tenías razón —respondió ella, apoyando la barbilla sobre las rodillas.

—¿Sobre qué?

—Sobre mi padre. No me has recordado que, durante todo el tiempo, nunca confiaste en él. Ni que yo, estúpidamente, sí que lo hice.

—No pensaba que necesitaras que te lo recordara, *leannan*. Lo descubriste por ti misma, ¿no?

—¿Sabes lo que he descubierto? Que no soy nada más que un simple peón en este mundo. Un peón que mover, canjear o desechar cuando ya ha dejado de ser útil.

Parecía amargada, pero Arran no podía por menos que estar de acuerdo con ella. Eso mismo eran las hijas para demasiadas familias: un peón con el cual negociar poder. Pocas eran las que habían conseguido abrirse camino por sí mismas y obrar conforme a sus deseos. Griselda lo había hecho, sí, pero solo porque el tío Ivor la había adorado. Le había permitido rechazar a pretendientes y vivir libre, sin un marido.

—Yo nunca volveré a ser un peón en el tablero de ajedrez de algún otro —murmuró Margot—. Antes viviré en la pobreza, toda sola, que vivir con otros en la opulencia por la única razón de favorecerles con mi nombre y mis contactos.

—Tú no eres solo un nombre para mí —le recordó Arran.

Margot no pareció haberlo escuchado. De repente estaba mirando a su alrededor.

—Yo no sé cómo vivir así —dijo con tono lastimero—. Soy tan inútil para ti que ni siquiera sé cocer un pan con que alimentarnos.

—Eso no importa...

—¡Sí que importa, Arran! He llevado una vida ciega e ingenua llena de privilegios. Me desprecio a mí misma por ello... pero nunca volveré a cometer ese error —suspiró—. Estoy cansada. ¿Podemos irnos a la cama?

Encontraron una habitación con un lecho lo bastante grande para los dos. Se dejaron caer en él completamente exhaustos. Margot se volvió hacia él, arrebujándose en sus brazos.

—Yo no sé cómo vivir así —repitió.

Se encontraban en la misma situación, porque tampoco Arran sabía cómo hacerlo. Podía cazar y pescar y mantenerlos vivos a los dos, pero la verdad era que no sabía cómo se podía vivir así. Sin su clan. Sin su familia. Solo, con una esposa en la que, a pesar de los sucesos de los últimos días, todavía no sabía si podía confiar plenamente.

Cayó sumido en un profundo sueño, el primero que había disfrutado en semanas. Tan profundo, de hecho, que no oyó a Margot marcharse temprano a la mañana siguiente. Cuando se despertó, había desaparecido. Entró en pánico; se puso las calzas y fue en su busca, mirando en todas las habitaciones hasta que se dirigió a la cocina, temiendo que hubiera tomado el caballo para marcharse como una mujer enloquecida.

Pero Margot no lo había abandonado. Se hallaba en la cocina, de espaldas a él, vestida con la vieja falda que le había encontrado. Le estaba muy grande y la arrastraba por el suelo. Se había anudado los faldones de la camisa a la cintura y recogido la melena en un moño en la nuca. Estaba trabajando en el mostrador con algo que él no podía ver.

Entró en la cocina. Ella alzó la vista con sorpresa, y su rostro se iluminó de placer.

—¡Mira! —exclamó entusiasmada—. ¡He encontrado una patata! —se la enseñó—. También hay nabos. Y puerros.

Arran se vio asaltado por una oleada de inmenso alivio. Había tenido el horrible presentimiento de que Margot había vuelto a abandonarlo, una vez más. Había sido algo improbable, imposible, y sin embargo ese era el miedo que había atenazado su corazón cuando no la encontró a su lado esa mañana.

Mientras ella parloteaba sobre el huerto contiguo que había encontrado, y de cómo en una ocasión había acompañado a su abuela a recoger moras en un zarzal, de manera que podría volver a hacerlo, Arran comprendió que habría perdido el juicio si ella lo hubiera abandonado otra vez.

Las palabras de Margot parecían llenar todo el espacio, inundándolo y envolviendo a Arran en un río de amor. Un río de amor por la mujer que seguía quemándole el alma.

Capítulo 24

Margot tenía la sensación de que todo había transcurrido como en un sueño. Desde el momento en que Knox se alejó de ella a caballo, y durante todo el tiempo que habían pasado viajando hacia el norte, las dudas sobre la decisión que había tomado no habían cesado de crecer. La perspectiva de no poder volver a pisar Inglaterra nunca más, ni de ver a Knox o a Lynetta, habían empezado a pesar como un plomo sobre su corazón.

Y luego llegar a aquella desierta cabaña en un remoto lago del país y tener que luchar para sobrevivir... Era una carga insoportable. No estaba preparada para algo así. No tenía la más ligera idea de lo que hacer en una cocina, apenas había estado en ninguna, salvo en las pocas ocasiones en que había bajado a alguna en busca de una manzana o una naranja. Y aquello era solo el principio de su ineptitud.

Como resultado, Arran y ella habían chocado durante los primeros días en la cabaña. Por supuesto, él estaba mucho más capacitado que ella, pero en realidad tampoco estaba mucho más acostumbrado a llevar una casa. Habían tenido una discusión cuando él se presentó un día con un pato para que lo desplumara.

—¿Que lo desplume? —había repetido ella, mirando el ave con expresión horrorizada.

—Sí, que le quites las plumas —y se lo había tendido.

—Pero... ¿cómo?

Arran se la había quedado mirando de una forma extraña.

—Arrancándoselas —y procedió a quitar una.

Margot se había encogido de aprensión.

—Hazlo tú, Margot. Yo no puedo hacerlo todo.

—¡Soy consciente de ello! —le había espetado ella. Había tomado el pato y empezado a desplumarlo, entre muecas de asco.

Había sido horrible. Le habían entrado ganas de llorar por aquel maldito pato... ¿o había sido por la pérdida de su propia dignidad, de su orgullo? Pero lo había desplumado del todo, y, cuando se lo presentó a Arran, este no se había mostrado nada impresionado por sus esfuerzos.

—Bien. Y ahora debes limpiarlo.

—¡No lo haré! —había gritado ella para luego abandonar la cocina a toda prisa.

Más tarde, después de que Arran lo hubiera limpiado y cocinado, había tenido que admitir que el pato había constituido una excelente pitanza.

Cuando Arran le entregó otro pato al cabo de unos días, Margot lo desplumó y limpió ya sin quejas.

Pero al lado de Arran se sentía absolutamente inútil y había empezado a buscar comida como fuera, recogiendo moras y frutos del bosque. Cavaba en el huerto en busca de patatas y puerros olvidados, sin detenerse hasta que había conseguido encontrar algunos. Cierto era que las patatas estaban duras como piedras y los puerros esmirriados, pero los encontraba.

Se llevaba también la ropa sucia al río para lavarla como había visto hacer a las mujeres del pueblo de

Norwood Park. Pero lo hacía con torpe energía y acababa dañando la ropa. No sabía tampoco cómo tenderla bien para que se secara, de manera que a menudo también la deformaba.

Arran, bendito fuera, no decía una sola palabra cuando la veía.

Durante aquellos días no hablaron en ningún momento ni del pasado ni del futuro. Demasiado ocupados estaban con el negocio de sobrevivir como para reavivar viejas heridas. Cuando se juntaban para comer, hablaban de cosas insustanciales. A Margot le gustaba tomarle el pelo, ver cómo enrojecían sus mejillas debajo de la barba. Ella le comentó una vez que se había mostrado extrañamente tímido en presencia de Lynetta Beauly, algo a lo que Arran objetó con énfasis.

—No es verdad. La señorita Beauly habla tanto que no se detiene ni para tomar aire.

—Es sí que es cierto. Pero es muy atractiva.

Arran había resoplado escéptico antes de volverse hacia otro lado. Y no lo había negado.

En otra ocasión, cuando ella estaba partiendo unas patatas antes de ponerlas a cocer, Arran sufrió tal ataque de risa que hasta se le saltaron las lágrimas.

—Yo creía que no había actividad en la cocina más simple que esta. Tienes que echar la patata entera en la cazuela, *leannan*, y partirla luego.

—¿Cómo iba a saberlo yo? A mí siempre me han servido las patatas ya partidas.

Al cabo de un par de semanas, sin embargo, ocurrió la cosa más increíble del mundo: Margot se sintió perfectamente cómoda con las numerosas tareas que debía hacer ese día. Barrió los suelos y lavó en agua caliente la única toalla que utilizaban ambos. Luego ayudó a Arran, que estaba cortando leña, a apilarla cerca de la puerta.

A partir de aquel día, su convivencia mejoró. Al terminar cada jornada, agotados e incapaces de mantener los ojos abiertos, caían en los brazos el uno del otro para disfrutar de un profundo sueño.

El amor presidía también sus noches. Un amor a veces tan tierno que a Margot le entraban ganas de llorar, y tan violento y pasional otras que, al acabar, terminaban ambos rodando por el lecho y riendo a carcajadas.

Al final llegaron a satisfacer las necesidades de sus cuerpos y de sus almas de todas las maneras posibles, como si fueran los dos últimos seres sobre la Tierra.

Cuando estaba sola, Margot a menudo sacaba su carta del bolsillo y la releía. *Te convertiste en el principio y en el final de mi mundo, y así será siempre...* ¿Iba a ser ese realmente el final de su mundo? Y su mundo... ¿sería para siempre ese? Margot empezaba a darse cuenta de que no le importaría lo más mínimo que ese fuera a ser, efectivamente, su mundo. Qué irónico resultaba que, hasta entonces, hubiera temido siempre aquella clase de vida, que la hubiera aborrecido tanto... Una vida que, al final, la había hecho sentirse fuerte y capaz como nunca antes se había sentido.

Desafortunadamente, el resto del mundo comenzó a inmiscuirse en el suyo.

Una noche estaban cenando una sopa de puerros en la mesa de la cocina, cuando Arran le comentó:

—Hoy he visto jinetes.

Margot perdió el aliento y alzó la mirada.

—¿Dónde?

—Cabalgaban hacia el norte. No me vieron.

—¿Estás seguro? ¿Y si...?

—No, *leannan*. Seguro que no me vieron.

Se había quedado sobrecogida de miedo por lo que podría sucederles si los descubrían allí.

—¿Qué harías? —le preguntó Arran.

—¿Si viera jinetes?

Él bajó la cuchara y la miró fijamente a los ojos.

—Si me capturaran. ¿Qué harías entonces?

El simple pensamiento la ponía enferma. De repente se levantó de la mesa con su cuenco en la mano. Ni siquiera quería hablar de ello.

—Ni lo menciones.

—¿Regresarías a Inglaterra?

—¡Inglaterra! ¡Probablemente moriría aquí mismo!

Oyó el ruido que hizo Arran al arrastrar su silla y levantarse para acercarse por detrás. Deslizando un brazo por su cintura, la atrajo hacia su pecho. Le quitó el cuenco de la mano y lo dejó a un lado.

—Si en algún momento pudiéramos regresar a Balhaire, ¿qué harías entonces? ¿Te quedarías? ¿O volverías a Inglaterra?

Hacía días que no pensaba en Inglaterra, semanas quizá. Concentrada como había estado únicamente en sobrevivir, no se había permitido divagar con hipotéticos escenarios.

—No... no lo sé —balbuceó.

Arran la soltó de repente. Margot se giró hacia él cuando ya se dirigía hacia la puerta.

—Espera. ¿A dónde vas?

—Que me aspen si lo sé.

—¿Por qué me has preguntado eso? —le espetó ella—. Yo no he pensado en ello. Yo solo he pensado en nosotros aquí, ahora...

—Esa es la diferencia entre tú y yo, ¿verdad? —replicó Arran, con una mano en el picaporte de la puerta trasera—. Yo apenas pienso en otra cosa —y se marchó dando un portazo.

Ella también pensaba en ellos dos, todo el tiempo.

Pero en aquel momento era una mujer distinta. Una mujer dueña de sí misma. Solo que todavía no había decidido del todo qué iba a ser de su vida.

Arran no volvió hasta que fue noche cerrada. Margot estaba en la cama, yaciendo de costado, de espaldas a la puerta, cuando lo oyó entrar. Esa noche había encendido ella el fuego. Ante la chimenea, sin pronunciar palabra, él se despojó de sus ropas y se metió en la cama.

La atrajo contra su cuerpo, besándole el cuello. Sus manos empezaron a recorrer su piel, deslizándose entre sus piernas.

–Antes... –musito ella contra su cabello mientras él le besaba un seno– yo era una chiquilla estúpida. No pensaba en nada más que en matrimonios concertados, en fortunas, en lo que me pondría cada día y en las cosas que llegaría a poseer. Pero ahora soy una mujer diferente, Arran. Ni siquiera me reconozco a mí misma.

Él gruñó su respuesta al tiempo que le abría las piernas y se instalaba entre sus muslos, como si con ello quisiera decirle que la conocía bien. Y que ella formaba ya parte de su ser.

Los días empezaron a acortarse conforme las noches se hacían más frías. Dos liebres y un gallo salvaje colgaban en el granero. Alrededor de la cabaña se abrían los capullos de invierno. Una tarde, Margot se hallaba en el huerto cortando flores cuando oyó un sonido que no reconoció en un primer momento. Se detuvo, escuchando... hasta que comprendió que se trataba de un rumor de cascos de caballos acercándose. Jinetes.

Experimentó un estremecimiento de aprensión mientras alzaba lentamente la cabeza y miraba por encima de su hombro. Allá abajo, en el estrecho valle, trotando a lo largo del lago, distinguió a cuatro jinetes. Se dirigían a la cabaña.

De repente todo pareció tornarse demasiado luminoso, deslumbrante. Margot dejó caer las flores y corrió al cobertizo contiguo a la cabaña donde Arran estaba trabajando. Abrió la puerta de par en par.

—Por todos los cielos, ¿qué pasa? —inquirió Arran, alarmado. La sujetó de un brazo—. ¿Qué ocurre, Margot?

—Jinetes.

Arran la hizo a un lado, recogió su arma de la mesa y salió precipitadamente. Margot miró desesperada a su alrededor buscando algo para defenderse. Descubrió el pequeño cuchillo que Arran solía llevar encajado en la caña de la bota, lo agarró y salió detrás de él. Lo alcanzó justo delante de la cabaña. Pero en ese momento el cañón de su arma estaba apuntando al suelo.

—Es Jock —dijo—. Es el único jinete que monta a caballo de esa forma.

Y se apresuró a saludar a su primo.

Pero conforme los jinetes se acercaban, Margot vio algo más que hizo que se le saltaran las lágrimas. Knox estaba con Jock. Corrió hacia su hermano y saltó a abrazarlo antes de que él tuviera tiempo de bajar del caballo.

Knox se echó a reír ante tanta efusividad.

—Me vas a romper el cuello, Margot. Ven —le dijo ya en tierra, tomándola de la cintura—. Tengo mucho que contaros a ti y a Mackenzie.

Se reunieron dentro de la cabaña y, una vez que los recién llegados se aseguraron de que el *laird* y su esposa se encontraban perfectamente, Jock procedió a contarles lo sucedido.

—Todo sucedió muy rápido. Rory y Bruce Gordon fueron acusados de conspirar con los jacobitas, y la Corona mandó hombres a detenerlos: todos soldados ingleses, cuarenta en total. Pero al final los dos se escaparon aprovechando una densa niebla, y embarcaron para Francia.

—Eso no me sorprende. Nunca he tenido mucha confianza en Gordon —comentó Arran.

—Pero no fue eso todo, *laird* —dijo Jock—. Gordon dejó atrás unas cuantas cosas, entre ellas una carta de Tom Dunn. En la carta, Dunn insinuaba que su socio y él se repartirían las riquezas de Balhaire cuando tú fueras colgado por traición.

Arran tragó saliva.

—Tal como sospechábamos —masculló con tono sombrío.

—¿Pero vos sospechabais que su socio era mi padre? —quiso saber Knox.

—¿Qué? —exclamó Margot—. Eso no puede ser.

—Sí, querida —dijo Knox—. Thomas Dunn estaba envuelto en oscuras alianzas. Cuando las autoridades fueron a detener a nuestro padre, él me confesó lo que Bryce y él habían sabido todo el tiempo: que Thomas Dunn estaba endeudado hasta las orejas. Más aún, que había perdido el favor de la reina cuando determinadas conversaciones conspiratorias destinadas a destronarla llegaron hasta los oídos reales... procedentes de los mismos hombres que habían jurado mantener a Jacobo Estuardo lejos de nuestras costas. Dunn estaba desesperado, y por ello ideó un plan para descargar las culpas sobre otro y sacar al mismo tiempo beneficio de ello. Eligió a Mackenzie por la prosperidad de su clan y por su matrimonio contigo.

—Sí, justo lo que suponíamos —comentó Arran, impaciente.

—¿Pero de qué manera se involucró nuestro padre en ese complot? —inquirió Margot.

—Dunn le dijo que Mackenzie era un traidor. Padre entró en pánico y te envió a ti a descubrir si eso era cierto antes de que Dunn pudiera actuar. Pero mientras estuviste fuera, Margot, parece que Dunn se dio cuenta de que todo podía terminar mal y él quedar desenmascarado. Así que propuso a nuestro padre el trato siguiente: si padre aceptaba apoyar sus acusaciones contra tu marido, recibiría un parte sustancial de las posesiones de Mackenzie como premio por el descubrimiento de su supuesta traición.

Escuchar aquello fue como si le hubiesen clavado un puñal en el corazón. Había sabido que su padre era culpable de alguna forma, pero aquello era tan infame que se quedó sin respiración.

—No —musitó—. ¿Cómo pudo él...?

—Un negocio muy sucio —comentó en voz baja Knox.

—¿Le colgarán? —preguntó Arran con tono brusco, y Margot sintió que el corazón le daba un vuelco. Jamás se había sentido tan dolida y desilusionada, pero no quería ver cómo ahorcaban a su padre.

—No —respondió Knox, encogiéndose de hombros—. Aunque quizá llegue a desearlo algún día. La reina lo ha desposeído de su título para entregármelo a mí, y ha decretado que sus posesiones sean repartidas entre su única hija y su hijo ilegítimo —miró a Arran—. Perdonadme, *laird,* pero la reina se negó a entregar cualquier posesión inglesa a un *laird* escocés, no con el actual estado de agitación de estas tierras.

Arran se encogió de hombros con gesto indiferente.

Margot se sentó de pronto, como agobiada por el peso de todas aquellas noticias.

—¿Y qué pasa con Bryce? —inquirió con voz débil.

—Yo le sugerí que se buscara una vicaría.

—El nombre Mackenzie ha quedado del todo limpio, entonces —concluyó Arran.

—Yo no puedo hablar por vuestro lado de la frontera,

pero por el lado inglés ha quedado completamente exonerado de culpa –anunció Knox con tono orgulloso.

Arran se volvió para mirar a Jock, expectante.

–Tú sabes tan bien como yo que los habitantes de las Tierras Altas son gente desconfiada. Todavía hay quienes dudan de ti –dijo Jock–. Pero son más los que ya no lo hacen. Es seguro volver a Balhaire.

Arran miró entonces a Margot. En sus ojos, ella podía ver el mismo conflicto que sentía bullir en su alma.

–Bueno, entonces. Es un buen montón de noticias nuevas, ¿no os parece, lady Mackenzie?

–Por cierto que sí –logró pronunciar ella. Debería sentirse contenta de haberse visto por fin liberada de su exilio, pero lo único que sentía era una abrumadora marea de melancolía.

Estaba transida de dolor por el destino de su padre, devastada por la tragedia que él había supuesto en sus vidas. Se dolía de la pérdida de la vida que antaño había llevado, así como de la incertidumbre que sentía ante la que estaba por llegar. Pero se las arregló para disimular todo aquel dolor: Jock había llevado cerveza y los hombres bebían en aquel momento, poniéndose al tanto de lo sucedido durante las últimas semanas.

Se decidió que partirían por la mañana. Abandonarían aquel lugar de paz, reflexionó Margot con tristeza, en el que Arran y ella habían vivido, por primera vez, como un verdadero matrimonio. La sensación de pérdida se le hizo de pronto insoportable, tanto que se disculpó para retirarse al pequeño dormitorio que compartía con Arran.

Arran se reunió con ella algún tiempo después y, sin pronunciar palabra, se acostó en la cama a su lado. Margot no estaba dormida: su mente no había dejado de dar vueltas por culpa del súbito cambio operado en su existencia. Sintió su mano buscando la suya, entrelazando los dedos con los suyos. Yacieron boca arriba, sin hablar, con la mirada clavada en la oscuridad. Intentando asimilar, cada uno de ellos, según suponía Margot, las asombrosas noticias que habían recibido.

Después de haber vivido durante tanto tiempo en el filo de la emoción y del miedo, que de repente se hubieran visto desahogados de aquella carga no resultaba tan liberador como ella se había imaginado.

—Debes de sentirte aliviada —dijo finalmente Arran.

¿Estaba aliviada? Lejos de ello, se sentía enferma de tristeza.

—¿Sabes una cosa? En realidad preferiría quedarme aquí.

Arran le apretó la mano.

—Sí —repuso. Pero de repente la soltó y se sentó en la cama, bajando los pies al suelo y apoyando las manos en las rodillas.

Margot se sentó también.

—¿Qué pasa? ¿Ocurre algo malo?

—Lo mismo que lleva ocurriendo desde hace demasiado tiempo: que no confío en ti.

Margot parpadeó varias veces, sorprendida.

—Pero seguro que ahora ya sabes que yo no tuve nada que ver con esa conspiración.

Él negó con la cabeza.

—No me entiendes. Hemos sobrevivido tú y yo, durante estas largas semanas, ¿verdad? Tú has hecho todo lo posible, pero ahora, Margot, ahora eres una mujer rica y poderosa, mientras que yo soy un escocés de las Tierras Altas. Tú puedes hacer lo que quieras, y yo... *Diah*, todavía hoy no sé si te gustaría llevar la vida de la esposa de un *laird* escocés.

—Pero yo...

Arran se levantó para acercarse a la ventana, como

si no quisiera escuchar lo que ella tenía que decirle. La abrió para dejar entrar el aire de la noche.

—Te amé desde la primera vez que puse los ojos en ti. Desde entonces, me has impresionado. Te has convertido en una mujer que nunca imaginé que serías. Y, Dios mío, eso no ha hecho más que aumentar mi amor por ti. Pero ahora eres libre, Margot, y dudo que vayas a quedarte conmigo.

Margot sintió que el corazón se le apretaba de terror.

—¿Piensas... piensas enviarme de vuelta a Inglaterra? —inquirió, incrédula.

—¿A Inglaterra? —apartándose de la ventana, se volvió para mirarla—. ¿Es que todavía no me entiendes? —de repente volvió a la cama, clavó una rodilla en tierra y juntó las manos casi como si estuviera rezando—. No pienso alejarte de mi lado, Margot, para nada... De rodillas ante ti, te suplico que no me abandones. No me abandones nunca, ¿me oyes? Ningún hombre te querrá tanto como yo. Ningún hombre te honrará como te honraré yo todos los días de mi vida —gruñó y cerró los ojos, angustiado—. Siempre te amaré, pero ahora te ruego que me liberes como yo te he liberado a ti. Si no pretendes quedarte en Escocia, entonces no me atormentes. Porque no podré seguir viviendo con el temor de que un día volverás a marcharte.

Margot se llevó las manos a la boca. El corazón le latía salvajemente y, con un mudo sollozo, se inclinó hacia él y le acarició el rostro. Podía ver el terror en sus ojos: lo reconocía porque ella estaba sintiendo exactamente lo mismo, el terror que la había asaltado en el instante en que vio aproximarse a los jinetes. El terror a vivir un solo día de su vida sin la compañía de aquel hombre. Solo cuando los vio acercarse, supo lo mucho que lo amaba.

—Lo entiendo —dijo, viendo cómo los ojos se le llenaban de lágrimas—. Pero, Arran, amor mío, tú nunca me amarás tanto como yo te amo a ti.

Arran se la quedó mirando fijamente, con una expresión de entusiasmada esperanza.

—Nunca me habías dicho eso —murmuró con voz ronca.

—Sí, bueno, ese es solo un error más en la larga lista de los que tengo. Pero en esto tienes que confiar en mí. Arran, por el amor de Dios, tienes que confiar en mí, debes creerme. Te amo, y no porque nuestras fortunas estén ahora equilibradas. Te amo porque, en esta pequeña cabaña, tú me has enseñado lo que es importante. Me has enseñado lo que significa querer y cuidar a alguien. Ya no me importan los bailes, ni la alta sociedad. Me importa y me importarán las patatas que nos dé la tierra, y si tú querrás a nuestro hijo tanto como quieres a esos desgarbados chuchos de Balhaire.

Él inclinó la cabeza, suspirando de alivio.

—Margot... *Diah*...

Ella le acunó el rostro entre las manos para obligarlo a que la mirara.

—Tú te has convertido en el principio y en el final de mi mundo aquí, y te escojo a ti. Siempre te escogeré a ti —y lo besó con ternura.

Arran le retiró las manos de la cara para mirarla con los ojos entrecerrados.

—¿Qué has querido decir con eso de que esperas que quiera a nuestro hijo tanto como a mis perros?

Margot sonrió.

—Solo que estás demasiado encariñado con esos perros. El bebé también necesitará de tu atención.

El ceño de Arran se profundizó. Esa vez fue él quien le acunó el rostro entre las manos.

–*Diah*, Margot, tienes que hablar más claro. ¿Estás encinta?

Margot se echó a reír.

–Eso creo –dijo con voz esperanzada–. Sí, creo que sí.

Arran la agarró de la cintura y rodó por la cama con ella.

–Mujer, ahora sí que no podrás deshacerte de mí –gruñó–. ¡Un niño!

Empezó a besarla, cada centímetro de su piel, musitando lo muy feliz que ella le había hecho, y Margot pensó, mientras miraba sonriente las toscas vigas del techo, que aquel era precisamente el principio de un mundo nuevo.

Epílogo

Balhaire
1713

El niño se acercaba a su segundo aniversario y ya los viejos perros de Balhaire le seguían a todas partes como si los estuviera conduciendo a la batalla. Naturalmente que debían de pensarlo, porque en ningún momento se separaba el chiquillo de su espada de madera.

Lo habían bautizado Cailean, en recuerdo del padre de Arran. Tenía todo el aspecto de los Mackenzie de Balhaire: alto para su edad, con una mata de pelo cobrizo como su madre y los ojos azul profundo de su padre.

—Algún día romperá los corazones de toda Escocia —vaticinó Margot.

—Y romperá cabezas, también —dijo Arran con orgullo mientras lo veía aterrorizar a Fergus con su pequeña espada.

Ayudó a Margot a sentarse en una silla, ya que volvía a estar encinta. Apenas podía contener su entusiasmo. Las comadronas decían que iba a dar a luz a una niña y, secretamente, él esperaba que así fuera. Tenía en mente dar a su hija la clase de vida que había disfrutado Margot, con bailes, ponis y preciosos vestidos.

—Oigo las gaitas, Arran —dijo ella de pronto.

—Sí —indicó a Sweeney que se ocupara de Cailean. La procesión nupcial se acercaba al gran salón.

—No tuvimos procesión en nuestra boda —comentó Margot justo cuando se abrían las puertas.

—¿Te gustaría que tuviéramos una procesión nupcial entonces, *mo gradh*? Yo te daré una.

—Lo que me gustaría es que esta hija nuestra se comportara antes de nacer —se quejó con un suspiro, frotándose el vientre—. Es un demonio, no para de dar patadas.

—Paciencia.

—Qué fácil es decir eso, ¿verdad? Fácil para un hombre como tú, que no lleva un pequeño lechón dentro de la barriga.

Él le apretó la mano con cariño.

—*Uist*, los novios están a punto de llegar.

Efectivamente, justo en aquel momento entraron en el salón, detrás del portaestandarte. El novio vestía tartán y destacaba por encima de todos en estatura. La novia llevaba un ramo de flores… y una banda de tartán.

—¡No me lo puedo creer! —exclamó Margot—. ¡Lleva el tartán!

—¿Esperabas lo contrario? —susurró Arran.

—¡Claro! Nell es lo más opuesto que existe a las tradiciones escocesas —explicó ella—. Decía que eran bárbaras, y que Jock era el más bárbaro de todos.

—Sí que lo es —convino Arran—. Pero un bárbaro muy tierno. Y ella no parece precisamente triste.

—No, desde luego —repuso Margot, sonriendo emocionada—. Parece absolutamente feliz.

Era cierto: Nell estaba radiante. Y lo mismo Jock. Nunca antes Arran lo había visto sonreír de aquella forma.

Llegaron ante el estrado, y Jock saludó a su *laird* con una reverencia. Arran se levantó para recibir a la pareja y bendecir la unión. Se hizo después a un lado mientras el sacerdote recibía sus votos y les proclamaba marido y mujer.

Finalizada la ceremonia, Arran los hizo volverse hacia la multitud y empezaron las rondas de brindis, siguiendo la tradición del clan.

Margot le tocó disimuladamente una pierna.

–Un momento… Debo hacer el brindis final.

–Pues será mejor que te des prisa –dijo ella.

–Ya sé que estás incómoda, pero dejemos que disfruten de su día.

–Por supuesto. Pero es que hay alguien más dispuesto a celebrar el suyo.

Confuso, Arran bajó la mirada. Margot frunció el ceño a la vez que se señalaba el vientre.

Vivienne Mackenzie nació doce horas después. Cuando llevaron a Cailean a conocer a su hermanita, el niño dijo:

–*Leamsa*.

Margot no lo comprendió al principio. Arran le explicó que la palabra gaélica, que sonaba como «loomsa» en inglés, significaba «mía».

–Oh, no. Ella no es tuya, mi amor –le dijo Margot, sujetándole la manita antes de que pudiera tirar al bebé del pelo.

–*¡Leamsa, leamsa!*

Durante el primer año de su vida, Vivienne fue conocida como Loomsa. Arran y Margot lo intentaron todo para convencer al niño de que su hermana no era un objeto de su propiedad. Le regalaron muñecos. Ponis. Más espadas de madera. Pero el chiquillo no se dejaba persuadir. La pequeña Vivienne, su Loomsa, le pertenecía.

Con el nacimiento del tercer niño, el nombre Loomsa pasó al nuevo bebé, con lo que Vivienne recuperó el suyo.

Todos los niños que nacieron después, cuatro en total, recibieron en algún momento el nombre de Loomsa. Y también unos cuantos perros. Y un pájaro y un par de ponis, al menos.

Una noche, después del segundo aniversario de Vivienne, cuando sobre Balhaire había empezado a caer una fina nieve, Arran le susurró a Margot:

—*Leamsa.*

Margot cerró los ojos y suspiró de felicidad.

—Sí que lo soy —le aseguró. Estaba agotada. Estaba encinta de su tercer hijo y había pasado el día moliendo jabón con la señora Gowan. Le pesaban los párpados.

Pero la despertó bruscamente algo. Abrió los ojos con un grito y vio a Cailean abrazándose a ella, riendo. Lo siguió su hermana y los dos perros, todos los cuales se aposentaron en su cama con ella y con Arran.

—No dormiréis aquí, bárbaros —exclamó Arran, gruñón—. No toda la noche, al menos —pero ya estaba arropando a sus hijos con una gruesa manta de lana.

—Silencio —ordenó Margot—. Vuestra pobrecita madre necesita dormir —suspiró y tuvo que aferrarse al borde de la cama para no caerse, muy consciente del pequeño pie que se apoyaba sobre su espalda. Pero sonrió. Porque estaba segura en los brazos de quien era el principio y el final de su mundo.

ÚLTIMOS TÍTULOS PUBLICADOS EN HQN

El hechizo de un beso de Jill Shalvis

La tentación vive arriba de M.C. Sark

Ardiendo de Mimmi Kass

Deletréame te quiero de Olga Salar

Las hijas de la novia de Susan Mallery

Los hombres de verdad no... mienten de Victoria Dahl

Lazos de familia de Susan Wiggs

La promesa más oscura de Gena Showalter

Nosotros y el destino de Claudia Velasco

Las reglas del juego de Anna Casanovas

Descubriéndote de Brenda Novak

Vainilla de Megan Hart

Bajo la luna azul de María José Tirado

Los trenes del azúcar de Mayelen Fouler

Secretos por descubrir de Sherryl Woods

Pasó accidentalmente de Jill Shalvis

www.ingramcontent.com/pod-product-compliance
Lightning Source LLC
LaVergne TN
LVHW091617070526
838199LV00044B/836